Fantasy

Herausgegeben von Wolfgang Jeschke

Von Philip José Farmer erschienen in der Reihe
HEYNE SCIENCE FICTION & FANTASY:

Die Irrfahrten des Mr. Green · 06/3127, auch ∕ 06/1004
Das Tor der Zeit · 06/3144, auch ∕ 06/1006
Als die Zeit stillstand · 06/3173, auch ∕ 06/1011
Der Sonnenheld · 06/3265, auch ∕ 06/3975
Der Mondkrieg · 06/3302
Die synthetische Seele · 06/3326
Der Steingott erwacht · 06/3376, auch ∕ 06/1005
Lord Tyger · 06/3450
Das echte Log des Phileas Fogg · 06/3494, auch ∕ 06/3980
Die Flußwelt der Zeit · 06/3639
Auf dem Zeitstrom · 06/3653
Das dunkle Muster · 06/3693
Das magische Labyrinth · 06/3836
Die Götter der Flußwelt · 06/4256
Jenseits von Raum und Zeit · 06/4387
Fleisch · 06/4558

Das Dungeon:

1. Roman: *Der schwarze Turm*
   (von Richard A. Lupoff) · 06/4750
2. Roman: *Der dunkle Abgrund*
   (von Bruce Coville) · 06/4751
3. Roman: *Das Tal des Donners*
   (von Charles de Lint) · 06/4752
4. Roman: *Der See aus Feuer*
   (von Robin W. Bailey) · 06/4753
5. Roman: *Die verborgene Stadt*
   (von Charles de Lint) · 06/4754
6. Roman: *Das letzte Gefecht*
   (von Richard A. Lupoff) · 06/4755

Diese Liste ist eine Bibliographie erschienener Titel
KEIN VERZEICHNIS LIEFERBARER BÜCHER!

PHILIP JOSÉ FARMER

DAS DUNGEON

DRITTER ROMAN

DAS TAL DES DONNERS

von
CHARLES DE LINT

Deutsche Erstausgabe

Fantasy

WILHELM HEYNE VERLAG
MÜNCHEN

HEYNE SCIENCE FICTION & FANTASY
Band 06/4752

Titel der amerikanischen Originalausgabe
PHILIP JOSÉ FARMER'S THE DUNGEON
BOOK 3: THE VALLEY OF THUNDER
Deutsche Übersetzung von Alfons Winkelmann
Das Umschlagbild schuf Robert Gould

Redaktion: E. Senftbauer
Copyright © 1989 by Byron Preiss Visual Publications, Inc.
Copyright © 1990 der deutschen Übersetzung
by Wilhelm Heyne Verlag GmbH & Co. KG, München
Printed in Germany 1990
Umschlaggestaltung: Atelier Ingrid Schütz, München
Satz: Schaber, Wels
Druck und Bindung: Elsnerdruck, Berlin

ISBN 3-453-04504-1

Für
Philip José Farmer

Weil
ich mir keine bessere
Gelegenheit als meine Arbeit
an diesem Projekt
denken kann,
um ihm für
alle die Jahre des Lesevergnügens
zu danken,
das er mir verschafft hat.

Vorwort

Nachtmahre...
Das Wort ›Nachtmahre‹ stammt von dem mittelhochdeutschen Wort *nahtmare* ab und bedeutet Nachtdämon, Alp. Als ich noch jung war, dachte ich, daß das Wort von den Stuten herkäme, die im Schlaf reiten, mit funkensprühenden Augen, mit Zähnen, so scharf wie die von Tigern und überhaupt nicht pferdeähnlich, mit weitgeöffneten Nüstern, die giftige Gase ausstießen, sowie mit stachelbewehrten Hufen. Ihr unheimliches Wiehern hallte in meinen schreckerfüllten und verzweifelten Schreien um Hilfe nach, wenn ich erwachte.

Aber selbst das Land von Nod (das Reich der Träume) hat seine freundliche Seite, und das waren die angenehmen Träume. Wenngleich ich während eines Alptraums immer erwachte, erwachte ich manchmal nach den ›guten‹ Träumen ebenfalls. Mochten die Träume nun angenehm oder schreckenerregend sein, wenn sie leicht zu analysieren waren, schlief ich bald wieder ein. Wenn die Alpträume nicht leicht zu verstehen waren — Alpträume und Träume sind nächtliche Wegweiser —, verbrachte ich einige Zeit damit, ihren Ursprung zu ergründen, ehe ich wieder einschlief. Meistens war ich zu müde, um mir damit viel Mühe zu geben, aber ich erinnerte mich stets daran, während des Tages darüber nachzudenken.

Es gibt viele Träume und Alpträume, aber ich habe mindestens einen gehabt, an den ich mich eine jede Woche meines Lebens erinnern könnte. Natürlich habe ich viele vergessen. Aber wenn man die Zeit rechnet, zu der ich ein Kind war, sind wenigstens dreitausendsechshundertundvierzig Träume, durchsetzt mit Alpträumen, aus dem Unterbewußtsein gequollen. Ich habe nur wenige aufgezeichnet, und nur die beeindruckendsten können aus dieser wilden Datei aufgerufen werden, die das Gedächtnis genannt wird.

Träume/Alpträume haben mich dazu inspiriert, Geschichten zu schreiben. Eine zum Beispiel war eine kurze Erzählung mit dem Titel ›Sail On! Sail On!‹ (dt.: *Weitersegeln! Weitersegeln!*) Es geht hierbei um die erste (und letzte) Reise des Kolumbus in ein anderes Universum. In diesem Universum ist die Erde sowohl flach als auch der Mittelpunkt der Welt. Und Roger Bacon, dieser englische Franziskaner aus dem 13. Jahrhundert und Befürworter der experimentellen Wissenschaft, ist nicht von der Kirche verfolgt worden, wie es in unserer Welt der Fall war. Als sich Kolumbus daher aufmacht, über den Atlantik zu segeln und eine neue Route zum Orient zu suchen, steht auf seinem Flaggschiff auf dem Achterdeck eine Funkerkajüte und drinnen sitzt ein Mönch vor einem einfachen Röhrenapparat.

Diese Geschichte war von einem Traum abgeleitet worden, in dem ich eine Galeere sah, die von Prinz Heinrich von Portugal, dem Seefahrer, ausgesandt worden war. Diese Galeere besaß eine Kajüte und einen Mönch, so wie oben beschrieben. Er schickte seine Nachrichten auf lateinisch aus.

Die Übertragung vom Traum-Prinzen Heinrich auf den Anderwelt-Kolumbus hat natürlich mein waches Bewußtsein vorgenommen.

Aber der Traum, der die Kurzgeschichte ›The Sliced-Crosswise-Only-On-Tuesday-World‹ (dt.: *Der Dienstagmensch*) inspirierte, scheint keine rationale Verbindung mit der Geschichte zu haben, die ich daraus entwickelte. Im Traum wanderte ich durch einen tropischen Dschungel (viele meiner Träume spielen dort), und ein Kamel trat auf eine Lichtung. Auf dieser Lichtung befanden sich Bambus- und Grashütten, in deren Eingängen Eingeborene standen. Ihre Haut war kalkweiß, und sie hatten dicke Ringe von Müdigkeit unter den Augen. Sie standen bewegungslos, mit starren Gesichtern und scheinbar toten Augen.

Ich habe niemals herausbekommen, wie ich von diesem Traum zum Konzept der Kurzgeschichte und der daraus resultierenden *Dayworld*-Trilogie gelangt bin. Aber beide sind mir am folgenden Tag eingefallen, während ich den Traum durchdachte.

Auf jeden Fall habe ich — wie manch andere Leute auch — Serienträume, oder vielleicht sollte ich sagen: Traumserien. Das Abenteuer, das im ersten Traum begonnen hat, wird in einem weiteren fortgesetzt und dann noch weiter in drei bis fünf Träumen. Es gibt keinen blinden Fleck in der Zeit zwischen den Träumen. Manchmal erfolgt die Fortsetzung am nächsten Tag, manchmal eine oder sogar zwei Wochen später. Unglücklicherweise habe ich niemals eine dieser Serien vollendet. Ich war wie das Kind, das sich jeden Samstagnachmittag die Serien im Kino anschaute und dann daran gehindert wurde, sich den letzten Teil anzusehen. Ich war enttäuscht.

Zwei sitzen mir im Gedächtnis, und ich werde sie vielleicht eines Tages als Grundlage für Geschichten benutzen. In einem Serientraum ging es um eine Wikingerbande, die in das unterirdische Königreich der Zwerge und Trolle eingefallen ist, um dort das Gold dieser unterirdischen Wesen auszugraben. (Der Zwergenkönig hat eine gewisse Beziehung zu dem Gnomenkönig von Oz. Im Buch von Baum, nicht im zweiten Oz-Film.) Die Wikinger müssen sich ihren Weg hinein- und hinauskämpfen und geraten dabei in raffinierte Fallen.

Der andere Traum war wirklich fieberinspiriert. Ich war auf der High School, als mich eine dieser Seuchen erwischte, die in den 30er Jahren oft grassierten. Ich erinnere mich nicht mehr daran, was es genau war. Aber ich lag mit hohem Fieber im Bett und war nur halb bei Bewußtsein. Der Shadow (Schatten), alias Lamont Cranston, war irgendwie in einer anderen Welt und wurde von einer großen Bande Wesen durch den Dschungel verfolgt, die nur zum Teil menschlich zu sein schienen. Er war nicht wie üblich mit seinen zwei .45er Automatik-Colts bewaffnet. Er besaß lediglich einen Bogen und einen Köcher voll Pfeile. Nachdem er viele seiner Jäger erschossen hatte, nahm er schließlich in einer Höhle in halber Höhe eines Berges Zuflucht. Der Feind erklomm mühsam den steilen Abhang. *Zack! Zack!* Mindestens sechs von ihnen waren getroffen. Sechs Feinde des Shadow, des Anwalts der Guten, bissen ins Gras und stürzten in das giftige Grün des Dschungels hinab.

Das oben Beschriebene lief als Serie innerhalb dreier Tage ab. Ich erinnere mich nicht mehr daran, wie viele Episoden es insgesamt gegeben hatte, aber es müssen wenigstens sechs oder sieben gewesen sein. Daß sie mit einer solchen Geschwindigkeit abliefen, lag zweifelsohne am Fieber.

Das oben Beschriebene leitet zu der *Dungeon*-Serie über und zu Band III, dem gegenwärtigen, *Das Tal des Donners*. Dieser Titel beschwört den Geist meiner Werke herauf. Wie ich schon in früheren Vorworten sagte, entspringt diese Serie dem Geist meiner Werke. Weder leitet sie sich aus einer bestimmten meiner Geschichten ab, noch ist sie ein Abklatsch davon. Sie verkörpert den Geist, die Psyche, der bzw. die in meiner Fantasy und meinen Science Fiction-Abenteuergeschichten wohnt.

Daher ist sie ein Alptraum. Und scheint zeitweilig vom Fieber inspiriert zu sein.

Aber anders als in den Alpträumen, die ich gehabt habe, werden ihre Rätsel, und es gibt eine Menge davon, schließlich gelöst werden. Und gleichfalls anders als in meinen schreckenerregenden Träumen wird sie einen befriedigenden und endgültigen Abschluß haben. Kein Aufhören im spannendsten Augenblick im sechsten und letzten Buch der *Dungeon*-Serie. Richard Lupoff, der Band I geschrieben hat, wird Band VI schreiben. Er wird alle Antworten liefern. Dessen bin ich mir sicher, wenngleich ich genausowenig wie Sie weiß, wie die Serie enden wird.

Im Augenblick kämpfen unser Held, Clive Folliot, und sein buntgemischter Trupp in einem anderen Universum ums Überleben. Sie hoffen, daß sie gleichfalls in der Lage sein werden, das Rätsel um die Kräfte hinter dieser unheilvollen Welt zu lösen. Sie haben ihre Zerreißprobe zur Hälfte überstanden (wenngleich sie das nicht wissen), und es scheint, als könnten die Dinge nicht schlimmer werden. Aber sie werden schlimmer werden.

In dieser Hinsicht ist das Dungeon unserer Erde ähnlich. Wir Erdlinge wissen nicht wirklich, warum wir auf diesen Planeten geboren worden sind, oder wer ihn geschaffen hat, oder zu welchem Zweck, wenn überhaupt, wir kämpfen. Wir haben viele Theorien (Religionen und Philosophien), um das Wie und Warum und Wozu zu erklären. Keine ist wirklich erhellend oder wirklich befriedigend. Zumindest nicht für viele Menschen. Alles ist Meinung, ohne irgendeine Tatsache, die diese Meinung stützt. Selbst diejenigen, die die Religionen und Philosophien zurückweisen, tun das auf der Grundlage einer Meinung, die aus der persönlichen Bewußtseinslage und dem Zustand des einzelnen Individuums herrührt.

Meinungen gibt es so viele wie Silvesterraketen. Sie erzeugen Licht und Lärm in der Dunkelheit und sind dann wieder verschwunden. Jedoch ist jeder Tag auf der Erde das Silvester der Meinungen, und der unaufhörliche Nachschub an Silvesterraketen sorgt in dieser Welt für eine Menge Licht und Lärm.

Silvesterraketen sind real. Meinungen sind real. Alle Gedanken sind real, wie kurzlebig sie auch sein mögen. Und Fiktion ist genauso real wie die Realität. Fiktion ist ein Teil der Realität.

Niemand kann erfolgreich bestreiten, daß Fiktion genauso real und folgeträchtig ist wie Politik und Religion und Hämorrhoiden und sich die Zehen zu stoßen und das Auto gegen eine Telefonzelle zu fahren. Fiktion existiert, und die Gedanken und emotionalen Reaktionen, die man während des Lesens hat, hinterlassen einen gewissen Eindruck. Diese Eindrücke unterscheiden sich je nach der Vita und den individuellen Reaktionen des einzelnen Lesers. Einige von uns werden von einer bestimmten Geschichte stark berührt, und diese haftet dann wie Schleim an uns.

Die Eindrücke sind das Ergebnis elektrochemischer Impulse, die ihrerseits Reaktionen auf die Fiktion sind, die wir lesen. Diese Impulse sind real, weil sie tatsächlich existieren, und sie sorgen dafür, daß solche beständige Dinge wie Bücher, Filme, Gebäude, Gemälde, Musik existieren — alles in Wahrheit künstliche Dinge wie auch Institutionen und Sitten und Änderungen der Sitten.

Die Gedanken, die Sie haben, während Sie diese Serie lesen, mögen vielleicht in etwas so Realem und Festem resultieren wie die steinernen Gesichter der Osterinseln.

Gedanken und Sprache der Menschen des Bronzezeitalters und der frühen Eisenzeit sind dahin. Aber sie schufen aufgrund dieser Gedanken und Gespräche Waffen und Werkzeuge und Gebäude. Einige davon haben überlebt. In Griechenland führten sie schließlich zur Niederschrift von Homers *Ilias* und *Odyssee*. Diese Werke zeigten große Wirkung. Ich weiß, daß sie's auf mich taten. Sie beeinflußten meine Werke mehr als die Geschichten in den Pulp-Magazinen, wenngleich ich *deren* Effekte nicht herabsetzen will. Am Ende sind andere dadurch beeinflußt worden, daß ich von Homer beeinflußt worden bin, und sie schreiben Geschichten, die, wenn man so sagen will, Homer aus tausendster Hand sind. Der wiederum seinen Stoff davon bekommen hat, was über die Jahrhunderte hinweg ausgesiebt worden ist.

Dann ist da die Bibel. Als Kind und als Jugendlicher

las ich viel darin, und ich lese sie noch immer hier und da. Sie hatte mächtige Wirkung auf mich, wenngleich sie ursprünglich durch eine Serie elektrochemischer Impulse im Bewußtsein einer Reihe von Männern des Bronze- und des Eisenzeitalters entstand. Schließlich wurde sie ›wirklich‹, ein Buch. Obgleich sie zum Teil Fiktion ist, hatte sie einen ungeheuren Einfluß sowohl im Guten als auch im Schlechten. Ich habe mich mit Geschichte und Biographien beschäftigt und schließe daraus, daß die Bibel insgesamt gesehen mehr zum Schlechten als zum Guten verwendet wurde. Aber alles birgt schließlich die Möglichkeit zum Guten oder Schlechten in sich. Fast alles, möchte ich rasch hinzufügen.

Dantes *Inferno* leitet sich aus der Bibel und seinem Haß gewissen Leuten gegenüber ab. Es beeinflußt, wie ich glaube, niemanden im religiösen Sinne, aber es konkretisierte mit Sicherheit die Vision der Hölle. Diese Vision erregte die elektrochemischen Impulse einer Anzahl Männer, kurz gesagt Prediger und Autoren. Viele, viele Predigten und viel geschriebene Fiktion basieren darauf. In vielerlei Hinsicht schuldet die *Dungeon*-Serie einiges von ihrer Geographie und Bevölkerung Dante.

In einem vorangegangenen Vorwort habe ich die *Dungeon*-Welt mit der Hölle verglichen. Der Hauptunterschied zwischen diesen beiden Welten ist jedoch sehr bedeutend. Bei Dante war die Hölle das Ende und alles für ihre Bewohner. Sie würden für immer leiden, und ihre Charaktere würden sich nicht zum Schlechteren oder Besseren hin ändern. In der *Dungeon*-Welt hingegen strahlt hell der Optimismus, trotz all ihrer Schrecken. Unser Held und seine Kollegen werden leiden, aber ihre Charaktere werden sich zum Besseren hin ändern.

In dieser (und natürlich in vielerlei anderer) Hinsicht erinnert die *Dungeon*-Welt an meine Flußwelt. Und unsere eigene Erde.

Philip José Farmer

Eins

Die Welt war ein flammendes Blau, durchsetzt mit Funken.

Als Major Clive Folliots Gesellschaft die Schleuse betrat, fiel ihnen der Boden unter den Füßen weg, als hätte er nie existiert. Ein tosender Lärm erfüllte ihnen die Ohren. Übelkeit, hervorgerufen von der Höhe, packte sie, aber sie hatten nicht das Gefühl zu fallen. Sie trieben einfach in der Vorhölle eines blauen, überall wolkenlosen Himmels, der so sehr glänzte, daß es in den Augen schmerzte. Jedes Augenzwinkern rief erneut wirbelnde Funken hervor und weckte Tränen, die in den Augen brannten, dann einen Augenblick lang für klare Sicht sorgten, bis der blaue Glanz erneut zuschlug.

Sind wir gestorben? fragte sich Clive.

Die Gliedmaßen schlugen hilflos in der Bläue um sich, die sich zu dicht für Luft anfühlte. Das Atmen war harte Arbeit. Der Magen hing ihm in der Kehle. Speere eines neuralgischen Schmerzes bohrten sich ihm bei jedem Blinzeln durch den Kopf.

Sind wir so weit gekommen, nur um zu sterben?

Denn diese Leere schien sehr wie der Tod zu sein. Hatten Chambers und Darwin und diese anderen atheistischen Evolutionstheoretiker recht? Wir kommen aus dem Nichts, klettern irgendeine verdammte Evolutionsleiter empor, und wir kehren ins Nichts zurück. Kein Gott. Kein Himmel. Wenngleich dies vielleicht die Vorhölle war. Nicht Pech und Schwefel, auch nicht das Fegefeuer, das sie vor so kurzer Zeit auf der letzten Ebene verlassen hatten, sondern nur eine Vorhölle von Blau, das so sehr schmerzte, daß es einen zum Wahnsinn brachte.

Clive schloß die Hände zur Faust, die Nägel bohrten

sich in die Handfläche, und die Knöchel wurden weiß bei diesem Druck.

Verdammt sollst du sein, Neville. Von dem Augenblick an, in dem wir auf der Welt waren, war ich stets verflucht, in deinem Schatten zu stehen. Muß ich jetzt in eben jenem Schatten sterben?

Die übrigen Mitglieder seiner Gesellschaft waren für ihn nur dunkle Punkte. Er rief zu ihnen herüber, aber die dicke Luft wollte die Stimme nicht tragen. Sie kratzte ihm in der Kehle und saugte ihm die letzte Feuchtigkeit aus den Schleimhäuten. Die Brust schmerzte, die Lungen hyperventilierten, während sie versuchten, genügend Sauerstoff in sich hineinzusaugen; das Ergebnis war jedoch nur ein abnormer Abfall von Kohlendioxid im Blut.

Der Blick umwölkte sich allmählich — nicht wegen des schmerzhaften azurfarbenen Leuchtens, sondern weil diese einfache Substanz fehlte, die der Mensch zum Leben braucht.

Luft.

Die Bewußtlosigkeit türmte sich wie eine dunkle Wolke am Horizont seines Schmerzes auf. Der Glanz war nahezu verschwunden — Funken wie Nadelstiche sprühten am Rand der Dunkelheit.

So ist der Tod, dachte Clive.

Er war nicht so schlimm. Clive hieß die Erleichterung vom Schmerz fast willkommen. Es wäre so einfach, alles fahrenzulassen, die Verantwortung abzugeben, die er sich aufgebürdet hatte, den Kampf zurückzulassen, sich die anderen die Köpfe blutig schlagen lassen beim Anrennen gegen die endlosen Wände dieses blutigen Dungeon, während er selbst einfach alles fahrenließe ...

Aber das war nicht seine Art.

Obgleich er es bei allem, was er unternahm, schwerer als sein Zwillingsbruder hatte, war er nicht jemand, der aufgab, gleich, wie ungünstig die Dinge standen.

Noch nicht einmal dann, wenn dir dein Herzenswunsch erfüllt würde?

Clive runzelte die Stirn bei der unvertrauten Stimme, die seine Träumereien unterbrochen hatte ...

Und bemerkte, daß das Blau verschwunden war.

Er stand an einem Ort bar jeder Farbe oder jeden Lichts. Er konnte ein weiteres Mal atmen. Unter den Füßen befand sich eine feste Oberfläche. Eine leichte Brise strich ihm um die Wangen und kitzelte in den Haaren des Schnauzbarts. Ein schwacher Geruch nach Gewürznelken lag in der Luft. Auf der Zunge lag der scharfe Geschmack von Anis.

»Wer hat gesprochen?« fragte er.

Er drehte sich langsam um die eigene Achse, achtete sorgfältig darauf, nicht den Halt zu verlieren. Der Boden unter den Stiefeln war so glatt wie polierter Marmor.

Die Stimme, das wurde ihm klar, hatte nicht laut gesprochen. Sie hatte sogar nur im Bewußtsein geklungen — eine telepathische Kommunikation, wie sie Shriek benutzte. Aber es war nicht Shrieks Stimme gewesen.

Ein flüsterndes Geräusch — als senkte sich ein Vorhang herab.

»Wer ist dort?« schrie er. »Wo bist du?«

Er sah, wie sich rechts von ihm die Dunkelheit erhellte. Wo alles um ihn herum so dunkel war wie ein verschlossenes Grab, graute es dort vielversprechend. Der Geruch nach Gewürznelken schwand. Der scharfe Geschmack blieb im Mund zurück, wenngleich auch er mit jedem Augenblick schwächer wurde.

Er tat einen Schritt auf das Grau zu. Einen weiteren.

Wie in der letzten Schleuse war auch hier die Luft dick, aber er kam hindurch. Es war, als ginge man durch dünne Gaze, und die Dunkelheit haftete wie ein Spinnennetz am Gesicht; er ging jedoch stetig weiter und schlug dabei mit den Händen nach der Dunkelheit, bis er schießlich das graue Gebiet erreichte.

Zunächst vermochte er nichts durch die Waschküche

von Nebel zu erkennen. Er streckte eine Hand aus und berührte eine membranähnliche Wand, die nach außen nachgab, als er dagegen drückte. Der Nebel hob sich allmählich, und Clives Augen weiteten sich vor Erstaunen.

Er sah in ein sehr vertrautes Zimmer. Die Stimme, die er zuvor gehört hatte, hallte ihm erneut kurz durchs Bewußtsein.

Dein Herzenswunsch.

Das Zimmer, in das er sah, wurde von einer Öllampe erleuchtet. Eine Frau stand am Fenster und sah über Plantagenet Court hinaus. Das Licht der Lampe ließ sie im Schatten stehen, jedoch nicht so sehr, daß Clive nicht die Rundung der Schultern, das Kräuseln des Haars, die hübsche Erscheinung des Körpers hätte erkennen können.

Dein Herzenswunsch.

Bei allen Heiligen. Irgendwie war ihm ein Fenster zur Londoner Wohnung seiner Geliebten geschenkt worden, Annabella Leighton. Die Entfernung, die London von Afrika, oder wo auch immer dieses verdammte Dungeon liegen mochte, getrennt hatte, war aufgehoben, beiseite geschoben worden, um ihm diesen kurzen Augenblick zu verschaffen.

Er rief ihr etwas zu, aber sie gab keine Antwort.

Er drückte fester gegen die Membran, die ihn zurückhielt. Sie dehnte sich, wollte jedoch den Weg nicht freigeben.

Er verfluchte die Herren des Dungeon dafür, daß sie ihm soviel — aber nicht mehr — gegeben hatten, und er drückte stärker.

Einen Augenblick lang lag die unsichtbare Barriere, die ihn zurückhielt, wie eine dünne Haut auf der Hand, dann gab sie nach. Er trat begierig vor, drückte dabei Gesicht und Brust gegen die klebrige Oberfläche und zerrte mit der anderen Hand daran. Langsam — so langsam — gab die Wand den Weg frei.

Und er war drinnen.

Er stand ungläubig in Annabellas Zimmer. Als er sich

umschaute, vermochte er nicht zu entdecken, wo er hereingekommen war. Er musterte das Zimmer, und es schien sich nicht von dem Zustand zu unterscheiden, in dem es in jener Nacht seines Abschieds von ihr gewesen war — zu viele Monate her. Es war, als wäre seine Zeit im Dungeon niemals gewesen.

Mein Gott, war es alles ein Traum gewesen?

Oder war ihm eine zweite Chance gegeben worden? Wenn er dieses Mal das Schiff nicht nähme — wenn er statt dessen in London bliebe und — arm, wie sie waren — Annabella heiratete — könnte er dann alle die Schmerzen, die er zurückgelassen hatte, nachdem er die *Empress* bestiegen hatte und davongesegelt war, ungeschehen machen?

Clive zog die Brauen zusammen. Aber wenn sein Bruder noch immer weg wäre, könnte er sich durch seine Rückkehr nach London nicht seiner Verantwortung entziehen. Er müßte einfach wieder von neuem los ...

Aber wie könnte er das? Weil er wußte, was er jetzt wußte, wie könnte er Annabella ein zweites Mal verlassen? Sicherlich wär's ein schlimmeres Verbrechen, sie zu verlassen, wenn er *wüßte*, was das für sie bedeutete.

Und dann waren da noch immer seine Gefährten. Mußten sie sich jetzt selbst durchschlagen, oder war jedem von ihnen gleichfalls diese Möglichkeit gegeben worden?

Er betrachtete Annabella. Aus diesem Blickwinkel konnte er kein Anzeichen für ihre Schwangerschaft erkennen. Vielleicht zeigte sie sich jetzt noch nicht. Vielleicht war sie sich noch immer nicht bewußt, daß sie ihr Kind trug ...

Sie wandte sich um, mit diesem vertrauten Lächeln im Gesicht. Clive fiel auf, daß sie von seinem jähen Erscheinen in keiner Weise überrascht zu sein schien. Es war, als wäre er niemals gegangen.

Sie schüttelte den Kopf, einen schalkhaften Ausdruck in den Augen.

»Bist du jetzt soweit, daß du aufstehen kannst, du Murmeltier?« fragte sie.

»Ich...«

Der Klang ihrer Stimme zerriß ihm das Herz. Die Gestalt, das Lächeln, das Kornblumenblau der Augen...

Er griff nach ihr, aber sie schüttelte den Kopf.

»Nicht schon wieder, mein Lieber. Wenn du dich nicht bald anziehst, werden wir zu spät zur Feier kommen — und das wäre nicht gut. George würde dir niemals vergeben.«

Feier? dachte Clive. Was in Gottes Namen ging hier vor? Wie konnte sie so ruhig sein? Sie benahm sich wahrhaftig so, als wäre er niemals gegangen — als wäre alles, was er durchgemacht hatte, nichts weiter als ein Alptraum.

Er betrachtete sie näher und sah schließlich, wie sie gekleidet war. Sie trug ein Abendkleid mit weitem Ausschnitt und weitem Rock. Die Schultern waren gepudert, das Haar zu Locken aufgetürmt, die in dem Licht glänzten, das die Öllampe auf dem Ankleidetisch warf.

Eine Feier.

»Aber nachher«, fuhr Annabella fort, »wenn wir zurückkehren, dann werden wir deine Beförderung ganz für uns feiern, bis sich keiner von uns beiden mehr rühren kann.«

Clive verlangte es, bei dem Versprechen, das in ihren Augen lag, sie zu berühren. Aber er konzentrierte sich auf die merkwürdigen Dinge, die sie sagte. Seine Beförderung. Eine Feier.

Das Echo tönte erneut in ihm.

Dein Herzenswunsch.

War's nicht das, was er sich stets gewünscht hatte? In der Lage zu sein, sie zur Frau zu nehmen, das Leben in die eigene Hand zu nehmen und Vater und Zwillingsbruder zum Teufel zu schicken, ihren Unterricht zum Teufel zu schicken?

Er sah an sich selbst herab. Er stand nackt neben ihrem Bett. Neben ihm lag die zusammengeknüllte Bettwäsche.

Dir ist gerade ein langer und verwirrender Traum widerfahren, sagte er sich. Es kann keine andere Erklärung dafür geben.

Er hatte sich niemals mit der *Empress* eingeschifft und seinen Bruder gesucht, war niemals in diesem höllischen Dungeon gefangen gewesen ... Natürlich. Das machte Sinn. Das ganze Erlebnis hatte etwas von einem Alptraum an sich gehabt.

Aber es hatte so real gewirkt. Und da war noch immer ...

Er sah Annabella an. »Mein Bruder ...«, begann er.

Sie lachte. »Wegen ihm brauchst du dir keine Sorgen zu machen — er ist nicht eingeladen worden.«

Clive setzte sich aufs Bett und rieb sich das Gesicht. Annabella war sofort beunruhigt und lief zu ihm. Sie kniete sich neben das Bett, auf dem er saß. Der Reifrock erschwerte es ihr, ihn zu umarmen, und so faßte sie ihn bei den Händen.

»Clive — was ist los?«

»Ich ... Ich hatte ein ganz seltsames Erlebnis«, sagte er langsam. »Ich ...« Er schaute auf, und ihre Blicke trafen sich. »Ich kann mich nicht im geringsten an diese Feier oder an eine Beförderung erinnern. Ich habe geträumt, ich ging nach Afrika, um Neville zu suchen, und wurde dabei in einem riesigen labyrinthartigen Dungeon gefangen.«

»Sollen wir einen Arzt holen?« fragte Annabella.

Ihre Sorge war offensichtlich.

Clive schüttelte den Kopf. »Nein. Physisch gesehen geht es mir gut. Ich bin nur — völlig durcheinander.«

»Wir können die Feier im Klub absagen. Ich lasse George eine Nachricht zukommen, daß wir uns leider außerstande sähen, an ihr teilzunehmen.«

Clive schenkte ihr einen traurigen Blick. »Du hast gesagt, er würde die Party für mich geben?«

Annabella nickte.

»Dann ist's so, wie du vor einem Augenblick gesagt hast: Er würde es mir niemals vergeben, wenn wir nicht kämen.«

Je länger er mit ihr sprach, desto einfacher wurde es für ihn, zurück ins alte Leben zu schlüpfen. Das Dungeon wurde mehr und mehr zu einem schlimmen Traum.

»Du hast gesagt, mein Bruder ist nicht eingeladen worden«, sagte Clive. »Aber ist er gesund?«

Annabella blinzelte. »Natürlich ist er gesund! Es ist schon mehr als ein Monat her, seitdem er zurückgekehrt ist, und nach allem, was man so hört, hat er sich genügend erholt, um seine alten Umgangsformen dir gegenüber wieder aufzunehmen.«

Die Augen blitzten vor Ärger, als sie von seinem Zwillingsbruder sprach.

»Und ich bin nie nach Afrika gesegelt?«

Der Ärger verschwand und machte einem Gelächter Platz. »O Clive! Du hältst mich zum Narren — nicht wahr?«

Clive schaute sich im Zimmer um und ließ dann den Blick auf ihr ruhen. Er drückte ihr die Hände.

Falls das Dungeon ein Traum gewesen war, war jetzt alles aus und vorbei. Er konnte ihn aus dem Bewußtsein streichen. Aber falls das hier der Traum wäre, wäre er schön dumm, wenn er ihn aufgäbe.

»Du hast mich herausgeholt«, sagte er zu ihr.

Annabella erhob sich kopfschüttelnd. Mit raschen und geschickten Bewegungen strich sie sich den Rock zurecht.

»Auf!« befahl sie ihm. »Deine Uniform hängt gebügelt an der Tür des Umkleidezimmers für dich bereit. Ich zähle bis zehn, und dann mußt du fertig sein. Wenn du bis dann nicht fertig bist, werde ich einen anderen Begleiter finden.« Sie blinzelte ihm zu. »Eins ... zwei ... drei ...«

Clive richtete sich rasch auf. Die Uniform — die scharlachrote Jacke und die dunkle Hose der Königlichen Horse Guards — hing da, wo Annabella gesagt hatte. Aber es war nicht die eines Majors. Es war die eines Oberstleutnants.

Er erhob sich vom Bett und ging hinüber, wo die Uniform hing, und ließ die Finger über den Stoff der Jacke gleiten.

Gott mochte ihm helfen! Er wußte nicht mehr länger, was real war und was nicht.

»Sieben ... acht ...«, zählte Annabella.

Clive schüttelte den Kopf und zog sich rasch an.

Zwei

Sie nahmen vom Plantagenet Court aus eine Kutsche zu du Mauriers Club — ein etwas bohèmehaftes Etablissement, wie George freimütig zugab, in dem Künstler und Schriftsteller verkehrten, Damen jedoch wenigstens zur Bar zugelassen waren.

Ein schwerer Londoner Nebel ließ den starken Verkehr noch langsamer fließen als zu dieser Zeit des Abends üblich, aber Clive machte das überhaupt nichts aus. Er sog die Umgebung ein und ließ sich dabei alles schmecken, worauf sein Blick fiel; das Durcheinander zwischen Kutsch- und Fußgängerverkehr, die Händler und Hausierer, die noch immer ihre Waren der Menge vor den Theatern und Restaurants anboten. Vom Elend der Slums bis hin zu den Wohnstätten der Reichen sah Clive alles Vertraute in einem völlig neuen Licht.

Er hatte nie geglaubt, London noch einmal zu sehen, aber hier fuhr er nun durch die von Gaslaternen erleuchteten Straßen, Annabella zur Seite, eine Feier in Sicht.

Mein Gott, was konnte sich ein Mann mehr wünschen?

Als sie schließlich den Club erreichten, stieg Clive aus und geleitete seine Begleiterin hinab auf die kopfsteingepflasterte Straße. Er bezahlte den Kutscher, bot Annabella den Arm und ging zum Eingang, der von einem uniformierten Diener bewacht wurde. Ehe sie jedoch die Stufen erreichten, humpelte ein zerlumpter Bettler rasch aus den Schatten, mit dem Hut in der Hand.

»He!« rief der Diener. »Verschwinde!«

»Bitte, gnä Herr«, sagte der Bettler und hielt dabei die Aufmerksamkeit auf Clive gerichtet. »Ham Se nich was für mich, guter Herr?«

Annabella wich zurück. Normalerweise hätte Clive den Mann so rasch weggeschickt, wie es der Diener erwartete, aber irgend etwas in den Zügen des Bettlers erregte seine Aufmerksamkeit. Irgend etwas Vertrautes lag unter dem Schmutz auf dem Gesicht des Mannes verborgen.

»Einen Augenblick«, sagte Clive.

Er ließ Annabella bei dem Diener stehen, trat an den Bettler heran und nahm ihn näher in Augenschein.

»Kenne ich dich?« fragte er.

Der Bettler schüttelte den Kopf. »Ich bin 'n Niemand, gnä Herr. Niemand, den so 'n feiner Herr wie Sie kennen sollt.«

Normalerweise stimmte das. Clive hatte nie Gelegenheit gehabt, sich mit Bettlern und ähnlichen Leuten zu unterhalten. Aber sein Aufenthalt im Dungeon hatte ihn gelehrt, daß der Schein leicht trügen konnte. Und da war dieses nagende Gefühl von Vertrautheit ...

»Nur 'n Schilling — wenn Sie'n entbehr'n könn, gnä Herr«, fuhr der Bettler fort.

Er streckte eine Hand aus, die noch schmutziger war als das Gesicht. Ein widerlicher Gestank ging von dem Mann aus — eine Mischung aus ungewaschenem Körper und abgestandenem Bier.

»Wie heißt du?« fragte Clive.

Der Nebel wurde zu einem leichten Nieselregen, während er mit dem Zerlumpten sprach.

»Clive!« rief Annabella.

Clive nickte in ihre Richtung, wandte sich jedoch nicht um.

»Dein Name?« wiederholte er.

Der Bettler wich einen Schritt zurück, ein furchtsamer Ausdruck glitt ihm übers Gesicht.

»Ich will Ihnen nix tun, gnä Herr«, sagte er. »Rufen Se nich nach 'er Polente wegen 'm armen Tom.«

Damit wandte er sich um und ergriff die Flucht. Clive

tat einen Schritt und wollte ihm folgen, hielt dann inne und ließ ihn gehen.

Tom. Diese Gesichtszüge ...

»Clive«, sagte Annabella erneut.

Sie verließ die Stufen und gesellte sich auf der Straße zu ihm. Als ihr Clive wieder seine Aufmerksamkeit zuwandte, wußte er aus dem Blick in ihren Augen, daß sie sich erneut um ihn sorgte. Er hob die Schultern und schenkte ihr ein rasches Lächeln.

»Ich hatte das merkwürdige Gefühl, daß ich den Mann kenne«, sagte er. »Völliger Unsinn natürlich.«

Er nahm Annabella beim Arm, führte sie die Stufen hinauf und an dem Diener vorüber, der einen betont unbewegten Gesichtsausdruck zur Schau stellte. Der Diener öffnete ihnen die Tür, und sie betraten den Klub.

»Du machst mir allmählich angst«, sagte Annabella, sobald sie einmal drinnen waren. »Zuerst spielst du Gedächtnisverlust, und jetzt scheinst du auf der Straße mit Bettlern zu flirten.«

»Ich hatte gedacht, es wäre vielleicht jemand aus dem alten Regiment«, sagte Clive zu ihr, »über den schlechte Zeiten gekommen sind. Es sind nicht alle Männer so glücklich wie ich.«

Womit er sich offensichtlich auf sie bezog und dafür ein Lächeln geschenkt bekam.

Im Foyer nahm ein Diener ihr den Mantel und Clive die Militärkappe ab, und dann gingen sie dorthin, wo George sie erwartete. Ein großes Feuer brannte im Kamin und vertrieb das nasse Frösteln von Nachtluft und Nebel draußen. George erhob sich mit einem Willkommenslächeln aus dem Stuhl und streckte eine Hand aus.

»Ich war gerade dabei, Sie aufzugeben«, sagte er. »Wir haben das Essen für acht Uhr bestellt, aber wir haben noch etwas Zeit für einen Drink, wenn Sie möchten.«

Clive warf Annabella einen Blick zu. Als sie nickte, bestellte er beim Kellner, der in der Nähe stand, zwei Glas Sherry.

»George?« fragte Clive.

Sein Freund hob das eigene Glas, das noch halbgefüllt war, und schüttelte den Kopf.

»Also nur zwei Gläser«, sagte Clive zum Kellner.

»So«, sagte George, sobald Clive und Annabella saßen, »habt ihr schon den Termin festgelegt?«

Termin?

Zum Glück dachte Clive diese Frage nur und platzte nicht laut damit heraus — er hätte es fast getan —, denn als er sah, wie Annabella errötete und die Augen niederschlug, wurde ihm natürlich sofort klar, worauf sich George bezog — auf ihre Hochzeit. Die wirkliche Frage war jetzt, hatten sie einen Termin festgelegt? Annabella würde ihn für einen vollkommenen Flegel halten, wenn er sich nicht daran erinnerte, falls sie's getan hatten.

Er warf ihr einen Blick zu, aber er fand in ihrem Gesicht keine Antwort. Er räusperte sich.

»Öh...«, begann er und wurde von der Ankunft des Kellners, der die beiden Sherries brachte, gerettet.

»Auf Ihr Wohl!« rief George und hob das Glas. »Mögen Sie stets reich an Gesundheit sein und stets aneinander Freude haben.« Ehe Clive und Annabella mit ihm anstoßen konnten, fügte George mit einem Blinzeln hinzu: »Und eine Beförderung schmerzt sicherlich auch nicht, nicht wahr?«

»Auf uns«, sagte Clive und berührte das Glas mit dem des anderen, wobei er den Blick auf Annabella ruhen ließ.

»Auf uns«, sagte Annabella. Sie lächelte ihn warm an und richtete dann den Blick auf George. »Und auf den besten Freund, den ein junges Paar haben kann — Bohème oder nicht!«

Sie prosteten einander lachend zu und tranken.

Und dann schnitt es Clive wie mit einer kalten Klinge durchs Bewußtsein.

Der Bettler.

Tom.

Jetzt hatte er's. Der Mann hatte eine unheimliche Ähnlichkeit mit dem portugiesischen Seemann Tomàs, den er mit den anderen Gefährten im Dungeon zurückgelassen hatte. Als Bettler hier in London hatte er einen Cockney-Akzent, wohl wahr, aber die Ähnlichkeit war so stark, daß Clive nicht an einen Zufall zu glauben vermochte.

Außer, das Dungeon wäre nur ein Traum.

Er hatte sich jetzt davon freigemacht. Er hatte sich aus den Banden des Schlafs gelöst in der glücklichen Erleichterung des Wissens, daß alles nur ein Traum gewesen war — ein Alptraum, um's milde auszudrücken, aber nichtsdestoweniger eine Phantasie.

Er erinnerte sich jetzt jedoch erneut der Stimme.

Dein Herzenswunsch.

Wenn die ganze Sache nur ein Trugbild gewesen war, warum schien sie dann so real gewesen zu sein?

»Clive?«

Er blinzelte und bemerkte, daß ihn George und Annabella besorgt ansahen. Er stand auf.

»Eine ... kurzzeitige ... Benommenheit«, sagte er. »Ich brauche etwas frische Luft.«

Noch ehe einer der beiden Protest anmelden konnte, ging er zum Eingang zurück. Der Diener wandte sich ihm zu. Das Lächeln des Mannes wandelte sich zu jäher Vorsicht.

Clive war bereit gewesen, nach dem Bettler zu fragen; als er jedoch den Ausdruck auf dem Gesicht des Mannes sah, fiel ihm auf, wie lächerlich er sich benahm.

»Haben Sie ... öh ... zufällig einen Handschuh gesehen?« fragte Clive.

Der Diener schüttelte den Kopf. »Nein, Sir. Vielleicht haben Sie ihn in der Kutsche gelassen?«

»In der Kutsche?« wiederholte Clive.
Reiß dich zusammen, Mann! sagte er sich.
»Natürlich«, sagte er mit einem raschen Lächeln, bei dem er sich sicher war, daß es genauso gekünstelt aussah wie es sich anfühlte. »Die Kutsche. Vielen Dank.«
Er betrat den Klub wieder, ehe der Mann Gelegenheit hatte, noch ein weiteres Wort zu sprechen. Im Foyer lächelte er den Lakai an, der ihm den Hut abgenommen hatte. Der Mann schien verwirrt zu sein, als ihm aufging, daß er eben das bereits vor ein paar Augenblicken getan hatte.
»Ich mußte nur rasch ein wenig frische Luft schöpfen«, sagte Clive zu ihm. »Wunderbare Nacht.«
Aber sicher, dachte er. Nebel und Nieselregen. Nun, verdammt noch mal, nach den Monaten im Dungeon — Traum oder nicht — war es eine *wundervolle* Nacht.
Er floh die Verwirrung des Mannes und gesellte sich wieder zu seinen Begleitern. George erhob sich augenblicklich, als er ihn sah und fing ihn mitten im Raum ab. Er nahm Clive beim Arm und schaute ihm ins Gesicht, ganz klar besorgt.
»Clive, sind Sie krank?«
Clive schüttelte den Kopf.
»Wissen Sie, Annabella hat mir gesagt, daß Sie ein wenig durcheinander sind, seitdem Sie heute von einem Nickerchen am frühen Abend erwachten.«
»Die Nerven«, versicherte ihm Clive. »Es kommt nicht oft vor, daß ein Mann zur gleichen Zeit befördert wird und sich verlobt, wie jetzt.«
Diese Erklärung wurde bereitwillig akzeptiert. George sah ihn einen Augenblick länger prüfend an, drückte ihm dann den Arm und führte ihn zum Kamin zurück, wo Annabella wartete.
»Alles in Ordnung, meine Liebe«, sagte Clive zu ihr.
Er achtete darauf, die Hand unter Kontrolle zu halten, als er den Sherry nahm. Es fühlte sich an, als wollte sie sich vom Gelenk losschütteln.

»So«, sagte er, als er das Glas wieder absetzte, »wen hast du alles ins Restaurant eingeladen, George? Zweifellos die gesamte Theatermeute.«

George lachte. »Nein, nein. Für diese ehrenwerte Gelegenheit werden wir eine respektable Gesellschaft sein, mit Ausnahme meiner eigenen Person natürlich.«

Clive zeigte ein angemessenes Lächeln, konnte jedoch das Gefühl nicht abschütteln, daß er dabei wäre, verrückt zu werden. Was war nun real — das hier oder dieses verdammte Dungeon?

Mit großer Anstrengung schob er diese Frage beiseite und versetzte sich in die Feststimmung, die dieser Abend erforderte. Dennoch konnte er das Gefühl nicht loswerden, als wäre er nicht so ganz dabei und würde an den Ereignissen teilhaben, als beobachtete er sie durch ein dunkles Glas. Er sah erneut die Gesichtszüge des Bettlers, erinnerte sich an Tomàs und die übrigen Kameraden — Shriek, Finnbogg, Smythe und seine vielfache Urenkelin Annabelle ...

Nein! befahl er sich. Laß es gut sein!

Nachdem sie den Klub verlassen hatten und zum Abendessen gegangen waren, hatte er den ganzen restlichen Abend über damit Erfolg.

Ein paar seiner Offizierskameraden saßen zusammen mit ihren Damen im Restaurant, desgleichen auch einige von Georges Freunden, die Clive und Annabella im Laufe der Zeit kennengelernt hatten. Die vielen Gratulationen — sowohl zu seiner Beförderung als auch zur herannahenden Hochzeit — zogen viel Gläserheben nach sich. Es gab ein gutes Essen und eine noch bessere Unterhaltung, mit edlen Getränken sowie anschließendem Tanz. Aber die ganze Zeit über blieb eine nagende Besorgnis in Clives Bewußtsein, die ihm alles, was ihm widerfuhr, farblos erscheinen ließ.

Mit all dem, was er bereits im Dungeon erlebt hatte — oder erlebt zu haben glaubte: Konnte man da sagen, daß dies nicht einfach ein weiterer Zug in dem unerklärlichen Schachspiel war, das von den Herren des Dungeon gespielt wurde? Wie könnte er das wissen? Wenn alles eine Lüge wäre ...

Dein Herzenswunsch.

Wenn alles dies eine Lüge wäre und er die Wahl hätte — in den Kampf zurückkehren oder die Lüge zu leben: Was würde er wählen! *Wie* könnte er wählen?

Drei

Es war spät, als sie schließlich in Annabellas Wohnung zurückkehrten. Der Nieselregen war den ganzen Abend über gefallen, der Nebel auf den Straßen hatte sich verdichtet und ließ die Rückkehr in der Kutsche zu einer feuchten und erbärmlichen Angelegenheit werden — oder hätte es getan, wenn sie nicht in der Gesellschaft des anderen gewesen wären. Annabellas Wangen glühten sowohl vom abendlichen Tanz als auch vom Wein, und Clive bemerkte erneut, wie leer die Welt ohne sie wäre.

Wie sie's im Dungeon gewesen war.

Sein Traum.

Sobald sie die Öllampen entzündet hatten, sobald das Feuer im Kamin brannte und die Kälte vertrieb, wurde es gemütlich in ihrer Wohnung. Während Annabella ein Bad nahm, stand Clive am Fenster und sah hinunter auf die nassen Straßen. Er war völlig durcheinander. Er hätte diesen Abend genießen sollen, und die meiste Zeit über hatte er's auch getan. Alles war vollkommen gewesen — sowohl die Gesellschaft als auch die Atmosphäre —, aber er war nicht in der Lage gewesen, das Gefühl abzuschütteln, etwas Verbotenes zu tun.

Auf dem Fensterbrett sah er einen winzigen Fenchelsamen liegen, dessen blasses Grün mit den weißen Streifen sich hell gegen das dunkle Mahagoni abhoben. Er befeuchtete den Finger, berührte den Samen und hob ihn an die Augen.

Wie diese falsche Erinnerung, die er versucht hatte, beiseite zu schieben, als ihm der Bettler bei Georges Klub entgegentrat, erinnerte ihn auch der Same an etwas ...

Er steckte ihn geistesabwesend in den Mund und biß zu. Der scharfe Geschmack von Anis erfüllte den Mund. Ein Geruch von Gewürznelken lag in der Luft. Als er aus dem Fenster sah, verdichtete sich jäh der Nebel vor den Fensterscheiben, und es wurde unmöglich, auf die Straße zu schauen.

Und er erinnerte sich erneut.

Die Schleuse. Der Fall durch das Blau. Dieser gleiche Geschmack; dieser gleiche Geruch. Wie er einen der Hauptgrundsätze seines Lebens einmal in Worte gefaßt hatte: daß er keinem Kampf auswiche, gleich, wie schlecht die Chancen stünden. Er hatte es nicht laut ausgesprochen, aber dann hatte die Stimme trotzdem darauf geantwortet.

Noch nicht einmal dann, wenn man dir deinen Herzenswunsch erfüllt?

Um Gottes willen — war das Wahnsinn?

Er hatte schon früher George und seinen Freunden dabei zugehört, wenn sie seltsame Philosophien diskutierten, deren eine die Vorstellung war, daß diese Welt, in der sie alle lebten, nichts weiter als ein Traum wäre. Wenn der Träumer erwachte, würde alles verschwinden. Natürlich Torheit — reiner intellektueller Zeitvertreib. Denn keiner von ihnen — weder die, die für diese Ansicht, noch die, die dagegen sprachen — glaubte es wirklich.

Aber was, wenn diese Welt ein Traum *war*?

Dein Herzenswunsch.

Unmöglich. Und dennoch: War ihm die Zeit im Dungeon etwa weniger real erschienen?

Er drückte die Stirn ans Glas und schloß die Augen. Das Glas fühlte sich kühl auf der Haut an. Der Geruch von Gewürznelken schwand, der scharfe Geschmack auf der Zunge war jetzt fast nur noch eine Erinnerung.

»Clive?«

Beim Klang von Annabellas Stimme öffnete er die Augen. Draußen vermochte er wieder die Straße zu sehen, die Gaslaternen, die in den nassen Pfützen auf den Pflastersteinen reflektiert wurden, er vermochte zu sehen, wie der Nebel einen Halo um jede Laterne bildete.

»Clive?«

Er wandte sich um und sah Annabella neben ihrem Bad stehen, die Wangen noch immer glühend errötet. Sie war in ein Handtuch gehüllt, und sie trug nichts weiter als ihre Haarklammern.

»Sag mir, Clive«, sagte sie, »was ist los?«

Es schmerzte ihn, sie anzuschauen, und er haßte es, sie zu belügen.

»Nichts.«

»Wenn's irgend etwas ist, das ich getan habe ...«

Er schüttelte heftig den Kopf. »Niemals.«

Sie kam zu ihm herüber und legte ihm die Hände auf die Schultern. Während er auf sie herabschaute, mußte sich Clive einfach fragen, wie es kam, daß das prächtigste Geschöpf auf Gottes Erdboden soviel Liebe zu ihm in sich trug. Was hatte er jemals getan, daß er das verdiente?

»Du kannst's nicht vor mir verstecken«, sagte Annabella. »Ich weiß, daß du beunruhigt bist.«

Clive führte sie zum Bett und ließ sie sich dort niedersetzen.

›Ich bin von Träumen beunruhigt‹, wollte er sagen, als er sich neben sie setzte. ›Träume, die so real sind, daß mir einfach nur die Frage bleibt, was realer ist — dieses Leben oder die Träume.‹

Oder: ›Ich fürchte, ich werde verrückt.‹

Aber anstatt zu sprechen, nahm er sie in die Arme und küßte sie. Sanft, sehr sanft. Sie legten sich aufs Bett nieder, und eine Weile lang vermochte Clive, alle Ängste und Sorgen zu vergessen.

Sie liebten sich matt und langsam. Clive verlor dabei das Gefühl der Verzweiflung, und der Vorgang war ihm Balsam fürs Herz. Anschließend, während Annabella schlief, richtete er sich auf einen Ellbogen auf und betrachtete sie und bestaunte die leichte Schwellung des Unterleibs. Er legte die Hand darauf, streichelte die glatte Haut und stellte sich dabei vor, er könnte ihre Tochter spüren, wie sie sich unter der Haut bewegte, obwohl es noch zu früh für eine solche Bewegung wäre.

Wußte es Annabella? überlegte er. Oder war es noch immer zu früh für sie?

Dann überfiel ihn die Erkenntnis, daß der einzige Grund für die Annahme, sie wäre schwanger, der war, daß er's aus dem Mund seines eigenen Nachkömmlings erfahren hatte.

In dem unmöglichen Dungeon.

Verrücktheit.

»Ich hätte dich niemals wissentlich im Stich gelassen«, sagte er seiner schlafenden Geliebten. »Ich wäre immer zurückgekehrt. Wenn ich's nicht getan habe, dann nicht, weil ich mich nicht ehrlich bemüht hätte.«

Annabella bewegte sich unruhig, als er sprach, wachte jedoch nicht auf. Clive erhob sich.

Die feuchte Nacht jenseits des Zimmers rief ihn. Er stand lange Zeit nackt am Fenster und starrte hinaus in die Dunkelheit, dann zog er sich an. Er schloß die Tür zu Annabellas Zimmer behutsam hinter sich und ging hinaus in die nächtlichen Straßen. Er hätte jedoch nicht zu sagen vermocht, mit welcher Absicht.

Clive trug einen Mantel als Schutz gegen die feuchte Kälte, die über der Straße lag, aber sie kroch ihm gleichwohl in die Glieder. Die Schritte hallten auf den feuchten Pflastersteinen. Er hatte den Hut vergessen, so daß ihm das Haar naß und glatt am Kopf klebte. Aber er beachtete das physische Unbehagen nicht weiter. Er war mit den Gedanken weit weg — an einem unmöglichen Ort, den er jetzt anscheinend besser kannte als London. Daß er die Erinnerungen vieler Monate in sich trug, bestürzte ihn nur desto mehr.

Zunächst war er allein auf der Straße, aber je weiter

er sich von Plantagenet Court entfernte, desto rauher wurde seine Umgebung. Jetzt standen Huren auf den Straßen — erschöpfte Frauen, die von ihren Zuhältern dazu getrieben wurden, ein paar letzte Schillinge zu verdienen, ehe es das geworden war, was sie Nacht nannten. Verrufen aussehende Männer lehnten an Hauswänden und beobachteten ihn im Vorübergehen, während sie ihn mit den Blicken abschätzten. Bettler sprachen ihn an. Straßenbengel zerrten ihn am Mantel.

Er beachtete sie alle nicht.

Er übersah sie mit einer solchen Endgültigkeit, daß selbst die Beutelschneider lieber auf andere günstige Gelegenheiten warteten und ihn unbelästigt weitergehen ließen.

Es war nicht so sehr die Haltung der Schultern, auch nicht der militärische Schritt. Es waren die Augen, die sie ansahen, ohne sie zu sehen. Nicht, weil sie unter seinem Stand und daher seiner Aufmerksamkeit nicht würdig waren. Es kam ihnen so vor, als liefe er in einer völlig anderen Welt, einer Welt, die selbst sie nicht betreten konnten.

Körperlich ging er durch Londons Straßen, sein Bewußtsein jedoch wanderte in Bedlam.*

Wenngleich der feine Schnitt seiner Kleidung sie überaus verlockte, wollten sogar die Banditen von Seven Dials, Spitalfields und ähnlicher Bezirke lieber nichts mit einem Verrückten zu tun haben. Man konnte leichter an ein paar Schilling rankommen. Daher ließen sie ihn unbehelligt, während sie ihn durch die Gucklöcher ihrer labyrinthartigen Ansammlung von Geheimgängen, Schlupflöchern, Tunneln, versteckten Durchgängen und verborgenen Ausgängen beobachteten. Ein großer gutgekleideter, wenngleich hutloser Herr, der sorglos durch die gefährlichen Straßen wanderte und

---

* Ursprünglich ein Irrenhaus (*St. Mary of Bethlehem*), später ein Krankenhaus für Gemütskranke in Londen. — *Anm. d. Übers.*

dabei zu sich selbst sprach, dessen Blick auf jene Welt gerichtet war, die nur die Insassen von Bedlam zu sehen vermochten.

Aber eine Bewohnerin der kriminellen Slums hegte ihm gegenüber keinen Argwohn. Sie trat aus einer der Seitenstraßen und sprach ihn unter dem dämmrigen Licht einer Gaslaterne an. Das Haar war feucht und wirr, und das billige Kleid klebte ihr am Körper wie eine zweite Haut. Sie schaute ihn verschwommen an und legte ihm die Hand auf die Brust, um ihn daran zu hindern, sie über den Haufen zu rennen. Bei der Wucht seines Aufpralls taumelte sie benommen, ehe sie das Gleichgewicht wiedererlangte.

Clive benötigte einen Augenblick, um der Falle seiner Träumereien zu entkommen und sich auf sie zu konzentrieren. Als er die runzeligen Züge erblickte, war er nicht davon überrascht, daß sie ihm vertraut waren.

Sie hätte Annabella sein können.

Annabella, wenn das Schicksal sie schlimmer behandelt hätte, als er das getan hatte, wenn es sie zu dieser Existenz reduziert hätte, die sich kümmerlich auf den Straßen durchschlagen mußte wie diese arme Nutte. Ihre Unausgeglichenheit rührte entweder vom Alkohol oder von Opium her. Weil sie ihr Gewerbe auf den Straßen ausübte, waren Gesicht und Haut so schmutzig.

Sie hätte Annabella sein können.

Oder ihr Nachkömmling, Annabelle.

Nur daß Annabelle Teil seines Wahns war, den er in sich trug. Sie war nicht real, ebensowenig wie das Dungeon.

»Du scheinst 'n unternehmungslustiger Herr zu sein«, sagte die Hure, wobei sie die Silben verschliff. »Wie wär's, wenn wir beide 'n bißchen Spaß miteinander hätten?«

Sie knöpfte sich das Hemd auf und zeigte ihm dabei Brüste, die genauso runzelig waren wie Gesicht und Hände.

»Laß mich in Ruhe!« sagte Clive zu ihr.

Aber hinter den Worten lag keine Kraft. Es war nicht so, daß er sie begehrte. Es war nur die Ähnlichkeit — diese schreckliche und unheimliche Ähnlichkeit.

»Nu, nu, so red'ste aber nich mit mir, Kumpel«, sagte sie. »Du möchtst doch nich, daß Annie mit leer'n Händen zu ihrem Luden zurückkehrt, nich wahr? Wär nich in Ordnung, so was.«

Sie ließ den Saum des Hemdes fallen, aber naß, wie es war, blieb es noch immer weit oben auf den Brüsten hängen. Die Hand hob sich zitternd zum Nackenverschluß des Kleids, zog es von den Schultern und enthüllte eine große verfärbte Schramme.

»Jack wird ungemütlich, siehste, Kumpel. Schlägt zu, wenn ich nich genug nach Hause bring, ja, das tut er.«

»Ich will nicht ...«

»Ihr alle wollt's«, sagte die Frau und schnitt ihm das Wort ab. »Oder warum läufse sons hier in 'n Straßen rum?«

Sie faßte ihn beim Arm und zog ihn zur Mündung der Seitenstraße. Clive schüttelte die Hand ab.

»Du sagst, dein Name ist Annie?« fragte er.

»Hab ich das?«

»Annabella Leighton, nehme ich an?«

Sie blinzelte, war einen Augenblick lang verwirrt und grinste dann. »Bin jede, die du wills, Kumpel.«

Sie faßte erneut nach ihm.

»Hau ab!« murmelte Clive.

Dieses Mal legte er ihr eine Hand auf die Schulter und gab ihr einen Stoß. Sie taumelte zurück, verlor dabei das Gleichgewicht und wurde schließlich von einer Mauer gehalten. Die Augen der Frau wurden hart.

»Du wills mich doch nich hart anpacken, Kumpel!«

»Du ekelst mich an«, stieß Clive hervor.

Der Herr mochte ihm beistehen. Er wußte jetzt, was es war.

Das Dungeon war kein Traum gewesen.

Dein Herzenswunsch.

Das war der Traum. So süß, wie er ihn sich gewünscht hatte, mit Annabella und einer Beförderung oder so schlimm, wie er seine Geliebte jetzt sah, nämlich dargestellt von einer abgewrackten Kupplerin, die sich dazu erniedrigen mußte, sich als Prostituierte durchzuschlagen.

Wäre er bei Annabella geblieben, wäre der Traum dann weitergegangen? Entwirrte er sich jetzt, weil er sie verlassen hatte, weil er seine Wirklichkeit in Frage gestellt hatte?

Was bedeutete es, wenn alles Lüge wäre? Besser die Qual des Dungeon — besser die Realität, egal, wie schmerzlich sie sein mochte — als ein Leben wie das eines Opiumrauchers zu leben, betäubt und losgelöst von der Welt wie von seinen Träumen.

Er richtete den Blick zu Himmel. »Hört ihr mich? Sie ekelt mich an! Ich durchschaue eure Lügen!«

Die Frau schüttelte den Kopf. »Tickst wohl hier oben nich ganz richtig, wa, Kumpel?«

»Hau ab!«

Clive wollte sie noch nicht einmal ansehen.

Er wartete darauf, daß sich die Herren des Dungeon selbst zeigten. Daß der Traum zu Ende ginge. Daß sich ihm eine Schleuse öffnete und ihn auf irgendeine weitere Ebene werfen würde, in neue Quälereien.

Die Frau steckte die Finger zwischen die Lippen und pfiff schrill.

Ehe er Antwort geben konnte, rührte sich in der Seitenstraße etwas. Ein breitschultriger Mann trat ins Licht, das von der Gaslaterne geworfen wurde. Das Haar klebte ihm am Kopf, sowohl von der Nässe als auch von Haarfett. Er trug eine zerlumpte Parodie auf die Kleidung eines feinen Herrn. Die Füße waren bloß.

»Bißchen Schwierigkeiten, hm?« fragte er ruhig.

Und das wird Jack sein, dachte Clive. Ihr galanter Mann. Der Zuhälter, der sie auf die Straße schickt, damit sie den Körper feilbietet, während er anschließend das Geld einsackt. Und wenn sie nicht schnell genug wäre oder nicht genügend verdiente, würde er sie schlagen.

»Wills wohl meinem kleinen Mädchen den Lohn verweigern, hm?« fuhr der Mann fort.

Clive schüttelte den Kopf.

So mußte es sein. Der Traum hatte ausgespielt; das Spiel ging aber weiter, bis es die Herren des Dungeon nicht länger mehr amüsierte und sie das Brett leerten, um mit einem neuen Satz Figuren von vorn zu beginnen. Und mit neuem Einsatz.

»Sie mißverstehen mich«, sagte Clive zu dem Mann und tat einen Schritt auf ihn zu.

»Nix mißverstehen, Kumpel. Da sind Schulden, und du wirs zahlen — so oder so.«

Clive schüttelte den Kopf. »Ich meinte, Sie mißverstehen mich als einen Narren und Feigling. Ich bin beides nicht.«

Zwei rasche Schritte brachten ihn nahe an Jack heran. Als der Mann die Hand heben wollte, schlug Clive zu. Als die Faust den Kiefer des Mannes traf, schoß ihm der Schmerz durch die Hand. Aber es war ein befriedigender Schmerz.

Vielleicht war er von jemandem in diese Lage gebracht worden, aber er fiele ihr, verdammt noch mal, nicht zum Opfer.

Er ließ einen Hagel von Hieben los, und einen Augenblick später lag der Jack der Prostituierten zu einem Ball zusammengekrümmt auf den Pflastersteinen. Blut rann ihm aus dem Mund. Er hatte wenigstens eine oder zwei gebrochene Rippen.

»Siehst du, was ich von deinem Irrtum halte?« fragte ihn Clive im Konversationston.

Daraufhin warf sich die Frau auf ihn, aber es reichte aus, ihr einen Stoß zu versetzen, um sie aus dem Gleichgewicht zu bringen und neben ihren galanten Mann aufs Pflaster zu werfen.

Er wandte erneut seine Aufmerksamkeit von ihnen ab und blickte himmelwärts.

»Nun?« schrie er. »Was habt ihr jetzt für mich in petto?«

Es erfolgte keine Antwort.

Was, wenn er irrte? dachte er. Was, wenn es kein Dungeon gäbe — wenn das die wirkliche Welt wäre?

Was, wenn er *tatsächlich* verrückt wäre?

Nein. Er wußte, daß das eine Lüge war.

Dein Herzenswunsch.

Der Traum bot ihm seinen Herzenswunsch — das konnte nicht bezweifelt werden —, aber er war noch immer eine Lüge.

Vergib mir! Annabella, dachte er. Aber diese Lüge kann ich nicht leben.

»Antwortet!« rief er.

Die Prostituierte und ihr galanter Mann zogen sich, von ihm unbemerkt, in die Seitenstraße zurück und verloren sich dort in der Dunkelheit.

»Seid verdammt!« schrie Clive. »Ich will diese Lüge nicht leben!«

Und dann kam es — das Flimmern vor den Augen, der Geruch nach Gewürznelken, der Geschmack von Anis im Mund.

Das Londoner Slum um ihn herum zerriß, wie Papier in einem Sturm zerreißen mag. Der Nebel wälzte sich zu seinen Füßen, verschluckte ihn. Er verlor das Gefühl des Pflasters unter den Füßen und trieb erneut in einer dunklen Vorhölle.

Seine inneren Augen sahen Annabella, wie sie gewesen war, als er sie dort im Bett schlafend verlassen hatte — die vollkommenen Gliedmaßen, die engelgleiche Süße der Züge, anmutig und sorglos im Schlaf.

Wieder verloren.

Ihm gestohlen.

»Seid verdammt!« schrie er erneut. »Zeigt euch endlich!«

Vier

Es gab keine Möglichkeit für Clive zu beurteilen, wie lange er in der Dunkelheit trieb. Es mochten nur ein paar Augenblicke sein, es mochte eine Stunde sein, aber ohne Bezugspunkte — nur mit der Dunkelheit rundum und der völligen Verwirrung im Bewußtsein, bei der er die Zeit abschätzen sollte — konnte er noch nicht einmal damit beginnen, eine ernstzunehmende Schätzung vorzunehmen.

Es fühlte sich an, als ginge es für immer so weiter.

Er hatte seine unsichtbaren Peiniger lange und heftig und mit überraschend neuen Wendungen verflucht, hatte jedoch keine Antwort erhalten. Er hatte Anstrengungen unternommen, sich durch die Dunkelheit voranzuziehen, aber obgleich er die Gliedmaßen bewegen konnte und die Luft um ihn herum dick war, vermochten Hände und Füße keinen Ansatzpunkt zu finden. Schließlich lag er passiv da, ruhig, in der Dunkelheit wie ein Toter treibend, wartend.

Weitere Zeit verstrich.

Endlose Minuten tickten dahin, jede einzelne davon über jedes begründbare Maß hinaus gedehnt. Clive spürte, wie er davontrieb — aus seiner gegenwärtigen Lage hinaus, hinaus aus der Dunkelheit, die wie ein Mutterleib war, hinaus aus sich selbst.

Es war, als wäre sein Geist, einmal befreit von den sensorischen Impulsen, die ihm der Körper normalerweise zuführte, dazu bestimmt, auf eigene Weise zu reisen, und zwar wie eine Hexe, die durch die mitternächtlichen Winde reitet und deren Körper dabei schläft; als hätte sein Geist entschieden, daß er, da die physische Hülle nicht bewegt werden konnte, einfach den Körper hinter sich zu lassen hätte.

So trieb Clive von Ärger und Enttäuschung, von der Erinnerung weg an einen ruhigen versteckten Ort, wo ihn der Friede in ein dunkles Tuch aus Geborgenheit hüllte und er einfach nur dasein konnte. Langsam kehrte die Sicht zurück, aber ob er das, was er erblickte, aufgrund äußerer Stimuli sah, oder ob es ihm aus dem eigenen Bewußtsein gezogen wurde, kümmerte ihn nicht.

Er war die unsichtbare Gegenwart in einem kompliziert angelegten Garten, und Blumenbeete und Hecken bildeten darin komplizierte Muster. Er trieb wie ein Pollen, und sein Blick umfaßte volle dreihundertsechzig Grad. Als der Geruchssinn zurückkehrte, stiegen die Düfte der Blüten im Garten in ihm auf, süß und berauschend. Ein fruchtiger Geschmack erreichte ihn. Die Luft war von schweigenden Klängen erfüllt — vom Säuseln einer leichten Brise und vom Summen der Insekten.

Aber nicht alles war so schön in seinem Hafen. Er spürte gerade außerhalb der Reichweite seines Blicks ein unsichtbares Licht. Dort lagen Schmerz und Trostlosigkeit.

Die Welt, die er zurückgelassen hatte.

Die Botschaft war einfach.

Dieser Ort war der seine. Hier könnte er sicher verweilen, von seiner Verrücktheit befreit, die von seinem Leben jenseits der Grenzen dieses Gartens Besitz ergriffen hatte. Aber wenn er umherstreunte, wenn er es sich gestattete, jenseits dieser Grenzen zu forschen, dann würde alles erneut zurückkehren.

Der Schmerz.

Die Verrücktheit.

Diese Warnung war unnötig, dachte Clive träumerisch. Er hatte genug vom Kampf. Genug von allem. Von dem Tollhaus des Dungeon. Von den Lügen, die es durchseucht hatten wie eine ansteckende Krankheit. Er würde hierbleiben, wo er zufrieden sein könnte.

Kehr zurück!

Er bemerkte die Stimme zunächst nicht wirklich.

Clive, du mußt zurückkehren.

Er konnte in diesem seinen Garten in alle Richtungen zugleich sehen, aber er vermochte nicht die Quelle dieser Stimme auszumachen.

Sie mußte ein Geist sein, dachte er. Irgendeine falsche Gegenwart, für das Auge nicht wahrnehmbar.

Laß mich in Ruhe! herrschte er sie an und formte dabei die Worte im Bewußtsein, denn er war selbst lediglich eine unsichtbare Gegenwart an diesem Ort. *Ich hab genug von ihren Spielen.*

Du mußt zurückgehen, forderte monoton die Stimme.

Clive erkannte sie jetzt. Er sah auf das Labyrinth des Gartens, auf das gefleckte Netzwerk von Blumenbeeten und Hecken, und er überlegte dabei, warum er so lange dafür gebraucht hatte. Es war die geheime Stimme seiner Kindheit.

Bist du Teil der Verschwörung? fragte Clive. *Erstrecken sich die Wurzeln so weit in meine Vergangenheit hinein?*

Er sprach im Konversationston, als wäre er nur wenig neugierig.

Sie haben dich unter Drogen gesetzt, entgegnete die Stimme, *während sie dein Schicksal beschließen. Wie kannst du ihnen erlauben, dich auf eine solche Weise zu behandeln?*

Wenn er einen Körper besessen hätte, hätte Clive die Schultern gehoben.

Du bist ein Folliot, sagte die Stimme, *und ein Folliot gibt niemals klein bei. Soviel hast du selbst gesagt.*

Aber sie ändern jedesmal die Regeln, wenn ich mich umdrehe, sagte Clive, der allmählich ein wenig Interesse an der Unterhaltung zeigte, trotz seiner gegenteiligen Aussage. *Sie üben gottähnliche Macht aus, während alles, was ich tun kann, darin besteht, wie ein Käfer durch ihr verdammtes Dungeon zu stolpern.*

Ist es wirklich so verschieden von der Welt, aus der sie dich gestohlen haben? fragte die Stimme. *Ist nicht die Art, wie ein Mann kämpft, der Maßstab für seinen Wert?*

Ja, aber ...

Soll dies dein Grabspruch sein: ›Er hat schwer gekämpft, bis der Kampf zu schwierig für ihn wurde, dann hat er einfach aufgegeben‹?

Leicht gesagt, aber ...

Wahre Wertschätzung ist niemals leicht gewonnen.

Wer bist du?

Es gab eine lange Pause, und dann wiederholte die Stimme noch einmal ihren ursprünglichen Befehl.

Kehr zurück!

Die Worte schnitten durch Clives Frieden, hallten immer und immer wieder in ihm, bis sich sein Himmel allmählich entwirrte. Der Garten um ihn herum waberte. Die verborgene Stimme löschte die einschmeichelnde Brise und das Summen der Insekten aus. Die Düfte der Blüten wurden verdorben, und der fruchtige Geschmack verlor seine Süße, wurde scharf, dann bitter.

Kehr zurück!

Wohin? wollte Clive wissen. *Zu noch mehr davon? Zu dem endlosen verdammten Spiel?*

Nein. Kehre statt dessen zurück zu dem Mann, dem sie nicht das Rückgrat brechen können — der Mann, der nicht klein beigeben wird, gleich, was sie ihm antun. Kehre als ein Folliot zurück!

Und werde wahnsinnig.

Wahnsinn ist etwas Relatives.

Wahnsinn oder Tod — das ist alles, was auf mich in ihrem verdammten Dungeon wartet.

Du bist zu stark, um der Verrücktheit zum Opfer zu fallen.

Und falls ich sterbe? Wozu war das Ganze dann nutze?

Wenigstens stürbest du als Mann.

Das war es, erkannte Clive. So gesagt, konnte man es nicht leugnen. Denn er glaubte wahrhaftig, daß es nicht so sehr darauf ankam, was ein Mann erreichte, als vielmehr darauf, was er versuchte — guten Glaubens und unter Ausnutzung aller seiner Möglichkeiten.

Er spürte, wie sich ein Nebel vom Bewußtsein hob.

Sie haben dich unter Drogen gesetzt, hatte ihm die Stimme zuvor gesagt. *Während sie über dein weiteres Schicksal entscheiden.*

Ein Mann sollte sein Schicksal selbst entscheiden. Ein Mann sollte sich solchen Monstern, wie es die Herren des Dungeon waren, entgegenstellen, gleich, welche Konsequenzen sich für ihn selbst daraus ergaben. Nur dies unterschied ihn von seinen Peinigern.

Der Herr mochte ihm beistehen, was tat er hier, während er doch bei seinen Gefährten sein und die Schurken bekämpfen sollte?

Kehr zurück! forderte die Stimme erneut.

Ich will es, entgegnete Clive.

Die Rückkehr erfolgte augenblicklich.

Im einen Augenblick schwebte er noch in der verblassenden Ruine seines Gartens, im nächsten bewohnte er wieder seinen Körper, eingehüllt von Dunkelheit. Er hatte einen kurzen Anfall von Klaustrophobie, hervorgerufen von den engen Grenzen des eigenen Körpers. Nach der Freiheit umherzutreiben, fühlte sich sein Geist gefangen und schwer in der Haut. Aber das Gefühl ging rasch vorüber, als er die Gliedmaßen erprobte, eine nach der anderen, und sich rasch an die vertraute Erscheinung gewöhnte.

Bist du noch da? fragte er die Stimme.

Es erfolgte keine Antwort. Sein geheimnisvoller Wohltäter war wieder verschwunden, so unerklärlich, wie er gekommen war.

Da er nicht imstande war, ihm zu danken, richtete Clive dann seine Aufmerksamkeit auf die gegenwärtige Lage.

Er vermochte keine wirkliche Veränderung seiner Umgebung zu verspüren. Die dicke Luft hielt ihn noch immer im Griff, und er war noch immer nicht in der Lage, wirklich in ihr voranzukommen. Aber als er den Kopf wandte, vermochte er zwei bleiche Lichtflecken hinter sich zu erkennen. Wenngleich er nichts von ihren

Umrissen sehen konnte, waren die beiden Schatten doch erkennbar menschlich.

Er schwamm langsam durch die Luft und versuchte sie zu erreichen, und er hielt inne, als er wenigstens die Stimmen hörte.

Sie entscheiden über dein Schicksal.

Sie gehörten zwei Männern — einer mit einer tiefen rauhen Stimme, während die des anderen sanfter war — nicht ganz weibisch, wenngleich gleichzeitig irgendwie weiblich.

Und sie besprachen in der Tat sein Schicksal.

Sie haben dich unter Drogen gesetzt.

Er versuchte, ihnen etwas zuzurufen, diesesmal nicht, um seinen Ärger abzulassen, sondern nur, um sie wissen zu lassen, daß sie ihm das Rückgrat noch nicht gebrochen hätten. Die Köpfe wandten sich ihm zu.

»Sehen Sie«, sagte der eine mit der rauhen Stimme, »er ist genauso schlimm wie der andere. Er wird niemals aufgeben.«

Der andere? dachte Clive. Meinte der Mann seinen Bruder Neville?

»Darin genau liegt sein Wert«, sagte der zweite Mann ein wenig lispelnd.

»Und wenn sich die Waffe gegen Sie selbst richtet?« fragte der erste.

Der zweite lachte. »Das ist doch die Herausforderung, nicht wahr? Ohne persönliches Risiko werden wir kaum besser als die anderen sein. Wenn wir schließlich gesiegt haben werden, wird das deshalb sein, weil *wir* wenigstens gewillt waren, alles auf eine Karte zu setzen.«

Das war nicht mehr, als er erwartet hatte, bemerkte Clive. Es *war* für sie nichts weiter als ein verdammtes Spiel.

»Ich werde euch euer Risiko schon zeigen!« rief er ihnen zu.

»So, Sie werden ihn also zurückschicken?« fragte der erste, als hätte Clive niemals gesprochen.

»Das stand niemals außer Frage. Ich habe Ihnen dieses Experiment gestattet, weil ich genau wußte, daß er die Oberhand gewänne.«

Also ein Experiment? dachte Clive.

»Seid verdammt!« schrie er. »Ich werde nicht eher ruhen, bis ihr alle besiegt seid — alle!«

Er hätte genausogut in den Wind rufen können, bei der Aufmerksamkeit die sie ihm schenkten.

»Sie sind sich dermaßen sicher?« sagte der erste.

Der zweite schüttelte den Kopf. »Ich bin mir seiner sicher«, sagte er und deutete auf Clive.

»Spielen Sie nicht mit mir!« sagte der erste, und die Stimme senkte sich vor Ärger. »Ich bin keiner der Steine, die auf dem Brett bewegt werden.«

»Natürlich nicht«, entgegnete der zweite. »Aber werden Sie sich jetzt die Gründe anhören?«

»*Ihre* Gründe?«

»Klare Gründe«, sagte der zweite. »Wenn wir in kleinliches Gezänk verfallen, werden wir alles verlieren.«

»Die anderen stimmen mit Ihnen darin überein? *Alle?*«

Andere? dachte Clive. Redet weiter! Sagt mir alles!

»Nach dem hier? Ja.«

Der erste seufzte. »Bringen Sie ihn dann zurück. Aber die Anzüge müssen verschwinden — seiner und die seiner Gefährten. Ich weiß nicht, warum ihnen Green gestattet hat, sie zu tragen.«

»Die Anzüge sind verschwunden«, stimmte der zweite liebenswürdig zu.

»Und er darf sich an nichts hiervon erinnern.«

Nichts erinnern? dachte Clive. Um Himmels willen, wie konnten sie von ihm erwarten, daß er's vergäße?

»Absolut nichts«, sagte der zweite.

»Sehen Sie, wie er jedes Wort in sich einsaugt? Wenn er sich erinnert, wird er unerträglich werden.«

»Darin stimme ich überein.«

»Ich werde *nichts* vergessen!« rief Clive. »Hört ihr mich? Ich werde mich an jeden verdammten Augenblick dessen erinnern, was ihr mir angetan habt.«

Die beiden Köpfe wandten sich ihm schließlich zu.

»Nicht im geringsten«, sagte der zweite. »Ich gebe zu, daß die Sache noch nicht zu einer solchen Präzision vervollkommnet ist, die wir — mit der nötigen Zeit — vorgezogen hätten, aber sie wird das tun, was zu tun ist. Wenn du währenddessen ein paar weitere Erinnerungen verlieren wirst«, — die Gestalt hob die Schultern —, »nun, dann soll's so sein. Ich kann dir garantieren, daß es nichts sein wird, was du vermissen würdest.«

Der erste lachte dazu.

Clive erneuerte seine Anstrengungen, zu ihnen zu kommen, aber der schwache Glanz, der ihnen Form verlieh, schwand dahin, bis sie von der Dunkelheit verschlungen wurden und er wieder allein war. Mühsam drehte er sich einmal um sich selbst und suchte dabei nach etwas, nach irgend etwas, aber die Schwärze erstreckte sich weiterhin zu allen Seiten.

Dann erfolgte ein jäher scharfer Schmerz im linken Oberarm — ein Wespenstich, um ein dutzendmal verstärkt —, und die innere Dunkelheit verschluckte ihn allmählich, und sie war so schwarz wie die, die ihn umgab. Er kämpfte gegen den Verlust des Bewußtseins an.

Er *würde* sich erinnern.

Um sich herum vernahm er Stimmen. Er spürte Hände auf sich, aber er konnte kein Glied rühren.

Dann nahm ihn die Schwärze mit sich.

Fünf

Als Clive das Bewußtsein wiedererlangt hatte, fiel er erneut durch das glänzende Azur. Es sah die nadelspitzen Flecken, seine Gefährten — ein jeder von ihnen genauso hilflos stürzend wie er selbst.

Er verspürte ein Loch in der Erinnerung, als wäre die Zeit weiter fortgeschritten, während er stillgestanden hätte. Es war ein seltsames Gefühl — ein Gefühl der Verlorenheit —, aber er vermochte nicht zu beschreiben, was er zurückgelassen hatte.

Er mußte einen Augenblick lang das Bewußtsein verloren haben, dachte er und wunderte sich ein wenig. Wenn er nur atmen könnte ...

Er erinnerte sich an nichts, was er während der Zeit der Schwärze erlebt hatte.

Die Höhe machte ihn schwindelig. Der Magen hob sich vor Übelkeit. Der Kopf schmerzte, als hätte er eine Gehirnerschütterung erlitten. Der linke Oberarm fühlte sich an, als wäre er geschwollen, und er schmerzte bei jeder Bewegung. Er kämpfte darum, in der dicken blauen Luft zu atmen, aber es gab einfach keinen Sauerstoff, den er hätte in die Lungen saugen können.

Er spähte nach unten und bemerkte dann, daß er sich nicht länger mehr sicher war, was oben und was unten wäre. Es stimmte, daß er glaubte zu fallen, aber an diesem Ort konnte man lediglich seitlich fallen, so weit er wußte.

Er brauchte Luft.

Dringend.

Wenn er nicht bald atmete, würde er ...

Unter den Füßen knirschte es, als die Schuhe mit etwas Festem in Berührung kamen. Die Knie knickten ein, und er brach zusammen wie eine Marionette, deren Fä-

den durchschnitten worden waren. Er streckte die Hand
aus, um den Fall zu lindern, und sie sanken in etwas
hinein, das sich anfühlte wie tiefes Gras. Die Augenlider
waren wie zusammengeklebt, aber er war zu sehr damit beschäftigt, den Mageninhalt unten zu halten, um
seiner Umgebung irgendwelche Beachtung zu schenken.

Die Arme gaben schießlich nach, und das Gesicht
drückte sich gegen das Gras. Ehe er auch nur den Versuch unternehmen konnte, sich aufzusetzen, nahm ihn
die Schwärze mit sich.

Er war unter den ersten, die sich wieder erholten. Er
öffnete die Augen, fühlte sich wie zerschlagen und setzte sich vorsichtig auf. Die Welt drehte sich ein wenig
und stand dann still.

Er und seine Gefährten schienen auf irgendeinem
grasbedeckten Plateau gelandet zu sein. Höhere Plateaus erhoben sich hinter ihnen und trafen auf gezackte
Felstürme, hinter denen eine immens große Bergregion
die Sicht auf den Himmel fast verdeckte. Vor und unter
ihnen wich das Land einem dichten Dschungel zur Linken, und eine weite Fläche mit gelegentlichen Bäumen
und Sträuchern erstreckte sich zur Rechten. Mittendurch schlängelte sich ein breiter Strom, wobei die Sicht
auf dessen weiteren Verlauf von einer Halbinsel des
Dschungels abgeschnitten wurde.

Es bestürzte ihn noch immer, daß es solch öde Gegenden unter der Erde gab. Als er sich umwandte, sah
er seine Gefährten und bemerkte, daß der weiße Anzug,
den er getragen hatte, verschwunden war und daß er erneut die Kleidung trug, die er getragen hatte, als er den
Dschungel zum erstenmal betreten hatte.

Die Herren des Dungeon mußten die Anzüge, die
Green ihnen gegeben hatte, während des Sturzes durch
die letzte Schleuse fortgenommen haben. Aber sie hatten wenigstens den Sturz von der vorhergehenden Ebe-

ne auf diese hier überlebt — der Herr mochte ihnen helfen, es war jetzt die fünfte.

Als sie Clive einen nach dem anderen musterte, bemerkte er erneut, was für ein bunt zusammengewürfelter Haufen sie waren.

Der Cyborg Chang Guafe war offensichtlich völlig unberührt von dem Fall durch die Schleuse, und er stand jetzt resolut am Rand des Plateaus und starrte über die Landschaft dieser neuen Ebene hinweg. Das Metall des Schädels und des Gesichts glitzerte im Sonnenlicht. Die metallischen Augen schimmerten ein wenig, während sie das Gehirn, das mehr ein Computer als menschliches Fleisch und Blut war, mit nötigen Informationen versorgten.

Er erinnerte Clive an die Aufzieh-Spielzeuge, die im London seiner Tage so verbreitet waren — ein gehendes, sprechendes Abbild —, aber Clive beging nicht den Fehler, den Cyborg als Kinderspielzeug anzusehen. Er hatte sich als viel zu gefährlich erwiesen, um auf eine solche Weise unterschätzt zu werden. Wenigstens hatte er menschliche Gestalt.

Nicht so Shriek.

Sie war ein vierarmiges, vierbeiniges Monster. Der riesige Körper war von stachelähnlichem Haar bedeckt, das sie herausziehen und als Waffe benutzen konnte, wobei das Haar offensichtlich irgendeine Art von Chemikalien trug, die sie willentlich verändern konnte, und zwar je nach dem Effekt, den sie bei dem Wesen hervorzurufen wünschte, mit dem sie es zu tun hatte. Aber sie war ein wenig mehr als nur ein Wesen — sie war eine humanoide Spinne.

Ihr Gesicht war das beunruhigendste, mit den verkümmerten Kieferknochen zu jeder Seite des lippenlosen Mundes und den sechs vielfacettigen rubinfarbenen Augen, die halb um den Kopf herum verstreut waren, wie die Murmeln eines Kindes, die es irgendwohin geworfen hatte und die dort liegengeblieben waren, wo sie wollten. Und sie besaß, wie eine Spinne, ein Paar Spinndrüsen unterhalb des Rückens.

Aber unter dem fremdartigen Gesicht war ein Wesen verborgen, das Clives Beobachtung nach ein größeres Herz besaß als die meisten Menschen, die er kannte.

Finnbogg konnte man leichter anschauen, wenngleich nur im Vergleich zu Shriek. Er war ein menschenähnlicher Zwerg, der der Familie der Hunde näherzustehen schien als der der Menschen, war von einem launischen Temperament, das ihn im gleichen Augenblick dazu veranlassen mochte, jemanden zu lieben, in Tränen oder in fürchterliche Wut auszubrechen. Vierschrötig, zottelig und ungeheur stark, wie er war, behauptete er, ein Wesen von einem schweren Planeten zu sein, dessen Biochemie der Erde genügend ähnelte, daß er die gleiche Luft atmen und die gleiche Nahrung zu sich nehmen konnte wie die Menschen. Aber er war noch immer ein Monster.

Die übrigen von Clives Gefährten waren menschlich, wenngleich nicht die passende Begleitung für einen echten Engländer.

Der Portugiese, Tomàs, war dem schlimmsten Henker in den Londoner Slums verdammt ähnlich. Er war klein und schwärzlich, mit dunklem schmierigen Haar. Eine Kanalratte: Alkoholiker, Schmutzfink und zweifellos ein Verräter. Seine Ankunft im Dungeon hatte ihn gerettet, als er auf der *Pinta* im Jahre 1492 im Atlantik über die Planke ging.

Der Inder Sidi Bombay hatte sich Clives Gesellschaft auf einer der ersten Etappen der Suche nach dem Bruder angeschlossen — ehe sie dumm genug gewesen waren, die schimmernde Schleuse im Sudd zu untersuchen und von dort in die Verrücktheit des Dungeon zu fallen. Sidi war gleichfalls klein von Statur, aber damit endete die Ähnlichkeit mit Tomàs auch schon. Die Hautfarbe war von einem dunklen Mokka, das Haar nachtschwarz. Erfahren und klug, wie er war, gab es etwas Rätselhaftes um den kleinen Inder, das sein offenes und freundliches Benehmen Lügen strafte.

Aus einem völlig anderen Grund war die Anwesenheit von Annabelle Leigh verwirrend. So wie Tomàs aus der Vergangenheit, war sie aus dem Jahr 1999 ins Dungeon gekommen, als ihre Musik- und Theatergruppe, die Crackbelles, am Sylvesterabend im Piccadilly Circus auftrat. Sie war sportlich, zeigte unverblümt ihre femininen Reize in der enganliegenden männlichen Kleidung. Das schwarze Haar war zackig geschnitten, ohne jede Beachtung von Form oder Stil. Im Unterarm — was ihr eine beunruhigende Verwandtschaft mit dem Cyborg verlieh — war ihr Baalbec A-9 verborgen, eine Art mechanischer Apparat, der von der eigenen Körperwärme gespeist wurde. Die Kontrollen dafür lagen unter dem Hemd.

Sie war zugleich Clives Nachkömmling — seine vielfache Ur-Urenkelin wie auch der seiner Geliebten, die Clive in England zurückgelassen hatte, als er die Suche nach dem Bruder angetreten hatte —, Miss Annabella Leighton.

Es beunruhigte ihn zu wissen, daß diese schamlose Person mit ihm verwandt war — daß die gute englische Moral und die englischen Sitten sich in nur eineinhalb Jahrhunderten so drastisch hatten ändern können —, aber was Clive am meisten störte, war die Tatsache, daß sie Tag für Tag immer mehr wie seine eigene Annabella aussah. Denn sie hatte die gleichen überraschend kornblumenblauen Augen, die gleiche blasse, mit einer gesunden Röte überhauchte Haut, die gleiche schlanke Gestalt.

Es fiel ihm leicht, sie anzuschauen und dabei Annabella zu sehen. Er konnte sich diesen Nachkömmling in einem hochgeschlossenen Kleid mit Turnüre vorstellen, mit einem Mantel darüber, der den Konturen der Kleidung folgte. Das Haar wäre lang, zu einem Knoten unter einem engen Hut geschlungen. Sie würde einen Sonnenschirm tragen ...

Wenn er seinem Bewußtsein gestattete, so weit zu reisen, stiegen in ihm ganz unfeine Gedanken auf — unmoralische Gedanken. Um Gottes willen, sie war von seinem eigenen Blut! mußte er sich selbst erinnern. Und dennoch, diese Ähnlichkeit ... Und zu wissen, daß er niemals zu seiner eigenen Annabella zurückkehrte ...

Das einzig wirklich vertraute Gesicht der Gesellschaft — wenngleich Clive sich an sie alle mittlerweile gewöhnt hatte, selbst an die fremdartigsten — war das seines einstmaligen Offiziersburschen Quartiermeister Sergeant Horace Hamilton Smythe.

»Batman*?« hatte Annabella gefragt, als sie Smythes ehemalige Stellung erfahren hatte. »Was hat das aus dir gemacht, Clive? Robin?« Das war eine der ersten von vielen merkwürdigen Anspielungen aus ihrem Mund, die einfach nicht zufriedenstellend einem Mann übersetzt werden konnten, der die Welt einhundertundzehn Jahre vor ihrer Geburt verlassen hatte.

Clive und Smythe waren lange Jahre zusammengewesen, und Clive war an jenem Morgen, nachdem die *Empress Philippa* Englands Küsten verlassen hatte, sehr erleichtert gewesen, als Smythe an Bord aufgetaucht war — verkleidet als Mandarin.

Smythes große Begabung war das Verkleiden und Verstellen. Er hatte die Fähigkeit, von einem affektiert redenden Fatzke zu einem slangsprechenden Cockney umzuschalten, dann zu einem Bauernlümmel und schließlich zu einem schnellrednerischen Händler — alles in einem einzigen Augenblick. Noch merkwürdiger war Smythe, wenn er nicht gerade jemand anderen verkörperte und anscheinend mit dem Hintergrund verschmolz, mochte das eine Menge, ein Dschungel oder ein Zeichensaal sein.

---

* Offiziersbursche. — *Anm. d. Übers.*

»Christus, red schon über deine verdammte Rückblende!«

Annabelle zog wieder Clives Aufmerksamkeit auf sich, während er versuchte zu enträtseln, was sie meinte.

Guafe wandte sich von der Aussicht ab. »Ja«, sagte er mit der leicht metallisch klingenden Stimme. »Die Unterbrechung hatte die halluzinogene Qualität eines Drogenexperiments.«

Aha, dachte Clive. Opiate.

Er streifte Annabelle mit einem Blick und sah dann rasch beiseite, als sie sich mit der unbewußten Bewegung streckte, die jede Rundung des schlanken Körpers so betonte. Sie sah gedankenverloren umher.

»Schätze, das war 'ne Art von Raumschleuse«, sagte sie. »Wie Teleportation.« Und angesichts der verständnislosen Blicke, die sie erntete, fügte sie hinzu: »Ihr wißt schon — nicht wirklich physisch verbunden.«

»Ich stimme erneut überein«, sagte der Cyborg.

Die anderen kamen langsam auf die Beine. Smythe gesellte sich zu Clive und zupfte dabei gedankenverloren an seinem neuen Bart.

»Sir Neville scheint uns erneut entwischt zu sein«, sagte er.

Clive wurde klar, daß das zutraf. Er war von dem Erlebnis in der Schleuse so desorientiert, daß ihm der Grund, weshalb sie hierhergekommen waren, völlig entfallen war. Er blickte hinaus über das Panorama von Wald und Buschland. Irgendwohin dort draußen war sein älterer Zwillingsbruder Neville geflüchtet. Es war ein entmutigender Anblick. Dort unten hätte sich eine gesamte Armee verstecken können und wäre niemals mehr gesehen worden.

»Wo werden wir mit unserer Suche anfangen?« murmelte er.

»Finnbogg denkt, er könnte überall sein«, sagte Finnbogg. Der Zwerg war Clives Blick gefolgt, während er geistesabwesend Gras aus dem Brusthaar zupfte. »Tor könnte Geschwister überall fallenlassen.«

»Seht mal!« sagte Annabelle. »Tut mir ja leid, wenn ich euch die Ferien versaue, aber meint ihr nich, daß es Zeit wär, damit aufzuhör'n, hinter diesem Arschloch herzurennen und zu versuchen, endlich hier rauszukommen? Ich meine, genug is genug. Wir wer'n ihn niemals einholen. Er verkauft uns für 'ne Bande Vollidioten.«

»Es gibt keinen Weg zurück«, sagte Sidi. Er schenkte ihr sein eigenartiges Lächeln. »Der einzige Weg geht voran.«

Annabelle schüttelte den Kopf. »Mag sein. Ich bin dafür, darüber abzustimmen.« Weitere verständnislose Blicke. »Ihr wißt schon — jeder entscheidet darüber, was zu tun ist, und der Gig, der die meisten Hände kriegt, der wird dann genommen.«

»*Ich* bin der Anführer dieser Gesellschaft«, begann Clive, als ihm aufging, worauf sie hinauswollte.

»Annabelle hat recht«, unterbrach Tomàs. »*Anos.* Immer wenn wir dir folgen, gibt's nur Schwierigkeiten.«

»Was das betrifft, bin ich bereit zu folgen«, sagte Guafe.

Wie ich, fügte Shriek hinzu. Ihre Stimme klang ihnen unmittelbar ins Bewußtsein.

»Finnbogg wird ...«

Der Zwerg warf Annabelle einen Blick zu und sah deren Stirnrunzeln. Sie hatte wegen Finnbogg die Chance verpaßt, das Dungeon mit dem abgewrackten Fred und L'Claar zu verlassen. Wenn er sie in jenem letzten Augenblick nicht festgehalten hätte ...

»Ich denke, wir sollten uns einfach teilen«, sagte Annabelle.

»Ich kann dich nicht hier alleinlassen«, sagte Clive.

»O Mann, werd endlich wach! Du glaubst, ich kann nich für mich selbst sorgen?«

Wie eine Frau von solch offensichtlich gutem Blut so

rüde sein konnte, lag weit jenseits von Clives Verständnis.

»Ich bin für dich verantwortlich«, versuchte er's. »So lange wie ...«

»Verpiß dich! Ich bin jetzt 'n großes Mädchen, Clive, und die einzige Person, die für mich verantwortlich ist, bin ich — klar? Also mach 'n Rückzieher.«

Clives Nacken überzog sich mit einer raschen Röte, und er tat einen Schritt auf sie zu, aber Smythe legte ihm eine Hand auf den Arm.

»Was sagt das Tagebuch Ihres Bruders über diese Ebene, Sör?« fragte er.

Sidi nickte. »Das sei das weiseste Vorgehen. Wir müssen herausfinden, was um uns herum liegt, ehe wir ein Ziel wählen.« Er lächelte sowohl Clive als auch Annabelle an. »Wer weiß das schon? Unsere Wege werden vielleicht später aufeinandertreffen.«

Annabelle seufzte. »Okay. Such mal in der blutigen Bibel.«

»Es ist *keine* Bibel«, entgegnete Clive.

Jedesmal, wenn er glaubte, mit ihrer Frechheit zu Rande zu kommen, gelang es ihr, ihn erneut zu schokkieren.

Hast du das Tagebuch überhaupt noch? fragte Shriek.

Daran hatte Clive nicht gedacht. Mit dem Kleiderwechsel ... Aber er schlug auf die Tasche und fand die vertrauten Umrisse des Tagebuchs seines Bruders.

»Mach schon«, sagte Annabelle, »bringen wir's hinter uns! Lies schon!«

Was gäbe ich nicht alles um einen guten stoischen Engländer, der ihren Aufenthaltsort kennen würde, statt dieser buntgemischten Mannschaft, dachte Clive. Aber er zog das Tagebuch aus der Jackentasche und setzte sich hin, wobei er es im Schoß hielt und öffnete. Seine Gefährten scharten sich enger um ihn.

Sechs

Annabelle lag auf dem Rücken und sah zum Himmel auf, während Clive das Tagebuch nach einer weiteren der rätselhaften, stets wiederkehrenden Eintragungen absuchte. Die Sonne hier war lachsfarben, und der Himmel nahm daher mehr einen grünlichen Farbton an, anders als das Blau der Welt, die sie zurückgelassen hatten. Bei den seltsamen Farbtönen, auf die sie sah, lief es ihr kalt den Rücken hinunter, aber im Augenblick vermißte sie den Himmel ihrer eigenen Welt nicht sehr. Allein der Gedanke an das tiefe Blau erinnerte sie zu sehr an die letzte Schleuse — an das große Kotzen.

Sie hatte geglaubt, sie würde in dieser blauen Vorhölle sterben, und sie war fast bereit gewesen, die Erlösung von Krämpfen und Brechreiz willkommen zu heißen, die der Tod verspräche, als sie schließlich auf dieser neuen Ebene gelandet waren und sie das Bewußtsein verlor. Wäre das für die Typen in ihrer Band nicht zum Schießen, sie hier zu sehen. Die harte alte Annie B., die aus den Latschen kippte wie irgendein Groupie, das beim Anblick von Trippers wackelndem nackten Hinterteil in Ohnmacht fiel.

Es war die Höhe — es war immer die Höhe ...

Beim Gedanken an ihren Leadguitarristen wurde sie von einem anderen Blues ergriffen. Alles das war jetzt dahin. Die Chancen, sie alle wiederzusehen, waren sehr dürftig. Nicht die Freunde, nicht London, nicht dieser Neujahrs-Gig, wo sie zusammen mit den legendären Prince and the Revolution auftraten und in die nächsten tausend Jahre zu den Klängen des Zwanzig-und-noch-was-Jahre-alten Hits 1999 der Altrockstars hineinfeierten.

Statt dessen war alles, worauf sie sich freuen konnte,

hier im Dungeon zu sterben oder mit dieser Bande von Leuten, die bei einer Produktion eines Lukas-Films abgelehnt worden sein mochten, alt zu werden und *immer* noch hier zu sterben. Sie waren Versager, alle. Ganz zu schweigen von ihrem vielfachen Urgroßvater, der an einem schlimmen Anfall eines Vaterkomplexes litt.

Wenn Finnbogg sie nicht festgehalten hätte, wenn er nicht lang genug an ihr gehangen hätte, daß dieses verdammte Tor sich schloß und verschwand und sie ...

Sie hörte nur halb zu, was die anderen sprachen, während Clive das Tagebuch seines Bruders durchblätterte.

Versager.

Sie hatte das Gefühl, daß dies der Schlüssel zu diesem Ort wäre. Er sammelte die Leute auf, die nicht ganz dahin paßten, woher sie kamen, und warf sie hier hinein. Und was geschah dann mit ihnen? Wer zum Teufel wußte das schon? Sie wußte nur, daß jeder hier entweder ein Versager oder einer dieser heroischen Typen wie Clive und Finnbogg wäre, die zu beschränkt waren, um an etwas anderes zu denken, als hinter Opfern herzujagen, die's schon zuvor erwischt hatte.

Sie mußte bei dem Gedanken lächeln, daß jemand hier hinter ihr herjagte. Zum Verrecken nicht. Tripper oder der Baßspieler, Dan the Man oder die kleine Chrissie Nunn ... Sie hätten nur gedacht, sie hätte mal wieder das Flugzeug verpaßt, und sie hätten erwartet, daß sie in einer Woche oder so wieder aufkreuzte, wie sie's immer tat. Natürlich, wenn sie's nicht täte, würden sie sich vielleicht Sorgen machen, aber was würden sie tun? Es sah nicht so aus, als gäb's Wegweiser oder Landkarten, die den Weg hierher wiesen.

Vielleicht sollte sie selbst Tagebuch führen oder ein Skizzenbuch wie Clive, so daß diejenigen, die diesen Ort hier beherrschen, es in die wirkliche Welt zurückbringen und irgendeinen anderen armen Irren damit ködern könnten, wie es Clives Bruder getan hatte, und sie an der Nase herumführen könnten, wie sie es mit der Bande Verlierer taten, die sie selbst waren.

Sie setzte sich jäh auf. »Was hast du da gerade gesagt?« fragte sie. »Über dieses weitere Tor auf dieser Ebene?«

Clive bedachte sie mit einem seiner resignierten Blicke. »Hast du nicht zugehört?«

»'türlich hab ich zugehört. Ich will bloß diesen Kitzel spüren, wenn ich's noch einmal höre, das ist alles. Also los!«

»Eine Siedlung mit Namen Quan«, sagte Clive nach einem erneuten Blick ins Tagebuch. »Ein Ort, der von den ›blauen Leuten‹ bewacht wird, die man um jeden Preis meiden soll.«

»Und wo ist sie?«

»Das ist nicht ganz klar. Irgendwo am Fluß.«

Annabelle nickte. »Da sollten wir hingehen. Wenn's da 'ne Schleuse gibt, will ich sie sehen. Sie wird uns vielleicht zu einer tieferen Ebene bringen, aber vielleicht bringt sie uns auch raus. So oder so, wir setzen uns in Bewegung — unter eigenem Dampf.«

Clive legte den Finger unter eine Zeile. »Hier steht ›um jeden Preis vermeiden‹.«

»Natürlich steht das da. Und darum sollten wir hin. Siehste das nich, Clive? Wenn wir da hingehen, wohin dein Bruder uns haben will, geraten wir nur noch tiefer in die Scheiße.«

Das stimmt nicht ganz, Wesen Annabelle, sagte Shriek. *Wir haben uns selbst ebenso häufig in Gefahr gebracht, wie uns Nevilles Tagebuch in Gefahr gebracht hat.*

»Jaja. Aber ich glaube, wir sollten allmählich damit aufhören, uns an die vorgegebenen Spielregeln zu halten, und uns ein paar eigene machen.«

Clive schüttelte den Kopf. »Mein Bruder wird sich in Richtung auf die verlorene Stadt jenseits der Savanne aufmachen.«

Annabelle hatte auch da nicht besonders gut hingehört, als er diesen Abschnitt gelesen hatte. Aber ehe sie ihn bitten konnte, diesen Abschnitt auch noch einmal zu lesen und dafür einen weiteren seiner tadelnden Blicke zu ernten, griff Finnbogg ein.

»Finnbogg kennt Geschichte von Quan«, sagte der Zwerg. »Quanianer verehren einen weißen Stein, der das Gefäß für die Seelen derer ist, die in ihrem Gebiet gestorben sind.«

»Wie gestorben?« fragte der Cyborg. »Durch die Hände der Quanianer?«

»Da ist auch noch 'ne Geschichte«, unterbrach Annabelle, »von Zwergen, diesen netten kleinen Burschen, die sich um Prinzessinnen kümmern, die in Schwierigkeiten stecken und während der Arbeit pfeifen, aber das bedeutet auch nicht, daß es wahr ist.«

Bei diesen Worten verfiel die Gruppe in Schweigen. Sie wußten bereits alle, daß es Finnbogg schwerfiel, bei seinen Erzählungen vom Aufenthalt im Dungeon zwischen Realität und Einbildung zu unterscheiden, so daß es ein hoffnungsloses Unterfangen war, aus seinen Phantastereien die Tatsachen zu filtern. Daß gerade Annabelle Grund genug hatte, Finnbogg böse zu sein, minderte nicht den Wert ihrer Warnung. Finnboggs Geschichten mußte man nicht cum grano salis nehmen, sondern mit einem Suppenlöffel Salz.

»Obgleich uns Sir Neville«, sagte Smythe, »in seinem Tagebuch gleichfalls vor Gefahren warnt.«

Annabelle nickte. »Und wir wissen alle, wie sehr sich der alte Neville um uns sorgt.«

»Er ist noch immer mein Bruder«, sagte Clive. »Und ich muß ihn noch immer finden.« Sein Tonfall war beschwichtigend, wenngleich fest. »Ich will mich nicht vor dieser Pflicht drücken.«

»Ich weiß, ich weiß. Es bittet dich ja auch niemand darum. Wir tun nur das, was ich bereits gesagt hab: Du gehst mit allen, die mit wollen, zu dieser Ruinenstadt, während ich mit allen, die mit wollen, zur nächsten Schleuse gehe. Ganz einfach, oder?«

Clive sah aus, als wäre er bereit, darüber zu streiten, aber dann seufzte er nur und nickte als Zustimmung. Einer nach dem anderen trafen sie ihre Entscheidung. Smythe ging mit Clive — soweit keine Überraschung. Weiterhin gingen mit ihm der Cyborg und Finnbogg, der Annabelle hoffnungsvoll angesehen hatte und dann ziemlich unglücklich Clives Gesellschaft wählte, nachdem er von ihr lediglich einen finsteren Blick geerntet hatte.

Shriek entschied sich für Annabelle, desgleichen Tomàs. Annabelle war über die erste Entscheidung erfreut, fand den Gedanken jedoch alles andere als erregend, den Portugiesen mit dabei zu haben. Der einzige, der unentschlossen blieb, war Sidi Bombay.

»Was ist mit dir?« fragte Clive den Inder.

»Nun, ja, ich bin dafür angestellt worden, dich zu führen, und ich bin nicht der Mann, der sein Wort bricht, aber ich kenne dieses Land hier nicht, daher werde ich dir als Führer wenig nutzen.«

»Ich entlasse dich aus allen Verpflichtungen, die du mir gegenüber zu haben glaubst«, sagte Clive.

Annabelle runzelte die Stirn. Als würde er Sidi besitzen. Clive mußte wohl mal ein wenig durchgerüttelt werden, damit sich bei ihm was lockerte.

»Dann werde ich mit Annabelle gehen«, sagte Sidi.

Nun, dafür sei Gott gedankt, dachte Annabelle. Wenigstens einer, der im Kopf helle genug war, um mit ihr zu reden und ihr und Shriek dabei zu helfen, ein Auge auf Tomàs zu haben.

Sie benötigten den größten Teil des Tages, um vom Plateau zu der Stelle am Fuß der Erhebung herabzusteigen, an der sie ein Lager aufschlugen. Der Abstieg wurde ihnen dadurch erschwert, daß Annabelle Schwierigkeiten mit der Höhe hatte. Nachdem sie sich ausgeruht hatten, machten sie sich daran, etwas fürs Abendessen zu beschaffen.

Smythe fischte im Fluß, wobei er einen festen Faden benutzte, den er aus dem unteren Saum seines Jacketts gezogen hatte, sowie einen von Annies vielen Ohrringen, der zu einem Haken gebogen worden war. Käferlarven, die sie aus dem Schlamm gegraben hatten, dienten als Köder. Finnbogg und Sidi stöberten am Flußufer herum, auf der Suche nach den Spielarten von Kresse und Knollen dieser Welt. Als sie zurückkehrten, hatte Smythe drei beachtlich große Fische gefangen. Sie waren bläulich gefärbt, aber sobald sie einmal ausgeweidet, von Schuppen befreit und über einem Feuer gebraten waren, erwiesen sie sich als gutes Essen. Sie hatten zusätzlich Kresse als Salat. Die in der Holzkohle gerösteten Knollen ähnelten süßen Kartoffeln und waren von nußartigem Geschmack.

Sie wechselten sich bei der nächtlichen Wache ab, und unvertraute Sternkonstellationen kreisten oben im dunklen Himmel. Die Sterne schienen viel zu nahe zu sein — mehr wie Spezialeffekte der Lightshow bei ihren Gigs, dachte Annabelle, als wirkliche Sterne — und sahen aus wie blitzende Stückchen eines Saphirs.

Sie und Clive teilten sich die dritte Wache. Die Luft war warm und angenehm, daher ließen sie das Feuer ausgehen. Annabelle hatte die Jacke ausgezogen und trug jetzt nur noch die roten Lederjeans und ein ärmelloses T-Shirt.

»Schätze, du bis so was wie enttäuscht von mir, nich wahr?« fragte sie, als ihr das Schweigen zwischen ihnen zu lange dauerte.

Sie war ein wenig überrascht davon, daß es ihr noch immer etwas bedeutete, was er von ihr hielt. Vielleicht kam das daher, wurde ihr klar, daß er trotz ihrer Kritik an ihm und seiner Kritik an ihr noch immer zur Familie gehörte. Und das verband mehr, als den meisten Leuten hier am Ort gewöhnlich widerfuhr. Beim Gedanken daran, wie es allein in diesem Gefängnis gewesen war, ehe Clive und seine Gesellschaft hinzukamen ...

Clives Gesicht war nur ein Schatten, als er sich ihr zuwandte. »Du benimmst dich sehr viel — anders als Frauen meiner eigenen Zeit«, sagte er schließlich.

»Tja, die Dinge ändern sich. Die Welt ist verschieden.«

»Zusehr, glaube ich.«

»Davon weiß ich nichts, Clive. Mir scheint, Freiheit is was Gutes.«

»Freiheit, ja. Aber wenn jemand die eigene Stellung vergißt ... das finde ich verwirrend.«

»Wie 'ne Frau, die tut, was sie tun will? Geh, du kanns mir nich erzählen, daß du das alles wirklich glaubst.«

»Nun, nicht genau. Aber dennoch. Frauen sind nicht so wie Männer. In England ...«

»Da muß ich doch gleich mal einhaken. Willst du wissen, was heutzutage in deinem guten alten England vor sich geht? Is 'n verflucht kleines Land, steckt bis zum Arsch in Schulden und kriecht jeder größeren Macht der Welt in 'n Hintern. Die eine Hälfte der Arbeitskräfte lebt von Sozialhilfe, während die andere mit Schwielen am Hintern rumläuft.

Und was dein Macho-Verhalten Frauen gegenüber betrifft — wie zum Teufel kommst du darauf, daß wir nich besser sin als du?«

»Frauen sind das schwächere Geschlecht«, begann Clive. »Es ist die Pflicht eines Herren, sich um sie zu kümmern.«

»Richtig, wie du dich um meine Vorfahrin gekümmert hast. Annabella. Hast sie durchgefickt und dich dann auf 'ne kleine Weltreise aufgemacht, um dieses kleine Arschloch von Bruder zu suchen, der noch nich ma gefunden werden *will*. Aufwachen, Clive!«

»Ich hatte keine Ahnung, daß Annabella ein Kind bekam.«

»Sag mal, war sie für dich nur 'ne kleine Nutte, soweit es dich betraf?«

»Ich möchte nicht, daß du so von ihr sprichst.«

Annabelle seufzte. Sie legte ein wenig Holz nach. Flammen flackerten auf und erleuchteten beide Gesichter. Jenseits der Reichweite des Feuers fielen Schatten herab.

»Sieh mal«, sagte sie, »ich versuch, das Ganze auf 'n Punkt zu bringen. Du denkst, ich bin billig — zu unverschämt, zu locker ... schmutzig, richtig? Ich sprech genau wie du das aus, was ich denke, ich bin in der Lage, dem gleichen Scheiß wie du mutig entgegenzutreten, und ich hab rumgevögelt. Ich hab mein eigenes Kind, das sich da irgendwo in der realen Welt rumtreibt. Was unterscheidet uns da so sehr? Ich bin hier, nicht wahr — deine Nachfahrin? Aber du hast nie geheiratet. Versuchst du etwa, mir zu erzählen, daß du nie mit 'ner Frau geschlafen hast?«

»Nein, aber ...«

»Jaja, ich weiß. Das ist okay, weil du 'n Mann bis. Verdammte Scheiße, Clive.«

Und dann grinste sie. Als sie den kläglichen Ausdruck auf seinem Gesicht sah, wußte sie, daß sie ihn jetzt hatte.

»Das ist keine passende Unterhaltung für eine gemischte Gesellschaft«, versuchte er entgegenzuhalten, aber sie wußte, daß er das nicht aus vollem Herzen sagte.

Erste Runde auf dem Weg zur Aufklärung für mich, dachte sie. Vielleicht gab's für ihn ja auch noch Hoffnung.

»Das wollte ich gerade klarstellen«, sagte sie. »Wir sind nicht gemischt. Du bist männlich, und ich bin weiblich — gut —, aber auf der anderen Seite sind wir nur Menschen. Unter der Haut sind wir, abgesehen vom Geschlecht, gleich. Verstehst du, was ich dir zu sagen versuch? Du bist ein intelligenter Mann, Gott sei Dank, also hör gut zu. Sperr die Ohren auf. Unter der Haut sind alle Menschen gleich.«

Clive saß schweigend da, gab keine Antwort.

»Das heißt nich, daß jede Frau hart sein muß«, fuhr Annabelle fort. »Es gibt immer noch Platz für Romantik. Die Leute mögen es manchmal, bemuddelt zu werden — Männer *und* Frauen. Daß man sich um sie sorgt, klar? Aber sie wollen gleichfalls respektiert werden. Das is 'ne rauhe Welt da draußen, Clive. Wir müssen 'ne Menge durchstehen — aber wir sollten nich gegeneinander kämpfen.«

Ein weiteres langes Schweigen.

»Ich ... verstehe«, sagte Clive schließlich.

Annabelle nickte. Ju, dachte sie. Wenigstens glaubst du das. Aber es war ein Anfang. Man konnte keine Wunder erwarten, aber wenn er gelegentlich innehielte, um darüber nachzudenken, wär's das Ganze wert.

»Und wen schlägst du nun für die Bundesliga vor?« fragte sie.

»Was?«

»Nur 'n Witz. Themawechsel, verstehst du?«

»Du bist eine seltsame Frau, Annabelle Leigh«, sagte er.

Sie grinste. »Ju. Richtig *zwielichtig*. Was hältst du davon, wenn wir die nächste Wache aufwecken und selbst 'ne Runde schlafen?«

Am nächsten Morgen gingen die beiden Gesellschaften ihre eigenen Wege. Als sie sich verabschiedeten, umarmte Annabelle Clive fest und küßte ihm flüchtig die Lippen, woraufhin er errötete. Sie strich ganz leicht mit dem Finger über die Röte seines Nackens.

»Hab noch nie zuvor 'nen Mann getroffen, der rot geworden is«, sagte sie. »Paß gut auf dich auf, ja?«

Wenngleich er so aussah, als hätte er mehr zu sagen, begnügte er sich mit einem einfachen: »Mach's gut.«

Annabelle sah so lange zu, wie sie durch das hohe

Gras der Savanne gingen, bis sie außer Sicht waren, dann schaute sie in die Richtung, in die sie ihr eigener Weg führen würde.

Der Dschungel hing schwer über der westlichen Seite des Flusses. Obgleich auf dem östlichen Ufer gleichfalls Bäume standen, war dort das Unterholz auch nicht annähernd so dicht. Während ihre Kenntnisse der Geographie nicht gerade die allerbesten waren, schien es ihr doch nicht ganz in Ordnung zu sein, daß der Dschungel am Ufer so abrupt endete und beinahe augenblicklich zur Savanne wurde, sobald er das Wasser verlassen hatte. Aber dann wiederum gab's 'ne ganze Menge hier am Ort, das nicht viel Sinn ergab — nicht, wenn die Savanne einen malvenfarbenen Ton in dem gelblichen Gras hatte und der Dschungel eher blaugrün und burgunderfarben war, mit reinen purpurfarbenen Spritzern, die keine Früchte waren. Die einzig wirklich grünen — vertraut grünen — Dinge, die sie sah, waren die Blüten einer Ranke in der Nähe.

Sie richtete den Blick auf die eigenen Gefährten. Shriek erwiderte den Blick leidenschaftslos, während Tomàs dem ihren nicht begegnen wollte. Nur Sidi schenkte ihr ein Lächeln, bei dem weiße Zähne gegen dunkle Haut glänzten.

»Nun, meine Kinder«, sagte sie, »sieht so aus, als wär's an der Zeit für uns, Tarzan zu spielen.«

»Tarzan?« fragte Tomàs.

»Ju, quer durch 'n Dschungel und so. Da wir ja wissen, was für 'n Glück wir haben, werden wir unserem eigenen Opa begegnen und alle irgendeinem Affengott oder sowas geopfert werden, aber was zum Teufel soll's. Niemand hat gesagt, daß das hier 'n Picknick werden würd, nicht wahr?« Verständnislose Blicke um sie herum. »Okay. Geh'n wir los.«

Als Shriek die Führung übernahm, bedeutete Annabelle Tomàs, daß er als nächster gehen sollte. Sie wollte auf keinen Fall, daß er hinter ihr herumwuselte. Sie und

Sidi bildeten die Nachhut. Als sie den weniger dichten Wald auf dem östlichen Ufer betraten, wobei sie einen Pfad benutzten, der von Wild getreten war und dem Fluß folgte, schloß sich das merkwürdig gefärbte Blattwerk über ihnen.

Warum habe ich deswegen ein schlechtes Gefühl? fragte sich Annabelle, als sie zurück auf die sonnenbeschienene Savanne blickte, die sie allmählich hinter sich zurückließen.

Sieben

Die Savanne war ein unermeßlich großes unberührtes Meer aus Gras, mit gelegentlichen kleinen Inseln von Büschen und Bäumen. Das Gras wellte sich in endlosen gelblich-malvenfarbenen Reihen unter dem blaßgrünen Himmel dahin und reichte Clive, Smythe und dem Cyborg bis zu den Schultern, während es den stämmigen, wenngleich kleineren Finnbogg völlig verschluckte. Das Gras war dick und hatte scharfe Kanten, und es sprang hinter ihnen zurück, wenn sie hindurchgekommen waren. Am Vormittag war der Dschungel nicht mehr länger zu erkennen. Alles, was sie hinter sich noch sehen konnten, war der unermeßlich hohe Gebirgszug, der sich gegen den wolkenlosen Himmel abhob.

Es war langweilig, in einer so langweiligen Landschaft dahinzutraben. Die Inseln von Büschen und Bäumen boten ein wenig Erholung, aber die Bäume waren so unglaublich hoch — die kleinsten um vieles größer als die größte englische Eiche, während die Büsche so hoch wie die Bäume waren, mit denen die Engländer vertraut waren —, daß allein ihre Gegenwart die Gesellschaft beunruhigte, wann immer sie ihre Schatten durchquerte.

»Sie is 'ne feine junge Dame, die junge Annabelle«, bemerkte Smythe zu Clive. »Sie werden stolz auf sie sein, Sör.«

Der Cyborg Guafe ging ziemlich weit vor ihnen — sein unermüdlicher Marschtritt reichte hin, daß Clive allein beim Anblick schwach wurde —, während Finnbogg hinter ihnen blieb, so daß die beiden Engländer Seite an Seite gingen. Clive hatte seinem Gefährten die Unterhaltung der vergangenen Nacht mit Annabelle mitgeteilt — eine redigierte Version, die Clives eher persönliche Beziehung zu seiner Geliebten in England nicht mit einschloß.

»Meinst du?« fragte Clive. »Sie hat einige merkwürdige Ansichten von Klassenstrukturen und der Stellung der Frau.«

»Wenn Sie meine Aufrichtigkeit entschuldigen wollen«, sagte Smythe, »ich glaub, da is 'ne Menge dran an dem, was sie zu sagen hat. Nehmen Sie Sidi — er is mehr als einfach nur klug. Geben Sie ihm eine weiße Haut und lassen Sie ihn in London laufen, und ich wette, daß es Ihnen schwerfiele, ihn nach einem Monat oder so von einem anderen Engländer zu unterscheiden. Er kann sich anpassen, der Sidi Bombay. Ein guter Mann, gleich, welche Farbe seine Haut hat.«

»Oh, das gestehe ich dir zu. Aber er ist dennoch — nun, gewöhnlich.«

»Genau wie ich. Dennoch können wir am gleichen Tisch essen, Sie und ich, und Sie respektieren mich, wie ich Sie respektiere. Is nich nur unsere gemeinsame Uniform, die uns unsere Freundschaft gestattet — wenigstens hoffe ich das.«

»Ein Mann hatte niemals einen wahreren Freund als dich, Horace«, sagte Clive.

»Es wärmt mir das Herz, wenn Sie so sprechen, Sör.«

»Aber all das Gerede wegen Annabelle ... Ich muß zugeben, daß ich es beunruhigend finde.«

Smythe nickte. »Ein neuer Gedanke ist oftmals beunruhigend — wie der Aufruhr um die Evolutionstheoretiker zu Hause zeigt —, aber wenn er die Wahrheit sagt, täte der Weise gut daran, ihm zuzuhören. Wir sind jetzt in einer neuen Welt, Sör — eine, aus der wir vielleicht niemals entkommen. Unter solchen Voraussetzungen täten wir gut daran, unsere Überzeugungen beiseite zu schieben und die Fremden, denen wir begegnen, nach deren eigenen Maßstäben zu messen, egal, für wie fremdartig oder ›gewöhnlich‹ wir sie halten.«

»Aber verdammt noch mal, Horace, wir sind Engländer. Wir müssen ein Beispiel geben.«

»Sie hören sich allmählich an wie Ihr Bruder, Sör«, sagte Smythe mit einem Lächeln.

»Du weißt schon, was ich meine.«

Smythe hob die Schultern. »Vielleicht fällt mir das leichter, Sör, weil ich gewöhnlich bin und so ...«

»Du weißt, daß ich nicht meine ...«

»Aber Sie täten gut daran, darüber nachzudenken, was Annabelle zu sagen hat. Selbst wenn wir wirklich diesem Dungeon entkommen, wer soll schon sagen, in welcher Zeit wir uns wiederfinden werden? Wenn sich die Welt so geändert hat, wie Annabelle uns das gesagt hat, täten wir gut daran, uns an Änderungen *jetzt* zu gewöhnen.«

»Das verärgert mich«, sagte Clive.

»Zweifellos haben Ihre eigenen Reaktionen Annabelle verärgert. In ihr ist 'ne Menge von Folliot — ich bezweifle, daß Sie das leugnen wollen.«

Clive lächelte. »Sie spricht geradeheraus.«

»Starrköpfig — wie jeder Folliot, den ich kenne.«

»Und nicht ohne eigenen Charme — wenngleich ich das Gott weiß kaum von mir selbst behaupten kann.«

»Ich wär nicht so rasch damit, es zu leugnen«, sagte Smythe. »Ich hab gesehen, wie die Damen sie ansahen, Sör, und es war nicht einfach die Uniform, die sie bewunderten.«

»Nun ja ...«

Zum zweiten Mal an diesem Tag spürte Clive, wie ihm Wangen und Nacken brannten. Er räusperte sich und wechselte rasch das Thema.

»Was meinst du, haben wir das Richtige getan — unsere Gruppe geteilt?«

»Ich sorg mich auch um Annabelle«, entgegnete Smythe, »aber sie scheint eine sehr fähige junge Frau zu sein, und Sidi und Shriek werden auf sie aufpassen, wenngleich der Portugiese kaum von Nutzen sein wird.

Abgesehen davon bezweifle ich, daß wir eine andere Wahl gehabt hätten. Sie mitzunehmen, hätte erfordert, sie zu fesseln und zu knebeln, wette ich.«

Clive nickte. »Und wie Shriek sagte, an diesem Ort gibt es kein Zurück, nur ein Voran. Also freue ich mich darauf, sie in den kommenden Tagen wiederzusehen. Und wenn sie verspricht, eine weniger scharfe Zunge zu gebrauchen — nun, dann verspreche ich, ein offeneres Ohr für sie zu haben.«

»Schadet nichts, das jetzt schon zu tun«, murmelte Smythe.

Clive warf ihm einen scharfen Blick zu und seufzte. »Wenn's nicht der eine ist, dann ist's der andere.«

»Wir beide sorgen uns um Sie, Sör. Man kann Engländer sein und dennoch ein offenes Ohr haben. Das hat mir nie weiter geschadet.«

Clive lächelte. »Nun dann, hier ist meine Hand, Horace, und wenn du mich je dabei ertappst, wie ich dieses Versprechen nicht halte, dann gebe ich dir die Erlaubnis, mich zurechtzustutzen — wie es dir paßt.«

Smythe schlug ein und grinste ihm zu. »Achten Sie darauf, was Sie versprechen, mein Herr«, sagte er, »denn da wird's jemanden geben, der Sie beim Wort nimmt.«

Während er sprach, wechselten Smythes Züge und Haltung zu denen eines Londoner Cockney, damit sie zu dem schweren Akzent paßten, und einen Augenblick lang glaubte Clive, aus dieser bizarren Welt weggeführt worden zu sein, in die ihn familiäre Loyalität gezwungen hatte, und er wäre zurück auf den vertrauten Pflastersteinen seiner Heimat. Eine überwältigende Verlorenheit streifte ihn, aber er behielt sein Lächeln bei.

»Ich erwarte nichts anderes von dir, Horace«, sagte er.

Am späten Nachmittag gab es ein weiteres Rätsel für sie zu lösen. Die Savanne endete jäh, und sie standen vor einer weiten Ebene, die mit runden Abdrücken von etwa drei Metern Durchmesser durchsetzt war. Sie traten überall auf und überlappten sich manchmal. Sie fanden gleichfalls Anzeichen dafür, daß große Stämme oder etwas Ähnliches über das Land gezogen worden waren. Es gab nur noch Grasstoppeln; das nächste Gesträuch ragte wie eine Insel hervor, und an keinem der Äste war ein Blatt zurückgelassen worden.

»Na, das ist ja merkwürdig«, sagte Clive. »Was sollen wir damit anfangen?«

Der Cyborg hatte an der Stelle auf sie gewartet, wo das Gras aufhörte.

»Könnte das durch einen Meteoritenschauer hervorgerufen worden sein?« fragte Smythe. »Die Hitze, die er beim Herabfallen erzeugt hätte, hätte ausgereicht, das Gras in Brand zu setzen — nicht wahr?«

»Kaum«, sagte Guafe. »Die Anzeichen, die Meteoriten hinterlassen hätten, wären die einer Explosion — diese hier deuten eher auf Druck hin.«

»Was hat dann diese Löcher hervorgerufen?« fragte Clive.

Der Cyborg hob die Schultern — eine äußerst menschliche Geste, die er mit Sicherheit während ihres Beisammenseins von ihnen abgeschaut hatte. Smythe untersuchte eine der Vertiefungen. Sie war nahezu einen halben Meter tief, und die Erde war an den Rändern krümelig.

»Chang hat recht«, sagte er, als er sich aufrichtete. »Wenn das hier Meteore hervorgerufen hätten, müßten wir in der Lage sein, einige Teile davon auf dem Grund zu sehen. Dafür gibt's keinerlei Anzeichen.« Er beschattete die Augen und sah sich die Gegend um sie herum an und fügte hinzu: »Aber ich sehe das Abendessen.«

Sie schauten alle in die Richtung, in die er deutete. In der Nähe der Bäume des nächstgelegenen Wäldchens graste eine kleine Herde Wesen. Sie hatten Köpfe und Ohren von Hasen, verlängerte Nacken wie Giraffen und den Körper von Rehen. Sie waren schwärzlich gefärbt, mit der gleichen Spur Malvenfarbe wie das Gras, und weißgesprenkelt. Der Unterleib war weiß. Sie waren nicht wesentlich größer als Jagdhunde.

»Was sind sie?« fragte Clive.

»Irgendwelche Säugetiere«, entgegnete Guafe.

Smythe nickte. »Sie scheinen so was wie eine Kreuzung zwischen Hasen und Rehen zu sein.«

Als sich Clive auf sie zu bewegte, fügte er rasch hinzu: »Verschrecken Sie sie nicht!«

Er setzte sich auf den Rand der Vertiefung, zog die Schuhe aus und löste die Schnürsenkel. Er befestigte an jedem Ende des Senkels einen Stein und erhob sich wieder.

»Ein alter spanischer Kniff«, sagte er lächelnd, während er die Schleuder versuchsweise um den Kopf wirbelte.

Die beiden anderen sahen ihm dabei zu, wie er vorankroch, sich dabei wie eine Schlange bewegte und jedesmal erstarrte, wenn sich eines der langen Ohren hob. Der Wind erleichterte ihm seine Aufgabe, weil er ihm entgegenblies, wenngleich er sich angesichts der ständigen Wachsamkeit der Ohren sicher war, daß die Wesen in der Hauptsache auf ihr Gehör angewiesen waren, damit sie herannahende Gefahr bemerkten.

Als er schätzte, schließlich nahe genug zu sein, wirbelte er die Schleuder erneut herum. Die Köpfe hoben sich einer nach dem anderen bei dem surrenden Geräusch der Waffe. Dann lief eines der Wesen los. Smythe ließ die Schleuder los, als der Rest der Herde in einem Mittelding aus Hüpfen und Rennen davonstob. Sie waren genauso schnell wie ein englischer Hase oder ein englisches Reh, aber Smythe war darauf vorbereitet gewesen. Er gab seinem Opfer einigen Vorsprung, ehe er die Waffe losließ. Als der Hauptteil der Herde davonraste, schlang sich der Lederriemen um den Hals des Ziels, und die Steine verwickelten sich mit einer solchen Kraft um den Nacken, daß dieser brach.

»Da ich fürs Abendessen gesorgt habe«, sagte er, als er das Messer zog und dorthin rannte, wo sein Opfer noch immer mit den Füßen zappelte, »überlasse ich's jemand anderem, ein Feuer zu machen.«

Sie aßen von dem Fleisch zum Abendessen, dann zum Frühstück und dann noch einmal zum Abendessen des folgenden Tages. Das Fleisch war grobfaserig und schmeckte leicht nach Wild, aber wenn man die Umstände berücksichtigte, sprachen alle von einem wachsenden Erfolg.

Sie verließen das Meteoritenfeld am späten Nachmittag des folgenden Tags und kämpften sich den restlichen Nachmittag lang durch das hohe Gras der Savanne, ehe sie schließlich das Lager aufschlugen. Der Abend verstrich ereignislos, und Finnbogg ergötzte sie mit weiteren unbeweisbaren Geschichten über das Dungeon und dessen Merkwürdigkeiten. Smythe insbesondere genoß die Geschichten des Zwergs, und er ergänzte sie mit ebenso widersinnigen aus der eigenen Kiste, wenn Finnbogg müde wurde. Der Cyborg schien keinem von beiden zuzuhören — es war, als schaltete er sich selbst einfach ab, wenn sie sich nicht bewegten oder wenn er nicht mit der Wache an der Reihe war.

Clive hörte mit halbem Ohr zu. Manchmal verfertigte er mit einem Stück Holzkohle im schwachen Schein des Feuers Skizzen auf den weißen Blättern des Tagebuchs seines Bruders. Zumeist jedoch sorgte er sich um die andere Hälfte der Gesellschaft, die dem Fluß folgte, sorgte sich insbesondere um Annabelle.

Er hatte an diesem Morgen die letzte Wache. Er saß mit dem Rücken an einen Baum gelehnt, das Feuer nichts weiter mehr als ein Haufen Asche, als er das Rumpeln eines Donners hörte. Die lachsfarbene Sonne erhob sich bereits im Osten, und der Himmel war daher klar genug, daß er sehen konnte, er wäre wolkenlos.

Donner ohne Wolken? dachte er.

Dann bebte die Erde unter den Füßen — zunächst ein Zittern, das anschwoll, bis es unmöglich wurde zu stehen. Die übrige Gesellschaft war jetzt gleichfalls erwacht.

»Erdbeben!« rief Clive.

Ein seltsamer Ausdruck lag auf Finnboggs Zügen. Er kroch zum nächsten Baum und zog sich langsam am Stamm hoch, wobei er wie eine Schnecke an der rauhen Borke klebte. Er suchte den Horizont ab, zeigte dann nach Norden und verlor dabei das Gleichgewicht. Halb fiel er, halb rutschte er den Stamm hinab und landete hart genug, daß es ihm die Luft aus den Lungen preßte.

»Was war das?« wollte Clive wissen. »Red schon!«

»Warten Sie einen Augenblick, bis er wieder Atem geschöpft hat«, sagte Smythe, während er neben dem Zwerg kniete und ihm beim Aufstehen half.

Der Boden bebte jetzt beständig.

Finnbogg setzte sich schwach auf. »Jetzt ... Finnbogg erinnert sich«, sagte er.

»Woran?« fragte Clive.

»Die Gefahr dieser Savanne — die Wandernden Berge.«

»Die Wandernden ...?«

Guafe rief ihnen etwas von der Stelle zu, wo er stand und sich an dem Baumstamm festhielt. Er zeigte nach Norden, wie Finnbogg. Der Donner war noch immer um sie herum, der Boden bebte dermaßen, daß sogar das Sitzen schwerfiel.

»Das war kein Meteoritenfeld, das wir neulich durchquert haben«, sagte der Cyborg. »Das war eine Weide der Brontosaurier.«

Clive und Smythe gesellten sich zu ihm und stützten sich dabei am Baum ab. Der Cyborg hielt jetzt ohne jede Unterstützung das Gleichgewicht, indem er auf den Schockwellen ritt. Weit voraus konnten die beiden Engländer eine enorme Herde ausmachen, die sich ihnen näherte.

»Was meinst du damit, es sei eine Weide gewesen?« fragte Clive.

»Die Entfernung täuscht über ihre wahre Größe«, entgegnete Guafe. »Diese Vertiefungen, die wir entdeckt haben, wurden nicht durch Meteoriten verursacht — es waren die Fußabdrücke dieser Monster.«

»Fußabdrücke?« fragte Smythe.

Clive hörte den Unglauben aus Smythes Stimme heraus. Es fiel ihm selbst schwer zu glauben, aber die bebende Erde und der Donner des Tritts der monströsen Wesen brachten die Wahrheit schonungslos ans Tageslicht. Er klammerte sich an den Baumstamm und starrte die ferne Herde an.

Der Cyborg nickte. »Sie erreichen eine Länge bis zu fünfundzwanzig Metern und ein Gewicht zwischen vierzig und achtzig Tonnen. Es wird äußerst interessant sein, sie aus der Nähe zu beobachten.«

»Wandernde Berge«, grummelte Finnbogg.

»Sie kommen hier vorüber?« fragte Clive.

»Wir brauchen nicht besorgt zu sein«, beruhigte ihn Guafe. »Sie sind Pflanzenfresser. Wir müssen uns nur von ihren Füßen fernhalten.«

»Was, wenn sie denken, wir wären Pflanzen?« fragte Smythe.

»Unmöglich. Wir werden uns mehr um die Raubtiere kümmern müssen, die die Herde begleiten — Coelurosaurier und so was.«

Clive beobachtete den Cyborg. »Und wie — wie groß sind die?«

»Nicht groß — vielleicht von der Größe eines Vogel Strauß.«

Clive sah erneut zu der sich nähernden Herde hinüber, wandte seine Aufmerksamkeit dann ihrer Umgebung zu. Die nächsten Äste waren mindestens zwanzig Meter über dem Boden. Es gab keine Deckung. Sie konnten sich lediglich an den Baum drücken und darauf hoffen, daß die Monster sie nicht bemerkten. Aber dann erinnerte er sich der Weide, durch die sie gekommen waren, und daß da die gesamte Vegetation — vom Gras bis hin zu den höchsten Blättern — radikal abgefressen worden war.

Das Beben des Bodens war jetzt so stark, daß es sie ihre ganze Kraft kostete, sich an den rauhen Borken des Baums festzuhalten. Von den vieren blieb jetzt nur noch der Cyborg stehen, während er noch immer auf den Schockwellen ritt. Die übrigen knieten sich neben den Baum und hielten sich so gut sie's konnten.

»Was gäbe ich für eine Kanone!« klagte Smythe.

»Oder für ein paar gute Pferde, um uns von hier wegzubringen«, fügte Clive hinzu.

Der Himmel verdunkelte sich, aber es gab noch immer keine Wolken. Es waren die riesigen Leiber der Brontosaurier, die die Sonne bedeckten.

»Wenigstens ist Annabelle in Sicherheit«, sagte Clive.

Acht

Was du vergißt, dachte Annabelle, wenn du dir diese alten Johnny Weismüller-Schinken ansiehst: daß es im Dschungel heiß ist. Heiß und stickig.

Sie hatte sich die Jacke um den Leib geschlungen, während sie hinter Shriek und Tomàs hertrabte, wobei ihr das T-Shirt am Rücken klebte. Die roten Lederjeans waren unbequem schwer und scheuerten an den Beinen. Das kurze schwarze Haar hing schlaff vom Kopf herab, und die eine Hand war ständig dabei, Moskitos und andere Insekten aus dem Gesicht zu wischen. Hitze und Feuchtigkeit entzogen ihr mit jedem Schweißtropfen, den sie ausschwitzte, jegliche Vitalität. Sie brachte noch nicht einmal die Energie auf, die der Baalbec A-9 benötigte, die ständig angreifenden Insekten abzuwehren.

Sie war sich nicht sicher, wie sehr die Tour Shriek angriff, aber Tomàs ging mit gesenktem Kopf unmittelbar vor ihr, und die Hitze saugte ihm gleichfalls alle Energien aus. Sein schmutziges Hemd zeigte unter den Achseln und den ganzen Rücken hinab Schweißflecken, und das fettige Haar hing ihm noch schlaffer herab als das ihre. Nur Sidi schien völlig unberührt zu sein. Er ging heiter an ihrer Seite und brach nicht einmal in Schweiß aus. Annabelle fühlte sich momentan zu heiß und zu müde, um sich weitere Möglichkeiten auszudenken, wie sie ihm dieses Grinsen aus dem Gesicht wischen könnte.

Was hätte sie nicht alles für einen Krug eiskalten Biers gegeben!

Der Wildpfad auf dem sie sich befanden, lief weiter den Fluß entlang, unter tiefhängenden Zweigen, die schwer mit seltsamen Früchten beladen waren, umgeben von blauen und purpurroten Blättern sowie blühenden Ranken. Wolken von Insekten umgaben sie und ließen sie kaum zur Ruhe kommen. Der Dschungel tönte von seltsamen tierischen Schreien, deren Urheber sie nicht ausmachen konnte. Die wenigen Wesen, die sie erspähte, waren allesamt äußerst bizarr.

Zweimal hatten sie Herden fliegender Affen in den Bäumen über sich gesehen — kleine Wesen mit verhutzelten Gesichtern, ausgeprägten Ohren und weißen Bärten. Sie schwangen sich von Ast zu Ast und überwanden weitere Entfernungen, indem sie Häute zwischen den vorderen und hinteren Gliedmaßen ausbreiteten. Annabelle erhaschte zwischen den Blättern gleichfalls Blicke auf ein Wesen wie eine Spitzmaus von der Größe ihrer Hand, mit einer langen, mit Zähnen bewaffneten Schnauze und winzigen roten Augen.

Sie scheuchten kleine Herden von tapirähnlichen Viechern auf, die wie Zebras gestreift waren, nur daß die Streifen andersherum waren — weiß auf schwarz. Im Fluß schwammen Affen mit Schwimmhäuten zwischen den Zehen sowie ein Wesen wie ein Flußpferd, das Schwimmflossen und einen Schwanz anstelle von Hinterbeinen hatte. Es erinnerte Annabelle an ein Lamantin*, aber es war weitaus größer. Einmal machten sie etwas wie eine Kreuzung zwischen einem Leoparden und einem Affen aus — ein offensichtlich katzenartiges Geschöpf, das zwischen den Bäumen umherschwang und dessen Körper dünn war bis zur Magerkeit. Es gab Echsen und Schlangen, Wesen, ähnlich wie ein Opossum von wolfsähnlicher Gestalt, sowie ein hoppelndes Nagetier, das aussah wie eine Kreuzung zwischen einem Kaninchen und einem Eichhörnchen.

Das einzige, was ihr wenigstens etwas vertraut zu sein schien, waren die Vögel. Wenngleich sie noch immer ein wenig fremdartig erschienen, ähnelten sie zu-

---

* Rundschwanz-Seekuh. — *Anm. d. Übers.*

mindest den Vögeln, die sie von ihrer eigenen Welt kannte, und die Spannbreite reichte von einem Haufen leuchtend gefärbter Papageien bis hin zu langbeinigen Stelzvögeln sowie Eisvögeln, die dicht über der Wasseroberfläche dahinflitzten und sich von den Insekten dort ernährten, und schließlich zu emsigen kleinen Kolibris von der Größe von Annabelles Daumen. Aber sie waren noch immer nicht ganz in Ordnung. Die Eisvögel hatten breite Schnäbel und eine Federhaube auf dem Kopf. Die Stelzvögel waren wie blaue Flamingos, die mit Störchen gekreuzt worden waren. Die Papageien schnatterten und schimpften miteinander wie Affen.

»Kannst du wirklich glauben, daß es diesen Ort gibt?« fragte sie und warf Sidi einen Blick zu.

Der Inder grinste. »Wir *sind* hier, oder? Schwer, nicht zu glauben, was die Augen sehen.«

»Reizend. Du weißt, was ich meine.«

»Ja. Sehr fremd, wenngleich sehr vertraut. Stört dich die Hitze?«

»Verdammt noch mal, hier stört mich alles! Ich kann kaum glauben, daß wir 'ne Woche oder so so weitermachen müssen, bis wir den Ort erreichen. Vielleicht sollten wir es Huck Finn nachmachen, hm? Ein Floß bauen und den Fluß hinabstaken.«

Sidi schüttelte bedauernd den Kopf. »Wir haben nichts, womit wir Bäume fällen können, Annabelle. Nichts, um Stämme aneinanderzubinden.«

»Ich weiß. Ich hab mich nur 'n bißchen ausgemährt — achte nicht weiter auf mich.«

»Fällt schwer — du bist jetzt der Boß.«

Der Boß. Stimmte. Nun, der Boß bedauerte allmählich, den unteren Weg durch den Dschungel genommen zu haben. Draußen auf der Savanne wehte vielleicht wenigstens eine kühle Brise.

»Hör auf, gegen die Hitze anzukämpfen!« riet Sidi. »Nimm sie an und laß sie durch dich hindurchströmen — und du wirst dich besser fühlen.«

»Leicht gesagt.«

»*Hehe!*« Er produzierte einen einzigen scharfen klikkenden Laut ganz hinten im Hals, den Annabelle allmählich als ein Zeichen von Heiterkeit erkannte. »Die meisten Unbequemlichkeiten kommen durchs Bewußtsein«, fügte er hinzu. »Bekämpfe sie mit einem stärkeren Willen.«

»Gerade im Augenblick is mein Bewußtsein nur noch 'ne Art Brei — als hätte jemand in meinem Kopf Gehirn-Stew gemacht und dabei die Herdplatte zu heiß gestellt.«

»Das wird vorübergehen, Annabelle. Du wirst dich daran gewöhnen.«

Sie brachte es fertig, ihn anzugrinsen. »Sicher. Halt nur nich den Atem an, wenn du drauf wartest.«

Sie schlugen das Lager für diese Nacht unter dem schützenden Gezweig eines Baums auf, das über den Fluß hing und dabei einen hüttengroßen Platz ließ. Als eine Herde der fliegenden Affen hoch über den Köpfen vorüberkam, zog Shriek eines der Stachelhaare heraus und warf sie in den schnatternden Haufen. Eines der Geschöpfe taumelte herab; der Rest floh.

Als sich Shriek daran machte, den Affen auszunehmen und ihm die Haut abzuziehen, wandte sich Annabelle ab, weil sich ihr der Magen hob. Tomàs leckte sich die Lippen.

»Hast du niemals Affen gegessen?« fragte er.

Er fügte etwas auf portugiesisch hinzu, das Annabelle unverständlich war. Er hob die Schultern, als sie ihn bat, sich deutlich auszudrücken.

»*Miuto gosto, sim?*« fragte er.

»Nichts für mich, Freundchen«, sagte sie. »Das ist 'n bißchen zusehr, als äße man einen Verwandten.«

Während sich die übrigen den Bauch mit dem gebratenen Affen vollschlugen, machte sie sich über ein vegetarisches Mal aus Knollen und Kresse her, wobei sie deren milden Geschmack mit einer Handvoll grünlicher Früchte ergänzte, die aussahen wie Weintrauben, aber schmeckten wie ein Gemisch aus Birne und Zitrone mit einer Spur Pfirsich.

Sie beabsichtigte, die erste Wache zu übernehmen — und bezweifelte, ob sie bei dieser Hitze überhaupt schlafen könnte —, aber ehe überhaupt jemand zu Bett gehen konnte, brachte ein jähes Schweigen im Dschungel auch ihre eigene Unterhaltung zum Verstummen. Die Haare im Genick richteten sich auf, als Annabelle das Gefühl überlief, daß irgend jemand sie von außerhalb der Reichweite des Lichts beobachtete, das ihr kleines Feuer warf. Irgend etwas Empfindendes.

Tschika-Tschik.

Das Geräusch kam aus der Richtung, aus der sie gekommen waren, als hätte jemand eine Maraca-Trommel ein einziges Mal geschüttelt. Nicht einer ihrer kleinen Gesellschaft schien zu atmen. Die einzige Bewegung war die von Shrieks Hand, die nach einem der Stachelhaare langte.

Tschika-Tschik.

Jetzt kam es aus der Richtung, die sie morgen einschlagen würden.

»Was ist das?« preßte Annabelle hervor. »Irgend 'n Tier?«

»Klingt für mich«, flüsterte Sidi zurück, »wie das Geräusch einer Kürbisrassel, die mit getrockneten Samen gefüllt ist.«

Annabelle nickte. »Für mich auch. Glaubst du, es is 'ne Person?«

Der Inder hob ganz leicht die Schultern, aber er blieb wachsam, der Blick bewegte sich unruhig umher, während er die Dunkelheit außerhalb des Lagerfeuers durchsuchte.

Tschika...

Jetzt war das Geräusch weiter entfernt. Gedämpft und unvollständig. Sie saßen in völligem Schweigen da, aber es wiederholte sich nicht. Statt dessen erhoben sich wieder die normalen Geräusche des Dschungels. Insekten. Das Husten eines Katzenaffen. Die fernen Schreie von Nachtvögeln.

Annabelle stieß die Luft aus, von der sie sich nicht bewußt gewesen war, daß sie sie angehalten hatte. »Das war unheimlich.«

»Dieser Weg ist viel zu gefährlich«, grummelte Tomàs.

Annabelle runzelte die Stirn. »He, niemand hält dich zurück. Du kannst zu jeder Zeit gehen, und bekommst meinen Segen dafür.«

Der Portugiese gab keine Antwort, aber irgend etwas Häßliches flackerte in seinen Augen, ehe er sie einschmeichelnd anlächelte.

Ich rieche etwas, sagte Shriek plötzlich. *Ein merkwürdiger, unangenehmer Geruch — wie ein Fisch, aber es geht an Land.*

»Wie etwas Verdorbenes?« fragte Annabelle. Sie hob den Kopf und versuchte, etwas davon zu spüren, was die Arachnida gerochen hatte, aber ihr eigener Geruchssinn war nicht so weit entwickelt.

Shriek schüttelte den Kopf. *Nein, Wesen Annabelle. Was auch immer es sein mag, es lebt.*

»Wie nahe ist es?« fragte Annabelle.

Ich kann es nicht sagen, ich ... Sie schüttelte den Kopf. *Jetzt ist es verschwunden.*

Annabelle seufzte. Großartig. Mußten sie jetzt nach einer Art gehenden Fischs Ausschau halten, der Maraca-Trommel spielte?

»Ich übernehme die erste Wache«, sagte sie zu Shriek. »Du legst dich hin und ruhst dich aus — ich werde dich nur viel zu bald aufwecken.«

Die Arachnida nickte. Als sie sich ausstreckte und dabei sorgfältig die Stachelhaare dort glättete, wo sie auf ihnen lag, wandte sich Annabelle an die anderen beiden. Tomàs lachte.

»Gehender Fisch?« fragte er. »*Bom*. Geh dann in meinen Bauch.«

Noch immer kichernd legte er sich zum Schlafen nieder und ließ Annabelle und Sidi beim erlöschenden Feuer zurück. Annabelle legte etwas Holz nach.

»Was war es deiner Meinung nach, Sidi?«

»Ich weiß es nicht, Annabelle, aber wir passen besser gut auf. Wenn Shriek glaubt, daß es gefährlich ist ...« Der Inder hob die Schultern. »Ich vertraue ihr.«

»Ich auch. Sie ist ein gutes Wesen. Du legst dich besser hin.«

Sidi berührte ihren Handrücken. »Alles wird gutgehen, Annabelle — du wirst sehen.«

Sie drehte die Hand, um die seine einen Augenblick lang zu fassen, und drückte ihm die Finger. Die Haut war trocken, die Handfläche von dicken Schwielen bedeckt.

»Ich hoffe es«, sagte sie.

Sie sah zu, wie er sich am Baumstamm einrollte, eine Wurzel als Kopfkissen benutzte, und sie beneidete ihn darum, wie er augenblicklich in Schlaf fiel. Dann setzte sie sich auf, legte weiteres Holz nach und hörte hinaus in den nächtlichen Dschungel. Sie zuckte bei jedem Geräusch zusammen, aber während ihrer Wache wiederholte sich der seltsame Laut nicht, auch nicht während der Wache der anderen, wie sie am nächsten Morgen herausfand.

Tomàs hatte die letzte Wache, aber als Annabelle erwachte, sah sie, daß Shriek auch schon wach war, wenngleich sie noch immer ruhig dalag, und sie hielt zwei der Sechs Augen auf den Portugiesen gerichtet.

Da hätte ich dran denken sollen, wurde ihr klar. Ich bin vielleicht 'n Anführer. Diese verdammte kleine Ratte hätte uns allen während des Schlafs die Kehle durchschneiden können.

Der folgende Tag verlief ereignislos. Am Abend fing Shriek eines der tapirähnlichen Wesen, und dieses Mal aß Annabelle mit den anderen. Wenngleich sie sich noch immer als zimperlich dabei erwies zuzuschauen, wie das Ding zerlegt wurde, gelang es ihr durchaus, es zu essen. Aber nicht den Affen — das war zusehr, als verspeise man einen Vetter oder ein Baby. Shriek war sich dessen offensichtlich bewußt, denn sie hatte eine Anzahl Affen für den Tapir unbeachtet gelassen, und Annabelle war ihr dafür dankbar.

Annabelle hatte die letzte Wache während der Dämmerung. Sie richtete das Feuer her und wich vor der Hitze zurück, aber sie wollte die Behaglichkeit seines Glanzes haben, auch wenn es die stickige Nacht noch heißer machte. Das Licht kroch gerade über die überhängenden Äste, als sie das Geräusch erneut vernahm.

Tschika-Tschik.

Sie schaute sich rasch um und versuchte dabei zu spüren, woher es kam. Von links?

Tschika-Tschik.
Tschika-Tschik.

Rechts und links.

Sie stieß Sidi mit dem Fuß an und ergriff ein Stück Holz, von dem sie vorgehabt hatte, es ins Feuer zu legen.

Tschika-Tschik.

Shriek war bereits wach und saß aufrecht da. Sie zupfte heimlich Stachelhaare heraus, eines für jede der vier Hände.

Tschika-Tschika-Tschika-Tschika ...

Das Geräusch kam jetzt von überallher. Im heller werdenen Licht machte Annabelle humanoide Formen aus, die durch die Bäume auf sie zukamen. Abgesehen von dem seltsamen Maraca-Geräusch war der Dschungel ruhig. Dann kam das erste Wesen in Sicht.

Shriek hob einen der Arme, aber dann hörten sie ein *Wuff*-Geräusch, und sie schlug eine Hand auf den Nakken, wo sie ein kleiner Pfeil getroffen hatte. Die Arme schlugen wie Windmühlenflügel, dann brach sie vornüber zusammen.

»Jesses ...«, murmelte Annabelle.

Sie stand auf den Beinen, Sidi und Tomàs ihr zur Seite, beide wie sie mit Feuerholz bewaffnet. Ein weiteres Paar der Wesen gesellte sich zu dem ersten, dann zwei weitere, noch drei, bis etwa ein Dutzend oder so die kleine Gesellschaft umringten. Während sie sie ansah, erinnerte sich Annabelle daran, was Clive aus Nevilles Tagebuch vorgelesen hatte — ›blaue Leute‹ — und an Shrieks Warnung von vergangener Nacht.

Ein seltsamer unangenehmer Geruch — wie Fisch, aber er geht an Land.

Das war kein Spaß, denn sie stanken tatsächlich, und sie sahen aus wie Fische. Und sie waren eindeutig blauhäutig.

Sie waren nicht größer als etwa eineinhalb Meter, aber breitschultrig und stämmig. Die Gesichter hatten den stromlinienförmigen Ausdruck von Fischen, mit Augen, die weit auseinander standen, fast an den Seiten des Kopfs. Die Nasen waren nur rudimentär vorhanden, die Münder breite lippenlose Schlitze, die die Köpfe beinahe in zwei Hälften teilten. Statt Ohren hatten sie Löcher zu beiden Seiten des Kopfes. Das Haar auf den Köpfen war schwarz und glitschig, aber es gab keines am Körper. Lendentücher bedeckten die Genitalien. Sie besaßen alle ein Blasrohr und eine Anzahl Pfeile, die zwischen den Fingerknöcheln steckten, offensichtlich bereit zum Gebrauch.

Als sie den Rücken von einem erblickte, wurde ihr klar, was sie an — Haifische erinnerte. Am Rückgrat standen steife Flossen hervor, und als einige von ihnen den Mund öffneten, erblickte sie Reihen scharfer Zähne. Mit weit geöffnetem Mund legten sie den Kopf zurück, und Annabelle sah, wie das Zäpfchen zitterte.

Tschika-tschik.

Rätsel Nummer eins gelöst, dachte sie. Nun, wie zum Teufel kommen wir hier wieder raus?

Einer, der der Anführer zu sein schien, trat auf sie zu, »Folli, Folli«, sagte er.

Die Stimme war ein ächzendes Schaben, und Annabelle war sich nicht sicher, was sie hörte. War's englisch? Wollte er ihnen sagen, daß sie dumm wären?[*] Das deutete nicht darauf hin, daß sie besonders klug wären. Oder war es ein fremdes Wort? Wenn dem so wäre, was könnte es bedeuten?

Sie dachte an Clive und dessen Gesellschaft, wie sie glücklich durch die Savanne wanderten, und sie wünschte sich, sie wäre intelligent genug gewesen, mit ihnen zu ziehen.

»Wißt ihr, Kinder«, sagte sie ihren Gefährten. »Ich glaub, das Intelligenteste ist, wir lassen diese Stöcke fallen.«

Beim Klang ihrer Stimme hoben sich die Blasrohre derjenigen an den Mund, die nicht den merkwürdigen Maraca-Klang erzeugten, und jede der Waffen war auf Annabelle, Sidi oder Tomás gerichtet.

Tschika-tschika-tschika.

Annabelle ließ den Stock fallen. »Beruhigt euch«, sagte sie in dem versöhnlichsten Tonfall, den sie hervorbringen konnte. »Ihr gewinnt.«

Die Gefährten neben ihr ließen ebenfalls die Waffen fallen.

»Hast du je das Gefühl gehabt, daß das einer dieser besonderen Tage wäre?« sagte sie zu Sidi.

»Folli, Folli!« rief der Anführer.

»Du hast's erfaßt, Freundchen.«

Eine Anzahl der Wesen trat zu ihnen heran und zwang sie, sich zu Boden zu legen, Hände auf den Rücken. Die Handgelenke wurden gefesselt. Dann wurden sie gezwungen, sich wieder hinzustellen, und anschlie-

---
[*] Anspielung: foolish = töricht. — *Anm. d. Übers.*

ßend den Wildpfad hinabgetrieben, wobei sie blaue Hände mit steifen Fingern weiterstießen, wann immer sie zurückblieben. Hinter ihnen wurde Shriek an zwei Stäben gefesselt. Die Fischleute hoben sie auf die Schultern und bildeten die Nachhut.

Sei dir klar darüber, Annie B., sagte sich Annabelle, du hast dich wieder in die Scheiße reingeritten.

Neun

Das Zittern des Bodens wurde schlimmer, als die enorme Herde von Brontosauriern näherkam. Clives Gesellschaft sah jetzt auch die räuberischen Coelurosaurier, wenngleich sie von dem monströsen Pflanzenfressern zu Zwergen degradiert wurden. Sie schienen eine Echsenart zu sein und hatten in der Tat die Größe von Straußenvögeln. Die Hinterbeine waren weit länger als die Vorderbeine, wenngleich sie offensichtlich genausogut auf allen vieren wie auf Menschenart laufen konnten, wobei sie die langen Schwänze hoch erhoben hielten, um das Gleichgewicht zu wahren.

Clive wurde klar, daß die Raubtiere die vorrangigste Gefahr für ihre Gesellschaft darstellten, aber es fiel schwer, den Blick von den Behemoths der Herde abzuwenden. Die Wandernden Berge. Finnboggs Beschreibung war nur zu passend.

Es war Clive fast unmöglich, die Größe der Wesen abzuschätzen. Es war, als wäre die Glaskuppel des Kristallenen Palastes der Großen Ausstellung zu Fleisch geworden, aus dem enorme Beine, ein Schwanz und ein langer Hals herausragten, und diese unternähme jetzt einen Marsch durch den Hyde Park. Aber nicht nur eine Kuppel war zu einem Monster geworden. Hunderte davon. So weit das Auge sah.

Er klammerte sich an den Baum, um das Gleichgewicht zu halten. Clive konnte nur darüber staunen, daß solche Wesen existierten. Die Schätzung des Cyborgs, was Länge und Gewicht der Wesen betraf, schien unangemessen zu sein.

»Nun«, Smythe zog sich an seine Seite, »wir können uns nicht darüber beklagen, daß dies ein langweiliger Ort wäre.«

Clive nickte. Langweilig war er sicherlich nicht.

»Ich hätte nichts gegen ein bißchen Langeweile«, sagte er.

»Finnbogg würde sich damit begnügen, nur zu überleben, will erinnern«, grummelte der Zwerg.

»Meine Stromkreise werden die Erinnerung bewahren«, sagte der Cyborg, »selbst wenn wir nicht überleben.«

Smythe verdrehte die Augen. »Wenn das mal nich verflucht beruhigend ist.«

»Wir hätten mit Annabelles Gesellschaft gehen sollen«, sagte Clive. »Sobald wir die Weide sahen, hätten wir zurückgehen sollen. Meteoriten und Buschfeuer, also wirklich.«

»Das ist's!« schrie Smythe. »Finnbogg, Major — jeder von euch hält mich an den Schultern, und zwar fest.«

Clive warf seinem Kameraden einen überraschten Blick zu, sicherte sich dann, so gut er konnte, und packte Smythe an der linken Schulter. Auf der anderen Seite tat Finnbogg desgleichen. Clive schaute auf die Herde zurück. Sie näherte sich stetig, und das Geräusch der Fußtritte war wie ein ständiges Rumpeln von Donner. Die Räuber waren noch näher. Jeden Augenblick würden sie diese Bauminsel untersuchen, in der sich die kleine Gesellschaft verbarg.

Er wandte sich um und sah, wie Smythe einen Feuerstein gegen Stahl schlug.

»Was tust du da?« rief er.

»Ein Buschfeuer in Gang setzen«, entgegnete Smythe. »Sehen Sie das nicht? Wir werden ein Feuer entzünden und es in ihre Richtung treiben, um so die verdammten Dinger davonzujagen.«

Großartig, dachte Clive. Und falls das Feuer vorzog, statt dessen in ihre Richtung zu brennen? Aber der Wind blies auf die Behemoths zu, und es war ganz klar, daß niemand einen besseren Vorschlag hatte.

Smythe hielt ein Bündel trockenen Grases zwischen

den Knien, während er an Stahl und Feuerstein arbeitete und äußerst erfinderisch vor sich hinfluchte, als er versuchte, es zu entzünden. Zweimal hatte er bereits den Feuerstein fallengelassen, weil das Beben zu stark wurde und sowohl Clive als auch Finnbogg ihn einen Augenblick lang nicht mehr halten konnten. Der Cyborg hatte sich von der Herde abgewandt und schaute ihnen mit einem Ausdruck zu, der garantiert Heiterkeit ausdrücken sollte.

Dann flog ein Funke ins Gras, und das Gras rauchte, Smythe blies vorsichtig hinein, bis es Feuer fing. Er hielt das improvisierte Feuerzeug in der Hand, als er sich aus dem Griff seiner Gefährten löste und unsicher vom Baum wegkroch, von wo aus er eine Feuerlinie ins Gras zog.

»Helft mir jetzt!« schrie er über die Schulter zurück.

Feuerstein und Stahl kehrten in den Behälter am Gürtel zurück. Er zog den Mantel aus und fächelte damit die Flammen. Das trockene Gras fing rasch Feuer, und bald traten alle drei auf die Funken, die zu ihnen zurücksprangen, während sie gleichzeitig die Flammen auf die Herde zu trieben.

Der Wind hinter ihnen wurde stärker, und plötzlich eilte eine Feuerwand von ihnen weg. Durch den Rauch sahen sie, wie die Köpfe der Brontosaurier auf den langen Hälsen sich hoben und den Flammen zuwandten.

»Das wär's!« schrie Smythe, als das am nächsten stehende Wesen panikerfüllt davonstolperte.

Aber jetzt waren sie emsig dabei, die Flammen auszutreten, die ihr Versteck zu umzingeln drohten. Hustend und schluckend errichteten sie auf drei Seiten eine Barriere aus nackter Erde, aber sie mußten nicht länger besorgt sein. Der Wind blies das Feuer weg, und bald trieb ein Meer von Flammen auf die Herde zu; ihre Gestrüppinsel war in Sicherheit.

Das Erdbeben nahm dramatisch zu, als die Herde in einen panischen Halbtrab fiel und die Behemoths die

Ebene mit ihrem enormen Gewicht erschütterten und die Räuber flink wie Echsen zwischen ihnen umherschossen. Staub und Rauch erfüllten die Luft. Clive, Smythe und Finnbogg klammerten sich an die Erde, die sich unter ihnen hob und senkte. Selbst Guafe verlor das Gleichgewicht und nahm eine gleichfalls wenig ehrwürdige Stellung ein. Die Luft dröhnte vom Donner der fliehenden Herde.

Als es soweit war, daß das Beben sich auf schwaches Zittern reduziert hatte, war die Gesellschaft so durchgerüttelt, daß sie kaum imstande war zu stehen. Ihr Gleichgewichtssinn war völlig durcheinander, und sie taumelten umher wie Betrunkene von East End und grinsten sich dabei an.

»Hurra!« schrie Smythe. »Das hat diese Bastarde reingelegt!«

Clive schlug ihm auf die Schulter. »Der hat's hingekriegt!«

Der Cyborg litt nicht wie sie am Verlust des Gleichgewichtssinns. Er stand steif neben ihnen und wischte sich die Kleider ab.

»Ich kann keinerlei Grund zum Jubeln sehen«, sagte er, und seine metallische Stimme war schärfer denn je. »Ihr habt lediglich eine vollkommene Gelegenheit ruiniert, etwas zu beobachten.«

»Sei doch nicht so 'n Tränentier!« stöhnte Smythe. »Wärst du denn lieber tot?«

»Darum geht's nicht. Ich glaube, daß es viel interessanter gewesen wäre, einige Daten über eine solch obskure Fauna zu sammeln — nicht sie in die Flucht zu jagen.«

Smythe machte sich nicht die Mühe zu antworten. Er spie zu Boden, wandte sich um und schaute dorthin, wo das Feuer allmählich erlosch, als es die zertrampelte und kahlgefressene Gegend erreichte, die die Behemoths hinterlassen hatten.

»Ich verstehe dich nicht«, sagte Clive. »Wir hätten

sterben können, wenn Horace nicht auf die Idee gekommen wäre, die Herde mit dem Feuer zurückzutreiben.«

Guafe sah den Engländer einen langen Augenblick an. »Wissen ist wichtiger«, sagte er schließlich, »wichtiger als ein paar Leben.«

»Gestorben du wärst auch«, sagte Finnbogg. »Was ist wert, *Gedanken* aufzubewahren?«

Der Cyborg stieß ihn gegen die Brust. »Meine Gedächtnisstromkreise sind in einem Behältnis aufbewahrt, das sogar die Detonation einer Atombombe überstehen würde.« Angesichts ihrer verblüfften Blicke ergänzte er: »Womit ich den Einfluß einer großen Kraft meine.«

»Aber *du* hättest nicht überlebt«, sagte Clive.

»Das ist nicht wichtig.«

Smythe wandte sich um und sah Guafe an. »Klingt für mich nach 'nem Fall von im Dunkelnrumtappen.«

Jetzt war der Cyborg an der Reihe, verwirrt zu erscheinen.

»Eine fruchtlose Suche«, erklärte Clive.

Smythe nickte. »Ein Mann ist ein Mann, was das betrifft«, sagte er, Burns* zittierend. »Aufgrund dessen, was er ist, mein Aufziehmännchen, und aufgrund dessen, was er tut. Wenn ein Mann das Herz am rechten Fleck hat, ist er wichtiger als alles andere. Es ist besser, daß man sich an die guten Taten erinnert, die einer getan hat, als an das bißchen Wissen, das einer im Kopf herumträgt. Du magst 'ne unzerstörbare Kiste von Erinnerungen in deinem Gehirn mit dir rumtragen, aber sie wird dir nichts nutzen, wenn du hier stirbst. Wer soll sie finden?«

»Meine Leute würden ...«

»Wenn deine Leute wüßten, wo du dich aufhältst, kämen sie auf der Stelle, wie?«

»Das ist eine zwecklose Debatte«, sagte Guafe, womit er die Diskussion strikt beendete. »Wir haben den größ-

---

* Robert Burns, schottischer Dichter, 1759—1796. — *Anm. d. Übers.*

ten Teil des Tages noch vor uns und eine lange Fahrt, die beendet werden muß. Ich schlage vor, daß wir weitergehen.«

Und ohne auf sie zu warten, ging er los.

Das Gehen fiel leichter, als sie der Spur der Brontosaurier folgten. Sie mußten sich nicht durch das hohe Gras kämpfen, und wenngleich sie auch durch die kratergleichen Fußabdrücke steigen mußten, verdoppelten sie die zurückgelegte Entfernung im Vergleich zum vorausgegangenen Tag.

»Wir seh'n allmählich aus wie 'n Paar Stutzer«, bemerkte Smythe zu Clive, während sie dem Cyborg folgten, der ganz steif vor ihnen herging.

Clive nickte und befingerte dabei den Bart. Vor einigen Dekaden — in englischen Jahren zumindest, und wenn man von der Zeit an zurückrechnet, da sie London verlassen hatten — hatten sich die Offiziere, die von der Krim zurückkehrten, eine neue Bartmode zugelegt, Vollbärte oder üppige Schnauzbärte, die von den Stutzern übernommen worden war. Sie sprachen dabei ziemlich affektiert, um damit die eigene soziale Überlegenheit zu dokumentieren, und sie machten aus allen Rs ein W. Einige Exemplare dieser Art überlebten bis in die achtziger Jahre des 19. Jahrhunderts.

»Wir sind wenigstens noch nicht zu dieser entsetzlich abgeschmackten Sprechweise heruntergekommen.«

»O Horace! Wo soll das mit dir noch mal enden?«

Beide Männer brachen in Gelächter aus und ernteten dafür einen überraschten Blick Finnboggs.

»Mach dir keine Sorgen«, versicherte ihm Smythe, »wir sind noch nicht reif für den Abdecker.«

»Das Lachen hab ich nötig gehabt«, sagte Clive, als er wieder atmen konnte.

Smythe nickte. »Eine grimmige Welt«, sagte er. »Und, wenn wir schon davon sprechen, gibt es auf dieser Ebene noch weitere Gefahren, vor denen du uns noch nicht gewarnt hast, Finn?«

Clive schlug auf die Tasche, in der das Tagebuch seines Zwillingsbruders steckte. »Wir benötigen alle warnenden Hinweise, die wir bekommen können. Neville hat nichts von diesen Wesen erwähnt.«

»Ich würd nich allzusehr auf die Hilfe Ihres Bruders bauen, Sör«, sagte Smythe. »Da hat Annabelle recht: Wir neigen eher dazu, schnurstracks in die Gefahr zu laufen, wenn wir seinen Anweisungen folgen, als wenn wir die eigenen Wege gehen. Was er uns *nicht* gesagt hat, beunruhigt mich.«

Clive stimmte darin völlig überein. »Wir brauchen keine weiteren Überraschungen.«

»Finnbogg hörte Geschichte von Wandernden Bergen und Hirten vor langer Zeit«, sagte der Zwerg. »Finnbogg erinnert sich nicht an viel davon. Aber als sie kamen und den Boden rüttelten, dann Finnbogg...«

»Hirten?« rief Smythe. »Was für Hirten?«

»Vielleicht meint er diese Raubtierwesen«, sagte Clive hoffnungsvoll.

Die Brauen des Zwergs sträubten sich, als er nach der Erinnerung suchte. »Finnbogg glaubt, sie sind eine Art Vögel. Tieffliegende Vögel.«

Clive und Smythe suchten besorgt den Himmel ab.

»Silberne Farbe«, fuhr Finnbogg fort, »und ihr Nest ist in den Bergen.« Er winkte vage in die Richtung der Berge, die, obwohl sie sich von ihnen wegbewegten, genauso nahe zu sein schienen wie schon während der vergangenen zwei Tage.

Smythe sagte: »Der Marsch über die Ebene wird mindestens eine Woche beanspruchen. Wenn uns das Glück wenigstens einmal hold ist, können wir vielleicht eine Begegnung mit ihnen vermeiden.«

Clive runzelte die Stirn. »Neville hat nichts von diesen Hirten geschrieben.«

»Er hat auch nichts von der Herde geschrieben«, entgegnete Smythe.

Den restlichen Tag über beobachteten sie den Himmel, bis sie einen steifen Hals bekamen, aber es gab kein Anzeichen eines Vogels, silbern oder anders gefärbt. Am späten Nachmittag erlegte Smythe ein weiters der seltsamen Tiere, so daß sie wieder frisches Fleisch zum Abendessen hatten. Die Tiere hatten sich um ein kleines Loch mit frischem Wasser versammelt, so daß Clive und Finnbogg, während Smythe seine Beute säuberte, die Wasserschläuche füllen konnten, die immer leerer geworden waren, nachdem sie den Fluß verlassen hatten.

Am Abend, während sie Streifen des Fleischs für die nächsten Mahlzeiten räucherten, nahmen sich die beiden Engländer Finnbogg vor, weil sie weitere Informationen über diese Ebene des Dungeon erhalten wollten. Der Zwerg wehrte sich mit Händen und Füßen gegen die Fragerei, und er geriet immer mehr aus dem Häuschen, bis er schießlich in eine rasende Wut verfiel.

»Weiß nicht, weiß nicht!« schrie er. »Finnbogg erinnert nur Teile und Stücke. Finnbogg würd euch sagen, wenn er mehr wüßte, aber er tut's nich! Er tut's nich!«

Er stand über den beiden dasitzenden Männern und funkelte sie wütend an, brach daraufhin in Tränen aus. Clive und Smythe tauschten verlegene Blicke. Sie hatten derlei jähe Stimmungsumschwünge des Zwergs schon zuvor erlebt, was aber nicht hieß, daß sie sich im Augenblick weniger als Saukerle fühlten.

»So, wie er sich benimmt«, bemerkte Guafe im Plauderton, »habe ich keine Zweifel daran, daß er schizophren ist.«

Das zog ihm nichtssagende Blicke der beiden Engländer zu.

»Womit ich meine«, erklärte der Cyborg, »er besitzt eine anomal hohe Zahl von Dopamin-Rezeptoren im Gehirn, so daß dieser jähe Stimmungswechsel nicht ihm persönlich zuzuschreiben ist. Die Neurochirurgie könnte diese Probleme korrigieren, wenngleich ich Zweifel daran habe, daß wir auf dieser Ebene weit genug entwickelte Werkzeuge finden, ihm zu helfen — wenn es denn wirklich das ist, woran er leidet. Da ich nicht mit seiner Physiologie vertraut bin, müßte ich ihn ein wenig untersuchen ...«

»Warum hältst du nicht mal für 'ne Weile die Fresse?« herrschte Smythe Guafe an, während er sich neben den weinenden Zwerg kniete. Er legte den Arm um Finnboggs breite Schultern.

»Es tut uns leid«, sagte er und drückte Finnbogg fest an sich, »dem Major und mir. Wir wollten dich nicht so behandeln, wie wir's taten.«

»Finnbogg — weiß einfach nichts mehr«, klagte der Zwerg mit dünner Stimme. »Es kommt und geht, und er kann sich manchmal nicht erinnern.«

»Das wissen wir doch, Finn — nicht wahr, Sör? Du bist uns schon häufig eine große Hilfe gewesen. Mach dir keine Sorgen.«

Finnbogg rieb sich die Augen mit den Fingerknöcheln. Clive hockte sich vor den Zwerg.

»Es tut mir wirklich leid, Finn«, sagte er.

Der Zwerg blinzelte und schien beschämt zu sein wegen der Aufmerksamkeit, die man ihm schenkte.

»Freunde?« fragte Clive.

Er bot ihm die Hand. Nach einem Augenblick nickte Finnbogg und schüttelte sie. Smythe drückte dem Zwerg ein letztes Mal die Schultern.

»Jawohl, alter Freund«, sagte er. Dann warf er Guafe einen kalten Blick zu. »Warum übernimmst du nicht die erste Wache — und siehst mal zu, wie es dir gefällt, alles und jedes zu beobachten?«

»Es würde mich freuen«, sagte Guafe.

»Eines Tages«, grummelte Smythe und schlug die rechte Faust auf die linke Handfläche. Dann zog er Finnbogg zu der Stelle hinüber, wo er und Clive beim Feuer saßen, und munterte den Zwerg mit einigen grotesken Geschichten wieder auf, bis sich Finnbogg den Bauch vor Lachen hielt.

Es war der folgende Tag, gerade als die lachsfarbene Sonne den Zenit erreichte, als sie vor sich auf der Ebene in etwa einem Kilometer Entfernung etwas wie einen niedrigen Hügel ausmachten. Es war Smythe, dem zuerst klarwurde, daß es ein toter Brontosaurier war, aber es war Finnbogg, der die kleinen silbrigen Luftschiffe entdeckte, die neben dem Kadaver geparkt waren, während deren silbern gekleidete Fahrer das Fleisch herabschälten.

»Die Hirten«, sagte Finnbogg.

Clives Mund fühlte sich plötzlich trocken an.

»Ist wohl am besten, wir reizen jetzt nicht völlig aus«, sagte Smythe. »Zeit, uns zu verstecken.«

Er sprang in den nächstgelegenen Fußabdruck eines Brontosaurus. Clive und Finnbogg folgten ihm auf den Fuß, aber es war zu spät. Die Hirten hatten sie bereits erspäht. Eine Anzahl der silbrigen Fluggeräte verließ den Kadaver und raste in etwa dreißig Zentimetern Höhe über die Erde auf sie zu.

Die Flieger überwanden die Entfernung zwischen ihnen so rasch, daß es für die Gesellschaft keine Hoffnung gab, ihnen davonzulaufen.

Zehn

Das Dorf der Haifischleute befand sich einen halben Tagesmarsch weiter den Pfad hinab, den sie benutzt hatten. Es war eine Ansammlung von kleinen einräumigen Hütten, mit Wänden und Dächern aus Ried, die an hölzerne Rahmen gebunden waren. In den Eingängen brannten Kochfeuer. Gezähmte Vettern der wolfsgesichtigen Fledermäuse hingen an den Schwänzen von den Pfosten herab und drehten langsam die Köpfe, um die Ankunft von Annabelles Gesellschaft und deren Fänger zu verfolgen.

Sie wurden ganz unzeremoniell in der Mitte des Dorfs zusammengetrieben, wo sie sofort von einer Menge der blauhäutigen Wesen umzingelt wurden. Wie bei einem grinsenden Haifisch blitzten sie die Zähne an. Kinder mit noch nicht ausgewachsenen Flossen, die den Wülsten der Wirbelsäule folgten, stießen mit Stöcken nach ihnen. Von allen Seiten erhob sich das Maraca-Geräusch, als wären Annabelle und ihre Gesellschaft mitten in ein Rattennest geworfen worden.

Tschika-tschika-tschika-tschika...

Obgleich sie's versuchte, vermochte Annabelle keine echten Unterschiede in den Klängen zu entdecken, also zweifelte sie daran, daß es sich um eine Sprache handelte. Ein Ausdruck von Erregung vielleicht? Oder wie wär's mit Belustigung gewesen?

Gestochen und gestoßen standen sie eng aneinandergedrängt zusammen, Shrieks schlaffer Körper zu ihren Füßen. Der Lärm der Haifischleute schwoll beständig an, bis Annabelle bei dem Geräusch mit den Zähnen knirschen mußte. Es war schmerzhaft — schlimmer als ein Feedback von ihrer Les Paul —, aber es war gleichfalls demütigend. Sie hatte jetzt das gleiche Gefühl wie damals bei den Buhrufen, die ihre Band geerntet hatte, als sie als Vorgruppe für Death Squad spielen mußten, dessen Neonazi-Fans ihrer Ungeduld über die Zusammenstellung von Musik und Theater, dem Markenzeichen der Crackbelles-Vorstellung, deutlich Ausdruck verliehen hatten.

Pfeif auf die Bastarde!

Als die jähe Stille einsetzte, war das eine solch große Erleichterung, daß es Annabelle dabei ganz schwach wurde. Aber sie hielt sich aufrecht, denn durch die sich teilende Menge kam eine furchteinflößende Gestalt auf sie zu, dem selbst die Haifischleute genausoviel Furcht wie Respekt entgegenzubringen schienen.

Er war gut dreißig Zentimeter größer als die übrigen Dorfbewohner, genauso wie diese blauhäutig, aber der gesamte Körper war von winzigen weißen Muscheln bedeckt, die wie Ohrringe mit Drähten direkt an der Haut befestigt waren. Das Haar war lang und geschmückt mit blauen Federn. Von einem muschelgeschmückten Gürtel, der ihm um den Leib geschlungen war, hing eine kleine Ansammlung von Affenschädeln herab sowie eine flache Felltasche aus bläulich gefärbter Haut.

Er trug in einer Hand einen Stab, einen halben Meter länger als er selbst. Von dessen Spitze baumelten weitere an Lederriemen befestigte Muscheln und skelettierte Arme herab — offensichtlich von Affen, deren Knochen lose zusammengeknüpft waren, so daß sie bei jeder Bewegung des Stabs hin- und herbaumelten.

Er blieb unmittelbar vor den Gefangenen stehen und musterte sie mit abschätzendem Blick. Die Augen waren von einem wolkigen Weiß, wie die eines Blinden, aber es war offensichtlich, daß er sehen konnte.

»Hrak«, sagte er plötzlich und schlug die freie Hand gegen die Brust.

Die Muscheln an seinem Körper klapperten bei dem Schlag. Annabelle fuhr bei dem Schmerz zusammen, den er hervorgerufen haben mußte; aber vielleicht besaßen diese Wesen keine Nerven in der Haut. Als sie sich überlegte, wie sie sich fühlen würde, wenn die eigene Haut so beschaffen wäre, kam etwas ähnliches heraus.

Ein Chor unterdrückter *Tschika-Tschiks* erhob sich in der Menge. Der Anführer sah sie erwartungsvoll an, als erwarte er eine Antwort.

Großartig, dachte Annabelle. Was zum Teufel sollte ›Hrak‹ bedeuten? Sein Name? Sein Titel? Die Wesen, die sie waren? Hallo? Wie geht's euch?

Aus Ungeduld über das Schweigen seiner Gefangenen stach der Anführer Annabelle mit einem steifen Finger auf die Brust.

»Folli!« rief er.

Jesses, dachte Annabelle in jähem Verstehen. Er versucht, Folliot zu sagen. Clives Bruder mußte hier durchgekommen sein, und dieser Kasper glaubt, daß jeder mit einer Haut so weiß wie der ihren 'n ›Folli‹ ist. Nun, was man jetzt herausfinden mußte, war, ob Neville diese Leute gutgelaunt zurückgelassen hatte oder ob er sie beschissen hatte, wie beinahe jeden hier am Ort, der ihm über den Weg gelaufen war. Es gab nur eine Möglichkeit, das herauszufinden.

Annabelle holte standhaft Atem. »Folli«, sagte sie und klopfte sich dabei so auf die Brust, wie es der Anführer getan hatte.

Er funkelte sie mit den milchigen Augen an. Keine Frage, daß ihm das mißfiel.

Vorbei, dachte Annabelle. Annie B. hat's mal wieder geschafft.

Ohne jede Warnung schlug ihr der Anführer mit der freien Faust auf den Kopf. Mit den auf dem Rücken gebundenen Armen vermochte sie das Gleichgewicht nicht zu halten. Annabelle fiel hart zu Boden, der Kopf brummte ihr von dem Schlag, und die Schulter war vom Aufprall auf den Boden zerschrammt. Der Anführer spuckte auf sie herab.

»Folli, Folli!« schrie er.

Die Menge um sie herum nahm den Schrei auf und vermischte ihn mit dem klappernden *Tschika-Tschik*. Der Anführer streckte die Hand zu einer entfernt liegenden Hütte aus, woraufhin eifrige Hände Annabelle auf die Füße zogen und sie und ihre beiden noch stehenden Begleiter in diese Richtung trieben. Andere zogen Shriek mit, wobei sie sie an einem Bein und einigen Armen voranzerrten. In der Hütte wurde sie zu Boden gestoßen. Die Tür schwang lose in ledernen Scharnieren, und die grinsenden Haifischgesichter drückten sich dagegen, um die Gefangenen zu betrachten.

Sie zischten und spuckten, und die Zäpfchen zitterten dabei.

Tschika-Tschika-Tschika.

Als sich Annabelle benommen und mit verschwommenem Blick aufsetzte, wurde sie von der Spucke an der Wange getroffen, was ein leicht brennendes Gefühl zurückließ. Sie rieb sich die Wange am Knie und schob sich dann in die entfernteste Ecke der Hütte zurück, weg von den Wesen an der Türe.

»Warum warst du so *estúpido*?« wollte Tomàs wissen.

Annabelle schaute ihn an. »Verpiß dich!« herrschte sie ihn an. »Ich hab nich mitgekriegt, daß du mit was Besserem gekommen wärs.«

Tomàs Lippen verzogen sich zu einem Knurren, aber er gab keine Antwort, sondern wandte lediglich den Kopf ab. Die geflochtene Grasschlinge hielt noch immer. Sie versuchte, die Menge hämisch schauender Gesichter an der Tür zu übersehen, und sie schienen schließlich das Interesse zu verlieren und zogen sich zurück. In diesem Augenblick erblickten die Gefangenen die Pfähle, die mitten auf dem Dorfplatz aufgestellt wurden, sowie das Holz, das darunter aufgeschichtet lag.

Vier Pfähle. Vier Gefangene. Sie brauchten sich weiter keine Gedanken mehr über ihre nahe Zukunft zu machen.

»Au, Scheiße«, murmelte Annabelle. »Was tun wir jetzt?«

»Warten«, sagte Sidi.

»Worauf? Auf die Kavallerie? Mir tut es leid, Sidi, dir das sagen zu müssen, aber sie wird sich leider nicht zeigen.«

Sidi nickte nur dorthin, wo Shriek noch immer bewußtlos lag. »Wenn sie tot wäre, hätten sie sie nicht hier zu uns hineingeworfen. Wir werden warten, bis die Wirkung des Gifts nachläßt. Sie ist nicht wie wir gefesselt.«

Nur was ist, wenn sie nicht rechtzeitig wieder zu sich kommt? wollte Annabelle wissen, aber sie sprach ihre Befürchtung nicht laut aus. Statt dessen lehnte sie sich an die Wand der Hütte und schloß die Augen.

Annabelle versuchte, nicht an die Pfähle und die Scheiterhaufen zu denken, die um sie herum errichtet waren. Von Zeit zu Zeit warf sie Shrieks schlaffem Körper einen Blick zu, aber das spinnenähnliche Fremdwesen zeigte noch immer kein Lebenszeichen. Dann wandte sie den Blick ab und fing den von Tomàs auf, wie er von ihr wegglitt. Oder traf den von Sidi, der nicht resigniert war, aber zunehmend weniger zuversichtlich. Oder sah erneut die Pfähle, um die herum die blauhäutigen Haifischleute wimmelten.

Diese verdammten Pfähle.

Sie schloß erneut die Augen und dachte an das letzte Mal, als sie ihre Tochter gesehen hatte, draußen vor dem Haus ihrer Mutter, wo Amanda bei der Omama blieb, wenn die Crackbelles auf Tournee gingen.

»Kommst du zurück, Mami?« hatte Amanda gefragt, das Gesichtchen besorgt Annabelle zugewandt. »Du wirst mich nicht vergessen, nicht wahr?«

Amanda fürchtete stets, vergessen zu werden — wegen der vielen Tourneen der Band. Sie glaubte, daß Annabelle eines Tages nicht mehr zurückkehrte. Als würd ich sie jemals wegwerfen, dachte Annabelle.

»Natürlich nich, José«, hatte sie ihrer Tochter gesagt, während sie ihr die dunklen Locken durcheinanderbrachte. »Ich werd zurück sein, ehe du Jack Lippity Sprat sagen kannst.«

Als Antwort umarmte Amanda sie unter Tränen.

Ich werd zurück sein, dachte Annabelle, als sie sich erinnerte. Klar. Sie sah hinaus auf die Pfähle. Ich wollte dich nicht anlügen, mein Herz, aber deine Mutti wird niemals zurückkehren.

»Das Leben rutscht durch die Finger«, hatte Annabelles Mutter ihr einmal gesagt. »Das sagt jeder — daß die Zeit zu rasch verstreicht, daß wir niemals das tun, was wir in der Zeit, die wir haben, tun wollen —, aber in unserer Familie ist's noch viel schlimmer. Wir behalten niemals etwas, das uns etwas bedeutet — Liebhaber, Glück. Wir kommen niemals dazu, etwas Gutes über längere Zeit zu behalten. Deine Großmutter pflegte zu sagen, daß ein Fluch auf den Frauen unserer Linie liege. ›Seid aus ganzem Herzen glücklich, so lange ihr's sein könnt‹, hat sie mir gesagt, ›denn es wird nicht lange währen. Das tut's niemals. Wenn du versuchst, dich dran zu klammern, wird's nur weh tun‹.«

Das war kein Spaß. Annabelle wußte genau, was ihre Mutter gemeint hatte. Es war so wie damals, als sie genügend schwerverdientes Geld für ihre erste Les Paul zusammenhatte und daraufhin vom Geschäft nach Hause gegangen und überfallen worden war. Wunderschönes New York. Es war so wie damals, als die Crackbelles endlich einige ernsthafte Gigs bekommen hatten, und nun war sie hier, verschwunden in Bizarro — dem Land des Merkwürdigen und Seltsamen, wo es so aussah, als endete sie als Mittagessen für eine Bande Monster.

Haifische, die wie Menschen gehen. Ein Theaterstück gleich in Ihrer Nähe. Aufregend, prickelnd. Erleben Sie, wie der Rockstar und seine Freunde eine Mahlzeit für Haifische werden.

Au, Jesses.

Alles, was sie jetzt zu sehen vermochte, waren Amandas verweinte Augen. Das süße Gesicht ihr zugewandt.

Du wirst mich nicht vergessen, nicht wahr?

Niemals, mein Herz.

Wirst du zurückkehren, Mami?

Die Tränen brachen ihr aus den Augen. Sie spürte Tomàs' verächtlichen, Sidis mitleidigen Blick auf sich liegen. Keiner von beiden wußte, was wirklich los war. Sie glaubten, sie weine um sich selbst, aus Furcht, aber das war's nicht. Nicht nur das. Es war der Gedanke, dieses riesige Loch im Leben ihres Kindes zu hinterlassen. Es war der Gedanke daran, wie das arme Kind zunächst mit ihrem alten Herrn aufwuchs, und dann an ihre alte Mutter, die sie abschieben würde.

Ich bin wie der Spruch, den die Feen gebrauchen, dachte sie, wenn sie den Menschen im Feenland Gold geben, und es wandelt sich in tote Blätter und Abfall, wenn die Menschen in die eigene Welt zurückkehren. Alles, was ich anfasse, wird zu Scheiße.

Wirst du zurückkehren, Mami?

Sie schaute Shriek an, die noch immer bewußtlos war. Tomàs und Sidi, die sie beobachteten. Die geflochtenen Grasschlingen um die Handgelenke, zu fest, um sie zu zerreißen. Vielleicht könnten wir sie durchbeißen? Klar. Aber dann fiel ihr Blick auf die Ärmel ihrer Jacke, die ihr noch immer um den Leib geschlungen war.

Wach auf, Annie B.! befahl sie sich selbst.

»Sidi?«

»Ja?«

»Komm her und hilf mir, die Jacke auszuziehen, ja?«

Wenngleich er überrascht wirkte, rutschte der Inder zu ihr hinüber und kam ihrer Bitte nach. Als sie die Jacke in Händen hielt, spielte sie eine Weile damit herum, bis sie einen der Reißverschlüsse gepackt hatte. Sie hielt ihn straff zwischen den Fingern.

»Komm mit den Händen hierhin!« befahl sie ihm.

Sidis Augen leuchteten, als er verstand. Der metallene Reißverschluß bot nicht viel Halt, aber er würde ausreichen, um die Grasschlingen aufzusägen. Er mußte es schaffen, verdammt noch mal.

Es war harte Arbeit. Die Jacke rutschte ihr immer wieder weg, und es fiel schwer, an etwas zu arbeiten, das sie nicht sehen konnte, aber nach gut fünfzehn Minuten Arbeit wurde das Gras so mürbe, daß Sidi die verbliebenen Stränge zerreißen konnte.

»*Also gut*«, sagte Annabelle, als er sich daran machte, ihre eigenen Stricke zu bearbeiten.

Der Inder war stärker, und er hatte sie in der Hälfte der Zeit losgemacht, die sie benötigt hatte, und er ging zu Tomàs hinüber, um ihn zu befreien, während sie sich die wunden Handgelenke rieb und das weitere Vorgehen überdachte. Sollten sie jetzt ausbrechen — aus der Rückwand der Hütte, die dem Fluß zugewandt war, und dabei Shriek hinter sich herziehen —, oder sollten sie warten, bis die Haifischleute kamen und versuchten, sie niederzumachen? Sie mußte sich nicht wirklich entscheiden.

Sie ging zur Rückwand der Hütte und untersuchte das Schilf, das den hölzernen Rahmen bedeckte. Man hätte genausogut durch ein Stück Kuchen hindurchschneiden können. Als sie zu den anderen zurückschaute, sah sie, daß Tomàs gleichfalls frei war. Sidi kehrte zu ihr zurück, händigte ihr die Jacke aus, die sie sich erneut um den Leib schlang.

»Guter Einfall.«

»Ju, aber wir sin noch nich hier raus.«

»Wir wollen hinten raus?«

Annabelle nickte. »Die einzige Möglichkeit, die uns bleibt, schätz ich. Wir wer'n zum Fluß geh'n und rüberschwimmen — es wird leichter sein, Shriek durchs Wasser als durch den Dschungel zu ziehen. Kannst du schwimmen?«

Sidi nickte, wobei die weißen Zähne blitzten.

»Was ist mit dir, Tomàs? Ein guter Seemann wie du — kannst du schwimmen?« Wenn man seine Abneigung dem Baden gegenüber in Betracht zog, mochte es durchaus sein, daß er's nicht konnte.

»*Sim.*«

»Großartig.« Annabelle sah hinaus, aber niemand schien ihnen übermäßig Aufmerksamkeit zu widmen. »Dann los. Sidi, du reißt die Wand nieder — und lautlos, bitte —, während mir Tomàs mit Shriek zur Hand geht.«

Tomàs schüttelte den Kopf. »Laß sie zurück.«

»Auf keinen Fall, Freundchen.«

»Sie ist ein Monster.«

»Sie ist ein Freund. Du wirst mir also entweder helfen, oder wir schlagen dich dumm und dämlich und lassen dich als Futter für die Fische zurück — klar?«

»Zeitverschwendung«, beharrte Tomàs. Er stieß Shrieks Körper mit dem Zeh an und erhielt keine Antwort. »Sie ist schon tot.«

Sidi hatte ein Loch zum Spähen durch die rückwärtige Wand der Hütte gebohrt. »Alles klar!« rief er leise über die Schulter.

»Wir haben ein Problem hier mit dieser Ratte«, sagte Annabelle zu ihm. »Er will mir nicht helfen, wegen Shriek.«

Sidi runzelte die Stirn und trat heran, die braunen Hände an jeder Seite zur Faust geballt.

Tomàs hob rasch schützend die Hände. »*Ja nao*«, sagte er. »Ich hab nur 'n Witz gemacht. Ich bin glücklich, wenn ich helfen kann. *Verdade.*«

Annabelle sah ihn fest an. Ju. Natürlich. Bis dir jemand was Besseres bietet. Aber sie bedeutete Sidi, zur Wand zurückzukehren. Während er damit fortfuhr, das Loch zu erweitern, zogen sie und Tomàs den schweren Körper Shrieks zur Rückwand der Hütte. Als das Loch groß genug war, steckte Sidi vorsichtig den Kopf hinaus.

»Alles in Ordnung«, sagte er.

Er trat durch die Öffnung und half dann den anderen dabei, Shrieks Körper hindurchzuwinden. Sie waren augenblicklich draußen. Das Flußufer befand sich fünf Meter direkt hinter der Hütte, und es war vom Dorfplatz durch eine Anzahl weiterer Hütten verborgen.

Gott sei Dank, stieß Annabelle in einem stillen Gebet hervor, womit sie ihrem frommen Atheismus untreu wurde. Aber dann hörte sie das Rasseln *Tschika-Tschik*, das von einem der Leute hervorgestoßen wurde. Sie wandte sich um und erblickte aus ihrer halbgeduckten Stellung eines der blauhäutigen Wesen, das unmittelbar hinter ihr drohend aufragte, das offensichtlich gerade um die Hütte herumgekommen war und jetzt direkt über sie stolperte.

Scheiße, dachte Annabelle. Alles, was ich anfasse ...

Elf

Unbewaffnet und ohne die Möglichkeit, irgendwohin zu laufen, erwartete Clives Gesellschaft die Hirten in den Hovercrafts — Clive, Smythe und Finnbogg eng aneinander gedrängt, der Cyborg ein wenig abseits für sich. Ihre Hilflosigkeit ärgerte sie alle, aber wenn man die Lage berücksichtigte, blieb die einzig vernünftige Vorgehensweise die, darauf zu warten, wie sich die Dinge entwickelten. Männern, die es vorzogen, das Schicksal selbst in die Hand zu nehmen, fiel das nicht leicht. Aber immerhin war nichts einfach oder leicht gewesen, seitdem sie das Dungeon betreten hatten.

Die Hovercrafts gaben so gut wie kein Geräusch von sich, während sie auf die Gesellschaft zuflitzten. Die Fahrer verliehen den Engländern das unbehagliche Gefühl, daß sie den Gesetzen der Wissenschaft hohnsprachen — ein Gefühl, das Finnbogg teilte. Der Cyborg schien von ihrer Furcht völlig unberührt zu sein.

Glücklich und zufrieden, weil er die Gelegenheit zu einer weiteren ›Beobachtung‹ nutzen konnte, dachte Clive ein wenig bitter, ohne einen Gedanken an die mögliche Gefahr zu verschwenden, die es für sie bedeuten könnte. Die nächsten Bemerkungen des Cyborgs bestärkten lediglich Clives Gefühle.

»Faszinierend«, bemerkte Guafe, fast zu sich selbst. »Dieses Fahrzeug scheint eine Art Schnellboot zu sein, das sich mittels eines Luftkissens über dem Boden hält, dabei jedoch immer noch in der Lage ist, hohe Geschwindigkeiten zu erreichen. Ich frage mich, welche Antriebsmethode sie verwenden.«

Die Maschinen landeten in einem Halbkreis um die Gesellschaft, und das tiefe Summen der Motoren erstarb, als die Fahrer in den silbrigen Anzügen die Zündung abstellten und von den Maschinen abstiegen. Stillstehend sahen die Fluggeräte nicht mehr ganz so wunderbar aus. Sie waren jetzt nur Maschinen — glänzender Stahl und weit jenseits der technologischen Möglichkeiten von Clives England —, aber immer noch nur Maschinen.

Ihm fiel bei diesem Gedankengang auf, daß das weitere Vordringen in dieses merkwürdige Land ihn anscheinend allmählich ein wenig gegen dessen Wunder immunisierte.

Er musterte die herankommenden Fahrer. Zumindest waren sie humanoid — sogar den Europäern sehr ähnlich —, wenngleich es schwerfiel, ihre Gesichtszüge hinter den Helmen und Schutzbrillen auszumachen, die sie trugen. Das schimmernde Material der Anzüge lag ihnen wie eine zweite Haut am Körper und hob dabei besonders die interessanten Formen der beiden Frauen der Gruppe hervor.

Eine der Frauen war offensichtlich die Anführerin.

Sie trat einige Schritte vor und nahm Helm und Schutzbrille ab. Das Haar war blond und zentimeterkurz geschnitten. Die Augen hatten das grünliche Blau des Himmels, die Gesichtszüge waren von nicht ganz klassischer Schönheit — was stärker am fehlenden Haar lag, das das Gesicht hätte umrahmen sollen, dachte Clive, als an den wirklichen Proportionen —, aber gleichermaßen freundlich. An ihrem Gürtel war ein Halfter befestigt, in dem offensichtlich eine Pistole steckte, wenngleich Clive und Smythe noch nicht einmal rätseln konnten, was für eine Art von Pistole es wäre.

Ein rascher Blick auf die anderen in ihrer Gesellschaft zeigte, daß sie alle die gleichen Waffen trugen. Die Frau betrachtete jeden einzelnen einen Augenblick lang und richtete dann ihre Aufmerksamkeit auf Clive. Ein freundschaftliches Lächeln lag auf den Lippen.

»Sie sind Major Clive Folliot?« fragte sie.

Clive blinzelte überrascht. »Woher kennen Sie meinen Namen?«

Sie hob einfach die Schultern, wobei sich die Brüste verführerisch hoben. Clive zwang sich dazu, ihr weiterhin ins Gesicht zu sehen.

»Wir haben nach Ihrer Gesellschaft Ausschau gehalten«, sagte sie. »Sie wurden erwartet. Wir hätten gedacht, daß wir Sie eher gefunden hätten, aber als wir die Herde erblickten, hielten wir lange genug an, um eines der Tiere zu erlegen.« Sie nickte über die Schulter. »Andere aus unserer Gesellschaft weiden das Tier aus, während wir miteinander sprechen. Dort gibt es genügend Nahrung, daß die Stadt davon einen Monat lang leben kann. Das war die Unterbrechung wert, meinen Sie nicht?«

Clive war noch immer ganz durcheinander, aber es gelang ihm, die Gesichtszüge so zu beherrschen, daß nichts von seiner Verwirrung nach außen drang. »Sicherlich«, sagte er. »Aber sagen Sie doch, woher wußten Sie, daß wir hier sind?«

»Ihr Bruder, der Priester, bat uns, nach Ihnen Ausschau zu halten — Vater Neville.«

Der Priester? dachte Clive. Kam Neville auf dieser Welt herunter? Das letzte, was sie von seinen religiösen Neigungen vernommen hatten, war, daß er sich einen Bischof genannt hatte.

»Aha«, sagte er. »Und wo ist Vater Neville? Können Sie uns zu ihm bringen?«

»Natürlich. Darum haben wir ja nach Ihnen Ausschau gehalten.«

»Wer sind Sie?«

Die Frau lächelte erneut. »So viele Fragen. Vater Neville sagte uns, daß Sie voll davon wären. Ich bin Keoti Vichlo, Erste Anführerin der Dramaranischen Dynastie.«

»Dramaran — ist das die Ruinenstadt ein paar Tagesreisen weiter östlich?«

Keoti runzelte leicht die Stirn. »Ruinen, ja — aber nicht mehr lange. Jetzt, da uns Ihr Bruder aus dem Langen Schlaf geweckt hat, sind wir dabei, ihren früheren Ruhm wiederherzustellen. Sie müssen jedoch keine Angst haben, daß das Leben in Dramaran im Augenblick nur aus Mühsal bestünde. Wir haben angenehme Wohnungen unter der Stadt, die noch immer intakt sind.«

»Langer Schlaf?« Clive mußte einfach fragen, wenngleich er nicht wollte, daß den Fremden aufginge, wie wenig er und seine Gefährten von den fortgeschrittenen Technologien und diesem Teil der Welt wußten.

Guafe verstand jedoch auf der Stelle. »Eine Form von Scheintod, nehme ich an«, sagte er. »Liege ich richtig in der Annahme, daß es eine Art Fehlfunktion bei Ihrer Ausrüstung gab, die Sie in diesem Stadium ließ, bis ... öh ... Vater Neville ankam?«

Clive und Smythe schossen dem Cyborg einen neugierigen Blick zu. Sie hatten nie zuvor gehört, daß Guafe beim Sprechen zögerte, und das rüttelte sie auf. Keoti warf dem Cyborg gleichfalls einen abschätzenden Blick zu. Sie wollte anscheinend etwas sagen, aber Clive war rascher.

»Weshalb sprechen Sie so gut Englisch?« fragte er.

»Das lehrte uns Vater Neville«, entgegnete sie mit einem Schulterzucken. »Wir gaben seine Sprache über eine Biofeed-Verbindung in unsere Computer ein und erhielten die Daten in einer adäquaten Ausgabe. Ist das bei Ihren Leuten nicht so?«

Clive verstand nur sehr vage, was sie meinte, aber er nickte. »Natürlich«, sagte er.

Keoti wandte ihre Aufmerksamkeit wieder Chang Guafe zu. »Welch ein überlegenes Stück Handwerksarbeit«, sagte sie. »Ihr Humanotron scheint so lebendig zu sein. Man könnte glauben, daß er wirklich lebendig ist und kein Konstrukt.«

»Ich bin ein sich selbst bewußter Cyborg«, sagte Guafe kalt. »Kein Konstrukt.«

»Entschuldigen Sie bitte«, sagte sie. »Ich wollte Sie nicht verletzen.«

»Macht nichts«, entgegnete der Cyborg, wenngleich es allen klar war, daß genau das Gegenteil zutraf.

Ganz ruhig bleiben! dachte Clive. Die Dramaranier schienen ganz freundlich zu sein, und er zog es vor, daß es dabei blieb — sie nicht vor den Kopf zu stoßen oder zu verärgern, wozu Guafe neigte, wenn er zu diskutieren anfing.

»Nun denn«, sagte Clive brüsk. »Es wäre wundervoll, wenn ich meinen Bruder wiedersehen könnte. Lassen Sie mich Ihnen meine übrigen Begleiter vorstellen. Chang Guafe haben Sie gerade kennengelernt. Der Herr zu meiner Rechten ist mein guter Kamerad Quartiermeister Sergeant Horace Smythe.«

»Ja«, sagte Keoti. »Vater Neville hat von Ihnen gesprochen, Horace Smythe. Sie besitzen eine Begabung fürs ... Schauspielern, glaube ich.«

»Ich bin mir nicht ganz sicher, was Sie meinen, gnädige Frau«, sagte Smythe.

Sie lächelte. »Ein Talent dafür, etwas anderes zu scheinen, als Sie sind.«

»Und dies ist unser Freund Finnbogg«, sagte Clive.

Keoti lächelte den Zwerg höflich an, stellte jedoch ihrerseits keinen ihrer Gefährten vor. »Wir können pro Fluggerät einen Passagier mitnehmen«, sagte sie. »Wenn Sie möchten, können wir den Rückflug nach Dramaran antreten, sobald ich meinem Adjutanten«, — sie warf einen kurzen Blick zu der Stelle zurück, wo die größere Anzahl von Dramaraniern noch immer am Kadaver des Sauriers arbeitete —, »meine Befehle gebe.«

Clive warf Smythe einen Blick zu und erkannte am Gesichtsausdruck seines ehemaligen Burschen, daß ihn die gleichen Ängste bedrückten. Diese Frau Keoti war extrem freundlich und zuvorkommend, aber da Neville hinter der ganzen Sache steckte — und wer wußte schon, was er wieder im Schilde führte —, konnten sie genausogut in eine weitere Falle laufen. Welche Wahl hatten sie jedoch? Als Smythe kurz die Schultern hob, wandte sich Clive wieder an die Frau.

»Wir freuen uns, Ihre Gastfreundschaft in Anspruch nehmen zu dürfen«, sagte er.

Keoti lächelte. »Würden Sie bitte mit mir fahren?«

»Ich denke, wir ziehen es vor zu gehen«, sagte Clive. »Wenigstens bis zu dem — Kadaver, den Ihre Gesellschaft ausweidet. Wir werden uns Ihnen dort anschließen.«

»Wie Sie möchten.«

Sie schenkte Clive ein warmes Lächeln. Sie setzte Helm und Schutzbrille wieder auf und kehrte zu ihrem Fluggerät zurück. In Nu waren die Hovercrafts wieder in der Luft und sausten zurück zu der Gesellschaft.

»Nun«, sagte Clive, sobald sie verschwunden waren, »Sie scheinen ganz freundlich zu sein.«

Smythe nickte. »Zu freundlich, denke ich, Sör. Mir gefällt das gar nicht — nicht, wenn Sir Neville kräftig mitmischt.«

»Sie haben wenigstens eine Technologie, die studierenswert ist«, meinte Guafe, »selbst wenn ihre eigene Beobachtungsfähigkeit etwas beschränkt ist.«

Sie näherten sich dem toten Behemoth, wo die Dramaranier damit fortfuhren, Fleisch zu machen, wobei sie das getötete Monster umschwärmten wie eine Wolke von Fliegen.

»Weißt du irgend etwas hiervon?« fragte Clive Finnbogg. »Von diesem Langen Schlaf oder dieser zweiten Stadt, die unter den Ruinen der ersten begraben ist?«

»Kein bißchen«, entgegnete der Zwerg.

»Was ist nur mit Sir Neville los?« überlegte Smythe laut. »›Vater Neville‹, also wirklich! Der Mann ist etwa genauso heilig wie ein fetter kurzatmiger Kanonier, der auf großem Fuße lebt.«

»Wenigstens erwartet er uns«, sagte Guafe.

Smythe nickte. »Wie er uns zuvor erwartet hatte. Der

Gedanke daran beruhigt mich nicht gerade, Sir. Ich würd ihm lieber 'n paar saftige Kinnhaken verpassen, als die Gelegenheit zu bekommen, erneut Opfer einer seiner Taschenspielereien zu werden.«

»Ich bezweifle, daß unsere gegenwärtigen Gastgeber dies zuließen«, sagte Guafe. Der Kadaver rückte näher heran — in der Tat, wenn nicht ein Berg, dann doch ein großer Hügel von Fleisch, der sich aus der Ebene der Savanne hob. Die Dramaranier schnitten große Stücke von Fleisch aus den Lenden des Monsters, und zwar mit einer Art Säge, die aussah wie ein scharf gebündelter Lichtstrahl.

»Laser«, sagte Guafe.

Keine der Gefährten machte sich die Mühe, ihn nach einer Erklärung zu fragen. Es war einfach alles zu weit von ihnen weg.

»Nun, ich für meinen Teil habe ein großes Interesse daran, was Neville seinerseits zu sagen hat«, sagte Clive. Sein Blick wurde hart, während er sprach. »Er hat mir eine ganze Menge zu erklären.«

Smythe nickte. »Großes Interesse«, pflichtete er bei. »Blinzeln Sie nur nicht in seiner Gegenwart, sonst werden wir uns Gott weiß wohin weggewischt.«

Keoti ging ihnen entgegen, als sie schließlich ankamen. Sie mußten die Hälse recken, um den oberen Teil des Kadavers zu erkennen.

»Ich bin hier fertig«, sagte sie. »Wenn Sie jetzt zur Abfahrt bereit sind ...?«

Sie ging zum Hovercraft zurück, ohne auf Clives Antwort zu warten.

»Vorsicht jetzt!« wisperte Smythe Clive zu, als ein weiterer der Dramaranier auf sie zukam.

»Du auch«, entgegnete Clive.

Finnbogg wollte jedoch nicht mit dem Dramaranier gehen, der ihn zu der Ruinenstadt bringen sollte.

»Finnboggi nicht dazu gedacht, durch die Luft zu segeln«, sagte er. »Das ist nicht richtig.«

»Wir werden nicht sehr hoch fliegen«, redete ihm der Dramaranier gut zu. »Nicht mehr als einen halben Meter über dem Boden.«

»Mehr, als Finnbogg sein will«, sagte der Zwerg. Er stampfte mit dem Fuß auf den Boden. »Hier soll Finnbogg sein. Mit Schmutz zwischen den Zehen. Nicht Vogel spielen.«

Clive mischte sich rasch ein, ehe Finnbogg in eine streitlustigere Stimmung geriet. Er legte dem Zwerg einen Arm um die Schulter.

»Es wird ganz nett werden«, sagte er. »Wir fahren alle mit ihnen, Finn.«

»Es ist nicht richtig«, wiederholte der Zwerg, wenngleich dieses Mal nicht so bestimmt.

»Stell dir vor, es ist ein Abenteuer«, sagte Smythe zu ihm. »Was wirst du für eine Geschichte erzählen können — kilometerweit über eine Savanne zu einer Ruinenstadt zu huschen, die von den Einwohnern wieder aufgebaut wird.« Er rieb sich die Hände. »Zwickt dich nicht allein schon der Gedanke, daß du möglichst bald dahinkommen willst?«

»Wir wollen dich nicht zurücklassen«, fügte Clive hinzu.

»Hrumff«, machte Finnbogg.

Wenngleich er steifbeinig ging und bei jedem Schritt die Stirn runzelte, ließ er sich doch zu dem Fluggerät führen. Er bestieg es behutsam, als würde die Maschine beißen. Sobald er sich einmal gesetzt hatte, gingen die anderen zu den Fluggeräten, mit denen sie reisen würden.

Es fühlte sich entschieden peinlich an, dachte Clive, als er hinter Keoti saß, die Maschine dabei zwischen den Beinen. Es war, als bestiege man ein beinloses Pferd — und nichts, woran man sich festhalten konnte, um nicht hinunterzufallen. Keoti zeigte ihm, wohin man die Füße setzen mußte — auf kleine Stifte, die an der Seite der Maschine angebracht waren und die Knie bis auf

Hüfthöhe anhoben —, und legte sich dann seine Hände um den Leib.

»Halten Sie sich fest!« rief sie.

Das Material ihres Anzugs war von metallischer Beschaffenheit, aber so geschmeidig, daß Clive die Unterkante des Brustkorbs und das weiche Fleisch des Bauchs fühlen konnte, als wäre da nichts zwischen Händen und Haut. Sie schaute ihn über die Schulter an, und der Kopf sah mit dem Helm und der Schutzbrille aus wie der eines Käfers, aber die Lippen waren die einer Frau, und sie lächelte ihm freundlich zu.

Die Maschine zitterte unter Clives Beinen, als sie angeworfen wurde, und dann waren sie schon in der Luft und standen einen halben Meter über dem Boden. Ihn schwindelte bei der jähen Bewegung, und er umklammerte Keoti sehr fest. Als ihm klarwurde, was er da tat, lockerte er den Griff. Er schaute sich um, um zu sehen, wie es seinen Gefährten ergehe. Finnboggs Gesicht war bleich, Smythes und Guafes Gesichtszüge unbewegt.

Dann schossen die Fluggeräte über die Savanne davon. Sie umkreisten den Kadaver des Brontosaurus, wo die zurückgebliebenen Dramaranier noch immer ihrer Metzgerarbeit nachgingen. Die Arbeiter hoben blutige Hände zu einem Gruß, und dann hatte Clives Gesellschaft offenes Land vor sich, und sie setzten sich für die lange Fahrt zu der Ruinenstadt zurecht, wo sie Neville erwartete.

Zwölf

Für Annabelle verstrich die Zeit auf einmal ganz langsam. Sie und der Haifischmann starrten einander an, als hätten sie gerade das Gesicht des anderen in der Menge ausgemacht und überlegten, wohin sie die halbvertrauten Züge stecken sollten. Annabelle wußte, daß etwas getan werden mußte — ihn schlagen, ihn zu Boden strecken —, aber die Gliedmaßen fühlten sich schwer, wie betäubt an.

Sie sah, wie sich der Mund des Haifischmannes weiter öffnete. Das erste *Tschika-Tschik* war ein Ausruf der Überraschung gewesen. Jetzt war er dabei, den anderen Dörflern eine Warnung zuzurufen. Sie hatte nicht den Eindruck, daß sie etwas tun könnte, um ihn daran zu hindern, hob jedoch nichtsdestoweniger die bleischweren Arme und griff nach ihm.

Dann steckte ihm jäh eines von Shrieks Stachelhaaren in der Kehle. Die Augen weiteten sich, und der abgewürgte Schrei wurde zu einem Todesröcheln. Er taumelte auf sie zu.

Annabelle langte weiter nach ihm und spannte alle Kräfte an, um sein Gewicht zu halten, als es auf sie fiel. Ehe er zu Boden ging, stand Sidi ihr zur Seite, um ihr zu helfen. Sie ließen den Haifischmann gemeinsam zu Boden gleiten. Annabelle wandte sich langsam um und sah Shriek halbaufgerichtet daliegen, das Gewicht auf drei Arme gestützt, während sich der vierte gerade senkte. In den meisten ihrer Augen lag noch immer eine Benommenheit, eines jedoch war klar, und die restlichen klarten gleichfalls auf.

Gleich, welche Chemikalie sie in dieses spezielle Haar auch injiziert hatte, sie hatte ihre Aufgabe wirkungsvoll erledigt, und schnell — sehr schnell.

Ist er tot? fragte Shriek. Ihre Stimme hallte Annabelle schwach durchs Bewußtsein.

Annabelle nickte. »Danke.«

Shriek spuckte nur in Richtung auf den Körper des Haifischmannes. Sidi berührte Annabelle an der Schulter.

»Wir können uns keine Verzögerung leisten«, sagte er.

Annabelle sah auf den Körper hinab und nickte dann rasch als Zustimmung. Während Sidi und Tomàs sich zum Fluß aufmachten, legte sie die Schulter unter Shrieks linke Arme und half dem Fremdwesen auf die Beine. Sie eilten gemeinsam zu den anderen.

Hinter der schützenden Wand von Hütten vernahmen sie den Lärm, den die Dörfler machten — Geschnatter in einer Sprache, die keiner von ihnen verstehen konnte, das gelegentliche schrille Bellen der Fledermaushunde, das nervenzerreißende Geräusch der Zäpfchen, deren hohle Enden rasselten sowie das bebende Geräusch, das von der Mundhöhle verstärkt wurde.

Tschika-Tschika-Tschika ...

Ohne sich die Mühe zu machen, die Kleider abzustreifen, warf sich Sidi ins Wasser. Annabelle und Shriek folgten auf der Stelle und ließen den zögernden Tomàs am Ufer zurück.

»Los doch!« flüsterte Annabelle scharf.

Der Portugiese glitt offenbar unglücklich zu ihnen ins Wasser. Sidi übernahm die Führung und brachte sie in einem rechten Winkel vom Dorf weg, bis ihm das Wasser am Hals stand. Dann stieß er die Füße vom Grund ab und begann zu schwimmen, wobei er darauf achtete, das Wasser nicht klatschen zu lassen, was ihre Fänger auf sie aufmerksam gemacht hätte.

Annabelle und Shriek bewegten sich etwas näher am Ufer, da Shriek nicht schwimmen konnte. Sie ging statt dessen neben Annabelle, die ihr dabei half, sich im

Wasser aufrechtzuhalten, und sie bewegte sich halb gehend, halb sich vorwärtsstoßend, wobei sie den Grund des Flusses als Sprungbrett benutzte. Tomàs bildete die Nachhut.

Bald war das Dorf außer Sicht, und dann verschwanden auch die Geräusche. So nahe über der Wasseroberfläche waren die Insekten schlimmer denn je, und von Zeit zu Zeit mußten sie die Köpfe unters Wasser tauchen, um die Wolken von Moskitos loszuwerden, die sich ihnen auf Gesicht und Nacken setzten, ja sogar in die Haare.

»Je früher wir diese Schleuse erreichen und aus diesem Dschungel rauskommen«, grummelte Annabelle, »desto glücklicher werd ich sein. Mir egal, wohin sie uns bringt.«

»Wenigstens sind wir frei«, bemerkte Sidi.

Aber er hatte sich zu früh gefreut. Selbst über die Entfernung hinweg, die sie zwischen sich und das Dorf gebracht hatten, tönte der Schrei eines überwältigenden Ärgers deutlich zu ihnen.

»Scheiße.«

Sidi warf Annabelle einen Blick zu und nickte. »Wir verlassen besser den Fluß«, sagte er. »Wenn man berücksichtigt, welche Art von Wesen sie sind, bezweifle ich nicht, daß sie in der Lage sind, unsere Spur durchs Wasser zu verfolgen — wie die Haifische unserer eigenen Welt.«

»Mach keinen Witz. Ich dachte, daß das Wasser deinen Geruch abwäscht.«

Sidi nickte und hob den Arm, um die winzigen Schnitte und Schrammen zu zeigen, die alle übrigen auch hatten. »Aber ein Haifisch kann Blut kilometerweit riechen.«

Sie kletterten ans Ufer, wobei sie sich an die dicken Ranken und die übrige Vegetation klammerten. Herabhängendes Gezweig versperrte ihnen die Sicht, aber ihr Weg führte sie direkt zu ihrem Ziel.

Seht mal! sagte Shriek.

Sie deutete mit einem der Arme dorthin, wo der erste der Haifischmenschen in Sicht gekommen war. Er schlängelte sich durchs Wasser, die Arme eng an den Körper gepreßt, die Rückenflosse schnitt durch das Wasser, und der Kopf hob und senkte sich bei jeder Bewegung. Augenblicke später tauchten unmittelbar dahinter drei weitere auf, dann ein weiteres Paar.

Shriek zupfte sich ein Stachelhaar aus dem Unterleib und warf es, wobei sie einen Zweig zurückbog, um sich Raum zu verschaffen, mit einer raschen Bewegung des Arms auf den vordersten Verfolger. Das Stachelhaar traf genau. Das Wesen schlug im Wasser um sich, die Gliedmaßen zuckten, und es hustete Blut aus den Lungen. Die übrigen griffen ihn sofort an, wobei sie mit den mächtigen Kieferknochen an den um sich schlagenden Gliedmaßen rissen.

Annabelle wandte sich ab, weil ihr ein schlechter Geschmack die Kehle hochstieg.

Shriek warf ein zweites Stachelhaar, woraufhin die Wesen auch an diesem Opfer rissen und dabei wie rasend um das Futter kämpften.

Damit sollten sie für eine Weile beschäftigt sein, sagte Shriek.

»An Land werden weitere kommen«, warnte Sidi.

Während sie wie betäubt zustimmend nickte, führte der Inder sie tiefer in den Dschungel hinein, weg vom Fluß. Etwa zwanzig Schritte weiter stolperten sie über den Wildpfad, der anscheinend aus dem Dorf herausführte. Da sie hier festeren Boden unter den Füßen hatten und zudem die Ranken im Vergleich zum Wald weniger dicht hingen, machten sie sich auf einen kilometerfressenden Marsch und versuchten dabei, so viel Abstand wie möglich zwischen sich und die Verfolger zu bringen.

Sie erhöhten das Tempo, indem sie einen Viertelkilometer trabten, dann gingen, dann wieder trabten. Sie ließen Kilometer um Kilometer zurück, aber sie waren jetzt alle erschöpft. Annabelle wußte, daß sie nicht in der Lage wären, dieses Tempo noch wesentlich länger durchzuhalten. Sie preßte die Hand gegen die stechende Seite, wartete einen zweiten Stich in der Magengrube ab und schloß wieder auf. Ihr einziger Wunsch war, sich zu Boden zu werfen und dort liegenzubleiben. Hitze und Feuchtigkeit machten sie ganz benommen und sogen ihr die Kraft aus den Knochen.

Sie sah, wie Tomàs vor ihr zurückfiel. Shriek, die sich noch immer von der Wirkung erholte, die der vergiftete Pfeil der Haifischmenschen hervorgerufen hatte, besaß gleichfalls wenig von ihrer üblichen Spannkraft. Nur Sidi schien in der Lage zu sein, das Tempo auf Dauer durchzuhalten, aber er hielt sich zurück und paßte seine Geschwindigkeit der seiner langsameren Gefährten an.

Es gab weder Anzeichen noch Geräusche von Verfolgern — weder auf dem Pfad hinter ihnen, noch auf dem Fluß, auf den sie gelegentlich einen Blick werfen konnten, wenn der Dschungel sich etwas lichtete. Aber sie würden kommen. Keiner von ihnen zweifelte an der Zähigkeit der Haifischleute. Sie hatten einfach jenen gewissen Blick, dachte Annabelle. Sie waren nicht von der Art, die schnell aufgeben würde.

Je nun, wir aber auch nicht.

Aber eine halbe Stunde später knickten ihr die Beine einfach weg, und sie fiel stolpernd zu Boden; sie bewahrte sich nur dadurch vor einem schlimmen Sturz, daß sie eine tiefhängende Ranke ergriff. Sie entglitt ihr fast augenblicklich, aber es genügte, den Sturz zu mildern. Als sie zu Boden ging, schlug sie nicht schwer auf.

Sie versuchte, wieder hochzukommen, aber Waden und Oberschenkel waren völlig verkrampft. Als die anderen sich umwandten, um ihr zu helfen, versuchte sie, sie wegzuwinken.

»Los, weiter!« rief sie. »Haut hier ab!«

Sidi schüttelte den Kopf. Während Tomàs und Shriek

buchstäblich da zusammenbrachen wo sie standen, kniete er sich neben sie und massierte ihr die Beine mit den raschen langen Fingern, und er knetete die Muskeln durch die Lederjeans, bis sie sich allmählich lockerten. Ihre Augen waren von Schmerzensträren erfüllt, aber sie beklagte sich nicht. Die Erleichterung war groß, als Sidi die Krämpfe bearbeitete, wenngleich in den Muskeln weiterhin ein Schmerz pochte.

»Hat dir mal jemand gesagt, daß du ein Geschenk Gottes bist?« fragte ihn Annabelle.

Sidi grinste. »*Keh.* In letzter Zeit nicht.«

Annabelle erwiderte sein Lächeln, aber der Anflug von Heiterkeit verging rasch. »Ich weiß nicht, ob ich gleich weiter kann«, sagte sie. »Ich dachte immer, ich sei ganz gut in Form — weißt du, wenn du auf eine Tournee gehst, die ein paar Monate dauert, bist du möglichst gut in Form —, aber der alte Körper is in letzter Zeit 'n büschen mißbraucht worden.«

»Wir werden uns eine kleine Weile ausruhen — etwa eine halbe Stunde.«

»Diese Haifischkerle ...«

»Ich habe sie mir sorgfältig angeschaut, als sie uns gefangennahmen«, entgegnete Sidi. »Wenngleich sie sehr fließende Bewegungen haben, scheinen sie sich an Land doch nicht sehr rasch bewegen zu können. Ich glaube, daß wir ihnen im Augenblick ein gutes Stück voraus sind.«

»Was ist mit dem Fluß?«

Der Inder hob die Schultern. »Das werden wir zu gegebener Zeit überlegen. Shriek hat sie für eine Weile aufgehalten, denke ich. Ruh dich jetzt aus, Annabelle, während ich mich um die anderen kümmere.«

»Ich bin zu aufgedreht, um mich auszuruhen«, widersprach Annabelle, aber sie war eingedöst, ehe Sidi auch nur zwei Schritte dorthin gemacht hätte, wo Shriek lag.

Als die Nacht hereinbrach, hatten sie wenigstens sieben weitere Kilometer hinter sich gebracht. Sie streckten sich erschöpft um ein kleines Lagerfeuer aus, das sie östlich des Wildpfads entfacht hatten — auf der dem Fluß abgewandten Seite. Zweimal hatten sie gedacht, sie hätten das *Tschika-Tschik*-Rasseln der Haifischleute auf dem Pfad hinter sich gehört. Beide Male hatten sie sich neben dem Pfad versteckt, wobei sie die Speere umklammert hielten, die Sidi für jeden von ihnen geschnitten hatte; beide Male war es falscher Alarm gewesen. Das zweite Mal fanden sie die Ursache des Geräuschs — ein kleines skorpionähnliches Wesen von etwa fünfzehn Zentimeter Länge, das statt der Schwanzspitze eine Klapper wie eine Klapperschlange trug.

Annabelle war wieder zuversichtlich. Das Abendessen hatte dabei geholfen, und sie fühlte sich jetzt kräftiger, gleichfalls jedoch schuldig, daß so viele Entscheidungen des Tages auf Sidis Schultern gelastet hatten. Sie mußte am kommenden Tag selbst weiterkommen — *falls* sie die Energie aufbrächte, am Morgen aufzustehen.

Tomás saß allein für sich, etwas von den übrigen entfernt; er grummelte mit sich selbst auf portugiesisch und verfiel dann in ein schläfriges Schweigen. Shriek putzte sich und arbeitete dabei sorgfältig an den Stachelhaaren. Das schwache Rauschen der Stachelhaare war das einzige nichtnatürliche Geräusch, das man im Lärm des Dschungels vernehmen konnte, bis Sidi sich neben Annabelle setzte.

Seine Schritte waren gedämpft, klangen jedoch für sie sehr laut, aufgedreht, wie sie war, während sie auf die nächtlichen Geräusche hörte und darauf wartete, daß diese Geräusche beim *Tschika-Tschik* der Haifischleute erstarben. Sie rückte ein wenig beiseite, um ihm Platz zu machen, damit er sich an den Baumstamm lehnen konnte, den sie als Lehne benutzte. Die Schultern berührten sich freundschaftlich.

»Jesses, ich weiß nich mehr weiter. Ich bin in der Stimmung, umzukehren und zu versuchen, zu Clive und den anderen zu stoßen.«

»Die Savanne ist weit, Annabelle; wir könnten sie leicht verfehlen.«

»Ju, und den Rest unseres Lebens damit verbringen, dort herumzuwandern. Was sollen wir deiner Meinung nach tun, Sidi?«

»Weitergehen.«

»Nehm ich auch an.« Sie seufzte. »Glaubst du, daß sie uns noch immer verfolgen — die Haifischleute?«

»Ja, glaube ich.«

»Wir brauchen einen Schutz gegen ihre Blasrohre. Ich meine, diese Speere von dir sind gut, aber wir müssen damit ganz nahe an sie herankommen. Bis uns das gelungen ist, können sie uns schon niedergemacht haben.«

Sie betrachtete den Speer, der ihr zu Füßen lag. Könnte sie damit jemanden erstechen — selbst einen der Haifischleute? Sie nahm an, daß sie's könnte, wenn sie es tun müßte, aber sie war sich nicht wirklich sicher. Sie war einfach nicht aus diesem Holz geschnitzt.

»Ich könnte uns Schilde verfertigen«, sagte Sidi. »Wenn wir dafür die Häute und das Holz für den Rahmen hätten — und die Zeit.«

»Zeit. Ju, vielleicht war es ein großer Fehler, sich nach Quan aufzumachen, Sidi. Was ist, wenn die Leute da nicht besser sind als die, die uns jetzt da auf den Fersen sind? Und hat Finn nicht irgend etwas davon gesagt, daß es dort Geister oder so was gibt? Vielleicht laufen wir nur in noch größere Kalamitäten.«

»Unglücklicherweise, wie wir aus unseren Erfahrungen im Dungeon schließen können, scheint das sehr wahrscheinlich zu sein.«

»Ich frag mich, was Clive so macht.«

»Überleben, hoffe ich. Aber die Savanne wird ihre eigenen Gefahren haben, Annabelle.«

»Nehm ich an. Wir gehen weiter nach Quan. Wie weit, glaubst du, ist's noch weg?«

»Dreieinhalb, vier Tage.«

»Ich weiß nicht, ob ich noch eine weitere Minute in diesem blöden Dschungel ertragen kann. Ich fühle mich wie ein einziger riesiger Moskitostich.«

»Du ziehst sie durch die Spannung an, die du ausstrahlst — deinen Ärger über sie. Beachte sie nicht, und du wirst herausfinden, daß sie dir weniger Schwierigkeiten bereiten.«

»Leicht gesagt — sie belästigen dich nicht.«

»Weil ich ...«

Annabelle lachte. »Ich weiß. Weil du sie nicht beachtest — wie du's mit der Hitze tust. Ein hübscher Trick, Sidi. Wär schön, wenn's auch bei mir funktionieren würde.«

»Er funktioniert«, beharrte er. »Versuch's nur.«

»Du kannst einem alten Hund keine neuen Tricks beibringen«, sagte sie. »Sagt man das dort, wo du herkommst?«

»Nein, wir sagen: ›Der Vorsichtige irrt selten.‹ Das ist nicht ganz das gleiche.«

»Gleiche Dinge sind langweilig«, sagte sie. »Alles muß verschieden voneinander sein, damit die Funken fliegen.«

Sie wandte sich ihm zu und konnte den schattigen Umriß des Kopfs gerade so eben ausmachen. Seine Nähe verschaffte ihr ein Gefühl der Wärme, ließ sie die Insekten und die Hitze vergessen.

»Ich mag dich, Sidi«, sagte sie sanft. »Ich mag dich sehr.«

Sie wollte ihm die Hand an die Wange legen, aber dann hörten die Geräusche der Dschungelnacht um sie herum auf. Annabelle und Sidi rückten auseinander und griffen nach ihren Speeren. Tomàs setzte sich jäh auf und hielt die eigene Waffe mit schweißnassen Händen umklammert. Shriek erstarrte, zog dann rasch Stachelhaare heraus — eines für jede der vier Hände.

Tschika-Tschika-Tschika-Tschika ...

Der Laut schien von allen Seiten zugleich zu kommen. Die Nacht war davon erfüllt. Annabelle merkte, wie sich ihr die Brust zuschnürte, dann wurde ihr klar, daß sie den Atem anhielt. Sie stieß ihn langsam aus, versuchte, in regelmäßigem, langsamem Rhythmus zu atmen, aber die Lungen wollten nichts anderes tun als hyperventilieren.

Sie standen auf, und jeder blickte in eine andere Richtung des Dschungels.

Tschika-Tschika-Tschika ...

»War schön, euch kennenzulernen, Kinder«, sagte Annabelle ruhig.

Ihre Haut spannte sich. Sie erwartete jeden Augenblick, daß einer der Pfeile der Haifischleute sie träfe. Sie hielt den Speer einmal so, einmal so, versuchte dabei, eine bequeme Weise zu finden, wie sie ihn halten könnte, und sie benutzte schließlich eine Art Little John/Robin Hood-Griff, bei dem sie den Speer gleichzeitig als Stab gebrauchen konnte.

Plötzliches Schweigen.

»Was zum ...«, begann Annabelle, aber dann wurde ihr klar, daß ein anderes Geräusch hinter den zitternden Zäpfchen ihrer Verfolger gelegen hatte.

Ein Trommeln. Es schien aus den Bäumen über ihnen zu kommen — ein wummernder hohler Klang von allen Seiten.

Was jetzt? überlegte sie.

Im Augenwinkel bewegte sich ein Schatten. Sie wandte sich ihm zu und zielte dabei auf den schattigen stromlinienförmigen Kopf, der über dem Schatten einer Rückenflosse ragte. Sie hob den Speer und war bereit, zuzustechen, als irgend etwas aus den Bäumen über ihr herabfiel und direkt auf dem Angreifer landete.

Dreizehn

Abgesehen vom Wind im Gesicht und der schwachen Vibration der Maschine zwischen den Beinen spürte Clive kein Anzeichen von Bewegung, von Vorankommen — wenigstens nicht in einer Weise, die ihm vertraut war. Es gab kein Schwanken eines Schiffdecks unter den Füßen, nicht das Rütteln einer Kutsche, das rhythmische Traben eines Pferds. Statt dessen wurde er wie ein Blatt im Wind vorangetragen — oder wie ein Drachen —, und er flog über einen Boden, der so rasch unter ihm dahinschoß, daß er lediglich ein verwischter Fleck war.

Das alles war fraglos beunruhigend, aber während er sich allmählich daran gewöhnte, war er sich nicht sicher, ob es ihm gefiel. In diesem Sinne stand er mehr auf Finnboggs Seite als auf der von Smythe und Guafe, die beide die Fahrt zu genießen schienen — der eine ungeheuer, wie jemand, der eine angenehme neue Erfahrung macht, der andere als ein bequemes Fortbewegungsmittel, dem simplen Einen-Fuß-vor-den-anderensetzen weit überlegen. Für Clive blieb es einfach unnatürlich.

Sie schossen über die Savanne und folgten dabei der Fährte der Brontosaurus-Herde, bis die Spur des niedergetrampelten Grases nach Süden in Richtung auf die Berge abbog. Die Fluggeräte flogen weiter geradeaus, hoben sich jetzt über die hohe malvengelbe Vegetation, die hier nicht von den Behemoths abgegrast worden war. Die Gräser peitschten gegeneinander, während die Fluggeräte darüber sausten.

Die Gesellschaft bestand aus fünf kleinen Hovercrafts — eines für je ein Mitglied aus Clives Gesellschaft sowie ein fünftes, das als Späher vorausflog und dabei mit den anderen Fluggeräten durch eine Methode in Kontakt blieb, die Keoti Funkkontakt nannte. Clive nahm an, daß dies eine Variante des telegraphischen Systems war, und er war überrascht zu erfahren, daß man auf diese Weise tatsächlich Worte übermitteln konnte.

Als sie am Abend das Lager aufschlugen, schien der Boden in den ersten Minuten unter Clives Füßen zu schwanken, aber er konnte bald wieder normal gehen. Aus den Behältern unter den Sitzen der Fluggeräte holten die Dramaranier Zelte hervor, die sich fast von selbst aufzuschlagen schienen. Verpflegung und kleine transportable Öfen zum Kochen folgten, die keine für Clive wahrnehmbare Hitzequelle besaßen. Der Ausdruck *Mikrowelle* sagte ihm nichts.

»Erklären Sie mir«, sagte der Cyborg Guafe nach dem Essen zu einem ihrer Gastgeber, »diese Fluggeräte da. Warum benutzen Sie keine größeren Fahrzeuge? Mit Ihrer Technologie sind Sie doch sicher imstande, größere und schnellere Luftschiffe zu bauen — solche, die hoch in die Atmosphäre fliegen.«

Keotis Leutnant, Abro L'Hami, gab Antwort. Er war ein großer schwarzhaariger Mann mit einem Eintagesbart und überraschend dunklen Augen. Wie die übrigen Dramaranier war auch er Clives Gesellschaft gegenüber im Lauf des Tages immer freundlicher geworden.

»Das meiste von dem, was Sie dort oben sehen«, sagte Abro, »ist kein echter Himmel, während es Stellen gibt, die unmittelbar in die oberen Ebenen der Welt steigen, ist das meiste dessen, was sich dort oben befindet, eine dünne Schicht einer klebrigen Substanz, die wir noch nicht identifizieren konnten. Es ist uns gelungen, einige Schiffe in diese Schicht hineinzubringen, aber deren Antrieb wurde unausweichlich von der Substanz verklebt, woraufhin die Schiffe abstürzten.«

Guafe schaute zum nächtlichen Himmel hinauf, der mit unvertrauten Sternkonstellationen übersät war. Eine Mondsichel hob sich im Osten.

»Seltsam«, sagte er.

»Aber was ist mit den Sternen?« fragte Smythe. »Und mit der Sonne, die wir jeden Tag gesehen haben, und dem Mond, der gerade aufgeht?«

Abro hob die Schultern. »Wenn wir alles über das Dungeon wüßten, würden wir's beherrschen. Aber das ist nicht der Fall.«

Keoti nickte. »Wir glauben fest daran, daß es Dinge gibt, die Menschen niemals wissen sollten. Reisende zwischen den Ebenen, so wie Sie, sind nicht nur selten — uns fällt es auch schwer zu verstehen, warum jemand ein solch gefahrvolles Unternehmen auf sich nimmt.«

»Wir möchten nach Hause«, sagte Clive. »Ganz einfach. Wir sind nicht aus eigenem Willen hier, und wir möchten in unsere eigene Welt zurückkehren.«

Die Dramaranier musterten ihn neugierig.

»Das hier ist eine gute Welt«, sagte Keoti schließlich, »solange man den Dschungel meidet.«

Clive und Smythe tauschten besorgte Blicke aus.

»Den Dschungel?« fragte Clive, und in ihm stieg Furcht auf. »Warum das?«

»Im Dschungel hausen viele seltsame und primitive Stämme — sie werden gefährlicher, je weiter man vordringt. Sie führen ständig Kriege untereinander sowie gegen jeden Fremden, der ihre Gebiete durchquert. Warum sehen Sie so besorgt aus?«

»Wir haben — Gefährten, die den Dschungel betreten haben.«

Keoti warf ihm einen mitfühlenden Blick zu. »Sie werden nicht überleben, Major Folliot.«

»Bitte, nennen Sie mich Clive,« sagte er geistesabwesend. Seine Sorge um Annabelle und die übrigen verstärkte sich. »Mit diesen fliegenden Schiffen da — können Sie uns in den Dschungel bringen, um sie zu retten?«

»Unmöglich. Wir betreten den Dschungel nicht ...

Clive. Das wäre der sichere Tod. Wir lassen die Stämme in Ruhe, wie sie uns in Ruhe lassen. Wir haben unsere Savanne und unsere Wälder hinter Dramaran. Wir haben die Saurier und Fleisch — wandernde Berge von Protein. Alles, was wir brauchen, ziehen wir uns selbst.

Es ist kein schlechtes Leben, Clive, und aufgrund deiner Verwandtschaft mit unserem Erlöser wirst du dort gut behandelt werden.«

»Wie ist Sir Neville eigentlich Ihr Erlöser geworden?« fragte Smythe.

»Ich habe Ihnen schon zuvor von dem Langen Schlaf berichtet«, entgegnete Keoti. »Unsere Jahreszeiten hier sind lang, Sommer wie Winter dauern viele«, — sie machte eine Pause, als suche sie nach einem Wort — »von denen, die Vater Neville Jahrhunderte nennt. Wenn die Saurier zu wandern beginnen und das Eis kommt, ziehen wir uns zu unserem langen Schlaf zurück. Er ist eine Art mechanischer Winterschlaf. Vergangenes Frühjahr war der Mechanismus defekt, der uns weckt, und wir haben das ganze Frühjahr hindurch bis in den Sommer hinein geschlafen. Es war Vater Neville, der uns wieder erweckte.«

»Wie lange ist das jetzt her?« fragte Clive.

Es erschien ihm merkwürdig, daß Neville soviel in so kurzer Zeit auf dieser Ebene getan haben sollte. Wie hatte er eigentlich die Dramaranier so rasch erreicht, um damit anzufangen?

»Vor nahezu fünf Jahren«, sagte Abro.

»Nach Ihrer Zeitrechnung«, fügte Keoti hinzu.

Der Schock dieser Aussage traf Clive und die übrigen bis ins Innerste.

»Fünf Jahre?« fragte Clive langsam.

Der dramaranische Leutnant nickte.

Das war unmöglich, dachte Clive. Es sei denn, es hatte eine Zeitverschiebung gegeben, die Neville hierhergeschickt hätte, und zwar Jahre, bevor seine eigene Gesellschaft angekommen war, wenngleich sie die vorangegangene Ebene doch kurz nacheinander verlassen hatten. War so etwas möglich? Wer mochte das im Dungeon wissen?

»Sie haben die ganze Zeit über auf uns gewartet?« fragte Smythe.

Keoti schüttelte den Kopf. »O nein! Das tun wir erst seit ein paar Wochen, nachdem uns Vater Neville sagte, daß Sie kämen.«

Als Smythe und Clive später in dem Zelt beisammenlagen, das sie miteinander teilten, besprachen sie die Angelegenheit.

»Es gibt eine weitere Möglichkeit, Sör«, sagte Smythe, nachdem ihnen beiden die Vermutungen ausgegangen waren und sie eine Weile schweigend dagelegen hatten. Seine Stimme trieb aus der Dunkelheit zu Clive herüber, ein körperloser Klang. »Mag sein, daß es nicht Neville ist, der uns in Dramaran erwartet. Das wäre nicht das erste Mal, daß er uns einen solchen Streich gespielt hätte.«

»Aber die Dramaranier kennen mich — und dich. Es muß mein Bruder sein. Wie könnte uns ein Fremder erwarten?«

Keiner der beiden Männer fand darauf eine Antwort. Schließlich ließen sie das Schweigen zwischen sich wachsen. Smythe atmete regelmäßig und schlief ein, aber Clive blieb lange Zeit wach und starrte das dunkle Dach des Zelts an.

Er dachte jetzt an Annabelle und wünschte, er hätte nicht so schnell nachgegeben und sie doch überredet, bei ihm zu bleiben.

Seit die beiden Gruppen ihre eigenen Wege gegangen waren, hatte sie ihm als nagende Sorge in den Gedanken gelegen, aber wenn er sich auch gesorgt hatte, so hatte er am Wissen festgehalten, daß sie eine Frau mit großem Durchhaltevermögen und mit — abgesehen von dem Portugiesen — vertrauenswürdigen Gefährten war. Er hatte die Hoffnung gehegt, daß sie überleben würden. Aber jetzt war die Hoffnung dahin, nachdem Keoti in solch entschiedener Weise vom sicheren Schicksal eines jeden gesprochen hatte, der sich in den Dschungel wagte.

Die harte Wahrheit lag ihm wie ein Stein im Magen. Er würde Annabelle und ihre Gefährten niemals wiedersehen. Das war eine bittere Erkenntnis, die noch verschlimmert wurde durch die Schuldgefühle, die er bei dem Gedanken hatte, daß er sie allein hatte ziehen lassen. Als Anführer wäre er dafür verantwortlich gewesen, die Gruppe zusammenzuhalten, gleichwohl war ihm das nicht gelungen, und er hatte damit ihr Schicksal besiegelt.

Niemand von Clives Gesellschaft — nicht einmal Chang Guafe — war auf die wirkliche Größe der Ruinenstadt von Dramaran vorbereitet gewesen, die sie am späten Nachmittag des folgenden Tages erreichten. Sie überflogen Quadratkilometer um Quadratkilometer verlassene Gebäude, Säulen, die über Straßen gestürzt waren, zusammengebrochene Wände, die ihre riesigen Steinblöcke überall in der Gegend verstreut hatten, und Fußböden, die in dunkle Keller hinabgestürzt waren. Hier und da noch waren hohe Türme stehengeblieben, aber der größte Teil der Stadt sah aus wie das Spielzeugdorf eines Kindes, das von einem großen Stiefel plattgetreten worden war.

Sie sahen niemanden, bis sie die Stadtmitte erreichten, wo Wiederherstellungsarbeiten im Gange waren. Hunderte von Dramaraniern wimmelten wie Ameisen über das Gebäude, das sie gerade reparierten. Seltsame mechanische Apparate wurden dazu benutzt, die Steinblöcke hochzuheben und sie an ihren Platz zu hieven. Clive hätte diesen merkwürdigen Arbeiten stundenlang zuschauen können, aber dann brachte sie ihr Flug zum Landeplatz in der Nähe eines riesigen hochaufragenden

Steinhaufens, wo die Fluggeräte eines nach dem anderen landeten.

Die Gruppe betrat eine Höhle, die von knollenförmigen Kugeln, die von der Decke hingen, strahlendhell erleuchtet wurde. Keoti geleitete sie in einen kleinen Raum, der die neun Personen kaum zu fassen vermochte. Clive durchfuhr eine jähe Panik. Die Schnelligkeit ihres Abstiegs hinterließ bei ihm das Gefühl, als steige ihm der Magen in die Kehle. Finnbogg stieß einen leisen klagenden Laut aus.

Clive erfuhr später, daß dies seine erste Begegnung mit einem Aufzug gewesen war, einer Einrichtung, die einen innerhalb eines Gebäudes von Stockwerk zu Stockwerk brachte, ohne daß Treppen nötig waren. Das war erst der Beginn der Entdeckung der mechanischen Wunder, die diese wunderbare Stadt bereithielt.

Der Aufzug entließ sie an einem Knotenpunkt von hohen Gängen, und zwar viele Ebenen unter der, auf der sie die Fluggeräte verlassen hatten, wie ihnen Abro sagte. Von da, wo sie standen, führten drei Gänge weg, wobei der Aufzug sich an der Stelle des T befand, wo alle drei Enden aufeinandertrafen. Die Wände hier waren glatt, und das Licht kam aus der Decke selbst, nicht aus Kugeln.

»Wo können wir Vater Neville finden?« fragte Clive schließlich.

»Er wird Sie morgen empfangen«, entgegnete Keoti. »Zunächst werde ich Ihnen die Zimmer zeigen, wo Sie baden und essen können. Wenn Sie mir bitte folgen würden.«

Sie ließen die übrigen Dramaranier zurück und folgten Keoti durch eine verwirrende Reihe von Gängen. Schließlich blieb sie an einer Tür stehen, die sich zischend öffnete, als sie die Handfläche auf eine Metallplatte in der Wand neben dem Türrahmen legte.

»Dies ist Ihr Zimmer«, sagte sie zu Guafe. »Wenn Ihnen die Funktionsweise eines der Apparate nicht vertraut sein sollte, sprechen Sie in dieses Gitter hier, und jemand wird kommen und Ihnen helfen.«

Dann zeigte sie Smythe und Finnbogg deren Zimmer. Smythe zögerte vor seiner Tür.

»Nun denn, Sör«, sagte Smythe, »bis nachher.«

Nachdem sich die Tür zischend hinter ihm geschlossen hatte, führte Keoti Clive zu dessen Zimmer. Als sie es erreichten, trat sie mit ein. Clive rieß die Augen vor Verwunderung weit auf. Das Mobiliar war karg und doch luxuriös. Ein großes bequemes Bett. Stoffbezogene Stühle. Ein falscher Kamin mit einer Vorrichtung darunter, die den Eindruck erweckte, als würde dort ein Feuer brennen.

Für viele Dinge, die er sah, wußte er keinen Namen. Er erfuhr später, daß die realistischen Farbbilder an den Wänden — mit Pinselstrichen, die so winzig waren, daß er sie nicht ausmachen konnte, und dabei so scharf und farbenfroh, daß es Daguerrotypien hätten sein können — in Wirklichkeit Photographien waren. Daß das seltsame fensterähnliche Ding in der Ecke ein Bildschirm war. Daß der federweiche Teppich unter den Füßen nicht aus Wolle bestand, sondern aus einem synthetischen Material.

Beim Geräusch eines sich öffnenden Reißverschlusses wandte er sich um und sah, daß Keoti ihren silberfarbenen Anzug abstreifte. Darunter trug sie nichts.

»Sollen wir baden gehen?« fragte sie mit einem Lächeln.

»Ich ... das ist ...«

Ihre nüchterne Keckheit ließ Clive ein paar Augenblicke sprachlos dastehen. Keoti trat aus dem Anzug und warf ihn auf einen Stuhl. Sie wandte sich von Clive ab und ging in ein anderes kleines Zimmer, das sich als Waschraum herausstellte. Clive beobachtete den Schwung ihrer Hüften, während sie ging, und hob dann den Blick, als sie ihm den Kopf ein wenig zuwandte.

»Kommst du?« fragte sie über die Schulter.

Er nickte, und sie verschwand. Clive zog sich hastig die eigene Kleidung aus. Als er sich zu ihr gesellte, stand sie in einer kleinen Box, und das Wasser sprühte aus einem Hahn über ihr auf sie hinab. Sie zog ihn zu sich herein und reichte ihm ein Stück Seife. Die Haut wurde davon wunderbar schlüpfrig, wenn man sie berührte.

Nach einer langen Dusche, die mindestens ebensoviel Wasser auf dem Fußboden zurückließ wie auf ihnen selbst, rasierte ihm Keoti den Bart und schnitt ihm den zotteligen Haarschopf. Clive fühlte sich wie neugeboren — glattrasiert und zivilisiert —, als sie sich aufs Bett legten. Keoti drückte ihn auf die Matratze und setzte sich breitbeinig über ihn.

»Ihr seid mit Sicherheit gastfreundliche Leute«, sagte er, während er zu ihr aufsah.

Sie senkte ihr Gesicht und gab ihm einen langen Kuß. Er schloß die Arme um sie und zog sie zu sich herab.

»Ungewöhnlich gastfreudlich«, fügte er hinzu.

»Nicht sprechen«, sagte sie und deutete an, daß es noch andere Möglichkeiten gab, sich zu beschäftigen.

Vierzehn

Als Annabelles Angreifer zu Boden ging, pfiff ihr etwas ganz rasch am Ohr vorbei. *Vergiftete Pfeile,* dachte sie. Sie duckte sich instinktiv, wenngleich der Pfeil bereits an ihr vorüber war, und zwar so nahe, daß sie fast fühlte, wie er vorbeiwischte. Sie schüttelte den Kopf und stürmte näher heran, den Speer noch immer erhoben.

Sie wollte helfen, aber alles, was sie von den beiden kämpfenden Gestalten erkennen konnte, war ein verwirrendes Gemisch von Schatten. Sie hätte genausogut ihren Helfer wie den Haifischmann treffen können, der sie angegriffen hatte. Dann faßte sie jemand an den Knien und zog sie zu Boden. Sie kämpfte gegen den Griff, bis sie Sidis Stimme hörte.

»Bleib unten! Laß sie das untereinander auskämpfen Annabelle — sie scheinen besser unterscheiden zu können, wer wer ist, als wir das können.«

Sie entspannte sich in seinem Griff. Als er die Hand löste und zurück zu dem Baum kroch, an dem sie zuvor gelehnt hatten, folgte sie ihm und hielt dabei den Kopf unten. Sidi hatte recht. Am besten zogen sie sich erst einmal aus dem Geschehen zurück.

Shriek war bereits da, halb zusammengekrümmt und sie versuchte, den Tumult mit den vielfacettigen Augen zu durchdringen, hatte damit jedoch nicht mehr Glück als Annabelle, selbst mit sechs zusätzlichen Augen.

Überall um sie herum kämpften Gestalten. Sie hörten die vertrauten gutturalen Stimmen der Haifischleute, die sich sowohl zu Zornesrufen, als auch zu Schmerzensschreien erhoben. Darunter gemischt war der Klang der Trommeln sowie verschiedene Stimmen, die menschlich klangen und fast verständlich waren. Von den Bäumen fielen weitere Schatten herab. Dann ergriffen die noch übriggebliebenen Haifischleute jäh die Flucht.

Annabelle und Sidi gesellten sich zu Shriek, die sich bereits erhoben hatte. Als die Fackeln flackerten, erspähten sie Tomàs, der fast zur Kugel zusammengerollt in der Nähe eines anderen Baumes lag, die Hände über den Kopf gelegt.

»Alles vorbei, mein Held!« rief Annabelle ihm zu.

Gott, welch eine Ratte!

Sie wandte sich ab, als ihre Helfer näher traten. Über ihnen schlugen weiter die Trommeln, aber der Rhythmus war freudig. Die Fackeln erleuchteten ihr Lager und drängten die Schatten zurück. Und die Neuankömmlinge ...

Wie kommt's, daß ich überhaupt nicht überrascht bin, dachte sie.

Es waren Affenmenschen — eine ganze Herde davon. Von menschlicherem Aussehen als die Gorillas und die anderen großen Affen ihrer eigenen Welt, aber nichtsdestoweniger eindeutig affenartig. Als hätte die Evolution diese Affenmenschen einen anderen Pfad entlanggeführt oder als wäre sie noch nicht ganz beendet.

Die Brauen waren hoch, die unteren Teile des Gesichts traten ein wenig vor wie bei den Schimpansen. Die Augen standen über einer breiten Nase eng beieinander. Die Körper waren mit Fell bedeckt, aber sie waren mit verschiedenen Kleidungsstücken angetan. Alle trugen Lendenschurze, Armreife und Halsketten. Einige hatten Schärpen um die Schultern geschlungen und Schals um den Hals gewickelt. Einige trugen Stoffstreifen über den Brauen, am Oberarm oder am Oberschenkel. In den großen Ohrläppchen glitzerten Ringe, bei einigen gleich eine ganze Serie, die am Rand des Ohrs entlangliefen, wie bei Annabelle.

Einige waren mit einer Art Bumerang ausgestattet — etwa dreißig Zentimeter lang, mit einem Knauf an jedem Ende. Alle führten Messer im Gürtel oder in der Hand.

Der Vorderste trat ein paar Schritte von den anderen weg und sagte etwas. Es klang erneut fast vertraut, aber Annabelle mußte den Kopf schütteln, um anzudeuten, daß sie ihn nicht verstand.

»Wir Freun«, sagte der Affenmensch dann. Er schenkte ihnen ein breites Grinsen mit viel Zahn. »Fa — ihnd von...« Hier sagte er etwas, das sie nicht ganz mitbekam, etwas, das klang wie *Tschasuck* »Freun wir.«

»Du sprichst Englisch?«

Das Dungeon gab ihr mehr Rätsel auf, als sie erfassen konnte. Was war ihnen nicht schon alles begegnet — und jetzt ein Affenmensch, der schlechtes Englisch sprach?

Er hob und senkte den Kopf. »En'lisch — spresch gutt, ju?«

»Sehr gut.«

»Duu kumm wir, ju?«

Annabelle warf ihren Gefährten einen Blick zu. Tomàs schüttelte verneinend den Kopf, aber die beiden anderen deuteten ihre Zustimmung an.

»Wir werden mit euch kommen«, sagte sie. »Danke für die Hilfe. Wie... öh... sollen wir euch nennen?«

»Häh?«

»Name deiner?«

Der Affenmensch grinste breit. »Ich Chobba. Groß Scheff. Töt Tschasuck — ju?«

Annabelle zeigte auf den toten Haifischmann, der sie fast erwischt hätte. »Das Tschasuck?«

Der Affenmensch nickte und spie auf den Körper. Er kniete sich neben ihn, zog ein Messer aus dem Gürtel und sägte die Rückenflosse ab. Viele andere Affenmenschen trugen bereits solche Trophäen. Sie dachte an den Anführer der Haifischleute mit dem Stab und an die Trophäen, die ihm vom Gürtel herabhingen.

»Diese Schädel, die wir bei den Haifischleuten gesehen haben ...«, sagte sie zu Sidi.

Er nickte. »Waren die Schrumpfköpfe der Affenmenschen, Annabelle.«

Als Chobba die Flosse abgeschnitten hatte, bot er sie Annabelle an. Sie schüttelte rasch den Kopf, stellte jedoch sicher, daß sie ihn dabei weiterhin anlächelte. Annie B.s Benimmregel Nummer Eins für eine Begegnung mit Affenmenschen im seltsamen Dschungel: Bis du die Gebräuche herausgefunden hast, wird es nichts schaden zu grinsen wie ein Honigkuchenpferd.

»Nein, danke, Chobba. Du sollst sie behalten.«

Er nickte, durchbohrte die Flosse mit dem Messer, befestigte sie mit einem Lederriemen am Gürtel und steckte das Messer in die Scheide zurück.

»Kumm«, sagt er, »wir geh.«

Er schwang sich in den untersten Ast des Baumes direkt über ihm. Die restliche Truppe rund um die Lichtung tat desgleichen und gesellte sich zu denen droben, die auf sie warteten: die Trommeln waren jetzt ruhig, sie hatten sie auf den Rücken geschoben.

»Chobba!« rief Annabelle.

Er schaute zu ihr herab, wobei das Gesicht sich überrascht in Falten legte, was fast komisch aussah.

»Du nich kumm?«

Annabelle öffnete die Hände in einer hilflosen Geste. »Nicht guter Baumchef wie du«, sagte sie.

Der Ausdruck, der jetzt auf seinem Gesicht lag, war einer, den Annabelle bereits gesehen hatte: So sah eine gesunde Person einen Krüppel an. Chobba fiel auf den Boden zurück und kam langsam auf sie zu. Sie hielt still, während er nach ihr langte und ihr den Oberarm drückte. Er schüttelte langsam den Kopf, und die Brauen hoben sich fragend.

»Krank?« fragte er.

Sie schüttelte den Kopf. »Nur nicht gut in Bäumen.«

»Chobba mitnehmen dich.«

Er wandte sich um und rief etwas zu seinen Gefährten hinauf. Ein paar Fackelträger und ein Trommler fielen zu Boden. Der restliche Trupp schwang sich in die Nacht, wobei sich die Fackeln ruckartig in den Bäumen bewegten und dabei wie Glühwürmchen flimmerten, während sie hinter den Ästen verschwanden und dann erneut auftauchten.

»Wir jetzt gehen«, sagte ihr Chobba. »Gehen auf Bein, ja?«

Annabelle lächelte. »Ja«, sagte sie. »Wir gehen auf Beinen. Du kennst nicht zufällig einen Burschen namens Tarzan, hm?«

»Er is Rogha — wie ich?«

»Nein, er ist ein Mann in einer Geschichte — wie ich. Aber groß und stark, und er kann von einem Baum zum anderen schwingen, wie du.«

Chobba sah sich um. »Er kumm bald?«

Annabelle lachte und schüttelte den Kopf. »Nur wir, Chobba.«

Er kratzte sich am Ohr und hob die Schultern. Er führte sie zum Wildpfad zurück und nahm einen Schritt auf, den sie alle zu halten vermochten. Während sie ihm folgten, ging Annabelle neben Shriek.

Zu Fuß gehen, sagte Shriek grinsend. *Was denkt das Wesen Chobba von unsereins?*

Annabelle lachte. »Was für 'n Ort. Mehr Spaß als auf 'm ...«

»Auf dem was, Annabelle?« wollte Sidi wissen, als sie nicht weiterredete.

Annabelle schaute Chobbas breiten Rücken vor sich an. Ein weiterer Rogha ging unmittelbar hinter ihr, Seite an Seite mit Sidi. Noch weitere waren weiter hinten, wobei einer einen leisen Rhythmus auf der Trommel schlug. Annie B.s Benimmregel Numero Zwo: Mach dich niemals über jemanden lustig, der gerade deinen Arsch gerettet hat.

»Schon gut«, sagte sie zu ihm.

Das Dorf der Rogha befand sich natürlicherweise in den Bäumen — hoch droben in den Bäumen.

Sie erreichten es kurz vor Anbruch der Morgendämmerung, und die lachsfarbene Sonne erzeugte scharfe Schatten in der blaugrünen und burgunderfarbenen Vegetation. Annabelle verrenkte sich beinahe den Hals, als sie hinaufspähte und die Riedhütten in den Zweigen ausmachte, die sich nahezu zwanzig Meter über dem Boden befanden. Man kochte bereits an Feuern, die ihren Rauch in den morgendlichen Himmel sandten.

»Zu Hause jetzt«, sagte Chobba.

Annabelle schaute von dem Dorf weg, schaute ihn an.

»Sehr gemütlich«, sagte sie.

Er blinzelte, weil er nicht verstand.

»Sicher«, versuchte sie's.

»Viel sicher«, versicherte er sie.

»Und hoch.«

Chobba drückte ihr erneut die Oberarme. »Tragen du, ju?«

Annabelle schluckte schwer. »Öh ... sicher. Warum nicht?«

»Was ist los, Annabelle?« fragte Sidi.

»Nun, weißt du ... Hab 'ne Scheißangst vor Höhe.«

Sie erinnerte sich an den Abstieg vor dem Plateau, auf dem sie zunächst auf dieser Ebene angekommen waren. Es war damals etwas einfacher gewesen, die Furcht zu unterdrücken, da der Fels fest gewesen war, der Abstiegswinkel nicht zu steil und weil es da Leute gegeben hatte, die hätten zupacken können, falls sie sich allzu komisch gefühlt hätte. Hier ging's aufwärts, und ihr Aufenthalt bedeutete, auf einer Plattform zu bleiben, die sich hoch auf den höchsten Bäumen befand, die sie jemals gesehen hatte.

Sidi sah sie besorgt an. »Vielleicht sollten wir hier unten unser eigenes Lager aufschlagen.«

»Genau. Wo die Haifischleute über uns herfallen können — oder Gott weiß was sonst noch.«

»Aber wenn du nicht hinaufkannst ...«

Annabelle holte Luft, um sich zu beruhigen. »Oh, ich kann schon rauf«, sagte sie. »Ich weiß nur nich, wie schlecht ich mich da fühl'n werd, sobald ich mal da bin, das is alles.«

»Nicht glücklich?« fragte Chobba.

»Ich befinde mich vor Freude im Delirium«, entgegnete sie.

Erneut das nichtverstehende Blinzeln.

»Viel glücklich.«

Chobba grinste. »Kumm«, sagte er.

Er trat auf sie zu und schlang sich ihre Arme um den Nacken. Annabelle holte ein paar weitere Male tief Luft, womit sie versuchte, das jähe rasche Hämmern ihres Pulses zu beruhigen. Chobba beugte die Knie, um ihr die Sache zu vereinfachen. Sie legte ihm die Arme um den Nacken, wobei sie überrascht war von dem sauberen Geruch seines Fells — nichts von dem Gestank eines Affenhauses im Zoo — und dessen Weichheit. Er deutete an, daß sie ihm die Beine um den Leib schlingen sollte.

Sie versuchte, sich von der Furcht nicht dermaßen packen zu lassen, daß sie ihn würgte. Er richtete sich auf, wippte leicht mit den Füßen, um ihr Gewicht anzugleichen und griff nach dem untersten Ast. Annabelle ließ das Herz hinter sich auf dem Boden zurück.

Der Aufstieg durch die Äste des Dschungels war nichts weiter als ein verwaschener Fleck. Sie schloß nach den ersten paar Sprüngen, bei denen sich ihr der Magen hob, die Augen und ließ sie geschlossen, bis sie sich nicht länger mehr bewegten und Chobba versuchte, ihre Finger aufzudrücken. Sie erschlaffte und stolperte. Ein anderer der Rogha fing sie, ehe sie stürzen konnte, aber nicht, ehe sie einen das Herz zum Rasen bringenden Blick auf den Dschungelboden weit unten erhascht hatte.

Ihr entfuhr ein kleines Wimmern, und sie bewegte

sich weg vom Rand der Plattform, wobei sie sich verzweifelt am Arm des zweiten Rogha festhielt. Der Affenmensch grinste ihr beruhigend zu. Er löste sanft ihre Finger, bugsierte sie zu einer Hüttenwand und ließ sie niedergleiten, bis sie mit dem Rücken an die Riedwand gelehnt dasaß und der Rand der Plattform sich gut drei Meter von ihr entfernt befand.

Ein weiterer Rogha erschien am Rand, mit einem finster dreinblickenden Tomàs, der sich fest am Rücken anklammerte. Sobald sie die Plattform erreicht hatten, löste sich Tomàs und stolzierte lässig zurück zur Kante, von wo aus er hinunterspähte. Jahrelanges Umherklettern in der Schiffstakelage hatte ihm jegliche Höhenangst genommen, falls er jemals welche gehabt hatte.

Sidi folgte als nächster, und das braune Gesicht legte sich sorgenvoll in Falten, als er in Annabelles Richtung schaute.

»Annabelle«, begann er, als er zu ihr herübereilte.

Sie versuchte, Tomàs' cooles Gehabe nachzuahmen und Sidi nachlässig zuzuwinken, aber alles, was sie fühlte, war das Schaukeln der Plattform unter ihr. Die Brust war ihr so zugeschnürt, daß sie kaum zu atmen vermochte.

»Ich — ich komme schon wieder in Ordnung. Kein Problem.« Sie verzog das Gesicht und hoffte, daß es ein Lächeln würde, wenngleich sie wußte, daß es als Grimasse herauskam. »Wo ist Shriek?«

»Unterwegs.«

»Richtig.«

Natürlich. Da sie mehr eine Spinne als ein Mensch war, hatte die Arachnida keinerlei Schwierigkeiten damit, selbst hier heraufzukommen.

Annabelle versuchte sich zu beruhigen. Atemholen, ihn ein paar Augenblicke anhalten, ausatmen. Sie versuchte, sich umzuschauen und zu sehen, was sie von ihrem Sitz aus von dem Dorf erkennen konnte, und sie hielt dabei die Beine eng an die Brust gedrückt und die Arme um die Knie geschlungen.

Die Hütten ähnelten denen der Haifischleute — selbst in bezug auf Fledermaushunde, die von den Türpfosten herabhingen. Aber hier gab es nichts von der Bedrohung, die in jenem anderen Dorf spürbar gewesen war. Hier betrachteten sie die Leute mit freundlicher Neugier — pelzige Frauen und kleine Kinder, ältere Männer und Frauen, deren Fell ergraut war. Ihr fiel auf, daß Chobba fehlte.

In dem Augenblick, als Shriek sich über den Rand zog, erschien Chobba wieder an Annabelles Seite. Er trug eine Tasche mit sich, aus der er ein kleines dickes Blatt hervorzog, das er ihr anbot.

»Aufhören fürchten«, sagte er und drückte ihr das Blatt in die Finger, als sie's nicht gleich nehmen wollte. »Du fühlen in Ordnung. Nicht mehr fürchten, ju?«

Annabelle nahm das Blatt zweifelnd entgegen. Oh, ja? Und was zum Teufel war das überhaupt? Wenn es sie dazu brachte, sich in ›Ordnung‹ zu fühlen, war's vielleicht irgendeine Droge — und so krank sie auch war, sie hatte keinerlei Interesse daran, von einem örtlichen Gottweißwas high zu werden.

»Ich — ich glaube nicht«, sagte sie. »Will nicht zuviel glücklich sein.«

Wie konnte sie ihm beibringen, daß sie nicht drogensüchtig war?

»Nicht glücklich«, sagte Chobba zu ihr. Das Gesicht verzog sich zu komischen Grimassen, als er versuchte, die rechten Worte zu finden. »Fetta Scheff — sie finden. Fürchten aufhören, ist alles.«

Der Baum schwankte, und ihr Magen schlug Kapriolen.

Sie hob das Blatt und steckte es in den Mund. Es war weich, und Saft spritzte heraus, sobald sie daraufbiß. Der Geschmack war gleichzeitig süß und bitter, und der Saft lief ihr mit einem betäubenden Gefühl die Kehle hinab. Einen Augenblick lang später nahm sie das zweite Blatt, das ihr Chobba anbot.

»Froh jetzt?« fragte er.

Noch 'n bißchen früh, meinst du nicht? dachte Annabelle, aber dann bemerkte sie, daß sie sich schon besser fühlte. Nicht high — nicht so, als hätte sie irgendein Halluzinogen genommen, wie sie zunächst befürchtet hatte —, sondern ruhig. Die Muskeln entkrampften sich, die Brust löste sich, die Panik schwand. Die Blätter sorgten dafür, daß sie sich überhaupt nicht schwindelig fühlte. Sie entspannten sie lediglich.

»Wie nennt ihr dieses Zeugs?« fragte sie.

»Byrr«, sagte Chobba. »Du mögen?«

»Ganz in Ordnung«, sagte sie.

Sie wollte noch etwas hinzufügen, als ein Tumult am anderen Ende der Plattform ihre Aufmerksamkeit erregte. Überrascht beobachtete sie, wie sich ein weißer Mann durch die Menge von Roghas schlug. Er war dünn und drahtig, Ende fünfzig bis Anfang sechzig. Eine schneeweiße Haarmähne und ein voller Bart gaben ihm das Aussehen eines kleinen dürren Nikolauses, aber er trug nicht Rot.

Er blieb unmittelbar vor Annabelle und ihrer Gesellschaft stehen und sah dabei von einem zum anderen.

»Mein Gott!« sagte er schließlich. »Spricht einer von euch Englisch?«

Fünfzehn

Als Clive am folgenden Morgen erwachte, fand er sich allein im Bett. Alles, was an Keotis Gegenwart erinnerte, war der Abdruck ihres Kopfes auf dem Kissen.

Als er sich im Zimmer nach ihr umsah, fand er statt ihrer Smythe, der neben dem Bildschirm am Tisch saß und Tee aus einem weißen Porzellanbecher nippte. Er war jetzt gleichfalls wieder glatt rasiert, abgesehen von dem buschigen Schnauzbart; das Haar war adrett geschnitten. Auf einem Tablett vor ihm lagen die Überbleibsel eines Frühstücks. Ihm gegenüber stand ein weiteres Tablett, das von einer Metallhaube bedeckt war.

Clive dachte an die vergangene Nacht, und Schuldgefühle stiegen in ihm auf. Wie hatte er Annabella so einfach vergessen können? Und wozu? Ein Techtelmechtel mit einer Frau — nun gut, einer verdammt attraktiven Frau —, die er nur einmal gesehen hatte. Es stimmte, Annabella war dort draußen — in der Welt außerhalb des Dungeon —, und er war hier, mit nur wenig Hoffnung, sie wiederzusehen, aber dennoch ...

Während er an Annabella dachte, überlief ihn ein merkwürdiges Gefühl ... Sie befanden sich in ihrer Wohnung, waren dann auf eine Party zu George du Maurier gegangen — eine Party zu Ehren einer Beförderung, die er erhalten hatte, und zu Ehren seiner und Annabellas Verlobung.

Natürlich nur ein Traum.

Aber der Traum war weitergegangen. Er schien sich daran zu erinnern, wie er später am selben Abend allein durch die Slums von London gegangen und erneut Annabella begegnet war — nur daß er sie dieses Mal in einer Verkleidung als Prostituierte gesehen hatte ...

Unmöglich. Es mußte einfach ein Traum sein.

Aber er erschien schrecklich real. Und hart auf den Fersen dieser Erinnerungen regten sich weiter traumähnliche Erinnerungen. Eine seltsame Unterhaltung ... hoch droben in der Dunkelheit ... Aber sobald er versuchte, sich darauf zu konzentrieren, war alles verschwunden.

Er seufzte und setzte sich im Bett auf. Als er sich regte, schaute Smythe auf und zeigte ihm ein Grinsen.

»Harte Nacht, hm, Scheff?« fragte er.

Clive schob das seltsame Gefühl mit einiger Anstrengung beiseite.

»Noch zu früh für mich, deiner Cockney-Imitation etwas abzugewinnen«, teilte er ihm mit.

Smythe zog kurz an seiner Stirnlocke. »Tut mich leid, Scheff. Versuch nur, mit Ihnen auszukommen.«

Clive mußte einfach bei Smythe' Selbstironie lachen.

»Unverbesserlich«, sagte er. »Das ist der einzige Ausdruck, der dich angemessen beschreibt, Horace.«

»Recht hammse, Scheff. Soll ich mich jetz inne Themse schmeißen, weil ich Sie so früh am Morgen gestört hab? Sagen Se nur 'n Wort.«

»Und du wirst mir zweifelsohne mein Portemonnaie klauen, während du dich von der Brücke stürzt?«

»Jerusalem! Dieser Gedanke ist mir niemals in den Sinn gekommen, Scheff. Wie kann ich Ihr Vertrauen wiedergewinnen?«

»Du könntest mir von dem Tee einschenken, den du da hast.«

Clive schwang die Beine aus dem Bett, zog die Hose an und war überrascht, daß sie sauber war.

»Gewaschen, gebügelt und geflickt, während wir schliefen«, sagte Smythe und zupfte dabei am eigenen Hemd. »Könnt nich behaupten, daß unsere Gastgeber schlechte Gastgeber sin.«

Clive setzte sich zu seinem Gefährten an den Tisch. Er hob die Haube vom Tablett und sah ein Frühstück vor sich, das aus Eiern, gebratenen Streifen von — so nahm er an — Saurierfleisch, Brötchen und frischem Obst bestand. Smythe reichte ihm einen Becher mit Tee.

»Wie im feinsten Hotel zu Hause«, sagte er.

Clive nickte. Er nahm einen Schluck von dem Tee und war erneut überrascht. Er hatte das Aroma einer indischen Mischung.

»Hat Keoti Ihnen gezeigt, wie man das da benutzt?« fragte Smythe und zeigte auf den Bildschirm.

»Nein. Wir waren — anderweitig beschäftigt. Sie beschrieb ihn mir als eine Art von Fenster...« Er hob die Schultern, da ihm die Ausdrücke, mit denen sie ihn beschrieben hatte, im Augenblick entfallen waren.

»Is 'ne wunderbare Maschine. Sie kann Wörter auf den Bildschirm bringen — wie ein Buch —, aber sie kann gleichfalls Bilder zeigen. Keine statischen, sondern bewegte Bilder, die irgendwie aufgezeichnet und dort aufbewahrt wurden — irgendwas in der Richtung, was uns Freund Guafe über die Funktionsweise seines Gehirns erzählt hat...«

»Und was ist mit unseren Gefährten?« fragte Clive. Er setzte den Becher beiseite und machte sich übers Frühstück her. Das Saurierfleisch war von vorzüglicher Beschaffenheit, trotz der immensen Körpergröße dieser Wesen. Es war zart, nicht im geringsten zäh, und hatte eher den Geschmack eines Haustiers als den von Wild. »Hast du heute schon mit ihnen geredet?«

Smythe nickte. »Guafe unternimmt mit einem Paar Dramaranier einen Ausflug. Ich glaube, sie sind genauso interessiert daran, ihn zu beobachten, wie er daran interessiert ist, ihre Maschinen zu beobachten. Und Finn — er will sein Zimmer nicht verlassen.«

Clive hob die Brauen. »Warum nicht?«

»Er glaubt jetzt, daß diese Ebene die Sphäre der Toten des Dungeon ist. Die Dramaranier sind die Geister der Toten, hat er mir gesagt — Richter, die unseren Wert abschätzen sollen. Er wartet auf sie, damit sie ihn vor Gericht stellen.«

»Hat er nicht irgendwas von einem weißen Stein erzählt, der die toten Geister in sich birgt?«

Smythe nickte. »Aber der ist in Quan — oder war zumindest früher da.«

Schweigen senkte sich über sie, als sie an die andere Hälfte ihrer Gesellschaft dachten, die jetzt in den Dschungeln verloren war. Der treue Sidi. Die Arachnida, Shriek. Und Annabelle.

Clive legte die Gabel beiseite, denn er hatte den Appetit verloren. Er sorgte sich nicht sonderlich darum, was mit dem Portugiesen geschähe, aber die anderen ... besonders sein Nachkömmling ...

»Wir haben einen schlimmen Fehler begangen, als wir uns trennten«, sagte er.

»Wir hatten keine andere Wahl, Sör. Sie alle sind vernünftig denkende Erwachsene mit einer eigenen Meinung.«

»Ich war verantwortlich ...«

»Für sich selbst, Sör. Sie sind lediglich für sich selbst verantwortlich.«

»Aber Annabelle. Sie ist ...«

»Eine fähige junge Dame, auf die Sie stolz sein werden. Ich bin noch nicht soweit wie unsere Gastgeber, nämlich sie abzuschreiben. Wir sind durch andere schlimme Umstände an diesen Ort gekommen und haben überlebt. Ich bin nicht bereit, sie aufzugeben, bis ich ihre toten Körper vor mir sehe.«

Ein Bild blitzte Clive durch den Kopf, wie Annabelle von wilden Tieren zerrissen wurde. Oder verwundet irgendwo in diesem Dschungel lag, die Gefährten erschlagen, und die Gefahr rückte näher.

Smythe langte über den Tisch und berührte Clive an der Hand. »Denken Sie nicht an sie«, sagte er sanft.

»Was kann ich anderes tun, als an sie zu denken?«

Smythe seufzte. »Hier«, sagte er und wandte sich

dem Bildschirm zu, »sehen Sie mal, wie es funktioniert.«

Er bediente die Knöpfe, wie es ihm einer der Dramaranier gezeigt hatte, und der Bildschirm wurde von Bildern in allen Farben überflutet. Das Bild verschaffte einem den Eindruck, als schaute man aus einem sich bewegenden Fenster, wobei der Blick langsam über eine leergefegte frostige Ebene glitt. Dann, als das Bild wechselte, stellte sie sich beunruhigenderweise als eines der Grenzländer zwischen dem Dschungel und der Savanne heraus, wo sie ihre Gefährten verlassen hatten, wenngleich offenbar zu einer anderen Zeit, als sie es gesehen hatten, denn die Ebene war eine Eiswüste, während der Dschungel seinen ganzen tropischen Glanz zeigte.

Es gab kein Geräusch, allerdings nur, weil Smythe den Ton nicht angestellt hatte.

»Diese Maschine zeigt die Vergangenheit«, sagte er. »Alles, was darauf aufgezeichnet wurde, kann zu jeder Zeit auf diesen Schirm aufgerufen werden.«

Die beiden Männer sahen zu, wie die Kamera weiter über die Szenerie glitt — Dschungel und Eisfelder, direkt beieinander.

»Das ist unmöglich«, sagte Clive. »Die Vegetation sollte erloschen sein — verdorrt bei dieser Kälte.«

»Das ist das Dungeon«, erinnerte ihn Smythe. »Alles scheint hier möglich zu sein.«

»Innerhalb gewisser Grenzen«, sagte eine neue Stimme.

Die Männer waren so sehr in das versunken, was auf dem Bildschirm geschah, daß keiner von beiden das Zischen gehört hatte, mit dem sich die Tür öffnete. Sie wandten sich um und sahen Keoti. Heute bestand ihr Anzug aus aufregenden Flecken von Schwarz und Rot, ein wirbelndes Muster, das das Auge einfing und es hier und dort hinlenkte, das vollständige Muster jedoch niemals zum Vorschein kommen ließ. Die Waffe befand sich nicht mehr länger im Halfter am Gürtel.

»Aber das hier«, sagte Clive, »ist gegen die Gesetze der Natur.«

Keoti lächelte. »Was ihr da seht, wurde von einer ferngesteuerten Sonde aufgenommen, während wir in unserem Langen Schlaf lagen. Offensichtlich wird während dieser Zeit eine unsichtbare Barriere — aus einem Material, das wir noch identifizieren müssen — zwischen Dschungel und Ebene errichtet, so daß sich die beiden Gegenden nicht berühren. Merkwürdig, nicht wahr?«

Beide Männer nickten.

»Bist du gekommen, um uns zu meinem Bruder zu bringen?« fragte Clive.

Keoti schüttelte den Kopf. »Er wünscht, euch heute nachmittag zu sehen. Ich bin nur vorbeigekommen, um zu sehen, wie ihr zurechtkommt, und um euch zu fragen, ob ihr etwas mehr von Dramaran zu sehen wünscht.«

»Ich glaube kaum«, entgegnete Clive.

Er schaute von ihr zum Bildschirm, aber beides reichte nicht aus, um seine Gedanken vom Schicksal Annabelles und der übrigen Gruppe abzulenken. Eine Tour durch die Stadt würde sein Gefühl der Verlorenheit nur verstärken, denn er dächte die ganze Zeit über: Wenn nur Annabelle hier wäre, um das mit mir zu teilen.

Verdammt, warum hatte er die Gruppe nicht zusammengehalten? Er hätte fest bleiben sollen, als der Vorschlag aufkam, aber irgendwie war alles besprochen und getan, ehe er wirklich eine Chance gehabt hätte, alle Möglichkeiten zu durchdenken.

»Ich bin nicht in sehr — geselliger Stimmung«, fügte er hinzu. »Ich wäre ein schlechter Gesellschafter. Aber ihr könnt los, Horace.«

Keoti warf ihm einen abschätzenden Blick zu. »Du sorgst dich um deine Freunde«, sagte sie, rasch begreifend. »Diejenigen, die in den Dschungel gegangen sind.«

»Ich kann sie nicht vergessen.«

»Und das sollst du auch nicht. Aber darüber zu brüten, hat noch niemals etwas gebracht.« Die Brauen zogen sich einen kurzen Augenblick lang zusammen, dann lächelte sie. »Komm trotzdem mit, Clive. Ich weiß etwas, das dir dabei helfen wird, mit deinen Sorgen zurechtzukommen.«

»Ich bin nicht sicher...«

»Tu mir den Gefallen!«

Clive saß einen langen Augenblick nur da, nickte schließlich und wollte sich erheben. Als er den Stuhl vom Tisch zurückstieß, bemerkte er, daß er nur die Hose anhatte. Eine Röte stieg ihm ins Gesicht — dumm, denn sie hatte ihn unter weit offenherzigeren Umständen gesehen —, aber er fühlte sich trotzdem peinlich berührt. Er eilte hinüber zum Bett, nahm das Bündel Kleider und entfloh in den Waschraum.

»Ich will mich nur rasch anziehen!« rief er über die Schulter zurück.

Hinter ihm lächelten sich Keoti und Smythe an.

»Sehen Sie sich das an, Sör«, sagte Smythe. »Eine verdammte Turnhalle. Wer hätte das gedacht?«

Keoti führte sie zu dem Raum, wo sich die Spinde befanden, und sie entnahm einem Spind zwei Paar Fechtsets — Florett, Handschuhe, Masken und metallene Plastrons[*].

Als sie Clive eines der Sets anbot, legte er alles außer dem Florett auf eine Bank. Er probierte Elastizität und Balance und genoß dabei das Gefühl des Griffs in der Hand. Die Spitze der Klinge war mit einem Knopf bedeckt.

»Fechtest du?« fragte er sie.

---

[*] Plastron (beim Fechten): Das Stoßkissen zum Training der Treffgenauigkeit, auch das Brust- und Armschutzpolster beim Üben. — *Anm. d. Übers.*

Keoti schüttelte den Kopf. »Ich hab einen Freund, der gleich kommen wird ... ah, da bist du ja, Naree.«

Der Mann, der hereintrat, war so dünn wie eine Bohnenstange und hatte ausdrucksvolle bewegliche Gesichtszüge. Das schwarze Haar war lang und zu einem Pferdeschwanz gebunden, und unterhalb des linken Auges befand sich eine Narbe. Er lächelte, als ihn Keoti vorstellte, und streifte Smythe mit raschem Blick, konzentrierte sich dann völlig auf Clive.

»Endlich mal wer Neues«, sagte er, als er das andere Fechtset von Keoti entgegennahm.

Sein voller Name war, wie sie erfuhren, Naree Terin, und er war Biologe.

»Die Freude ist ganz auf meiner Seite«, entgegnete Clive.

Keoti und Smythe nahmen Plätze auf einer Seite der Halle ein, und die beiden Männer streiften sich die Ausrüstung über. Jeder machte ein paar Aufwärmübungen. Als sie bereit zum Fechten waren, brachte Naree an der Rückseite der metallenen Plastrons Drähte an. Die Drähte kamen aus einer Spule am anderen Ende der Fechtbahn.

»Zum Punktezählen«, erklärte Naree angesichts von Clives überraschtem Gesichtsausdruck.

Er berührte mit der Spitze des Floretts Clive an der Brust, und eine kleine Glocke bimmelte auf dem elektronischen Punkteanzeiger, der auf einem Tisch nahe der Stelle stand, an der Keoti und Smythe saßen. Keoti erhob sich und stellte den Zähler wieder auf Null zurück. Als sie sich setzte, begannen die beiden Männer zu fechten.

»Das war eine nette Idee von Ihnen«, bemerkte Smythe.

Sie lächelte. »Ich weiß, wie es ist, wenn sich in dir eine Spannung aufbaut — das Bewußtsein verknotet sich dann genauso wie die Muskeln.«

»Und was tun Sie, um sich zu entspannen?«

»Ist Ihnen Turnen ein Begriff?«

Smythe nickte. »Das kann sehr anstrengend sein.«

»Muß es — wo läge sonst die Herausforderung?«

»Natürlich.«

Smythe sah dorthin zurück, wo Clive und Naree fochten. Das Klirren der Floretts tönte durch den großen Raum, während die beiden Gestalten mit den Füßen ein Muster woben, das so kompliziert war wie das eines Tanzes, vor und zurück über die markierte Fechtbahn. Keiner der beiden hatte bislang gepunktet.

»Naree ist sehr gut«, sagte er.

»Genau wie Clive. Um die Wahrheit zu sagen, ich hätte nicht gedacht, daß er so gut ist. Naree ist in Dramaran der beste.«

»Aber für ihn ist's ein Sport, nicht wahr?«

»Ja.«

Smythe lächelte. »Für Clive war es eine Sache auf Leben und Tod — seine Geschicklichkeit war alles, was ihn am Leben erhielt.«

Keoti betrachtete die Fechter in einem neuen Licht.

»Aha«, sagte sie ruhig.

Clive hatte gerade noch Zeit, nach dem Kampf eine Dusche zu nehmen, ehe Keoti sie zum Treffen mit Neville zusammenrief. Clive war wesentlich besserer Stimmung, die Muskeln waren zittrig, und sie schmerzten an einigen Stellen, wenngleich der Schmerz ehrenhaft verdient war. Er hatte den Kampf mit sieben zu null gewonnen und einen verwirrten und nicht wenig ehrfürchtig schauenden Naree zurückgelassen.

»Jetzt halten sie über uns Gericht«, jammerte Finnbogg, als er sich im Gang vor seinem Zimmer zu ihnen gesellte.

»Wir werden uns nur mit Sir — Vater Neville treffen«, versicherte ihm Smythe. »Es wird kein Gericht geben, Finn.«

Vielleicht, vielleicht nicht, dachte Clive. Es war ja

noch immer ein Rätsel, wie sein Bruder hier fünf Jahre vor ihnen hatte ankommen können, während sie doch die Schleuse buchstäblich innerhalb von Minuten nacheinander betreten hatten. Und wenn man die Fallen in Betracht zog, die ihnen Neville zuvor schon in den Weg gelegt hatte — wenn er tatsächlich für sie verantwortlich gewesen *war* —, hieß das für Clive, auf alles gefaßt zu sein.

»Clive wird sehen, Clive wird sehen«, grummelte Finnbogg, während sie den Gang hinabgingen, wo Guafe auf sie wartete. »Alle tot jetzt — blaue Vorhölle war Grenze zwischen tot und lebendig. Und jetzt richten sie uns.«

»Blödsinn«, sagte Guafe zu Finnbogg, als sie ihn erreicht hatten. »Sie haben einige bemerkenswerte technologische Fortschritte gemacht, aber sie sind kaum Götter.«

»Eine gute Zeit gehabt?« fragte Smythe.

Der Cyborg fing die kaum verschleierte Feindseligkeit in Smythes Tonfall auf. »Es war ein Vergnügen, mit anderen als mit primitiven Geistern umzugehen«, entgegnete er.

»Ich glaube, wir sind jetzt soweit, daß wir meinen Bruder treffen können«, sagte Clive, ehe sie weitermachen konnten.

Sie fuhren erneut mit dem Aufzug, bis zu der Etage unmittelbar unter dem Grund der Stadt. Wenngleich er dieses Mal auf das Gefühl vorbereitet war, das die Bewegung des kleines Raums hervorrief, fühlte sich Clive noch immer unbehaglich in dem Aufzug. Er zweifelte daran, daß er sich jemals mit einem der dramaranischen Mechanismen anfreunden könnte, aber er hielt das Gesicht unbewegt.

Als sie dem Aufzug entstiegen, berührte Smythe Clive am Arm und hielt ihn zurück, so daß sie die Nachhut der Gruppe bildeten.

»Wir sind besser auf alles gefaßt«, flüsterte er.

Clive nickte. »Bin ich.«

Keoti hatte eine Tür vor ihnen geöffnet, und sie eilten hin, als sie sie hineinbat. Clives Pulsschlag schnellte in die Höhe, als er durch die Tür trat.

Jetzt, Neville, dachte er. Jetzt werden wir die Bedeutung dessen herausfinden, was hinter deinen Spielchen steckt.

Aber der Mann hinter dem Tisch war ein Fremder.

Nicht schon wieder! war alles, was Clive zu denken vermochte, während er ihn anstarrte.

Es war ein rundlicher Mann mit jovialem Gesichtsausdruck, er trug eine Tonsur wie ein Mönch, zeigte strahlende und neugierige Augen, als er aufsah, um seine Gäste zu begrüßen. Er trug einen dramaranischen Anzug, der über dem Bauch spannte und ihm einen etwas komischen Anstrich verlieh.

Ein angenehmer Typ, aber er war nicht Sir Neville Folliot, gleich, wie sehr man seine Vorstellungskraft auch strapazierte. Wenn überhaupt an jemanden, dann erinnerte er Clive an den verdammten Philo B. Goode. Es gab genügend Familienähnlichkeit, um ihn wenigstens zu Goodes Bruder zu machen.

Clive und Smythe tauschten besorgte Blicke aus.

Obwohl Clive das hier erwartet hatte — oder etwas ähnliches —, und zwar von dem Augenblick an, als er erfahren hatte, daß sich sein Bruder in Dramaran aufhielte, traf ihn die Tatsache, daß er erneut vor den Kopf gestoßen worden war, wie ein harter Schlag. Er stand mit durchgedrücktem Rücken da und hielt dem Blick des Fremden stand — ein immer stärker werdendes Stirnrunzeln. Er vermochte Smythes Spannung und Keotis Verwirrung zu spüren.

»Sie sind nicht mein Bruder«, sagte Clive.

»In der Tat, der bin ich nicht«, sagte der Fremde. »Aber ich *bin* Vater Neville Folliot. Und wer sind Sie, mein Herr?«

Sechzehn

Sein Name war Luke Drew.
»Nenn mich Lukey«, sagte er zu Annabelle, als er sich neben sie auf der Plattform niederließ, wobei die blauen Augen freundlich im Fackelschein glänzten.

Die Rogha behandelten ihn mit freundlicher Vertrautheit und machten ihm Platz in dem Halbkreis von bepelzten Körpern, die entweder mit gekreuzten Beinen dasaßen oder sich um Annabelle herumlümmelten. Der alte Mann bot einen absurden Anblick zwischen diesen braunen Affen, und die knochigen Gliedmaßen ragten aus dem Mantel von Tierfellen heraus, den er trug.

Tarzan in den Fünfzigern, dachte Annabelle mit einem Lächeln. So hat er vielleicht wirklich ausgesehen — vergiß mal die ganzen Muskeln.

»Verdammt«, fuhr der alte Mann fort, »nenn mich so, wie du magst, solange du 'n paar Wörter kennst, die nicht aus der Affensprache stammen. Nun, versteh mich nich falsch. Diese Affen sind alle Lukeys Freunde, nich. Aber man wird's verdammich noch mal müde, diesem Gezeter zuzuhören, wenn du so lang hier gewesen bis wie ich. Ich hab versucht, 'n paar von denen Englisch beizubringen, aber ich hatt nich viel Glück dabei. Hier is der gute alte Chobba, und er lernt, aber den meisten anderen kannstes nich übelnehmen, daß sie sich nich die Zeit nehm'n, also zeter ich die meiste Zeit über in ihrem Jargon.«

»Bist du ein Eingeborener?« fragte Annabelle.
»Nein, zum Teufel. Bin 'n Neufu, geboren und aufgewachsen. Lebte un wär gestorben in Freshwater, Bell Island — netter kleiner Ort mitten inner Conception Bay —, nur daß mich 'n blaues Leuchtkäferlicht in 'ner Nacht direkt aus meinem alten Boot geschnappt und

mich hier fallengelassen hat. Hab nie zuvor so was Gespenstisches gesehen — obwohl ich Dinge gesehen hab seither, da kriegt ihr Dauerwellen in die Zehennägel bei.«

»Wie lange bist du hier?«

»Weiß nich so recht. Hab versucht, dranzubleiben, hab aber irgendwie das Interesse verlor'n. Laß ma sehen. Es war gerad nach dem großen Krieg, als mich das blaue Licht runtergeschluckt hat ...«

»Welcher Krieg?«

Lukey blinzelte. »Der große Weltkrieg Nummer Zwei, Mädel. Gibt's etwa noch andere?«

»Fürchte«, sagte Annabelle.

»Sag nichts davon — ich will nichts von wissen. Sag mir nur, ob dieser alte Felsen — Neufundland — noch immer steht?«

»Soweit ich weiß, ja.«

»Nun, das is immerhin etwas. Was für'n Jahr war's, als du geschnappt word'n bis?«

»Neunzehnhundertneunundneunzig.«

Einen langen Augenblick sagte Lukey gar nichts. Dann schüttelte er langsam den Kopf.

»So lang kann ich noch nich hiersein. Hab mir gedacht, vielleicht zwanzig Jahre ...«

»Wir kommen alle aus verschiedenen Zeiten«, sagte Annabelle zu ihm. »Sidi hier stammt aus dem neunzehnten Jahrhundert. Tomàs kommt sogar aus dem fünfzehnten. Und Shriek ...«

Lukey sah das Fremdwesen an. »Sie is noch nich mal aus unserer Welt — außer, die Dinge ham sich verdammich noch mal mehr geändert, als ich glaub'n wollte, daß es möglich is.«

»Wie bist du zu den Rogha gekommen?« fragte Annabelle.

»Verdammtes Glück — das is alles. Wie du, Mädel.«

»Mein Name ist Annabelle.«

»Okayokay — Anniebelle, soso. Wie dem auch sei,

dieses blaue Licht hat mich verschluckt und mich 'n gutes Stück von hier ausgespuckt. Du bis in den oberen Ebenen hier gewesen?«

Annabelle nickte.

»Hat mich 'n halbes Jahr gekostet, so weit zu kommen, un ich schätz mal, ich wär Haifischfutter geworden, wenn die Affen nich wegen den Tschasuck auf'm Kriegspfad gewesen wär'n und mich mit sich genomm'n hätt'n. Genauso wie bei dir. Ihr habt einfach verdammtes Glück gehabt. Chobba und seine Jungs haben heut abend Jagd auf'n paar Flossen gemacht.«

»Was bedeutet das — Tschasuck?«

Lukey grinste. »Nu, jetzt entschuldige mein Französisch, aber ich schätz ma, das nächste, wo man in Englisch drankommt, is ›Scheiße fürs Gehirn‹. Das isses, was sich die Affen vorstellen, was die Tschasucks sin. Sie hab'n schon jahrelang mitenander gekämpft. Du gehs weiter ins Gebiet der Rogha, und du gehs dein ganzes Leben lang rum, ohne auch nur einen von diesen Landhaifischen zu sehen. Natürlich, wenn du zu zweit gehs, renns du den Gree in die Arme.«

Er legte eine erwartungsvolle Pause ein.

»Und was sind die Gree?« fragte Annabelle, die den Wink mit dem Zaunpfahl verstanden hatte.

»Hätt schon gedacht, du würds niemals fragen. Die Rogha nennen sie ›Geierfressen‹, wenn ihr mein ...«

»Französisch entschuldigen wollt. Ja, tun wir.«

Lukey drohte mit dem Finger. »Laß 'nen Mann seine Geschichte auf seine Weise zu Ende erzählen, Anniebelle. Auf jeden Fall nennen sie sie so, weil sie aussehn tun wie Vögel — weißte, alles so mit schwarzen Federn und mit großen gelben Schnäbeln mitten im Gesicht.«

»Können sie fliegen?«

»Näh. Nun, wenigstens nich richtig. Obgleich sie gleiten können. Siehste, sie ham Hände, so 'ne Art von Hände, aber sie sin am Ende von diesen langen schwarzen Schwingen. Sie sind 'ne verfluchte Bande — fast genauso schlimm wie die Tschasuck —, aber sie geben nich viel um lebendes Fleisch. Leben von Aas und so.«

»Ich kann's einfach nicht glauben«, sagte Annabelle.

»Das kannst du wohl sagen. Kommst so weit, daß du jemanden willkommen heißt, der menschlich is.«

»Warum bleibst du dann?«

»Wo soll ich denn hingehn?«

»Du könntest mit uns kommen«, sagte Annabelle. »Wir wollen zur Schleuse von Quan.«

»Quan? Nich, wenn dir deine Haut noch 'n Fifferling wert is. Haste was gegen leben?«

»Was stimmt denn nicht mit Quan?«

»Jäger. Das is alles, was du da findn wirs. Niemand geht dahin. Die verdammten Dinger werden dir das Fleisch von 'n Knochen streifen, als ob du in Säure getaucht worden wärs. Wie diese Piranhas, die sie da in Afrika haben. Fressen dich mir nichts dir nichts auf.«

Er schnappte mit beiden Händen direkt vor Annabelles Gesicht. Sie zuckte zurück und war sich erneut der Höhe der Plattform bewußt, als sie unter ihr schwankte. Sie wurde bleich, während die vergessenen Ängste in ihr aufstiegen. Chobba zog ihr die Tasche mit Byrrblättern aus den erstarrten Fingern und schob ihr ein Blatt zwischen die Zähne.

Sie hatte sogar Angst davor zu kauen, aber allein die Mischung aus Speichel und dem weichen Fleisch des Blatts, die ihr die Kehle hinunterrutschte, reichte aus, um die Kieferknochen nach einigen Augenblicken auseinanderzubringen. Die Erleichterung kehrte rasch zurück — nicht high, nur eine Ruhe, die den Pulsschlag wieder normal werden ließ und ihr die Enge in der Brust löste.

Denk nur nicht daran, was unter dir liegt! sagte sie zu sich selbst. Aber sie *dachte* daran. Sie kaute ein weiteres Blatt.

»Ich hab 'ne Menge von denen da gekaut«, sagte Lukey, »als ich hergekomm'n bin. Aber du gewöhns dich an das Schwingen un die Höhe. In wenigen Monaten wirs du sie noch nich ma mehr bemerken.«

»Wir haben nicht die Absicht, länger hierzubleiben, als man braucht, um sich für eine Reise nach Quan vorzubereiten«, herrschte ihn Annabelle an.

»Viel schlimm Ort, Quan«, sagte Chobba.

Annabelle warf ihm einen Blick zu. Sie hatte sich gefragt, wieviel er und die anderen Rogha von der Unterhaltung mitbekommen hätten, und sie entschied jetzt, daß zumindest Chobba Englisch besser verstand, als er es sprach.

»Wir müssen gehen«, sagte sie.

»Red von dir selbst«, sagte Tomàs.

Sie wante sich ihm zu. »Ich hab dir schon mal gesagt, niemand ist darauf aus, mein Freund, daß du uns hinterherläufst.«

»Ich bin Teil der Gemeinschaft«, sagte der Portugiese. »Ich sollte ein Wörtchen dabei mitreden dürfen, was wir tun, und ich sage, es ist *estúpido* weiterzugehen.«

»Schieß doch in 'n Wind«, herrschte ihn Annabelle an und sah zu Chobba zurück. »Wir gehören nicht hierher«, sagte sie. »Zu diesem Zeitpunkt ist die Schleuse in Quan unsere einzige Hoffnung darauf, wieder nach Hause zurückzukehren.«

Chobba strich sich über den bepelzten Unterarm und grummelte etwas in seiner eigenen Sprache.

»Was hat er gesagt?« fragte Annabelle Lukey.

Der alte Mann lächelte, als er übersetzte. »Gehirne müssen unter Haaren wachsen, weil ihr von beidem nicht viel habt.«

»Siehst du?« fragte Tomàs.

»Du willst wohl 'ne dicke Lippe riskieren«, sagte Annabelle zu ihm. »Wirst du uns helfen, Chobba?«

»Schlafen du«, entgegnete er. »Dunkelheit tschüs, wir reden.«

»Okay. Das ist in Ordnung.«

Chobba nickte und grinste erneut. »Hokay«, sagte er.
Seine gute Laune war dermaßen ansteckend, daß Annabelle einfach zurücklächeln mußte. Er übergab ihr die Tasche mit Byrrblättern und deutete an, daß sie sie behalten sollte. Als der Trupp Rogha aufbrach, zeigte Chobba Annabelles Gesellschaft die Hütte, in der sie schlafen sollten. Glücklicherweise befand sie sich auf der Plattform, auf der sie sich bereits aufhielten.

Gott sei Dank, sie mußten nicht noch weiter steigen, dachte Annabelle. Sie hatte zu den anderen Plattformen hinübergeäugt und war ziemlich entsetzt darüber gewesen zu sehen, daß die einzigen Verbindungen zwischen ihnen schwankende Hängebrücken waren — die wohl zumeist für die sehr Alten oder sehr Jungen gedacht waren — oder die Äste der Bäume, die die Mehrzahl der Rogha benutzten.

Sie hätte das einfach nicht zustande gebracht.

Später saß sie in der Hütte mit Shriek zusammen. Wenn sie sich an den Händen faßten, konnten sie in Gedanken miteinander sprechen und störten dabei die anderen nicht, während sie das besprachen, was sie von Lukey und Chobba in Erfahrung gebracht hatten. Tomàs saß mit düsterem Blick in einer Ecke und grummelte etwas davon, daß Spinnen nur dazu gut wären, daß man auf ihnen herumtrampelte und daß das doppelt auf Frauen zutreffe, die glaubten, wenn sie Hosen trügen, verleihe ihnen das die Weisheit eines Mannes, bis ihn Annabelle auf ihre harte Art anstarrte und er daraufhin ruhig war. Aber sie erkannte an seinem finsteren Blick, daß sein Monolog im Innern weiterging.

Wir haben Glück gehabt, sagte Shriek schließlich. *Das Chobba-Wesen und seine Leute sind zur rechten Zeit gekommen.*

Was du nicht sagst, entgegnete Annabelle.

Aber ... — wir können hier nicht bleiben.

Allein beim Gedanken, auf dieser Plattform leben zu

müssen, hob sich Annabelle der Magen. *Wir werden bald gehen,* sagte sie.

Shriek nickte. *Bald,* stimmte sie zu.

Sie berührte freundschaftlich Annabelles Wange und rollte sich dann auf einer der Matratzen ein, die mit Blättern ausgestopft waren und von denen die Rogha für jeden eine vorbereitet hatten.

Annabelle zog die eigene Matratze näher zu der Stelle, an der Sidi bereits lag, und gab ihm einen scheuen Gutenachtkuß — scheu nur deshalb, weil Tomàs den Blick auf sie gerichtet hielt.

Keine billige Unterhaltung für dich, du kleine Ratte, dachte sie.

Sidi erwachte und fing beide Blicke auf — ihren und den von Tomàs. »Du bist ein guter Boß, Annabelle«, sagte er ruhig, ehe er sich auf die andere Seite drehte.

Annabelle blieb aufrecht sitzen und starrte Tomàs an, bis er sich schließlich niederlegte — mit dem Gesicht zur Wand —, und sie versuchte dann gleichfalls, etwas Schlaf zu finden.

Muß was gegen Tomàs unternehmen, dachte sie, während sie allmählich wegdämmerte. Es wird immer schlimmer mit ihm.

Annabelle verbrachte einige ungemütliche Stunden, während ihr Schlaf durch eine Serie von Träumen gestört wurde, in denen sie immerzu aus großer Höhe fiel. Manchmal versuchte sie, von einer Plattform zur nächsten zu gelangen, und das Seil oder der Ast brach, an dem sie sich festhielt. Zu anderen Zeiten rutschte sie auf der Plattform aus und fiel hinunter. Einmal war's Tomàs, der ihr einen Stoß gab.

Jedesmal, wenn sie mit weitgeöffneten Augen erwachte, war sie schneeweiß, und ein Schrei wollte sich gerade ihrer Kehle entringen. Sie lag da und versuchte, nicht das Wiegen der Plattform unter sich zu fühlen. Wenn sie sich nicht bewegte, sagte sie sich selbst —

wenn sie nur da liegenblieb, wo sie war —, könnte ihr nichts geschehen. Sie könnte nicht hinunterfallen.

Aber dann schwankte die Plattform wieder leicht unter ihr, und sie setzte sich auf, drückte die Arme an die Brust und zitterte. Sie fingerte nach der Tasche mit Byrrblättern, die ihr Chobba dagelassen hatte, und erinnerte sich dann, daß sie sie draußen auf der Plattform zurückgelassen hatte.

Sie starrte das Rechteck von hellerer Dunkelheit an, das die Tür in einer der Wände bildete. Niemals, dachte sie. Sie konnte sich keine Möglichkeit vorstellen, wie sie dort hinausgelangen und die Tasche holen könnte.

Oh, Annie B., du mußt's tun.

Draußen bewegte der Wind die Bäume. In dieser Höhe wurde er nicht durch das dichte Unterholz des Dschungelbodens abgeschwächt. Die Plattform bewegte sich mit ihm, verschob sich dabei nur ein wenig, hätte sie gleichwohl direkt über den Rand kippen können, so wie sich ihr Magen anfühlte.

Sidi regte sich auf der Matratze neben ihr und wandte sich ihr zu.

»Annabelle?« fragte er.

Ihr gefiel's gar nicht, es zugeben zu müssen — irgendwie war es schlimmer, daß sie ihre Schwäche ihm zeigen mußte, denn sie wollte, daß er sie für eine starke Frau hielt —, aber sie war lediglich dazu imstande, relativ normal zu atmen. Sie wollte hyperventilieren — einfach dort hinausrennen und sich über den Rand der Plattform werfen, um alles hinter sich zu haben.

Sidi erkannte ihre Not augenblicklich. Er bewegte sich wie ein Schatten durch den Raum und ging zur Tür hinaus. Augenblicke später war er zurück, die Tasche in der Hand. Er legte ihr ein Blatt zwischen die Lippen, wie es Chobba zuvor getan hatte.

»Kau!« befahl er ihr.

Erneut mußte sie abwarten, bis Speichel und Blattsaft sich vermischten und ihr die Kehle hinabtröpfelten, ehe sie die Kieferknochen wieder genügend weit zum Kauen auseinanderbringen konnte. Schließlich gelang's ihr. Sidi saß neben ihr, hatte ihr einen Arm um die Schulter gelegt, und er hielt sie fest, während sie kaute, gab ihr dann ein weiteres Blatt, als die das erste aufgegessen hatte.

»Laß dir Zeit damit«, sagte er.

Sie kaute etwas langsamer. Aber die Wirkung hatte sich schon eingestellt. Die Spannung wich aus den Gliedmaßen, die Enge von der Brust. Sie konnte wieder atmen. Der Magen drehte sich nicht mehr.

Sie schüttelte, jetzt ein wenig beruhigt, den Kopf, als ihr Sidi ein drittes Blatt anbot. Sie duckte sich unter seinem Arm hindurch und stand auf. Das leichte Schwingen der Plattform beunruhigte sie nicht einmal mehr.

»Annabelle?« fragte Sidi mit deutlicher Besorgnis in der Stimme.

»Ich muß mich draußen hinsetzen«, sagte sie. »Danke, Sidi. Du bist 'n verdammter Lebensretter.«

Draußen war's kühler — noch immer warm nach normalen Maßstäben, aber nicht so stickig wie in der Hütte, und hundertmal besser, als es unten auf dem Dschungelboden gewesen war. Es gab kaum Moskitos, und die Feuchtigkeit war erträglich.

Sie setzte sich, lehnte sich mit dem Rücken an die Hütte und schaute hinaus über die Dschungelnacht, die sich um sie herum ausbreitete. Einen Augenblick später gesellte sich Sidi zu ihr. Sie griff nach seiner Hand.

»Bin nicht so besonders, nicht wahr?« fragte sie.

Sie spürte, wie er die Schultern hob. »Niemand ist frei von Furcht.«

»Ju, aber es wird ganz schön schlimm, wenn die einzige Weise, wie man damit umgehen kann, so was hier ist.« Sie schüttelte die Tasche mit den Byrrblättern.

»Wir könnten die Rogha darum bitten, uns hinunter zum Dschungelboden zu bringen«, sagte Sidi. »Auf jeden Fall ist es nicht mehr weit bis zum Morgen.«

Annabelle schüttelte den Kopf. »Nein. Ich werd einfach hier sitzenbleiben und darauf warten, daß es hell wird. Wenn ich wieder anfange, mich komisch zu fühlen, werd ich noch ein paar von denen hier kauen. Du gehst wieder rein und versuchst, noch ein wenig zu schlafen.«

»Ich bleib lieber hier draußen bei dir sitzen.«

Annabelle wandte sich ihm zu. »Du bist was Besonderes, weißt du das?«

»Etwas Gutes, hoffe ich.«

»Wirklich etwas Gutes.«

Er legte ihr den Arm um die Schulter, und sie kuschelte sich an ihn. Es fühlte sich gut an, so gehalten zu werden.

Es war irgendwie komisch, dachte sie, wenn man sich an Sidi erinnerte, wie er gewesen war, als sie ihn das erstemal getroffen hatte — ein sechzig Jahre alter Mann, dem man seine Jahre ansah. Dunkelhäutig und hager, verbraucht von der Zeit, dennoch hart wie Eisen, wie man so sagte. Jetzt sah er etwa so alt aus wie sie — immer noch hart, aber die dunkle Haut war frei von Runzeln, das Netzwerk von Linien um die Augen war verschwunden.

Sie hatte ihn vor dem Wechsel gemocht, und sie mochte ihn jetzt noch lieber. Auf andere Weise.

Laß dich nicht zu sehr auf so was ein, Annie B., sagte sie zu sich.

Aber es fiel schwer, es nicht zu tun. Es war so einsam im Dungeon, abgeschnitten von allem, was sie kannte. Als sie an die Zeit dachte, die sie ganz für sich allein in diesem Gefängnis ein paar Ebenen zurück verbracht hatte, ehe Sidi und die übrigen gekommen waren ... Sie wollte sich nie wieder so von den Leuten abgeschnitten fühlen, auf die sie zählen konnte. Niemals mehr.

Also gut, Sidi war ein alter Mann im Körper eines jungen Mannes. Also was? Wir sollten alle glücklich sein.

Sie hob den Kopf und näherte ihr Gesicht dem seinen.

»Erinnerst du dich an den Augenblick, kurz bevor die Tschasucks uns angriffen?« fragte sie.

»Ich erinnere mich.«

»Nun, wie war's genau?« murmelte sie.

Sie legte ihm eine Hand auf den Hinterkopf und zog ihn zu sich, bis sich die Lippen trafen. Sidi zog sich zurück und löste dabei sanft ihre Hand.

»Wo liegen die Schwierigkeiten?« fragte Annabelle.

»Es ist nicht richtig«, entgegnete er.

»Sagt wer?«

»Ich bin alt genug, daß ich dein Großvater sein könnte.«

»Das würde man niemals bemerken, so, wie du aussiehst.«

Sidi schüttelte den Kopf. »Das macht's noch immer nicht richtig.«

»Mir macht das nichts.«

»Aber mir«, sagte er. »Versteh bitte, Annabelle. Es ist nicht nur der Altersunterschied, sondern daß wir aus so völlig verschiedenen Welten stammen. Hier und jetzt mag das nicht von Wichtigkeit sein, aber auf lange Sicht gesehen würde es uns gegeneinander aufbringen, und ich möchte nicht eine solch gute Freundin verlieren.«

Annabelle wollte bitter werden, aber sie wußte, daß er recht hatte. Es war nicht nur Alter oder Rassenzugehörigkeit. Es war alles, was sie waren. Eine Rock 'n' Roll-Sängerin und ein Inder, der mehr ein Zen-Anhänger als Hindu war. Freunde könnten die Unterschiede überbrücken, die im Lauf der Zeit auftauchten. Aber Liebende?

Sie lehnte sich erneut an seine Schulter. »Okay, Sidi«, sagte sie. »Aber Freunde können es einander bequem machen, nicht wahr?«

Er drückte ihr die Schulter.

Siebzehn

Clive kam sich vor, als befände er sich inmitten eines schlimmen Traums — eines Alptraums, in dem alles Vertraute völlig verdreht war. Hier war ein Mann, der von sich behauptete, Neville Folliot zu sein, und der seinen Bruder Clive erwartete — dennoch war er nicht Clives Zwillingsbruder. Er war ein vollkommen Fremder.

Bei dem bestimmten Auftreten und der Selbstsicherheit des Mannes mochte man fast glauben, daß er die Wahrheit spräche und daß die eigenen Erinnerungen Lügen wären.

Clive warf Smythe einen Blick zu, aber der Gesichtsausdruck seines ehemaligen Burschen blieb gleichgültig, und er hatte die Haltung eines Mannes, der bereit war, sich beim Fall eines Handschuhs zu verteidigen. Keoti war einige Schritte zurückgetreten und beobachtete die Gruppe vorsichtig. Das Mißtrauen, mit dem sie ihn jetzt betrachtete, schmerzte Clive.

»Verloren«, grummelte Finnbogg klagend.

So schien's in der Tat, dachte Clive. Wir sind in einer verzweifelten Lage — zumindest vielleicht, aber nicht aus dem Grund, den du annimmst, Finn.

Die beste Vorgehensweise wäre ein eiliger Rückzug gewesen, aber das war zweifelsohne nicht möglich. Sie befanden sich unter der Erde und waren von der Gnade der Dramaranier sowie deren technologischen Wundern abhängig. Selbst wenn es ihnen gelänge, die ebene Erde zu erreichen, so besaßen die Dramaranier zweifellos mechanische Bluthunde, mit denen sie sie aufspüren könnten.

Als hätte er Clives Gedanken gelesen, lächelte der Mann hinter dem Schreibtisch. Obwohl er keine Bewegung gemacht hatte, die Clive bemerkt hätte, mußte irgendein Signal gegeben worden sein, denn im Eingang hinter ihnen entstand ein Tumult. Als sich Clive umdrehte, sah er, wie eine Anzahl der silbriggekleideten Dramaranier den Fluchtweg versperrten. Jeder von ihnen hielt eine dieser seltsam geformten Pistolen in der Hand. Er erinnerte sich der Lichtklingen, mit denen die Dramaranier das Fleisch vom Kadaver des Brontosaurus geschnitten hatten. Es schien möglich, daß diese Waffen gleichermaßen wunderbar und seltsam wären. Und tödlich.

»Was für ein Spiel spielen Sie eigentlich?« fragte Clive den Mann hinter dem Schreibtisch.

»Spiel?« Die Heiterkeit des Mannes wich urplötzlich. »*Wir* spielen kein Spiel. *Wir* haben nicht um Gastfreundschaft unter Vorspiegelung falscher Tatsachen ersucht, wobei wir behaupteten, jemand zu sein, der wir nicht sind. Rück raus. Wer bist du, und was willst du von mir?«

»Mein Name ist Clive Folliot. Ich bin Major bei den Fifth Imperial Horse Guards Ihrer Majestät Königin Victoria. Ich bin auf der Suche nach meinem Bruder, Major Neville Folliot von den königlichen Somerset Grenadier Guards, der zur Zeit längerwährenden Abschied genommen hat zum Zwecke der Erforschung von Ostafrika. Wegen seines Verschwindens habe ich um Entlassung gebeten, und ich habe sie auch erhalten zum Zweck einer Suche nach ihm.«

Der Mann am Schreibtisch lehnte sich auf dem Stuhl zurück. »Sehr schön. Die Fakten stimmen — auswendig gelernt, kann ich mir vorstellen —, aber das wird Ihnen nichts nutzen, mein Herr, denn Sie sind und bleiben für mich ein Fremder, während mein Bruder, trotz aller Differenzen, das entschieden nicht ist.«

»Dieser Mann ist nicht Ihr Bruder?« fragte Guafe.

»Ganz bestimmt nicht.«

»Das wußte ich nicht«, sagte der Cyborg. »Ich habe ihn beim Wort genommen, daß er das ist, was er zu sein behauptet — ich besaß keine Möglichkeiten, die Fakten zu überprüfen, und ich hatte zuvor keinerlei Grund, ihm nicht zu glauben, aber jetzt löse ich jede Verbindung zu ihm.«

»Gut gebrüllt«, sagte der Mann hinter dem Schreibtisch, »und es wirft sicherlich ein Licht auf die Reinheit deiner Hingabe und Ergebenheit an deine Begleiter, aber du kommst ein bißchen spät damit, nicht wahr? Es ist jetzt einfach, vorzutreten und alle Schuld abzustreiten, die mit deinen Begleitern zusammenhängen mag.«

»Bis zu diesem Augenblick hatte ich keinerlei Möglichkeit, die Wahrheit zu erfahren.«

»Ja, natürlich. Das ist doch beschämend, nicht wahr? Aber wir können dich jetzt nicht einfach freilassen, oder? Da wir doch gesehen haben, wie du mit ihnen hierhergekommen bist — als möglicher Feind und so.«

»Ich sage Ihnen, ich hatte keine Ahnung von den wahren Motiven dieses Mannes.«

Der Mann hinter dem Schreibtisch zog die Brauen hoch. »Und ich nehme an, wir müssen einfach nur dein Wort dafür nehmen.«

»Ich lüge nicht«, sagte Guafe steif.

»Aha. Nun, das ist doch eine willkommene Nachricht, nicht wahr? Rasch, meine Freunde, gebt dem Cyborg seine Freiheit. Öffnet ihm die Türen zu unseren Geheimnissen, denn er ist ein ehrenhaftes Wesen — oder wenigstens der Teil von ihm, der keine Maschine ist —, und er führt nichts Böses im Schilde.«

Keiner der Dramaranier rührte sich. Guafes kybernetische Augen blitzten rot auf, aber er behielt seine Meinung angesichts des Sarkasmus ihrer Fänger für sich.

Clive war nicht sonderlich überrascht oder gar verletzt von Guafes Absicht, sich von den übrigen loszusagen. Was mehr schmerzte, war die Anklage, die offen in Keotis Augen lag. Aber wem sollte sie auch glauben? fragte er sich einsichtig. Einem Fremden, den sie einen einzigen Tag lang kannte, oder einem Mann, der der Erlöser ihrer Leute war und während der vergangenen fünf Jahre unter ihnen gelebt hatte?

Das war keine Frage. Aber er wünschte sich, es gäbe eine Möglichkeit, wie sie die Wahrheit erfahren könnte, erfahren könnte, daß er nicht unter Vorspiegelung falscher Tatsachen gekommen wäre, mit einem vorgetäuschten Lebenslauf.

Sie wollte seinem Blick nicht mehr begegnen, also richtete er seine Aufmerksamkeit wieder auf den Mann hinter dem Schreibtisch.

»Was haben Sie mit uns vor?« fragte er.

»Das ist die Frage, stimmt's? Was würdest du an meiner Stelle tun?«

Clive hob die Schultern, täuschte eine Lässigkeit vor, die er nicht empfand. »Das hinge davon ab, wie mir meine Lügen wohl am besten dienten — wenn ich solch ein Mann wäre wie Sie, der ich aber nicht bin.«

Der Mann hinter dem Schreibtisch lächelte. »Aha, so willst du also deine Behauptung aufrechterhalten — daß du der wahre Folliot bist und ich der Lügner?«

»Ich weiß, wer ich bin«, entgegnete Clive.

»Ja, natürlich weißt du das. Das Dumme ist nur, wir wissen's nicht.«

»Das ist nicht meine Sache. Sie können mir glauben oder nicht, aber das wird nichts daran ändern, wer ich bin.«

»Oh, ja. Du stellst dir Clive Folliot als einen honorigen Mann vor, und du beabsichtigst, deine Rolle bis zum Ende durchzuhalten und keinen Zentimeter zurückzuweichen. Was wirst du als nächstes tun? Mich zu einem Duell herausfordern, um unsere Differenzen beizulegen — der Gewinner ist der mit der größeren Geschicklichkeit?«

Clive konnte die kurzzeitige Hoffnung nicht verbergen, die in ihm aufstieg. Mit dem Schwert in der Hand und nur sie beide, er und dieser fette Mann mit dem Aussehen eines Mönchs, wie sollte er da nicht gewinnen?

Der Mann hinter dem Schreibtisch lachte. »Dummes Zeug! Ich hab mir das Video deines Kampfes mit Naree von heute nachmittag angesehen. Du bist sehr geschickt, aber das heißt überhaupt nichts. Macht ist nicht gleich Recht. Aber die Wahrheit.«

»Sie haben Angst«, sagte Clive. »Der wirkliche Neville Folliot — *mein* Bruder — hat niemals in seinem Leben eine Herausforderung nicht angenommen.«

»Dann ist dieser ›Bruder‹ deiner Einbildung ein Dummkopf, etwas das Neville Folliot — ich selbst, mein Herr — mit ziemlicher Sicherheit nicht ist.«

Clive nickte. Schön. Wenn dieses Spiel also so gespielt wurde, würde er weiterspielen.

»Sie hatten jetzt Ihren Spaß mit uns«, versuchte er's, »nun, warum lassen Sie uns dann nicht friedlich unserer Wege ziehen? Wir haben sicherlich keinen Grund mehr, hierzubleiben und Sie in weitere Schwierigkeiten zu bringen — nicht, solange unsere Fahrt noch nicht beendet ist.«

»Ich kann dich jetzt nicht mehr im Dungeon herumziehen und meinen guten Namen beschmutzen lassen, nicht wahr?«

»Was *wollen* Sie dann von uns?«

»Eure wahren Identitäten — den wirklichen Grund dafür, warum ihr hergekommen seid.«

Clive sah ein, daß er nichts mehr weiter sagen konnte. Er könnte ewig weiter argumentieren, aber es würde absolut nichts nutzen.

Er streifte die anderen im Raum mit einem Blick. Guafe funkelte noch immer den Mann hinter dem Schreibtisch an, wobei die Metallkuppel seines Kopfs im Licht glänzte und eine mechanische Hand an seiner Seite zuckte. Finnbogg stand mit gesenktem Kopf da und erwartete ein Urteil aus den Händen derer, die er für die Geister der Toten hielt. Keoti, die steif neben dem Schreibtisch stand, trug die maskenhaften Züge eines Fremden. Clive erinnerte sich der weichen Lippen, aber in den dünnen harten Lippen, die sie jetzt hatte, fand er keinerlei Erinnerung daran. Er verspürte die Blicke seiner Wächter wie ein Gewicht auf sich lasten, und sie waren auf jede widerspenstige Bewegung vorbereitet.

Smythe regte sich neben ihm. »Und was jetzt?« fragte er den Mann hinter dem Schreibtisch.

»Was meinst du damit?«

»Wir sagen Ihnen, was Sie wissen wollen — und was geschieht dann mit uns?«

»Ich könnte euch einfach freilassen.«

Clive runzelte die Stirn, aber Smythe bewegte den Kopf ein wenig vom Schreibtisch weg, so daß weder der Mann dahinter noch Keoti sehen konnten, daß er Clive ein Zeichen gab.

»Nun denn, Scheff«, sagte er. »Schätze, wir machen besser reinen Tisch. Also, Finn und unser mechanischer Freund hier sind das, was sie von sich sagen — oder jedenfalls soweit wir wissen, denn wir haben sie nur unterwegs getroffen, was das betrifft. 'türlich, Guafe hat 'n Bewußtsein, das so geschäftig ist wie 'ne Nutte im Stundenhotel — einer nach 'm andern —, also, wer weiß, wer er wirklich is oder was er gerade denkt, wenn Sie mir folgen können.«

»Ja, ja. Ich bin wegen ihnen nur insofern besorgt, als ihre Absichten mit den unsrigen kollidieren.«

»Nu, darauf komm ich jetz, Scheff. Ich bin nich 'n Mann von vielen Worten. Ich komm gleich zur Sache und mach geradewegs das, was zu tun is — hat keinen Sinn, die Leute warten zu lassen, das ist's, was ich immer sage. Ich erinner mich an 'ne Zeit in Newgeate, als ich auf 'n Glas mit 'n paar von den Jungs zusammengehockt hab, und Casey, da hat der sich zu mir rumgedreht, und er hat so was gesagt wie: ›Jim, wenn du 'ne Aufgabe übernimms, tu se schnell, und du machst se richtig, oder tu se überhaupt nich.‹ So 'n richtig schöner guter Ratschlag, das. Nun, ich hab ihm fest ins Auge geseh'n — nich wahr — und zu ihm gesagt ...«

Der Mann hieb mit der Faust auf den Schreibtisch. »Kommst du bitte zur Sache?«

»Ho, ho, Scheff. Nich so grob, wenn ich bitten darf! 'ne gute Geschichte braucht ihre Zeit, wie ich Ihnen versichern kann. Du kanns nich einfach blindlings rangehen, oder die Geschichte wird da am Boden liegen wie 'ne sterbende Ente bei Donner und Blitz — genauso erbärmlich und verlassen.«

Smythe grinste den Mann hinter dem Schreibtisch kurz an und machte weiter, ehe er erneut unterbrochen werden konnte. »Was ich also sagen will, is, obwohl ich weiß, wer ich bin, und ich den Käpt'n hier kenne, also kurz und gut, ich kenn die beiden anderen Burschen überhaupt nich — außer dem, was sie mir gesagt haben, und wie Guafe schon zu Ihnen, Scheff, gesagt hat, können das alles faustdicke Lügen sein.«

»Sag mir nur, wer ihr seid.«

»Nun, Scheff, ich komm ja schon dazu, nich wahr?«

»Eure Namen.«

Smythe richtete sich auf. »Nun, ich bin Jim Scarpery — und das is die reine Wahrheit —, und das is der Käpt'n der besten Bande, die je die Straßen von England unsicher gemacht hat — Jack Roper. Wir sin Straßenräuber, Scheff, und wir sin stolz drauf.«

»Straßenräuber«, sagte der Mann hinter dem Schreibtisch. Sein Ton war trocken, und er sah sie beide mit einem Ausdruck an, den Clive nicht deuten konnte.

Verrückt, dachte Clive. Horace war von allen guten Geistern verlassen. Zu viele Jahre des Täuschens und Tarnens hatte ihm schließlich jeden Kontakt zur Realität entzogen.

Aber dann ging ihm auf, was Smythe wirklich zu tun beabsichtigte, und es fiel schwer, ein Grinsen zu unterdrücken. Gott mochte ihnen helfen, das *war* verrückt! Aber das Dungeon war ein Irrenhaus, wo einen vielleicht einzig und allein das Vorspielen einer Verrücktheit durchbringen konnte.

»Teufelskerle, und zwar die besten, Scheff«, sagte Smythe nickend. »War'n wir zumindest, bis dieses verdammte blaue Licht gekommen is und uns weggeschnappt und hierhergebracht hat. Wir sin Ihrem Bruder in einem Gefängnis auf einer der oberen Ebenen über 'n Weg gelaufen und haben diese ganze Geschichte von seiner Suche und so von ihm gehört. Dann, als wir entkommen sin — un ihn un sein Sergeant dagelassen haben, nich wahr? —, haben wir gedacht, wir nehm'n ihre Namen an und setzen ihre Fahrt fort. Der Käpt'n hier hat sich schon immer eingebildet, er wär 'n Major.«

Der Mann hinter dem Schreibtisch stülpte die Lippen vor. Er setzte die Ellbogen auf die Oberfläche und wiegte das Kinn in den Händen.

»Warum?« fragte er.

»Nun, wissen Sie, Scheff, der alte Clive hat uns gesagt, daß Sie den Dreh raushaben, wie man hier rein- und rausgeht. Wir wollen nach Hause, der Käpt'n un ich, 'n bißchen Gewinn machen und mit beiden Beinen fest auf Englands grüner Erde stehen. Hier gibt's nich viel für einen echten Engländer zu holen, ob man nun 'n Straßenräuber is oder 'n Adeliger hier — hab ich nich recht?«

»Er erzählt uns noch dickere Lügen«, unterbrach Keoti. »Sie wollten Sie sehen. Warum hätten sie das tun sollen, da sie doch wußten, daß Sie sie durchschauen würden, sobald man sie vor Sie brächte?«

Smythe gab niemandem die Möglichkeit zu antworten. »Nun, mußt'n wir doch, nich wahr?« fragte er. »Wir mußten das Spiel einfach durchziehen. Wer A sagt, muß auch B sagen. Es gab 'ne Chance, daß wir Sie für uns gewinnen könnten«, — er schenkte dem Mann hinter dem Schreibtisch ein rasches einschmeichelndes Grinsen —, »oder daß wir Sie auf'm falschen Bein erwischen und Sie über 'n Tisch ziehen könnten, bis Sie uns 'n Geheimnis oder auch zwei geliefert hätten.

Wir sin nich habgierig, Scheff — das sag ich Ihnen

frei heraus. Wir woll'n nich viel. Gerad unser Leben. Wir wollten niemals nich was wirklich Böses tun.«

Smythe senkte den Kopf, schaute zu Boden und rang die Hände.

»Sie dürfen ihn nicht ernstnehmen«, sagte Keoti. »Der Mann sähe die Wahrheit auch dann nicht, wenn er darüber stolperte.«

Der Mann hinter dem Schreibtisch schüttelte den Kopf. »Ich glaube ihm.«

»Danke schön, Scheff«, sagte ihm Smythe. »Wir wer'n auf ewig dankbar sein, wenn Sie uns jetz gehn lassen, und wir wer'n Sie auch nich mehr belästigen, nich wahr, Jack?«

»Bringt sie fort!« befahl der Mann hinter dem Schreibtisch und winkte sie von sich weg.

Die Wächter marschierten mit ihnen aus dem Büro und den Gang hinab. Keoti und der Mann hinter dem Schreibtisch folgten ihnen etwas langsamer. Clive beugte sich näher zu Smythe.

»Gut gespielt«, flüsterte er, »aber glaubst du, daß er dir wirklich geglaubt hat?«

Smythe hob die Schultern. »Ich habe ihm nur das gegeben, was er gewollt hat, Sör. Denken Sie doch mal drüber nach — unser Mann da ist der Heuchler. Glauben Sie etwa, er möchte, daß die Dramaranier das erfahren? Alles, was er von uns wollte, war der Beweis, daß er derjenige ist, der er zu sein behauptet — oder, andersherum gesagt, daß wir nicht diejenigen sind, die wir zu sein behaupten.«

»Und was jetzt?«

»Jetzt werden wir zu entkommen versuchen, ehe wir unsere Köpfe verlieren, denn damit können Sie fest rechnen: Er möchte uns nicht um sich haben.«

»Käpt'n Jack«, grummelte Clive. »Jim Scarpery. Straßenräuber.«

»Er wollte eine Geschichte, und jede Geschichte hätte es getan«, sagte Smythe, »also habe ich ihm die erstbeste aufgetischt, die mir in den Sinn gekommen ist. Ich hatte schon immer 'n Hang dazu, Straßenräuber zu sein.«

Clive dachte an den Haß, der jetzt in Keotis Augen lag. »Mir wäre es lieber gewesen, du hättest deinen raschen Verstand für eine glaubwürdigere Geschichte genutzt.«

»Vater Neville hätte das niemals zugelassen«, sagte Smythe.

»Ich weiß«, gab Clive zu. »Nun, wenn wir nur eine Fluchtmöglichkeit finden, um diesem Schlamassel zu entkommen, anstatt uns immer tiefer hinein zu verstricken ...«

Aber der Augenblick kam niemals. Sie wurden durch eine Anzahl von Gängen getrieben, viele Ebenen in einem Aufzug hinuntergebracht, dann marschierten sie weitere Korridore entlang, bis der Weg von einer riesigen Metalltür versperrt wurde. Die Wächter hielten sie in einer Gruppe zusammen, bis sich Keoti und der Mann, der sich selbst Vater Neville nannte, zu ihnen gesellten.

»Ich bin kein unfairer Mensch«, sagte der Heuchler. »Es gibt einen Weg zur sechsten Ebene, der durch die Höhlen hindurchführt, die ihr hinter dieser Tür finden werdet.«

Hoffnung stieg in Clive auf. Horace hatte recht gehabt. Der Mann hatte wirklich nur eine Geschichte gewollt, irgendeine Geschichte, und jetzt würde er sie gehen lassen.

»Ich muß jedoch hinzufügen«, fuhr der Heuchler fort, »daß es da drinnen ... *Dinge* gibt, die den Geschmack von Menschenfleisch schätzen.« Er nickte den Wächtern zu. »Ich wünsche euch viel Glück.«

Du wirst den Teufel tun, dachte Clive. Er sah Keoti an, aber er las ihr vom Gesicht ab, daß er, soweit es sie betraf, nicht mehr länger existierte.

»Sie werden dafür bezahlen müssen«, sagte Clive zu

Vater Neville, als die Wächter die Tür gerade weit genug öffneten, daß sie die kleine Gesellschaft hineinstoßen konnten.

Der Heuchler stellte sich neben die Tür. »Das möchte ich bezweifeln«, sagte er.

Es war dunkel in der Höhle — dunkel, kalt und feucht. Clive war der letzte, der zur Tür getrieben und dann hineingestoßen wurde. Gerade als die Tür sich schloß, beugte sich Vater Neville näher an den Spalt.

»Dein Bruder schickt dir Grüße«, sagte er mit einer so leisen Stimme, daß sie nur bis an Clives Ohren drang, aber nicht weiter.

Clive langte nach ihm, aber der fette Mann tanzte flink zurück, und die große Metalltür schloß sich mit einem Knall, der wieder und wieder durch die dunkle Höhle hallte, in der sie jetzt eingeschlossen waren.

Achtzehn

Indem sie Sidis Schulter als Kopfkissen benutzte, gelang es Annabelle, ein paar Stunden eines traumlosen Schlafs zu ergattern, ehe sie von einer kreischenden Bande junger Roghas geweckt wurde, die ein verrücktes Spiel in den Ästen der Bäume um die Plattform herum trieben, auf der sie und Sidi saßen. Als sie den akrobatischen Übungen zusah, schlug ihr Magen ein paar Kapriolen. Sie griff rasch in die Byrrtasche. Sie nahm eines der Blätter heraus und begann zu kauen.

Als ihre unbegründeten Ängste allmählich wieder erträglich geworden waren, kam Chobba zu ihnen. Er schwang sich von einem Ast herab und blancierte dabei vorsichtig ein Tablett, das mit etwas beladen war, das aussah wie kleine Frühstückskuchen, Früchte, gebrannte Tonkrüge und eine dampfende Kanne Tee. Die Krüge schlugen nicht gegeneinander, und nicht ein Tropfen Tee wurde verschüttet.

»Angeber«, sagte sie, als er sich vor ihnen auf alle vier Buchstaben niederließ.

Der große Rogha grinste. »Schlaf hokay?« fragte er.

»Ich glaube, daß ich jetzt lieber auf die Erde runter möchte, wenn's geht«, sagte sie.

Sie fuhr zurück, als der kreischende Trupp Kinder jäh wieder an ihr vorbeischwang. Sie schienen nicht so sehr zwischen den Ästen zu schwingen als vielmehr darin Purzelbäume zu schlagen. Chobba, der anscheinend dachte, sie würden sie mit ihrem Lärm stören, stand auf und schimpfte mit ihnen, bis sie ihn am haarigen Arm zupfte.

»Nein, nein«, sagte sie. »Nicht wegen ihnen — nur wegen der Höhe. Sie macht mich — krank.«

»Du kau Byrr?«

»Ju, aber ich möcht noch immer nach unten.«

»Du erst essen. Loo-kie kum. Fetti Scheff kum. Wir alle sprechen. Dann du gehen. Hokay?«

»Fetti Scheff?« fragte Annabelle. Sie erinnerte sich daran, daß er diesen Ausdruck vergangene Nacht benutzt hatte, aber da war sie zu verwirrt gewesen, um ihn zu fragen, was er damit meinte.

»Sie machten Fetti«, erklärte Chobba. »Viel gut.«

»Ich glaube, er meint einen Medizinmann«, sagte Sidi. »Jemanden, der Fetische herstellt und mit den Geistern redet.«

»Wie ein Schamane«, sagte Annabelle.

Sidi hob die Schultern, aber Chobba nickte als Antwort auf das, war der Inder gesagt hatte.

»Name Reena«, sagte er. »Fetti Scheff. Spechen mit toten Rogha — lesen Zeichen in Wurzel und Blatt. Kumm viel bald.«

Shriek und Tomàs wurden von der Unterhaltung angelockt und traten aus der Hütte. Als sie das vierarmige Fremdwesen erblickten, purzelten die jüngeren Rogha durch die Bäume heran, um sie näher zu betrachten, und flitzten davon, als sie sich ihnen zuwandte, krochen dann wieder vor, als sie wegschaute. Shriek lachte bei ihren Mätzchen, und der hohe kichernde Laut schnitt durch das Gekreisch der jungen Roghas.

»Essen — trinken!« sagte Chobba. Er setzte sich erneut auf den Hintern und schob das Tablett schmatzend vor. »Viel gut, ju?«

Lukey gesellte sich zu ihnen, während sie aßen, und seine Ankunft bewirkte offensichtlich harmlose Neckereien zwischen ihm und den jüngeren Roghas. Die Kinder hingen mit einer Hand oder mit einem Bein an den Zweigen, winkten mit den freien Gliedmaßen und schnatterten dabei.

»Was bedeutet dieses *bishii?*« fragte Annabelle. Es war der Ausdruck, den die jüngeren Roghas für den alten Mann benutzten.

Lukey lächelte. »Nun, sie sagen, es bedeutet ›haarloser Affe‹, aber Chobba hier sagte mir, nachdem ich eine Weile hier war, daß es in Wirklichkeit ›alter Furz‹ bedeutet.«

»Bishii, Bishii!« schrien die Kinder im Chor.

Lukey stand auf, schüttelte mit spöttischem Ernst die Fäuste gegen sie und versuchte, sie zu verscheuchen, aber er hätte sich nicht die Mühe zu machen brauchen. Die jungen Rogha wurden bereits still. Augenblicke später waren sie verschwunden.

Als sich Annabelle umwandte, sah sie, daß es die Ankunft der Fetisch-Frau war, die sie davongejagt hatte. Auf der Stelle zu verschwinden, dachte sie, während sie die merkwürdige Rogha ansah, wäre nicht die schlechteste Idee.

Reena hatte keine Beine, aber das behinderte ihr Vordringen durch die Bäume keineswegs. Sie landete auf der Plattform und zog sich mit den kräftigen Armen zu ihnen hin. Sie trug einen kurzen Lederrock, der so eben die Beinstümpfe bedeckte, sowie eine Weste aus gewebtem Gras, unter der die haarigen Brüste sich wölbten. Die Weste war mit Perlen und mit Federn und Hunderten winziger Vogelknochen verziert, die bei jeder Bewegung rasselten. Vom Hals hing ein perlenverzierter Lederbeutel herab. An den Armen baumelten Dutzende von Armreifen. Das Fell roch streng nach Weihrauch.

Das Gesicht war unter einer erschreckend häßlichen Maske verborgen. Die Maske selbst bestand aus Holz — eine groteske Verzerrung der Gesichtszüge eines Rogha —, wobei Kupfer, Muschelschalen und Perlen alles außer dem Oberteil bedeckten, das aus einem anliegenden dunklen blaugrünen Tuch bestand. Ein dickes Büschel Antilopenhaar stand wie ein Bart vom unteren Teil ab, und von dem ebenen Oberteil hob sich wie der Rüssel eines Elefanten das perlenbesetzte Kopfteil einer Basthaube.

Sie blieb vor Annabelle und ihrer Gruppe stehen, und

die dunklen Augen in den Augenlöchern glitzerten, als sie die vier musterte.

»Was bedeutet diese Maske?« fragte Annabelle Lukey.

»Einen Geist der dunklen Welt, der dich durch meine Augen beobachtet«, entgegnete die Fetisch-Frau. Ihre Stimme klang hohl, als sie hinter der Maske hervorkam.

»Du sprichst Englisch?« fragte Annabelle.

Blöde Frage, dachte sie sofort, nachdem sie sie gestellt hatte; Reena jedoch schüttelte den Kopf.

»Sie spricht nicht deine Sprache«, sagte die gleiche hohle Stimme. »Aber ich spreche sie.«

»Aha ...«

Annabelle warf Sidi einen Blick zu, doch der schüttelte den Kopf, weil er so wenig wie sie davon verstand, was da geschah. Weder Lukey noch Chobba wollten ihrem Blick begegnen.

»Wer ... öh ... bist du denn dann?« fragte sie die Stimme hinter der Maske.

»Ein Geist der dunklen Welt.«

Richtig. Zeit für 'ne Seance im Dschungel. Genau das, was sie brauchten.

»Kannst du nicht bitte ein bißchen deutlicher werden?« versuchte es Annabelle.

»Die dunkle Welt liegt um dich herum — unsichtbar, wenngleich allgegenwärtig. Wir beobachten dich durch die Augen unserer Sprachrohre.«

»Wie ein Geist?«

»Wir sind nicht tot, aber gut, wie ein Geist.«

»Wie heißt du?«

»Wir haben keine Namen.«

»Wie haltet ihr euch dann auseinander?« fragte Annabelle.

»Wir wissen, wer wir sind — das reicht, findest du nicht?«

»Schätze ja, ...«

»Du wünschst, nach Quan zu gehen«, fuhr die Stimme fort, wobei sie hohl hinter der Maske hervorkam, »um die Schleuse zu betreten, die dort liegt und von der du annimmst, daß sie dich zurück auf deine eigene Welt bringen wird. Aber ich sage dir, Annabellie«, — sie sprach den Vor- und Zunamen aus, als wär's ein Wort —, »wenn du dorthingehst, wirst du dein Kind Amanda niemals wiedersehen.«

»Woher kannst du das wissen?« wollte Annabelle wissen.

»Aus der dunklen Welt können wir dich so sehen, wie du wirklich bist — deine gesamte Geschichte, genauso, wie du dich deiner gegenwärtigen Welt zeigst.«

Das war wirklich verschroben, dachte Annabelle. Sie hatte niemals viel fürs Tischerücken übriggehabt. Alles hatte eine begründbare Erklärung. Mochte sein, daß man gerade nicht die richtigen Daten zur Verfügung hatte, um's auf der Stelle herauszubekommen, aber man konnte damit rechnen, daß irgendwo alles seinen logischen Sinn ergab. Aber das hier — das war lediglich Spökenkiekerei.

»So, du liest also meine Gedanken?«

»Ich lese dein Wesen.«

»Wunderbar. Und nachdem du 'ne Weile die Nase da reingesteckt hast, kannst du mir nur erzählen, daß Quan gefährlich ist? Tut mir ja leid, dir das sagen zu müssen, mein Freund, aber das is nich gerad 'ne brandheiße Neuigkeit.«

»Ich verstehe deinen Wunsch, in deine Heimatwelt zurückzukehren, aber du mußt die Unmöglichkeit dieses Vorhabens anerkennen. Je tiefer du in die Ebenen des Dungeon gerätst, in desto größere Gefahr begibst du dich, und desto weniger Chancen hast du zu überleben. Quan ist extrem gefährlich, aber es ist nichts, verglichen damit, was in der Schleuse und dahinter liegt.«

»Okay«, sagte Annabelle, »aber warum läßt du mir nicht meinen Willen? Sag mir, was uns erwartet.«

»In Quan der sichere Tod durch eine Illusion. In der Schleuse der sichere Tod, weil deine größte Furcht Wirklichkeit wird. Auf der nächsten Ebene der sichere Tod durch Wahnsinn.«

»Augenblick mal!« unterbrach Annabelle. »Du sagst immer ›sicherer Tod‹. Wie kann ich den sicheren Tod in der Schleuse finden, wenn ich ihn bereits in Quan gefunden habe?«

Ein langes Schweigen, und dann gab die hohe Stimme das schließlich zu. »Solltest du weitergehen, ist es möglich, wenngleich extrem unwahrscheinlich, daß du das eine oder andere überleben magst, aber nicht alle Bedrohungen zugleich, die auf deinem Weg liegen.«

»Aber wir können weitergehen und haben eine Chance?«

»Die Wahrscheinlichkeit ist so gering, daß es nicht der Mühe wert ist, sie in Betracht zu ziehen.«

— »Aber du würdest auf jeden Fall nicht versuchen, uns aufzuhalten — ich meine, körperlich?«

»Jedes Individuum ist frei, seine oder ihre eigenen Entscheidungen in dieser Welt zu treffen. Das kann einem niemand abnehmen.«

»Okay, also wirst du uns nicht aufhalten. Kannst du uns ein wenig weiterhelfen? Etwas mehr Info rüberwuppen? Los, mach schon! Was soll's!«

Es erfolgte keine Antwort.

»Geist?« fragte Annabelle.

Immer noch Schweigen.

Annabelle berührte Reena an der Schulter. Die Fetisch-Frau fuhr zusammen und sprach dann zu ihr in der Sprache der Rogha. Während die Stimme zwar noch immer ein wenig hohl klang, erinnerte nichts an ihr daran, wie sie noch Augenblicke zuvor gesprochen hatte.

»Was sagt sie denn jetzt?« fragte Annabelle.

»Was willst du von mir?« übersetzte Lukey.

»Wir sprachen doch ...«, fing Annabelle an. Ihre Stimme erstarb, als Lukey den Kopf schüttelte.

»Is nicht. Du has zu dem Geist der dunklen Welt gesprochen, der Reena ihre Macht verleiht — nicht zu

Reena selbst. Das hab ich schon mal erlebt. Hab das gleiche durchgemacht, als ich herkam.«

»Was zum Teufel geht hier vor?« wollte Annabelle wissen.

Sidi berührte sie am Arm. »Ich habe schon früher davon gehört — bei den Medizinmännern der Afrikaner. Die Geister erfüllen den Körper des Medizinmanns wie Wasser einen Kessel. Wenn der Geist ihn verläßt, erinnert sich der Medizinmann an nichts.«

»Aber das kann doch nicht sein!« protestierte Annabelle. »Geister ... Die gibt's doch nicht wirklich.«

»Es gibt für mich zu viele Mysterien in der Welt«, sagte Sidi, »als daß ich entscheiden könnte, welche von ihnen Illusion und welche Wirklichkeit sind. In diesem Dungeon haben wir bereits erlebt, daß das Unmögliche Wirklichkeit wurde. Wenn das Bizarre alltäglich wird, wer kann dann ernsthaft sagen, was möglich ist oder was nicht?«

Annabelle nickte. »Okay, damit hast du mich überzeugt. Aber ich gehe auf jeden Fall weiter.«

»Andernfalls dächte ich nicht im Traum daran, mit dir zu diskutieren«, sagte Sidi.

Annabelle wandte sich an Chobba. »Und ich möchte gern hinunter auf die Erde, falls es möglich ist.«

»Schade, du gehen«, sagte Chobba. »Chobba bringt dich unten. Chobba und du gehen auf Beinen zu Quan, ju? Hokay?«

»Würd dich gern überreden, daß du hierbleibst«, sagte Lukey, »aber mir will verdammt noch mal nichts einfallen — nich, wenn du um jeden Preis weiterwills.«

Annabelle wollte sich erheben, aber da faßte sie die Fetisch-Frau plötzlich mit starker Hand am Arm. Sie sprach rasch auf rogha, wobei das Gesicht mit der Maske ganz nahe bei ihr war und die dunklen Augen in den Schlitzen glitzerten, nur wenige Zentimeter von Annabelles Augen entfernt.

»Was sagt sie?«

Lukey übersetzte. »Daß sie, auch wenn du sie nichts fragen wills, dir dennoch was sagen wird. Sie sieht in deinem weißen Gesicht ein ...« Der alte Mann hielt inne und suchte nach einem Wort. »Nicht ein Ziel. Mehr 'n Schlamassel von schwer'n Zeiten, die auf dich zukommen, und wenn du se übersteh'n wills, okay, aber du muß gewillt sein, auf die Kraft anderer Leute zu vertrau'n, statt das ganze Gewicht auf die eign'n Schultern zu legen. Und versuch nich zusehr, das zu kriegen, das du hab'n wills, denn du wirst's vielleicht einfach krieg'n.«

Tomàs, der während der gesamte Gespräche still geblieben war, erhob die Stimme. »So, wirst du mir jetzt mal zuhören? Ich sage, wir gehen zurück und suchen die andern, *sim*? Sie sind nicht so *estúpido* wie du.«

»Kehr um«, sagte Annabelle. »In Ordnung. Du bist bereit, dich mit den Tschasucks anzulegen, Freundchen?«

»Wir werden vorsichtig sein.«

Annabelle schüttelte den Kopf. »*Du* wirst gehen, und auch alle anderen, die wollen. Ich, ich gehe weiter. Ich werd hier herauskommen, und die einzige Möglichkeit, die ich sehe, besteht darin, weiterzugehen.«

Shriek trat Annabelle zur Seite, und die Augen mit den vielen Facetten waren unfreundlich auf den Portugiesen gerichtet. *Und sie wird nicht allein gehen*, sagte die Arachnida.

Annabelle lächelte und wandte sich dann an die Fetisch-Frau.

»Ich danke dir«, sagte sie, »dir und deinen Geistern.« Sie wartete, bis Lukey übersetzt hatte. »Wenngleich wir weitermüssen, werde ich mich deiner Ratschläge erinnern.«

Reena nickte. Sie sprach ruhig.

»Du bis 'ne starke Frau mit viel Stolz«, übersetzte Lukey, »un das wird auch 'ne große Hilfe sein. Un dann gibt sie dir ihren Seg'n.«

Die Fetisch-Frau ging auf den Händen davon, schwang sich auf den nächsten Ast und war verschwunden.

»Das ist ja wirklich was«, sagte Annabelle, »wie die sich bewegt.«

»Reena viel stark«, sagte Chobba und beugte die Armmuskeln. »Viel gut. Großes Scheff. Wie Chobba, ju?«

Annabelle grinste. »Du hast's erfaßt«, sagte sie. »Können wir jetzt zur Erde zurück? Entweder das, oder ich fall im nächsten Augenblick runter.«

Mit einer Art von Lächeln auf den fremdartigen Zügen schwang sich Shriek über den Rand der Plattform und machte sich auf den Weg nach unten. Als Annabelle und die anderen am Boden ankamen, wartete Shriek bereits auf sie. Chobba und eine Anzahl seiner Krieger beabsichtigten, sie bis nach Quan zu führen. Überraschenderweise gesellte sich Lukey gleichfalls dazu.

»Nun, ich sag nich, daß ich den ganzen Weg mitgeh«, sagte er, »aber ich hätt nichts dagegen, 'nen kleinen Blick auf den Ort zu werfen un — oh, zum Teufel noch mal, man kann ja nie wissen. Es könnt mir durchaus einfallen, 'n bißchen so für mich selbst weiterzureisen. Hab verdammt viele Jahre wie 'n Affe gelebt. Vielleicht ist's an der Zeit, daß ich wieder lern, wie'n Mensch zu leb'n.«

»Wir wären glücklich, dich bei uns zu haben«, sagte Annabelle.

»O ja«, sagte Tomàs. »*Muito feliz.* Sehr glücklich.«

Annabelle wandte sich dem Portugiesen zu und runzelte die Stirn, als sie den unschuldigen Gesichtsausdruck bemerkte. Der kleine Saukerl tat so, als hätte er einen völligen Sinneswandel hinter sich und meinte es ernst. Nun, wer mochte das schon wissen? dachte sie. Niemand hat gesagt, er würde auf immer und ewig eine dämliche kleine Ratte bleiben.

»Gehen auf Beinen jetzt, ju?« sagte Chobba, nachdem sie alle auf dem Pfad versammelt waren.

Sie mußten jetzt alle Gepäck, Proviant und Wasserbeutel tragen. Annabelle trug außerdem die Tasche mit Byrrblättern; Chobba hatte darauf bestanden, daß sie sie behalten sollte.

»Kennt ihr Typen 'n paar Wanderlieder?« fragte sie.

Als Chobba den Kopf schüttelte, lehrte sie ihn und seine Krieger den Refrain von ›Auf marsch, marsch‹. Indem sie Verse erfand, die zu ihrer gegenwärtigen Lage paßten, und indem ihr die Rogha ein wenig schief im Chor antworteten, ging Annabelle neben Chobba und Sidi, als sie sich auf den Weg nach Quan machten. Sie fühlte sich sogar besser als seit langem, trotz der Gefahren, die vor ihr lauerten.

Das macht der Boden unter den Füßen, Annie B., sagte sie zu sich. Werd jetzt nur nich zu übermütig.

Vielleicht, vielleicht auch nicht. Sie wußte nur, daß es gut war, wieder auf eigenem Kurs zu segeln; die Gesellschaft hatte sich erholt, und sie hatten kein verdammtes Pack von Haifischen auf den Fersen.

Die Dinge könnten besser liegen, dachte sie. Aber dann wiederum könnten sie auch verdammt viel schlimmer sein.

Neunzehn

Sie waren in völliger Dunkelheit gefangen. Clive ließ die Hände über die Metalltür gleiten, die sie eingeschlossen hatte, aber er vermochte auf dieser Seite keinen Handgriff oder Riegel zu finden, der sie wieder hinausließe.

»Der Mann soll verdammt sein!« rief er und hämmerte mit der Faust an die Tür.

Ein dumpfes hohles Geräusch tönte durch die Dunkelheit.

»Brauchen Licht«, sagte Finnbogg.

»Ich hab den Funken für 'ne Fackel«, sagte Smythe und holte Feuerstein und Stahl aus der Jackentasche. »Wollen mal sehen, ob wir nicht was Brennbares finden.«

»Was meinte er mit *Dingen?*« fragte Clive.

Smythes Schulterzucken verlor sich in der Dunkelheit. »An so 'nem Ort könnte das alles sein«, sagte er. »Würd mich nicht sehr überraschen, über 'ne Bande von Kobolden zu stolpern.«

»Kann noch nicht einmal einen Holzsplitter finden«, sagte Finnbogg.

Seine Stimme kam von weit entfernt aus der Dunkelheit, wo er sich vorsichtig vorantastete und nach Brennstoff suchte.

»Geh nicht zu weit weg!« warnte Smythe. »Ich hab 'n Schimmer von der Größe dieses Orts mitbekommen, ehe sie uns eingeschlossen haben, und er ist groß genug, daß man leicht verlorengehen kann.«

»Vielleicht kann ich helfen«, sagte Guafe.

Clive und Smythe wandten sich in die Richtung, aus der die metallische Stimme des Cyborgs kam.

»Gott möge uns retten«, grummelte Smythe.

Er hatte vergessen, wozu es nützlich sein konnte, einen Cyborg als Teil der Gesellschaft zu haben. Guafes Augen glühten rot, dann röter und warfen einen schwachen Schein überall dahin, wohin er den Blick richtete.

»Nett, daß du uns hilfst«, sagte Clive trocken, »so alles in allem betrachtet.«

Er war jedoch froh um das Licht, egal, wie schwach es war.

»Wir stecken hier gemeinsam drin«, entgegnete Guafe.

»Komisch, wie du das vor ein paar Minuten vergessen konntest, als wir mit dem fetten Heuchler geredet haben.«

»Er war sehr — überzeugend.«

»Was du nicht sagst«, sagte Smythe. »Schade, daß du's nicht warst. Du hättest von unserer Gesellschaft verschont bleiben können.«

»Was wir voneinander denken, hat für unsere augenblickliche Lage keine Relevanz«, sagte der Cyborg. »Ich will nur so viel von dieser merkwürdigen Welt sehen, wie ich kann, ehe ich ihr entkomme. Dieser spezielle Ort hier ist wenig interessant.«

Clive nickte sich selbst zu. Er vergaß zu leicht, daß das Bewußtsein des Cyborgs, wenngleich das Gesicht menschlich aussah, zweifellos völlig unergründlich funktionierte. In gewisser Weise war der Cyborg weniger menschlich als sogar Finnbogg oder Shriek, erinnerte er sich. Es würde ihnen allen sehr nutzen, wenn er das nicht vergäße.

»Hey, was ist denn das?« sagte Smythe.

Guafe richtete den Blick in Richtung auf den Engländer und erleuchtete dabei einen Haufen, der aussah wie eine ausrangierte Steigerausrüstung. Smythe zog eine Laterne aus dem Abfall. Als er das Innere untersuchte, fand er den Stummel einer Kerze. Weiteres Suchen brachte eine Anzahl von Laternen zutage — die meisten waren zerbrochen, aber es steckten noch Reste von Kerzen darin, die geborgen werden konnten.

»Die Ausrüstung scheint ziemlich primitiv zu sein«, sagte Guafe.

Wenn man die technologischen Wunder ihrer Fänger in Betracht zog, mußte ihm Clive beipflichten.

»Vielleicht liegt sie darum hier«, sagte er. »Sie ist für sie nicht länger mehr von Nutzen.«

»Vielleicht«, sagte der Cyborg.

Oder vielleicht, fügte Clive für sich selbst hinzu, haben die *Dinge*, von denen der Heuchler gesprochen hatte, die Dramaranier vor langer Zeit dazu gebracht, die Mine aufzugeben. Wenn er auch nicht an Klaustrophobie litt oder Furcht vor der Dunkelheit hatte, hielt er dennoch ständig ein Ohr offen für fremde Geräusche. Was die Dramaranier auch immer hier unten hielten, damit die Gefangenen ihm zum Opfer fallen sollten, es mußte äußerst unangenehm sein, wenn dessen positivste Beschreibung *Ding* war.

»Seht mal!« rief Finnbogg aus und hielt eine Schachtel ungebrauchter Kerzen hoch.

»Gute Arbeit, Finn«, sagte Smythe.

Die paar Späne abgehobelten Holzes und das Stroh, das er aus dem Sitz einer alten Minenkarre herausgezogen hatte, reichten für ein Feuer aus, das den ersten Kerzenstummel entzündete. Er setzte ihn mitten in eine Laterne und hielt diese hoch, damit sie einen besseren Überblick über ihre Umgebung bekamen, aber wenn sie auch die Umgebung in nächster Nähe erhellte, so war das Licht doch nicht stark genug, um in die tieferen Schatten der Höhle zu dringen.

»Hier sind Schienen«, sagte Guafe.

Er deutete auf die Stelle, an der schmale Schienen auf hölzernen Schwellen in eine der Höhlen führten und etwa vier Meter von ihnen entfernt in der Dunkelheit verschwanden.

»Wir können ihnen folgen«, fügte er hinzu.

Clive nickte, aber er hielt zunächst die Laterne hoch, die er selbst entzündet hatte, und richtete sie auf die

Tür. Die massive Tür war völlig blank, eine einzige feste Metallfläche, so nahtlos in die steinernen Wände der Höhle eingefügt, daß sogar der Versuch, sich nach draußen zu graben, eine sehr lange Arbeit bedeutete, selbst mit den Werkzeugen, die in dem Haufen weggeworfener Gegenstände lagen. Und es gab noch einen weiteren Grund, einen solchen Fluchtversuch nicht zu unternehmen. Das Geräusch ihrer Arbeit würde mit Sicherheit die Dramaranier anlocken. Sie wären vielleicht in der Lage, einige von ihnen zu überwältigen, aber sie hätten den gesamten unterirdischen Komplex vor sich, den sie durchqueren müßten.

Nein. Sie mußten weitergehen.

»Hat Nevilles Tagebuch irgend etwas von diesem Ort hier berichtet?« fragte Smythe.

Clive schüttelte den Kopf. »Er wurde in der letzten Botschaft nicht erwähnt.« Es hatte keinen Zweck, sich die letzte Eintragung noch einmal ansehen zu wollen. Er hatte sich fast daran gewöhnt, wie die Eintragungen auf unmögliche Weise in dem schmalen Tagebuch unerwartet erschienen und wieder verschwanden. Irgendwie hatte Neville — oder hatten die Ren oder die Chaffri, die Herrscher des Dungeon — eine Möglichkeit gefunden, in das Buch zu schreiben, während es in Clives Besitz blieb. Vielleicht war jedoch etwas hinzugefügt worden. Er schlug auf die Jackentasche und runzelte die Stirn. Verdammt noch mal. Ich hab's leider in meinem Zimmer gelassen. Die Dramaranier besitzen es jetzt.«

Smythe hob die Schultern. »Hat uns in genauso viele Schwierigkeiten gebracht, wie es uns geholfen hat.«

Wenn er an Annabelle und den Rest ihrer Gruppe dachte, die im Dschungel verloren — eher tot — waren, konnte Clive nur beipflichten. Wenn sie zusammengeblieben wären ...

»Wir sollten den Schienen folgen«, sagte Guafe. »Sie müssen irgendwohin führen.«

»Sie bringen uns nur dorthin, wo sie etwas abgebaut haben«, sagte Smythe.

»Nicht notwendigerweise. Im Dungeon ...«

»Ist verdammt noch mal alles möglich«, beendete Smythe seine Rede. »Stimmt. Aber diese Schienen ...«

»Hast du einen besseren Vorschlag?« fragte der Cyborg.

»Dieser Ort ist unser Grab«, sagte Finnbogg auf einmal. »Unser Todesurteil war, lebendig begraben oder von den Wesen gefressen zu werden, die hier unten leben.«

»Es waren lebendige atmende Männer und Frauen, die uns hierherbrachten«, sagte Clive. »Sie waren genausosehr Geister der Toten, wie wir welche sind.«

Aber während er erneut versuchte, tiefer in die Dunkelheit zu spähen, die außerhalb der Reichweite ihrer Laternen lag, kroch ihm ein unangenehmes Gefühl, beobachtet zu werden, das Rückgrat herauf. *Dinge*, hatte der Heuchler gesagt. Verdammt noch mal, was für *Dinge?*

»Wir haben kein Wasser, keine Vorräte«, sagte Smythe, »und diese Kerzen werden auch nicht ewig brennen.«

Der Stummel, den er als ersten entzündet hatte, flackerte bereits in der Laterne. Er entzündete einen neuen, machte dann eine Pause.

»Seht euch das an!« sagte er.

Die Kerzenflamme wurde von der Tür, an der sie standen, tiefer in die Höhlen hineingezogen, und zwar in die gleiche Richtung, in die die Schienen liefen.

»Ein Luftzug«, sagte Guafe. »Erzeugt von einer Öffnung weiter drinnen. Also führen die Schienen woandershin als nur in den letzten Schacht, in dem sie arbeiteten.«

Smythe nickte. »Nun, das wenigstens steht fest. Wir folgen den Schienen.«

Sie bargen aus der weggeworfenen Ausrüstung, was sie brauchen konnten. Kerzen füllten ihre Taschen.

Finnbogg, Clive und Smythe trugen jeder eine Laterne. Der Zwerg nahm einen kleinen Vorschlaghammer als Waffe, die übrigen Brecheisen. Smythe fügte seiner Ausrüstung eine Blechbüchse hinzu, die er mit Zwirn, den er gleichfalls entdeckt hatte, an seinem Gürtel befestigte. Er wollte sie als Wasserbehälter benutzen, sollten sie an Wasser vorüberkommen. Über die Schulter, an jedem Ende mit weiterem Zwirn befestigt, trug er einen Streifen festen Segeltuchs, von dem er ein Bündel in einer Ecke gefunden hatte.

»Ich würd mich mit einem Seil besser fühlen«, sagte er.

»Ich würd mich besser fühlen, wenn ich einfach hier draußen wäre«, sagte Clive.

»Da haben Sie recht.«

Sie machten sich dann auf den Weg und folgten den beiden Metallschienen, und ihre Stiefel ergaben ein hohles Geräusch, als sie über die hölzernen Schwellen gingen.

Ohne Uhr fiel es schwer zu sagen, wie lange sie den Schienen durch die riesengroße Höhle folgten, aber sie erreichten schließlich die andere Seite. Als sich die dunkle Masse der Wände vor ihnen erhob und in einer Dunkelheit verschwand, die ihre Lichter nicht durchdringen konnten, sahen sie, daß die Schienen in einen großen Spalt in der Wand führten. Nachdem sie hindurchgetreten waren, sahen sie, daß die Schienen sie jetzt durch eine Reihe kleinerer Stollen führten, die sie langsam nach unten brachten.

Hier bedeckten gelegentlich Tropfsteine die Schienen, und spindelförmige Stalagmiten erhoben sich von den Schwellen und zwangen sie, Umwege zu machen. Einige der Gänge waren so klein, daß das Licht der Lampen bis zu beiden Wänden und der Decke über ihnen reichten, von der viele Stalaktiten herabhingen.

In einem Stollen kamen sie zur ersten Abzweigung

der Schienen. Sie nahmen diejenige, die nach rechts führte, aber diese folgten einem jähen Gefälle, das die Gesellschaft in einen Gang führte, in dem Wände und Boden dick mit knorrigen Calcitgewächsen bedeckt waren. Hier waren die Stalaktiten bis zum Boden gewachsen und bildeten eine verwirrende Säulenreihe. Die Gewächse auf dem Höhlenboden machten das Gehen sehr unsicher.

Schließlich verschwanden die Schienen unter den Tropfsteinen, so dick waren diese geworden. Die Gruppe ging zu der Stelle zurück, an der sich die Spur erstmalig geteilt hatte, und sie nahm diesesmal die linke Abzweigung. Hier ging es etwas sanfter abwärts, wenngleich die Luft, je weiter sie kamen, immer feuchter wurde.

Sie machten zweimal Rast, einmal einfach auf den Schienen, das andere Mal folgten sie dem Geräusch von Wasser auf der anderen Seite eines größeren Stollen, wo sie einen Tümpel fanden, der von einem darüberhängenden Tropfstein gespeist wurde. Dort tranken sie und ruhten sich erneut aus. Smythe füllte seinen Behälter, ehe sie weitergingen.

Clives Gefühl, daß sie unter Beobachtung stünden, nahm weder zu noch ab, aber je weiter sie kamen und dabei keinerlei Anzeichen von lebenden Wesen fanden, desto besorgter wurde er. Die Dunkelheit jenseits des Lichts ihrer Laternen, das sanfte Echo ihrer Fußtritte, das hohl von den Wänden widerhallte, alles das vermehrte sein Unbehagen und bedrückte ihn.

Er sorgte sich um Annabelle und deren Gruppe, sein Schuldgefühl, daß er sie hatte für sich ziehen lassen, wurde noch schlimmer angesichts dessen, was Keoti ihm vom Dschungel und Annabelles Chancen, dessen Gefahren zu überleben, gesagt hatte. Immer wieder machte er sich Vorwürfe, daß er ihr gegenüber nicht standhafter gewesen war und die Gesellschaft zusammengehalten hatte.

Zwischendurch: ▬▬▬▬▬

▬▬▬▬▬▬▬▬▬▬▬▬▬▬
▬▬▬▬▬▬▬▬▬▬▬▬▬▬
▬▬▬▬▬▬▬▬▬▬▬▬▬▬
▬▬▬▬▬▬▬▬▬▬▬▬▬▬
▬▬▬▬▬▬▬▬▬▬▬▬▬▬

▬▬▬▬▬▬▬ Wenn man ein Ziel verfolgt und dabei vom Verlauf der Schienen in die Irre geführt wird, hat man es bestimmt nötig, ein- oder zweimal eine Rast einzulegen. Schlimm genug, wenn man dann an einem Tümpel lagern und sich mit den gewiß spärlichen Ergüssen eines überhängenden Tropfsteines begnügen muß. ▬▬▬

▬▬▬▬▬▬▬▬▬▬▬▬▬
▬▬▬▬▬▬▬▬▬▬▬▬▬▬
▬▬▬▬▬▬▬▬▬▬▬▬▬▬
▬▬▬▬▬▬▬▬▬▬▬▬▬▬

▬▬▬▬▬▬▬▬▬ Wie gut geht es da dem Leser. Wenn es ihn nach einer kleinen Stärkung zwischendurch gelüstet, braucht er nur aufzustehen, heißes Wasser zu erhitzen und einen Becher bereitzustellen. Alles, was er jetzt noch braucht, ist der... ▬▬▬

▬▬▬▬▬▬▬▬▬▬▬▬▬▬
▬▬▬▬▬▬▬▬▬▬▬▬▬▬
▬▬▬▬▬▬▬▬▬▬▬▬▬▬
▬▬▬▬▬▬
▬▬▬▬▬▬▬▬▬▬▬▬▬▬
▬▬▬▬▬▬▬▬▬▬▬▬▬▬
▬▬▬▬▬▬▬▬▬▬▬▬▬▬

Zwischendurch:

Die geschmackvolle Trinksuppe für den kleinen Appetit. – In Sekundenschnelle zubereitet. Einfach mit kochendem Wasser übergießen, umrühren, fertig.

Viele Sorten – viel Abwechslung.

Guten Appetit!

Die Tatsache, daß sie unter Schimpf und Schande die Dramaranier hatten verlassen müssen, wurmte ihn genauso, und zwar nicht nur deswegen, weil er Keoti so armselig erschienen sein mußte. Es war mehr der Gedanke daran, daß dieser fette Heuchler sicher unter all diesen technologischen Wundern saß, Nevilles Namen wie ein Ehrenband trug und seine Lügen als Wahrheit genommen wurden und über die Wahrheit gespottet wurde ...

Clive knirschte mit den Zähnen. Er wünschte, es hätte sich eine Gelegenheit ergeben, die Klingen mit dem Heuchler zu kreuzen, der seines Bruders Namen trug. Er hätte es genossen zu sehen, wie dieses dämliche Grinsen aus dem fetten Gesicht gewischt worden wäre.

Aber die Gedanken an den Heuchler lenkten seine Gedanken gleichfalls auf seinen Zwillingsbruder. Seit dem Augenblick, da er und Horace dieses verdammte Dungeon betreten hatten, hatte Neville sie zum Narren gehalten. Alles, was ihnen zugestoßen war, schien Teil eines ausgetüftelten Spiels zu sein, nur daß niemand so nett gewesen war, Clive und seine Gesellschaft mit den Regeln vertraut zu machen. Das Auffinden des Tagebuchs, mysteriöse Stimmen, alles, was ihnen geschehen war, nachdem sie dem Ratschlag gefolgt waren, den Neville dort hineingeschrieben hatte ...

Vielleicht hatte Horace ja recht — sie waren besser dran ohne dieses verdammte Ding. Denn sollte es von irgendeinem Nutzen sein, warum konnte es dann nicht verständlicher geschrieben werden? Statt Rätsel und Unbestimmtheiten wären ein paar harte Fakten weit nützlicher gewesen. Zum Beispiel, was diese Höhle für sie bereit hielte. Wohin würde sie sie bringen? Und was bewohnte sie?

Finnbogg war's, der über die Knochen stolperte.

Der Zwerg ging auf der einen Seite der Schienen, als er einen Schrei ausstieß, hingefallen wäre und dabei seine Laterne zerbrochen hätte, wenn ihn nicht Guafe am

Arm gepackt und ihm dabei geholfen hätte, das Gleichgewicht wiederzuerlangen. Die Lampe schwang wild hin und her und ließ die Schatten wie Derwische tanzen, und dann sahen sie, worüber der Zwerg gestolpert war.

Über die ganze linke Seite der Schienen in diesem neuesten Stollen waren Knochen vom Gleis bis hin zur anderen Wand verstreut. Schädel und Brustkörbe, Knochen von Armen und Beinen. Andere, die nicht identifizierbar waren — vielleicht nicht einmal menschlich. Und dann gab es einige — ganz sicher Skelette von menschenähnlichen Wesen, mit Händen wie Menschen oder auch Beinen und Gerippe, bei denen nur die Größenverhältnisse nicht stimmten. Die meisten davon waren sogar zu klein, um von Kindern zu stammen. Ein anderer Knochen, wenn er überhaupt Teil eines Humanoiden gewesen war, mußte zu einem Riesen gehört haben, der mindestens drei und einen halben Meter groß gewesen war.

»So 'ne Art Friedhof«, sagte Smythe.

»Mehr ein Freßplatz, würde ich sagen«, bemerkte Guafe.

Finnbogg schauderte es, und Clive spürte, wie es ihm selbst kalt den Rücken hinunterlief. Als Smythe näher trat und dabei die Laterne hochhielt, um mehr Licht zu bekommen, folgte ihm Clive sofort, obwohl er das Gefühl nicht loswerden konnte, von verborgenen Zuschauern beobachtet zu werden. Es war jetzt stärker denn je, seitdem sie die Höhle betreten hatten. Es war irgend etwas, das ihm übers Rückgrat kroch, sich im Genick festsetzte und die Muskeln verkrampfte.

Eine lange Zeit betrachtete die Gesellschaft das Knochenfeld, keiner von ihnen sprach ein Wort, jeder hielt mit sich selbst Rat. Dann, gerade als Guafe sich an ihn wandte, um eine Bemerkung zu machen, hielt Clive eine Hand hoch.

»Psst!« sagte er ruhig. »Was war das?«

»Ich habe nichts gehört«, fing der Cyborg an, aber dann schaute er an Clive vorüber, und seine Augen öffneten sich weit.

Als er sich umschaute, sah Clive Dutzende von kleinen schlitzförmigen Augenpaaren, die sie von der anderen Seite des Stollens aus beobachteten, und die Retina reflektierte das Licht der Lampen wie bei einem Fuchs oder einer Katze.

Smythe zog das Brecheisen aus dem Gürtel hervor. »Jetzt werden wir sehen, welche Wesen sich an diesem Ort herumtreiben«, sagte er.

»Einen Augenblick!« forderte Clive. Er streckte die Hand aus, um Smythe zurückzuhalten. »Wir wollen doch sehen, ob wir nicht an ihnen vorüberkommen können.«

Smythe zögerte, nickte dann. Langsam bewegte sich die Gesellschaft rückwärts zu dem Eingang, der in den nächsten Stollen führte, wobei sie sich den Weg mit den Füßen ertasteten und nicht gewillt waren, die Blicke von denjenigen abzuwenden, die sie aus der Dunkelheit heraus beobachteten. Gerade als sie den Eingang erreichten, zerriß ein Kreischen, das das Blut zum Gerinnen brachte, die Dunkelheit, ein Kreischen, wie es aus der Kehle eines Mannes gekommen wäre, dem gerade der Bauch aufgeschlitzt wurde.

»Nun, das wär's«, sagte Smythe.

Wie ein Mann hoben die Mitglieder der Gesellschaft ihre Waffen und bereiteten sich auf den Angriff der Wesen vor.

Zwanzig

Weil die Rogha dabei waren, kam sich Annabelle vor wie auf einer Vergnügungsreise. Es fiel schwer, sich mit den gutmütigen Affenmenschen nicht zu amüsieren. Sie lachten und scherzten miteinander und veranlaßten Lukey, alles das zu übersetzen, was ihnen besonders gelungen vorkam. Sie sangen gern, insbesondere Rhythm & Blues, also brachte ihnen Annabelle all die alten Motown-Nummern bei sowie die Rockmusik der fünfziger Jahre mit ihren vielen Doo-Wops, She-Bops und so was.

Es fiel ihr schwerer, der Musik der Rogha zu folgen. Die setzte sich aus vielen scharfen Klicklauten zusammen, die hinten in der Kehle erzeugt wurden, sowie aus Geräuschen, die sich wie kurze Huster anhörten, vermischt mit rhythmischem Gesang. Aber es gefiel ihr, ihnen zuzuhören, und sie versuchte, ihren merkwürdigen Tempi zu folgen.

Am Ende des ersten Tages war's für sie nicht mehr schwer, die einzelnen Rogha auseinanderzuhalten. Chobba war niemals ein Problem gewesen — er überragte die anderen, und er grinste mit so viel Zahn, daß man sich unmöglich irren konnte. Sie lernte schließlich, die übrigen ebensogut voneinander zu unterscheiden, indem sie zunächst auf die verschiedenen Färbungen der Felle achtgab, dann auf die unterschiedlichen Gesichtszüge, an die sie sich allmählich gewöhnte.

Ghes war kleiner als die übrigen, mit einer großen Nase und einem Hennaton im Fell. Er sprach nicht viel und war der beste Sänger. Ninga hatte schwarze und silberfarbene Streifen im Kopfhaar sowie große weitauseinanderstehende Augen. Er war ein Spaßmacher und mochte es genausosehr, wenn man ihn zum besten hielt, wie wenn er selbst einen anderen necken konnte. Tarit und Nog konnte man am schwersten auseinanderhalten, denn sie waren eineiige Zwillinge, aber Tarit trug einen leuchtend gefärbten Schal um den Hals, und Nog lachte so schrill, daß man ihn unmöglich mit dem anderen Bruder verwechseln konnte.

Die einzige Rogha-Frau, die sie begleitete, war Yssi mit dem hellen tanninfarbenen Fell und den sanften dunkelbraunen Augen. Nach Chobba war sie die stärkste des kleinen Trupps, und wie Ghes sprach sie nicht viel, aber sie besaß einen trockenen Humor, so daß die übrigen Rogha, wann immer sie einen Kommentar abgab, unweigerlich in unbändiges Gelächter ausbrachen. Sie hatte eine besondere Vorliebe für Nonsens.

Als sie an diesem ersten Abend ihr Lager aufschlugen, war sie diejenige, die versuchte, Annabelle und ihre Gesellschaft zu veranlassen, aus einer Schüssel mit wimmelnden weißen Würmern und Larven zu essen, die sie während des Marschs gesammelt hatte, wobei sie darauf beharrte, daß dies eine Delikatesse wäre, die man unbedingt kosten müsse, und ja, sie wären dazu gedacht, lebendig gegessen zu werden. Das würde die Hälfte ihrer Qualität ausmachen.

Annabelle war angeekelt, aber da sie stolz darauf war, stets einheimisches Essen zu probieren, gleich, wohin sie reiste, hätte sie fast eines der sich windenden Wesen heruntergeschluckt. Alles, was sie davon abhielt, war das unterdrückte Gekicher der übrigen Rogha, die sie schließlich in den Scherz einweihten.

Ninga nannte sie danach nur noch Ilkgar, was Lukey als ›Wurmfresser‹ übersetzte.

»Süß«, sagte sie sowohl zu Ninga als auch zu Yssi. »Aber denkt dran, Kinder: Ich bin euch nich bös, aber ich werd's euch heimzahlen.«

Die Rogha lachten anerkennend, nachdem Lukey übersetzt hatte, was sie gesagt hatte.

Das wirkliche Abendessen bestand aus einer Art Gemüseplatte mit dem Fleisch eines Stelzvogels, den Shriek erlegt hatte, kurz bevor sie ihr Lager aufgeschlagen hatten. Das Lager selbst lag auf einer Lichtung auf der offenen Seite des Wildpfads. Der Dschungel auf dieser Seite des Flusses war jetzt so breit, daß die Ebene zwischen den Stämmen nicht mehr zu sehen war, wie es die ersten Tage der Fall gewesen war, nachdem sie Clives Gruppe verlassen hatten. Das Unterholz abseits des Wegs war dicht, und auf dem Pfad selbst hingen Äste und Ranken dicht herab.

Das einzige, was Annabelle an dem Rogha-Lager vermißte, war der Wind, der sich durch die Baumkronen bewegte. Hier unten stand die Luft wieder und war feucht, und die Hitze war erschöpfend. Moskitos waren so lange ein Problem, bis Ghes die schwarze Erde an den Wurzeln einer riedähnlichen Blütenpflanze ausgrub, die in dichten Büschen am Flußufer wuchs. Ein dicker weißer Saft tropfte aus den Wurzeln der Pflanze und ergab einen vortrefllichen Schutz gegen Insekten, wenn man ihn mit der Erde vermischte. Obwohl er einen eigentümlich scharfen Geruch an sich hatte, der beinahe, aber nicht völlig unangenehm war, war er besser als der ständige Versuch, die Insekten abzuwehren.

Das Blödeste dabei war, dachte Annabelle, daß sie nun aussahen wie eine buntgemischte Truppe in Tarnausrüstung.

Als es schließlich soweit war, daß sie in dieser ersten Nacht schlafen gehen konnten, schwangen sich die Rogha und Lukey in die Bäume und bereiteten sich Nester in den Astgabeln der Bäume. Nach der Nacht, die sie im Dorf der Rogha verbracht hatte, konnte nichts Annabelle dazu überreden, ihnen zu folgen. Sie, Sidi und Shriek machten sich ihr Lager auf dem Boden neben dem erlöschenden Feuer. Tomàs jedoch kletterte in die unteren Äste, verstaute seine Gliedmaßen mal so, mal so und schlief ein, als wäre er für ein Leben in den Bäumen geboren.

Unterschied sich nicht so wesentlich von der Takelage eines Schiffs, dachte Annabelle.

Während ihrer Wache hörte sie das Husten einer Affenkatze. Es kam aus einer guten Entfernung aus dem Dschungel, aber jedes der folgenden Male, wenn sie es hörte, klang es näher. Sie stach mit dem Speer hinauf in das Gezweig über sich, wo der nächstgelegene Rogha schlief. Ghes bewegte sich unruhig und rief dann leise etwas nach unten.

Obwohl sie versuchte, die Sprache zu erlernen, hatte Annabelle noch immer einen langen Weg vor sich, um sich ihrer bedienen zu können. Während sie also nicht verstand, was Ghes gesagt hatte, fing sie den fragenden Tonfall des Rogha auf.

»Hörst das?« rief sie dem Rogha mit ziemlich schlechter Aussprache zu. »Schlechtes Geräusch?«

Die Affenkatze keuchte erneut. Dieses Mal war sie nicht weiter als ein paar Bäume entfernt.

Ghes hob den Kopf. Als er die Affenkatze hörte, gab er ein dunkles trillerndes Geräusch von sich, wie das eines Nachtvogels. Die übrigen Rogha erwachten auf der Stelle. Sie besprachen sich rasch, wobei sie die schattenhaften Köpfe zusammensteckten, und schwangen sich dann in verschiedene Richtungen davon.

Annabelle blinzelte, weil sie so rasch verschwanden. Sie umklammerte den Speer und überlegte, ob sie das Feuer wieder in Gang bringen sollte, als ein jäher Chor von Kreischen überall um sie her aus dem Wald ertönte, dem eine plötzliche Stille folgte.

Sidi und Shriek sprangen auf die Füße und schwangen die eigenen Waffen. Lukey und Tomàs regten sich auf den Ästen. Ehe Annabelle etwas erklären konnte, durchbrach ein klagender Schrei die Dschungelnacht, dem ein weiteres Schweigen folgte.

»Annabelle?« fragte Sidi. »Was ist geschehen? Wo sind die Rogha?«

»Da hat sich so 'ne Affenkatze dem Lager genähert«,

erklärte Annabelle, aber dann waren die Rogha auch schon zurück.

»Seht euch das an!« rief Lukey. Er kam vom Ast herunter. »Diese verdammten Viecher reiß'n dir dein Herz aus, ehe du dich umgeguckt has. Sie schleichen zu den Babies der Rogha und tragen sie weg.«

Annabelle senkte langsam den Speer. »Ist so, als würd man 'n Vetter töten«, sagte sie.

»Man zertritt halt 'n Schädling, das is alles«, sagte Lukey. »Sie sind verdammte kleine Räuber — schäbig wie die Sünde. Schätz mal, der hier war nich drauf gefaßt, daß wir ihn erwartet hab'n.«

Chobba klopfte sich auf die Brust. »Groß Scheff, ju!« rief er.

Die Rogha klopften einander auf die Schultern und grinsten. Als Yssi und Nog sich daran machten, das Tier zu enthäuten, schaute Annabelle weg. Sie konnte das Gefühl nicht abschütteln, daß die Affenkatze, wie die Rogha und die fliegenden Affen, alle auf irgendeine Art verwandt waren. Das, was sie getan hatten, schien ihr das gleiche zu sein, als hätte sie einen Schimpansen getötet. Bei näherem Hinsehen schien die Affenkatze nicht viel größer als ein solcher zu sein.

»Andere Sitten«, sagte Sidi neben ihr.

Annabelle nickte. »Ju, ich weiß. Nur, wenn du an die Rogha denkst oder an Shriek, oder sogar an Finnbogg, kommst du halt völlig damit durcheinander, was denn nun ein Tier ist und was — eine Person.«

Obgleich sie gerade gegessen hatten, errichteten die Rogha erneut ein Feuer. Als die Affenkatze enthäutet und ausgeweidet war, wobei sie Pfoten und Kopf beiseite legten, damit Zähne und Klauen später abgenommen werden konnten, steckten die Rogha einen Stock durch den Körper des Tiers und hielten ihn übers Feuer, um das Tier zu braten.

»Essen Herz — werden stark«, sagte Chobba zu ihr. »Stärker, ju?«

»Schätze«, sagte Annabelle und bedauerte es, daß sie überhaupt jemanden aufgeweckt hatte. Vielleicht hätte sie das Tier einfach verscheuchen können.

»Teufel«, sagte Lukey und drückte die Kieferknochen der Affenkatze auf. »Wills du dir die Zähne dieses Räubers mal ansehen?« Er zeigte sie Annabelle. »Könnt dir, ohne mit der Wimper zu zucken, den Arm abbeißen, so wahr mir Gott helfe.«

War die Fahrt zuvor schon wie eine Vergnügungsreise erschienen, so war sie nun völlig zu einem Fest geworden — wenngleich ein etwas Makabres, nach Annabelles Auffassung. Die Rogha lachten und erzählten Witze und schlugen sich später mit der gebratenen Katze den Bauch voll. Als ihr Chobba ein Stück des gekochten Herzens anbot, schüttelte Annabelle den Kopf, aber sie versuchte etwas von dem Fleisch. Es schmeckte nach Wild, war stark faserig, aber überraschend gut. Sie konnte nicht sehr viel davon essen, und das, was sie gegessen hatte, erregte ein wenig Übelkeit in ihr.

Es dauerte lange Zeit, bis sich das Lager wieder beruhigte, und es blieben nur noch wenige Stunden bis zum Tagesanbruch. Die Rogha erzählten Geschichten, die Lukey übersetzte, und es wurde fast bis zum Morgengrauen gesungen. Sie schliefen alle weit in den Morgen hinein und kehrten erst nach Mittag auf den Wildpfad zurück.

In den folgenden Tagen gewöhnten sie sich an, bei Tag zu marschieren und bei Nacht zu ruhen. Einmal am dritten Morgen, als sie sich am Flußufer wuschen, wichen die Rogha in den Dschungel zurück und zogen Annabelle und ihre Gefährten rasch zu sich ins Unterholz. Als Annabelle nachfragte, deutete Ninga in den Himmel über dem Fluß. Annabelle spähte durch die Büsche und konnte nur einen kleinen schwarzen Flecken ausmachen, der dort mit ausgebreiteten Flügeln wie ein Falke in der Luft kreiste.

»Gree«, erklärte Ninga.

»Wenn sie uns entdecken«, fügte Lukey hinzu, »wird uns das verdammt viel kosten.«

»Ich dachte, du hättest gesagt, sie wären Aasfresser«, sagte Annabelle.

»Ju, sind sie auch. Die Sache ist nur die, daß es ihnen nichts ausmacht, irgendwas zu töten und drauf zu warten, bis es angemessen verrottet ist, und sie haben's verflucht ungern, wenn jemand ihr Territorium betritt.«

»Dies ist ihr Territorium?«

»Nahe genug, um ihnen auf die Pelle zu rücken.«

Ein anderes Mal kreuzten sie die Spur einer Affenkatze, und die Rogha debattierten, ob sie das Tier nicht verfolgen sollten. Ihre Meinungsverschiedenheiten wurden so tiefgreifend, daß Annabelle schon eine Schlägerei befürchtete, aber so plötzlich, wie alles begonnen hatte, so rasch war es wieder vorüber, und die Rogha lachten, als sie ihren Weg fortsetzten.

Je näher sie Quan kamen, desto wachsamer wurden die Rogha. Zweimal führten sie die Gesellschaft um ausgeklügelte Fallen herum, die auf dem Wildpfad lagen. Eine war eine Grube mit scharfgespitzten Lanzen auf dem Boden, die mit Blättern bedeckt war und so aussah, als wäre sie Teil des Pfads. Die andere war eine Reihe von Netzen, die bereithingen, auf den unachtsamen Wanderer herabzufallen, und die durch eine Leine ausgelöst wurden. Als sie das zweite Mal auf eine Grube stießen, lag der durchbohrte Körper eines dieser tapirähnlichen Wesen darin. Die Rogha stiegen in die Grube und stahlen den Körper, und in dieser Nacht gab es ein weiteres Fest.

»Wer stellt diese Fallen auf?« fragte Sidi an diesem Abend Lukey.

»Quanianer, schätze ich. Ich selbst bin niemals so weit vom Dorf weggekommen. Hab nur gehört, wie das so is, das is alles.«

Chobba, der ihnen zuhörte, nickte ernst. »Schlimm Platz, hm?« sagte er. »Viel Schwierigkeit.«

Als sie sich noch etwa einen Tagesmarsch vom Dorf entfernt befanden, fand Annabelle ein Stück zerrissener Kleidung, das sich in einem Ast am Weg verfangen hatte. Es sah aus wie feines Leinen — ein Stück eines Ärmels, aus einem Hemd herausgerissen, mit dem Teil einer ausgefransten Manschette daran.

»Ich dachte, du hättest mir erzählt, daß die Quanianer Geister seien«, sagte sie. »Aber das hier gehört zu keinem Geist, und Geister haben auch nicht diese Fallen da hinten aufgestellt.«

Lukey nahm ihr den Fetzen Kleidung ab. »Schätz ma, das hier gehört zu diesem anderen Burschen«, sagte er.

»Was für'n anderer Bursche? Du hast nie was davon gesagt, daß hier noch jemand langgekommen is.«

»Hab wirklich nich dran gedacht, was zu sagen«, entgegnete Lukey. »Schon 'ne Weile her — 'n paar Wochen, vielleicht 'n bißchen weniger? Der Bursche is bei uns durchgekommen, un wir hab'n versucht, ihn aufzuhalten, aber er hat nich wollen. Sagte, er würd nach Quan müssen, und war durch nichts aufzuhalten.«

»Wie hieß er denn?« fragte Annabelle.

Sie hatte einen schleichenden Verdacht, wer es gewesen sein könnte, wenn auch der Zeitrahmen nicht stimmte. Aber dann, wer wußte, wie die Zeit auf dieser Welt funktionierte? Wenn man in Betracht zog, aus wie vielen Jahrhunderten die Leute hierhergebracht worden waren, machte es durchaus einen Sinn, daß die Zeit hier eben anders verlief.

»Sein Name war Folly«, sagte Lukey. »Neville Folly.«

Annabelle erinnerte sich der Tschasuck und deren ›Folli-Folli‹-Schreie. Sie hätte daran denken sollen, bei ihrer ersten Ankunft im Dorf der Rogha nach Clives Bruder zu fragen.

»Meinst du etwa Folliot?« fragte sie.

Lukey nickte. »Das is der Name. Du kennst den Burschen?«

»Wir sind schon ewig hinter ihm her.«

»Nun, du brauchs jetz nich mehr nach ihm suchen«, sagte Lukey. »Gibt keine Möglichkeit, daß er in Quan überlebt hat. Niemand kann das.«

»Trotzdem kommst du mit uns.«

»Nun, ja, ich werd halt 'n Blick drauf werfen; das is alles, das schwör ich dir.«

Annabelle tauschte mit den übrigen Gefährten Blicke aus, und sie sah, daß in deren Augen die gleiche Erkenntnis blitzte wie in ihrem Kopf. Clives Gesellschaft war auf dem falschen Dampfer.

»Was hat dieser Bursche überhaupt angestellt?« fragte Lukey.

»Er soll wissen, wie man hier herauskommt«, entgegnete Annabelle, »also kannst du drauf wetten, wenn jemand durch Quan und die Geister da durchkommt, dann er.«

»Er weiß das mit Sicherheit?«

»Unseres Wissens nach«, sagte Sidi, »ist er den ganzen Weg schon einmal hin- und zurückgegangen.«

»Un jetz geht er 'n zweites Mal durch? Der Knabe sollte sich mal untersuchen lassen, denk ich.«

»Und wir werden uns glücklich schätzen, das für ihn zu erledigen«, sagte Annabelle.

Sie fragte sich, ob sie Clive und Finnbogg und die anderen jemals wiedersehen würde. Sie hatte halb erwartet, daß sich ihre Wege kreuzen würden, aber sie wußte jetzt, daß die andere Gesellschaft so weit weg war, daß sie sich genausogut auf einem anderen Planeten hätte aufhalten können. Sie vermißte sogar Finnbogg, wenn es auch seine Schuld gewesen war, daß sie noch immer hier feststeckte.

»Schlecht Platz jetzt!« rief Chobba von da aus zurück, wo er gerade stand.

»Quan?« fragte Annabelle.

Der Rogha schüttelte den Kopf. »Groß Falle. Gehen jetzt über Bäume, ju?«

Annabelle flitzte zu der Stelle, an der Chobba stehengeblieben war, und schaute nach vorn. Sie konnte auf dem Pfad überhaupt nichts sehen.

»Was ist los?« fragte sie und tippte vorsichtig mit den Zehen auf den Schmutz.

»Nicht!« schrie Chobba.

Aber es war zu spät. Die Berührung durch Annabelles Fuß hatte die Falle ausgelöst. Eine Leine peitschte vom Boden hoch und umschlang ihren Fußknöchel. Ehe sie jemand zu fassen bekam, wurde sie hoch hinauf in die Luft gezogen. Durch die jähe Bewegung der Falle renkte sich ihr Hüftgelenk aus.

»Holt mich hier runter!« schrie sie.

Aber dann ertönte irgendwo hoch über ihnen eine Glocke aus den Bäumen, um den Fallensteller zu informieren, daß sie zugeschnappt war.

Während sie kopfüber hin- und herschwang und die Welt unter ihr umherwirbelte und sich drehte, erfüllte die Höhenangst Annabelle mit einer Panik, die sie völlig betäubte.

Einundzwanzig

Als die Kreaturen angriffen, hatten Clive und seine Gruppe gerade noch Zeit, die Laternen abzusetzen und die Waffen zu ziehen, das war aber auch schon alles. Finnbogg hob den Vorschlaghammer, die übrigen die Brecheisen, und dann war der Schwarm über ihnen.

Das Licht der Laternen warf einen ungleichmäßigen Schein auf die Kreaturen, als sie wie eine Woge über der Gesellschaft zusammenschlugen. Sie waren kaum einen Meter groß, mit dürren Gliedmaßen und ohne jede Farbe, ausgenommen die rotblitzenden Augen. Totenblasse Haut bedeckte Körper und Gliedmaßen. Das wirre und zottelige Haar hing ihnen in schmierigen Strähnen herab. Die Gesichter waren flach, die Züge eher rudimentär als hervorstechend: flache Nasen, lippenlose Schlitze als Mund, Augen in die Bögen der Brauen gesetzt.

Sie waren nackt und ohne Waffen, wenngleich sie letztere durch Reihen nadelscharfer Zähne und messerscharfer Klauen an Fingern und Zehen ersetzten. Nach jenem ersten markerschütternden Schrei näherten sie sich im weiteren schweigend. Die einzigen Geräusche, die sie von sich gaben, waren das weiche Tappen der Füße auf dem Höhlenboden und das Klicken der Klauen auf dem Stein.

Clive sammelte alle Kräfte zum Angriff und schwang das Brecheisen, als sich die erste Kreatur auf ihn stürzte. Seine Waffe traf es an der Seite des Kopfs und zerbrach den Schädel mit einem unangenehmen krachenden Geräusch. Die Kreatur fiel zu Boden, aber es gab für Clive keine Gelegenheit, dem groß Beachtung zu schenken, denn zwei weitere Kreaturen nahmen sogleich die Stelle derjenigen ein, die er gerade erschlagen hatte.

Augenblicke später kämpften alle vier gegen die heranschwärmende Horde um ihr Leben.

Weil sie im Durchgang zum nächsten Stollen standen, konnten die Kreaturen sie nur von vorn und von den Seiten angreifen, also stellte sich die Gesellschaft so auf, daß Finnbogg und Smythe zu beiden Seiten standen und Clive und Guafe in der Mitte. Sie bildeten für ihre Feinde einen festen Block, und die Waffen hoben und senkten sich, während die Wellen der schrecklichen Kreaturen ihnen entgegenbrandeten. In Windeseile hatte jedes Mitglied der Gesellschaft zahllose Bißwunden am Arm, während Jacken- und Hemdärmel in Streifen zerrissen wurden, die lose herabbaumelten, wenn sie die Waffen schwangen.

Es war eine gleichförmige unangenehme Arbeit. Die Kreaturen starben rasch — sie hatten bald einen Berg Leichen unter sich —, aber sie waren so zahlreich, daß es Clive und seiner Gesellschaft während langer und erschöpfender Minuten nicht einmal gelang, richtig Atem zu holen, so beschäftigt waren sie. Dann endlich, als etwa zwanzig der kleinen Körper um sie herum verstreut lagen, zogen sich die übrigen Angreifer zurück. Ihre Verwundeten beabsichtigten offensichtlich gleichfalls, sich zurückzuziehen, aber Guafe trat sofort vor und tötete sie, während sie davonzukriechen versuchten.

Die Kreaturen gebrauchten jetzt ihre Stimmen. Sie zischten und spien nach der Gesellschaft, als sie sich für einen weiteren Angriff sammelten, und sie schnatterten dabei mit schrillen Stimmen, die in den Ohren schmerzten. Der eine oder andere stürzte heran, kam fast in Reichweite der Waffen und zog sich dann genauso schnell wieder zurück.

»Das ist keine Schlacht«, sagte Clive. »Das ist einfach eine Schlächterei.«

»Besser sie als wir«, sagte Smythe.

Clive nickte. »Aber gleichzeitig ekelhaft.«

Er wischte sich die Handflächen an der Hose ab. Sie

waren über und über vom Blut der Kreaturen bespritzt, und sie mußten etwas von einem blutbeschmierten Metzger an sich haben.

»Wenigstens wissen wir jetzt, wovon der Heuchler gesprochen hat«, fügte Clive hinzu.

»Sie werden sich was Besseres einfallen lassen müssen, um uns aufzuhalten«, sagte Smythe. »Zwar sind sie in der Überzahl, aber selbst dann haben sie nicht die Kraft, uns aufzuhalten.«

Stimmt, dachte Clive, aber die Kreaturen könnten sie ermüden.

Auf der anderen Seite der Reihe, die sie bildeten, schwang Finnbogg den blutigen Vorschlaghammer gegen die Kreaturen.

»Kommt schon!« rief er ihnen zu. »Rückgratlose Würmer!«

Clive schob einen der näher liegenden Körper mit dem Stiefel beiseite und zuckte zurück, als die Kreatur sich regte und mit schwachen Bewegungen nach seinem Fuß griff. Smythe ließ das Brecheisen niedersausen und zerschmetterte den Schädel der Kreatur. Clive wollte ihm einen Dank zunicken, aber gerade diesen Augenblick wählte die Horde, um den wilden Angriff zu wiederholen.

Sie rollten als Woge lebenden bleichen Fleischs heran, sie zischten und sabbelten, ließen die Klauen blitzen und die Zähne schnappen. Clive tötete zwei, drei, und dann schlüpfte eine durch und vergrub die Zähne in seiner Schulter. Größtenteils bekam sie den Stoff der Jacke zu fassen, aber dann senkten sich die Zähne Clive ins Fleisch, und die Kraft des Stoßes und der Aufprall auf der Schulter reichten aus, daß Clive sich um die eigene Achse drehte.

Er zerrte die Kreatur herab und warf sie zu Boden. Das Ding krabbelte auf seine Beine zu. Als er das Brecheisen hob, um es zu töten, verlor er den Halt auf den vom Blut glitschigen Steinen, und die Füße rutschten unter ihm weg. Es gelang ihm, die Waffe mit so viel Kraft herabzuschwingen, daß er die Kreatur betäubte, aber sobald er hinfiel, sprangen ihn jäh zwei weitere an, und die Klauen rissen an seiner Brust, hakten sich in den Stoff seiner Jacke, und Zähne schnappten zentimeterweit von seinem Gesicht entfernt.

Er hielt sie sich von der Kehle weg, während er das Brecheisen in beide Hände nahm und es ihnen gegen die Körper drückte. Speichel sprühte ihm ins Gesicht, als die Kreaturen darum kämpften, ihn zu erreichen, aber dann war Guafe zur Stelle. Zwei rasche Schläge töteten sie. Der Cyborg nahm eine Haltung ein, die Clive lange genug deckte, daß er wieder auf die Beine kommen konnte.

Er warf einen Blick in Finnboggs Richtung und sah, daß der Zwerg von vier oder fünf Kreaturen begraben wurde. Er wollte zu ihm hinüber und ihm helfen, aber Finnbogg schüttelte sie ab, hob den Vorschlaghammer und tötete mit einem Schlag zwei von ihnen auf einmal. Dem fünften stieß er den Fuß in den Magen und ließ dann die Waffe auf seinen Schädel niedersausen. Gehirnmasse und Blut spritzten unter der Gewalt des Schlags umher.

Clive wandte sich daraufhin um und nahm den Kampf gegen die Kreaturen wieder auf, wobei er jetzt neben dem Zwerg kämpfte, da Guafe seine Position neben Smythe eingenommen hatte. Die Arme wurden ihm allmählich schwach bei der Arbeit, aber die Kreaturen kamen weiterhin heran, sie knurrten und spien, und sie starben rasch genug, aber für jede, die fiel, waren auf der Stelle drei weitere da, die ihren Platz einnahmen.

Die Luft stank nach Blut. Schweiß tropfte Clive von der Braue und stach ihm in die Augen. Es fiel ihm immer schwerer, das Brecheisen zu schwingen. Hatte es ursprünglich ein angenehmes Gewicht gehabt, so wurde es mit jedem vorüberstreichenden Augenblick schwerer. Clive warf Smythe einen Blick zu und bemerkte, daß auch er allmählich nachließ. Die Schläge waren weniger kräftig, und die Antwort auf die Angriffe fiel jedes Mal schwächer aus.

Aber Finnbogg bewahrte seine Kraft, und die Waffe hob sich und fiel in einem unermüdlichen Rhythmus, während Guafe eine Maschine des Tötens war. Der Haufen von Körpern um sie herum wuchs bis auf Hüfthöhe, und die Kreaturen kamen noch immer. Sie kletterten über den Wall aus toten Kameraden und schwangen sich mit einer Wildheit über den Rand, der Clive noch nie zuvor begegnet war. Einer nach dem anderen kam, bis er meinte, den Arm nicht mehr heben zu können.

Und dann zogen sie sich plötzlich ein zweites Mal zurück, wobei sie diesmal in den Schatten jenseits des Lichts verschwanden, das die Laternen warfen.

»Rasch jetzt!« rief Smythe erschöpft. »In die nächste Höhle.«

Guafe hielt Wache, während die übrigen hineinstolperten. Es gab noch immer kein Anzeichen für eine erneute Aktivität in der Dunkelheit, in die ihre Feinde sich geflüchtet hatten.

»Da!« rief Smythe.

Er deutete auf einen Steinhaufen. Er setzte Brecheisen und Lampe zu Boden, lief hinüber und bewegte einen Felsbrocken zum Eingang, durch den sie gerade gekommen waren. Clive kam sofort herbei, um ihm dabei zu helfen, den riesigen Stein über den Höhlenboden zu rollen.

Sobald sie sahen, was sie beabsichtigten, halfen Finnbogg und Guafe gleichfalls. Während sie sich bei der Wache abwechselten, errichteten sie eine Wand aus Steinen, um den schmalen Durchgang zu versperren. Am Ende besaß nur noch Guafe die Kraft, die Steine hochzuheben und die letzten Meter des Spalts zu schließen. Die anderen schleppten die Steine heran. Als der Durchgang endlich verschlossen war, brach die Gesellschaft dort zusammen, wo sie stand.

»Gott«, sagte Clive, »solche Kreaturen habe ich noch nie gesehen.«

Smythe nickte. »Wenn der Angriff noch länger gedauert hätte, hätten sie uns gehabt.«

»Vielleicht«, sagte Guafe.

Clive fühlte sich einen Augenblick lang verwirrt von der ruhigen und beherrschten Haltung des Cyborg. Obwohl er genauso blutverschmiert und aufgelöst aussah wie die übrigen, atmete er noch nicht einmal schwer. Er stand nur da und sah in die Richtung, in die die Schienen in diesem neuen Stollen führten, und er hatte die Schlacht offenbar bereits vergessen.

Aber dann erinnerte sich Clive daran, wer es gewesen war, der ihm vor noch nicht zwanzig Minuten das Leben gerettet hatte, dessen Kraft — zusammen mit der von Finn — der entscheidende Faktor für das Überleben der Schlacht gewesen war.

»Danke«, sagte er zu dem Cyborg.

Guafe hob nur die Schultern. »Ich möchte aus diesen Höhlen heraus und sehen, was die nächste Ebene zu bieten hat«, sagte er. »Und ich möchte lieber in deiner Gesellschaft reisen.«

Warum? wolte Clive fragen, aber er sah ein, daß es jetzt nicht an der Zeit war, eine Diskussion mit Guafe anzuzetteln. Wenngleich er dem Cyborg gegenüber keine großartige Beziehung hatte, war er pragmatisch genug zu wissen, daß sie mit hoher Wahrscheinlichkeit Guafes Kraft erneut benötigen würden, ehe sie diesem Ort entronnen wären.

»Höre Wasser tropfen«, sagte Finnbogg.

Die ermüdete Gruppe machte sich auf den Weg durch den Stollen zu dem Tümpel, der die Quelle des Geräuschs war. Das Dach der Höhle über dem Tümpel erhob sich in einen dunklen Kamin, und von dorther tropfte das Wasser herab.

Sie tranken in tiefen Zügen, zogen sich aus und wuschen das Blut von Körpern und Kleidern. Smythe war als erster fertig. Er zitterte in den nassen Kleidern, als er das Brecheisen dazu benutzte, ein paar der hölzernen Schwellen loszustemmen, auf denen die Schienen lagen. Er brach eine mit dem Vorschlaghammer und dem Brecheisen in Stücke, bis er genügend Anmachholz hatte. Als die übrigen fertig waren, brannte ein gutes Feuer, um das sie sich alle scharten.

»Wir hätten ein paar der toten Kreaturen mitnehmen sollen, um sie zu braten«, bemerkte Guafe.

Clive erbleichte. »Wir können sie nicht essen — sie waren fast Menschen.«

Der Cyborg hob die Schultern. »Wir müssen essen.«

»Ich glaube, im Augenblick zieh ich's vor, den Gürtel enger zu schnallen«, sagte Smythe.

»Tu das«, sagte Guafe, »aber falls wir weiteren dieser Kreaturen über den Weg laufen, beabsichtige ich zumindest zu versuchen, wie sie schmecken.«

Sie ruhten sich noch lange, nachdem die Kleider trocken waren, beim Feuer aus. Sie rissen die herabhängenden Streifen von den Ärmeln ab und verbanden sich damit die Schnittwunden am Unterarm. Clives Schulter wurde allmählich dort steif, wo ihn die Kreatur gebissen hatte, und sowohl Smythe als auch Finnbogg hatten Wunden an den Beinen, die schmerzhaft waren, wenn auch nicht tief.

Ihre größte Sorge war die Gefahr einer Infektion, aber dagegen konnten sie nur wenig tun außer dem, was sie bereits getan hatten — die Wunden reinigen und verbinden.

Als das Feuer erstarb, kehrten sie zu den Schienen zurück und gingen weiter.

Die Zeit verstrich, aber sie hatten keinerlei Möglichkeit, Tag und Nacht voneinander zu unterscheiden oder festzustellen, wie lange sie schon unterwegs waren. Sie ruhten sich aus, wenn sie müde waren, und sie gingen weiter, wenn sie sich ausgeruht hatten. Zweimal trafen sie auf Tümpel, in denen fette weiße und augenlose Fische schwammen. Die Kreaturen waren leicht zu fangen, aber sie hatten wenig Geschmack, und obwohl sie nahrhaft waren, waren sie sich alle stets eines nagenden Hungergefühls bewußt, das sie nicht unterdrücken konnten. Die Wunden schmerzten weiterhin, aber sie schienen zu heilen. Der Vorrat an Kerzen nahm ab — und zwar so sehr, daß sie, da kein Ende der Reise abzusehen war, nur noch eine Laterne gebrauchten.

Sie hielten sorgsam Ausschau nach den mörderischen Kreaturen, die sie angegriffen hatten, aber sie erlebten keinen weiteren Angriff. Entweder hatte es ausgereicht, daß sie den Einschnitt verschlossen hatten, oder die Kreaturen trauten sich einfach nicht so tief in die Höhle hinab. Keiner aus der Gruppe wollte weiter darüber nachdenken, warum das so wäre, aber es war auf jeden Fall etwas, das nicht so einfach zu den Akten gelegt werden konnte. Wartete da vielleicht etwas noch Schlimmeres auf sie?

Die Schienen liefen weiter. Manchmal teilte sich die Spur und führte sie mehr als einmal in eine Sackgasse, aber zumeist brachten sie sie immer tiefer hinab.

»Was können wir auf der nächsten Ebene erwarten?« frage Smythe Finnbogg an einer Stelle.

»Eine große Stadt«, entgegnete der Zwerg.

»Eine weitere Ruinenstadt?«

»Nein. Viele Leute da, wie wir ...« Was alle möglichen Geschöpfe bedeuten konnte, dachte Clive. »... die von den Herren des Donners regiert werden.«

»Und wer ist das?« fragte Guafe.

Der Zwerg hob die Schultern. »Finnbogg weiß nicht.«

»Und was für ein technologisches Level haben sie?«

»Finnbogg *weiß* nicht.«

Smythe warf Clive einen raschen Blick zu. »Lassen Sie's am besten gut sein, Sör.«

Clive nickte. Es hatte keinen Sinn, Finnbogg wieder in einen seiner Zustände zu bringen.

»Ich erinnere mich daran, von diesen Herren des Donners gehört zu haben«, sagte Guafe langsam. »Von einem Wesen, mit dem ich auf einer der oberen Ebenen gereist bin. Sie werden gewählt, aber die Wahlen werden alle sieben Tage abgehalten, so daß die tatsächlichen Herren von Woche zu Woche wechseln. Dann wiederum hat mir das gleiche Wesen ein anderes Mal gesagt, daß die Stadt alle sieben Tage eine Lotterie abhält und daß die Gewinner — oder vielleicht sollte ich sagen, die Verlierer — Futter für die Herren des Donners werden.«

»Wundervoll«, sagte Clive.

»Klingt, als ob deine Quelle genauso zuverlässig gewesen wäre, wie es die unsere sein kann«, sagte Smythe.

»Es ist nicht Finnboggs Schuld, daß Finnbogg nicht alles weiß«, sagte der Zwerg.

»Das stimmt«, sagte Guafe. »Bei so vielen Ebenen und dann auch noch alles in einem solchen Durcheinander, fände es ein Mensch unmöglich, alles auf die Reihe zu bringen.«

Finnbogg sah mürrisch drein — fast am Rand der Tränen.

»Schon gut, Finn«, sagte Smythe begütigend. »Wir wissen ja, daß du dein Bestes tust.«

Das war an dem Tag — wie sie ihre Wachperioden nannten —, an dem die Schienen einfach aufhörten.

Sie hörten am anderen Ende einer weiteren enorm großen Höhle auf, und zwar an einem Spalt, der nahezu rechtwinklig auf einen weiteren Stollen abfiel. Als sie an der Öffnung des neuen Stollens standen, entdeckten sie, daß dieser von einer Mauer verschlossen war. Das Licht der Laterne war stark genug, um ihnen zu zeigen, daß die Mauer etwa vier bis fünf Meter hoch war. Dahinter verlor sich die Decke des Stollens in der Dunkelheit. Auf der linken Seite des Spalts öffnete sich ein Stollen, der etwa nach drei Metern einen scharfen Knick machte.

Als sie so weit gekommen waren, gab es kein Zurück mehr. Sie gingen durch den Stollen, gingen um die Ecke und konnten zwischen drei weiteren Stollen wählen.

»Was jetzt?« grummelte Smythe.

Aber Clive hatte ein Gefühl der Entmutigung, das sich sehr bald als nur allzu prophetisch herausstellte.

»Es ist ein Labyrinth«, sagte er.

Smythe hielt die Laterne in jede Öffnung. Bei ihrem Licht sahen sie, daß jede Öffnung sich in weitere Stollen teilte.

»Verdammter Mist«, sagte er.

»Es gibt gewöhnlich eine logische Methode, durch sowas hindurchzukommen«, sagte Guafe.

»In diesem Dungeon?« fragte Smythe.

Der Cyborg nickte. »Das ist der Punkt.«

»Welchen Weg sollen wir nehmen?« wollte Finnbogg wissen.

»Wir werden für immer hier drinnen bleiben«, brummelte Smythe.

Aber Clive hörte ihnen nicht zu. Statt dessen erinnerte er sich an einen Mittsommerabend, als er zehn Jahre alt gewesen war, und an das Labyrinth, in dem sein Bruder und er den ganzen Tag über herumgegangen waren. Neville hatte, wie üblich in einer solchen Lage, absolut keine Schwierigkeiten dabei gehabt, von Anfang bis Ende hindurchzukommen, aber Clive war dort stundenlang gefangen gewesen, bis ihm vor Enttäuschung darüber, daß er den Weg nach draußen verfehlte, die Tränen im Gesicht standen.

Bis die Stimme zu ihm gesprochen hatte.

Diese mysteriöse Stimme.

Du kannst den Mond anschauen, oder du kannst ihn über der linken Schulter haben, hatte sie gesagt.

Indem er den Anweisungen der Stimme gefolgt war, hatte er sicher seinen Weg hindurchgefunden.

Aber etwas nagte an Clives Erinnerungen.

Diese Stimme ...

Er konnte sich schwach eines anderen Augenblicks entsinnen, als sie zu ihm gesprochen hatte, in einem anderen Garten. Oder er konnte sich wenigstens der Tatsache erinnern, daß sie's getan hatte — nicht der Einzelheiten. Verbunden mit dieser Erinnerung war eine Mischung weiterer traumähnlicher Gedanken ... an Annabella, an London, und an Schmerz.

Er rieb sich den linken Oberarm.

Er war von der Dunkelheit verschluckt gewesen, und dort war jene Stimme gewesen, die ihn geheißen hatte zu vergessen ...

Er schüttelte den Kopf. Es war jetzt nicht die Zeit für Träumereien. Die verursachten nur Kopfschmerzen. Statt dessen konzentrierte er sich auf die gegenwärtige Aufgabe.

Du kannst den Mond anschauen, oder du kannst ihn über der linken Schulter haben ...

Clive nahm Smythe die Laterne aus der Hand und hob sie hoch über den Kopf. Hoch droben, irgendwo an der Decke der Höhle, sah er ein Glitzern von reflektiertem Licht. Es war kein Mond, obwohl ...

Jene Stimme hatte ihm mehr als einmal geholfen. Aber, fragte er sich, dieses erste Mal ... Konnte dieses frühe Heckenlabyrinth nur eine Vorbereitung auf das Dungeon gewesen sein? Wie wäre das möglich?

Er war wenig gewillt, ihr Schicksal auf einem solch schwachen Hoffnungsschimmer beruhen zu lassen, aber als er seine Gefährten ansah und bemerkte, daß keiner von ihnen etwas Besseres anzubieten hatte, straffte er die Schultern. Diesem alten Ratschlag zu folgen, war vermutlich ebensogut eine Lösung, wie es ein Meinungsaustausch wäre, der auf Spekulationen oder blindes Glück hinausliefe. Also, was hätten sie zu verlieren?

Er bemerkte, daß es an ihm wäre, dem Anführer der Gesellschaft, das Kommando in dieser Lage zu übernehmen — selbst wenn die Quelle, aus der er die Informationen für seine Entscheidungen geschöpft hatte, etwas vage wäre —, und er schaute ›den Mond‹ an und betrat den Stollen linker Hand.

»Hier entlang«, sagte er.

Zweiundzwanzig

Annabelle schwang an der Leine hin und her wie ein Gewicht am Ende eines Pendels. Sie hielt die Augen geschlossen. Das Gesicht war weiß vor Furcht. Nach dem ersten überraschten Aufschrei war sie ruhig geblieben und versuchte, den Mageninhalt bei sich zu behalten, während sie von der Leine in einem schwindelerregenden Bogen hin und her über den Weg gewirbelt wurde.

Die Alarmglocke oben in den Bäumen hatte aufgehört zu läuten, aber ihr Echo setzte sich in den Köpfen fort. Die Quanianer, oder wer auch immer die Falle gestellt hatte, würden nicht lange auf sich warten lassen — nicht, wenn sie mit einem solchen Alarmsystem ausgestattet waren.

Die Rogha kletterten durch die Äste der Bäume zu Annabelle heran. Yssi kletterte zu der Stelle, an der die Leine, die Annabelle festhielt, am Baum befestigt war, und sie schwang sie so lange, bis Tarit und Chobba Annabelle auffangen konnten. Sie schnitten sie rasch los. Chobba legte sie sich auf den Rücken.

»Halt fest, ju?« befahl er ihr.

Annabelle legte ihm die Arme um den Nacken, aber sie glaubte nicht, daß sie die Kraft hätte, sich festzuhalten, bis sich Chobba zum ersten Mal von einem Ast zum nächsten warf. Das Herz schlug Annabelle bis zum Hals, und sie umklammerte Chobbas Nacken so fest, daß sie ihn würgen mußte, aber Chobba schien es nicht einmal zu bemerken.

Warnungsrufe ertönten vom Rest der Gruppe, die sich noch immer am Boden aufhielt. Chobba schwang sich auf eine Astgabelung. Trotz ihrer grundlosen Panik brachte Annabelle es fertig, die Augen zu öffnen und

Chobba über die Schultern zu schauen, was es denn mit den Rufen auf sich hätte.

Ein kleiner runder metallener Ball von der Größe eines Tennisballs schwebte neben der Falle in der Luft. Verschiedene zylinderförmige Auswüchse ragten aus der Oberfläche heraus, keiner davor länger als zwei Zentimeter. Ein schwaches Heulen tönte aus dem Ball, während er sich langsam um die eigene Achse drehte.

Er peilte die Lage, wurde Annabelle klar. Eine weitere Furcht durchschnitt den Nebel ihrer Panik.

»Das ist eine mobile Sonde«, sagte sie zu Chobba. »Sie wird visuellen und akustischen Input haben — vielleicht sogar Hitzesensoren. Wir müssen hier raus. Pronto!«

Chobba wandte sich zu ihr, und die Verwirrung stand ihm offen ins Gesicht geschrieben.

Er hatte kein Wort davon verstanden, was sie gesagt hatte, wurde Annabelle klar.

»Viel schlecht«, sagte sie. »Geh rasch. Verstecken.«

Er nickte, aber die Sonde wählte genau diesen Augenblick, um die echte Gefahr, die sie darstellte, auf weniger nebulöse Weise zu verdeutlichen. Ein dünner roter Strahl trat aus einer der röhrenförmigen Auswüchse aus. Er bewegte sich in die Richtung, wo Nog in den Zweigen hockte.

»O Jesses!« schrie Annabelle. »Sie ist bewaffnet!«

Der Laser brannte durch die Blätter und Äste, als er sich sein Ziel suchte. Nog sprang davon, aber die Sonde folgte sofort seiner Bewegung. Der Laser mähte einiges an Vegetation um den Rogha nieder und traf den Körper mitten im Sprung. Nog kreischte und plumpste zu Boden, wobei er auf dem Weg nach unten an einige Äste stieß. Lange bevor er den Dschungelboden erreichte, war er tot.

Die übrigen Rogha heulten vor Wut. Als sie auf die Sonde losgingen, zerrte Annabelle an Chobbas Fell.

»Nein!« sagte sie zu ihm. »Sie wird euch alle töten.

Wir müssen tiefer in den Dschungel hinein. Vielleicht wird eines der größeren Tiere ihre Hitzesensoren täuschen. Chobba, bitte!«

Der Rogha zögerte. Er wollte den übrigen einen Befehl zurufen, aber als er sah, wie sich Tarit auf den Mörder seines Zwillingsbruders stürzte, sprang Chobba gleichfalls vor. Annabelle konnte sich nur an seinem Rücken festklammern.

Die Sonde schwirrte in raschen Kreisen herum, einen Augenblick lang verwirrt von der Gegenwart so vieler verschiedener Ziele. Shriek wählte diesen Augenblick, um eines ihrer gutgezielten Stachelhaare auf die ballähnliche Maschine zu werfen.

Der Stachel fiel harmlos von der Maschine herab, aber er hatte dafür gesorgt, daß die Maschine auf die Gruppe am Boden aufmerksam geworden war. Sie fiel herab, und der Laser brannte eine Spur über den Wildpfad, die direkt zu Shriek führte.

Sidi trat heran und warf einen Speer. Er verfehlte die Sonde, die sich um die eigene Achse drehte und zur Seite wegschwang, um nicht von der Waffe getroffen zu werden, und sie teilte dabei den Speer in zwei Hälften. Shriek warf weitere Stachelhaare und tauchte dann ins Unterholz, als sich die Sonde wieder ihr zuwandte. Sie fiel in einem scharfen Winkel herab, und der Laser schnitt durchs Gehölz, als er Shriek suchte. Dann war plötzlich Tomàs da.

Die Sonde drehte sich, als sie seine Gegenwart spürte, aber der kleine Portugiese war zu rasch für sie. Er schwang den Speer wie einen Golfschläger. Die Waffe traf die Sonde mit einem scharfen Krach, so daß sie außer Kontrolle geriet. Sie schlug gegen einen Baum und fiel dann zu Boden, während der Laser wahllos in die Gegend schoß. Ehe sie sich wieder herstellen konnte, fiel Tarit neben ihr auf den Wildpfad herab.

Die Sonde versuchte sich auf dem Boden umzudrehen, um den Laser auf den Rogha zu richten, aber Tarit zerschmetterte die Sonde einfach mit seinem Knüppel. Er trat sie in den Schmutz, wobei die Arme auf- und niederfielen. Er weinte, als er damit fortfuhr, auf die Sonde einzuschlagen und dabei Nogs Namen rief. Die Sonde war unter seinen Schlägen geplatzt, und Funken blitzten und Rauch stieg auf.

Chobba fiel auf den Wildpfad hinab und setzte Annabelle zu Boden. Sie stolperte, das rechte Bein gab unter ihr nach. Tomàs trat rasch heran und legte ihr die Schulter unter den Arm.

Jesses! erinnerte sie sich durch den Schmerz hindurch. Erst rettet er unsere Ärsche, und jetzt hilft er mir. Was ist los mit dem Burschen?

Die anderen Rogha stiegen von den Bäumen herab zu Chobba und Tarit und beteiligten sich daran, auf die Reste der Maschine einzuschlagen. Sie hielten das eine Zeitlang durch, traten dann schließlich weg von der kleinen Ruine aus Draht, Stromkreisen und Metall. Tränen standen ihnen auf der Gesichtsbehaarung. Tarit verschwand im Wald und kehrte mit Nogs Körper zurück. Er legte ihn vorsichtig zu Boden.

Annabelle dankte Tomàs und humpelte aus eigenen Kräften weiter. »Mein Gott, es tut mir so leid«, sagte sie. »Ich hatte niemals daran gedacht, daß irgend jemand verletzt werden könnte ...«

»Nog sterben wie Scheff«, sagte Chobba.

Die anderen Rogha riefen erneut Nogs Namen.

»Wir gehen jetzt«, sagte Chobba zu ihr.

Tarit klemmte sich den Körper seines Zwillingsbruders unter den Arm und schwang sich zurück in die Bäume, gefolgt von Chobba und den anderen Rogha. Sie waren im Nu verschwunden.

Annabelle drehte sich langsam um und sah ihre Gefährten an. Lukey, der sich noch immer bei ihnen befand, saß neben dem Pfad und hatte den Rücken an einen Baum gelehnt.

»Was geschieht jetzt?« fragte sie ihn.

»Er war wirklich ein guter Affenmensch«, sagte Lukey. »Verdammt, ich hab ihn wirklich gemocht.«

»Lukey, wohin sind sie verschwunden?«

»Ihn beerdigen, nach Rogha-Weise. Sie stecken ihn auf eine Baumkrone — die höchste, die sie erklettern können — und lassen ihn da, damit seine Seele leichter zum Himmel steigen kann.«

»Was ist das für ein Ding?« fragte Sidi und stieß mit dem Fuß gegen die Überbleibsel der Maschine.

Annabelle warf ihm einen Blick zu. »Eine Art Sonde. Eine mobile Sonde — ferngesteuert. Sie hatte so was wie ein Auge in sich, so daß derjenige, der sie ausgeschickt hat, wissen wird, daß wir hier sind. Wir müssen uns in Bewegung setzen. Wann werden die Rogha zurückkehren, Lukey?«

Der alte Mann hob die Schultern. »In einem Tag oder auch zweien, schätz ich. Sie müssen sein Leben durchsprechen, da oben, wo sie ihn zurücklassen, damit die Vorfahren wissen, wer er is und daß er 'n Kerl is, den sie zu sich in 'n Himmel nehm'n sollen. Braucht seine Zeit.«

»Du hast gesagt, daß derjenige, der das Ding ausgeschickt hat, weiß, daß wir hier sind?« fragte Sidi.

Annabelle nickte.

»Dann müssen wir los. Kannst du weitergehen?«

Annabelle rieb sich das Bein. Es schmerzte heftig. Der Fußknöchel war dort, wo die Leine das Bein umschlungen hatte, wundgescheuert. Sie legte vorsichtig das Gewicht darauf. Daß er bei der ersten Berührung auf dem Boden unter ihr nachgegeben hatte, lag mehr daran, daß sie von dem Schmerz überrascht gewesen war, als daß das Bein nicht ihr Gewicht hätte halten können.

»Es wird schon gehen«, sagte sie. »Aber was ist mit den Rogha? Wir können sie nicht einfach so im Stich lassen, nach allem, was sie alles für uns getan haben. Und der arme Nog ...«

»Wenn wir hierbleiben«, sagte Sidi, »würden die

Quanianer dann nicht noch weitere von diesen Dingern schicken?«

»Glaub schon ...«

Wir sollten weitergehen, sagte Shriek. *Und zwar sofort.*

»Ju«, sagte Annabelle. »Kommst du mit uns, Lukey?«

»Hab scheint's kaum 'ne andere Wahl.«

»Wir sollten rasch los, *sim*?« sagte Tomàs. »Vielleicht auf dem Fluß?«

Annabelle und Sidi tauschten überraschte Blicke aus. Keiner von beiden konnte sich Tomàs' jähen Stimmungsumschwung — von sauertöpfisch zu freundlich — erklären.

»Bist du in Ordnung?« fragte ihn Annabelle.

»Mir geht's gut«, sagte Tomàs. »Warum fragst du?«

»Dein Benehmen sieht dir gar nicht ähnlich.«

»Ich hab nachgedacht. Du, Sidi und Shriek, wir alle sind hier zusammen an diesem Ort — *comaradas, sim*? Also müssen wir gute *amigos* sein und einander helfen.«

Annabelle entdeckte, daß sie diesem neuen Gesicht Tomàs' mehr mißtraute als dem alten, aber sie ließ sich nichts davon anmerken. Sie nickte einfach.

»Nun, danke schön für dein Vertrauen und daß du dich für mich entscheidest«, sagte sie.

»Entscheiden, abstimmen — *sim*«, sagte der Portugiese, wobei er sich offensichtlich daran erinnerte, wie Annabelle eine Abstimmung auf den Klippen beantragt hatte, die sie in zwei Gesellschaften geteilt hatte. Das war ganz klar ein neues Konzept für ihn. »Ich stimme dafür, daß wir auf dem Fluß weitergehen. Dieser Pfad ist *muito perigoso*. Zu gefährlich.«

Es stellte sich heraus, daß sie Quan wesentlich näher waren, als sie gedacht hatten. Sie wateten nahe am Ufer durch das Wasser, und nach nur einer Stunde erreichten sie eine steile Senke. Sie verließen das Wasser, als sich die ersten Stromschnellen zeigten, und näherten sich einem Aussichtspunkt, von wo aus sie hinunter auf die Lichtung sehen konnten, die vor ihnen lag.

Quan.

Es war eine Ansammlung von Hütten aus Lehm oder mit lehmbeworfenem Flechtwerk, abgesehen von einem weißen Steinbau auf der anderen Seite des Dorfes. Von seinem Dach ragten Antennen und ein Satellitenempfänger heraus. Zu einer Seite des Gebäudes stand der Geisterstein, von dem ihnen Finnbogg erzählt hatte. Es war eine hohe weiße Säule aus Fels, die mehr wie ein Keltischer Menhir aus dem Boden ragte. Gestalten bewegten sich im Dorf. Sie flackerten merkwürdig und gerieten der Gesellschaft immer wieder aus den Augen.

»Ich komme mit diesem Ort nicht ganz klar«, sagte Annabelle. »Ich meine, sie haben die Technik für eine Empfangsstation und diese mobile Sonde, aber dahinten auf dem Pfad fummeln sie mit primitiven Fallen herum und — schaut euch dieses Dorf an — da mit Lehm- und Strohhütten. Was soll das?«

Ihre Gefährten waren nicht im entferntesten so blasiert.

»Es sind wirklich Geister«, sagte Sidi.

Annabelle sah ihn überrascht an. »Das sind keine Geister. Es sind nur 3-D-Hologramme — so etwas wie sich bewegende Bilder, nur daß sie gleichfalls Tiefe besitzen. Aber wer das da unten auch immer laufen läßt, er arbeitet mit fehlerhaften Apparaturen, denn diese Dinger sollten nicht so flackern.«

»Es sind keine Geister?« fragte Sidi.

Nun, warum bin ich überrascht? dachte Annabelle. Sicher, Sidi war klug und fähig, aber er stammte aus dem neunzehnten Jahrhundert — obendrein dem neunzehnten Jahrhundert in Indien. Wie zum Teufel sollte er etwas von diesen Dingen wissen?

»Es sind Projektionen«, erklärte sie. »Gemälde, die sich bewegen, von Maschinen erzeugt — das ist alles. Sie können uns nicht weh tun.«

»Aber irgend etwas anderes kann«, sagte Lukey. »Irgend jemand will jedem weh tun, der sich diesem Ort nähert.«

»Scheint so«, sagte Annabelle. »Aber ich hab so das dumme Gefühl, als laufe das alles nach einem Programm, das jemand angeworfen hat. Wenn da noch wer übriggeblieben ist, ist's nur noch eine Restmannschaft, und die leistet keine besonders gute Arbeit.«

»Sag Nog das«, sagte Lukey.

Annabelles Gesicht umwölkte sich. »Ju«, sagte sie ruhig, »stimmt. Also müssen wir vorsichtig sein. Ich frage mich, wo sich die Schleuse befindet.«

Sie richtete ihre Aufmerksamkeit wieder auf das Dorf. Ein felsiger Abhang fiel steil von ihrem Aussichtspunkt ab, der bis zu dem Dschungel reichte, wo sie sich versteckt hatten, und weiter hinab zu den gelichteten Feldern um das Dorf herum führte. Der Fluß befand sich zur Linken. Zur Rechten sowie hinter dem Dorf lief der Dschungel weiter.

Wenngleich sie sich sehr hoch droben befanden, machte ihr die Höhenangst nicht zu schaffen. Sie war nur dann sehr schlimm, wenn sie sich in einer exponierten Lage befand — wie auf einer hohen Brücke oder hoch droben in einem Baum. Hier, wo sie eine Menge guter fester Erde unter sich spürte, war alles, was sie fühlte, das vage Verlangen, sich weit hinauszulehnen — wirklich weit.

Sie zog sich zurück und sah ihre Gefährten an. »So, was tun wir jetzt, Kinder? Ausprobieren oder dorthin zurückkehren, woher wir gekommen sind?«

Shriek zeigte nach vorn. *Dort liegt unser Weg, Wesen Annabelle. Nicht hinter uns.*

»Eine Stimme dafür, weiterzugehen«, sagte Annabelle. »Was ist mit euch?«

Tomàs und Sidi nickten zum Einverständnis. Lukey sagte nichts.

»Ich fühl mich nicht gerade gut dabei, von Chobba

und den anderen wegzugehen, ohne auf Wiedersehen gesagt zu haben«, fügte Annabelle hinzu. »Sie waren gute Leute.«

Lukey seufzte. »Teufel noch mal, ich sag ihnen für euch auf Wiedersehen.«

»Du kommst nicht mit?«

Er schüttelte den Kopf. »Ich bin zu alt dafür, um irgendwo anders ganz neu anzufangen«, sagte er.

»Wir sollten einen Plan machen«, sagte Tomàs.

Annabelle nickte. »Ich leg nicht viel Wert darauf, diesen Ort zu erforschen — wer weiß, was für verdammte Fallen sie hier noch aufgestellt haben. Ich bin dafür, die Schleuse zu finden und uns dann aus dem Staub zu machen.«

Sie wird entweder in dem Gebäude da sein, sagte Shriek, oder unter uns, am Fuß des Felsens. Ich sehe keine andere Möglichkeit.

»Außer diesem Stein«, sagte Annabelle.

Sie warteten, bis es dunkel geworden war, und machten sich dann, nachdem sie sich von Lukey verabschiedet hatten, vorsichtig auf den Weg den Felsabhang hinunter. Wenngleich der Neigungswinkel ziemlich groß war, gab es so viele Handgriffe, daß der Abstieg nicht wesentlich anders war, als wenn sie eine Leiter hinabgestiegen wären. Selbst Annabelle hatte keinerlei Schwierigkeiten. Als sie den Fuß des Felsens erreichten, durchsuchten sie ihn sorgfältig Zentimeter für Zentimeter nach einer Höhle oder Öffnung, aber sie fanden nichts.

»Sieht aus, als wär's das Gebäude«, flüsterte Annabelle.

Obwohl sie wußte, daß die Gestalten nur Holographien waren, war ihr die Vorstellung, sich unter ihnen bewegen zu müssen, nicht gerade angenehm. Aber sie sah keine andere Möglichkeit. Sie entschlossen sich, am Fluß entlangzuziehen und sich dem Gebäude von der linken Seite her zu nähern, aber als sie an dem Menhir vorüberkamen, begann dessen Oberfläche zu schimmern.

»Was zum Teufel ...?« murmelte Annabelle.

Inmitten des fahlen weißen Glanzes des Steins erschien eine dunkle Öffnung. *Die Schleuse,* dachte Annabelle. Sie mußte es sein. Vorsichtig näherten sie sich. Die Finger zitterten vor nervöser Erwartung, als Annabelle sie in Richtung auf die dunkle türförmige Öffnung ausstreckte. Es gab einen kurzen elektrischen Schlag — nicht stärker, als man ihn von einem elektrisch geladenen Teppich erhielt —, und dann glitten die Finger in den Fels.

»Das ist sie ...«, begann Annabelle.

Im gleichen Augenblick gab es Alarm.

Glocken schrillten. Eine Sirene heulte. Flutlichter gingen zu beiden Seiten des weißen Gebäudes an und verwandelten die Nacht um sie herum in Tag. Gestalten in metallischen Anzügen strömten aus dem Gebäude heraus. Sie trugen Laserpistolen mit sich. Als sie schossen, krachte die Luft rings um die Gesellschaft.

»Wir haben keine Zeit, uns davonzuschleichen«, schrie Annabelle. »Los!«

Sie trat ins Innere und fand sich auf einer kleinen Plattform, während ihr die anderen auf den Fersen folgten. Sie hatte erwartet, daß es im Innern dunkel sei, aber ein dämmriger Phosphorglanz erleuchtete etwas wie eine weite Höhle. Decke und Seiten erstreckten sich weit um sie — genau wie der Abgrund unten. Es gab nichts als die kleine Plattform, auf der sie jetzt standen, und einen schmalen Pfad, der direkt über den Abgrund führte. Er war nicht breiter als dreißig Zentimeter, und zu beiden Seiten ging es in unermeßliche Tiefen hinab.

Plattform und Pfad. Sie konnten nirgendwoanders hin.

»Das kann ich nicht tun«, sagte Annabelle.

Sie zitterte bereits heftig.

»Wir haben keine andere Wahl!« rief Sidi.

Hinter ihnen schrillten noch immer die Sirenen und die Alarmanlagen. Sie hörten, wie sich die Stimmen der Quanianer ärgerlich hoben.

»Ich ... ich kann's einfach nicht ...«, murmelte Annabelle.

Dreiundzwanzig

»Wir gehen einfach im Kreis herum«, sagte Guafe nach langen Stunden im Labyrinth.

»Ich glaube nicht«, sagte Smythe. »Ich spüre die Wände der Höhle nicht mehr so nahe bei uns. Ich glaube, daß wir ein gutes Stück weitergekommen sind.«

Guafe schüttelte den Kopf. »Wir ...«

»Es sind nur die Windungen des Wegs«, unterbrach Smythe, »die dir diesen Eindruck verschaffen. Nebenbei«, fügte er hinzu und warf Clive einen Blick zu, »weiß der Major, was er tut.«

Ich wollte, es wäre so, dachte Clive. Aber irgend etwas mußte er richtig machen. Indem sie entweder dem ›Mond‹ direkt ins Gesicht schauten oder ihn über der linken Schulter hielten, wann immer eine Wahl auf ihrem Weg zu treffen war, waren sie stetig, wenngleich ermüdend, weitergekommen. Es hatte keine Sackgassen gegeben, außer das eine Mal, als Guafe dafür plädiert hatte, eine andere Abzweigung als diejenige zu nehmen, die Clive für sie ausgewählt hatte, und sie waren an ein totes Ende geraten.

Der Cyborg hatte danach seine Meinung für sich behalten — wenigstens bis jetzt.

»Es scheint eine Art Spiraleffekt zu geben«, sagte Clive als Antwort auf Guafes Bemerkung, »aber ich denke, daß wir ein schönes Stück weitergekommen sind — selbst mit diesem ewigen Vor und Zurück.«

Finnbogg nickte. »Wer weiß, wie groß dieser Ort ist?«

Aber Guafe hatte erneut die Geduld verloren. »Du rätst, wir sollen uns hier nach rechts wenden«, sagte er, »*ich* glaube jedoch, daß die andere Seite der Höhle direkt vor uns liegt — diesen zentralen Gang hinab.«

»Das letzte Mal, als wir deiner Führung gefolgt sind«,

sagte Smythe, »haben wir eine gute halbe Stunde vergeudet, weil wir von dem toten Ende zurückmußten.«

»Kein Labyrinth kann so groß sein, wie dieses hier zu sein scheint«, entgegnete der Cyborg. »Wir gehen im Kreis und kommen nirgendwohin. Ich sage, wir gehen direkt geradeaus.«

Finnbogg und Smythe wandten sich an Clive, der einfach die Schultern hob. Sie *waren* schon lange in diesem Labyrinth unterwegs und hatten als Führung nichts als den alten Ratschlag einer mysteriösen Stimme, die er als Kind in einem anderen Labyrinth vernommen hatte. Während der Ratschlag der Stimme ausgereicht hatte, ihn aus jenem Heckenlabyrinth zu befreien, gab es wirklich keinen logischen Grund für die Annahme, daß er hier gleichermaßen funktionierte. Und wenn es auch stimmte, daß sie auf diese Weise noch nie in ein totes Ende geraten waren, so schienen sie ebensowenig überhaupt irgendwohinzukommen.

»Wir können ihn ebensogut ausprobieren«, sagte er.

Guafe nickte brüsk, erfreut darüber, daß er jetzt führte, und schlug ein flottes Tempo an, als er den Gang seiner Wahl hinabging. Der Gang drehte und wand sich, aber es gab keine Abzweigungen, und insgesamt gesehen schienen sie sich in eine Richtung zu bewegen. Als sie die erste Gabelung erreichten, hielt die Gesellschaft an, während Guafe jeden Korridor untersuchte.

Schließlich nickte er. »Links, würde ich sagen.«

Es war nicht der, den Clive gewählt hatte, aber er sagte nichts.

Guafe warf ihnen allen einen fragenden Blick zu und führte sie dann weiter, befriedigt darüber, daß er noch immer Anführer war. Ein halbes Dutzend Schritte den neuen Gang hinab nahm dieser eine scharfe Rechtskurve. Als sie sie betraten, bewegte sich einer der Steinblöcke unter ihrem Gewicht.

Ein lautes rumpelndes Geräusch erhob sich ringsumher, wie jäher Donner.

»Bewegt euch!« schrie Smythe.

Er gab Clive und Guafe einen Stoß und setzte ihnen nach, Finnbogg hart auf den Fersen. Der Stein, der sich unter ihren Füßen befunden hatte, fiel krachend beiseite, und eine der Wände hinter ihnen knarrte, rutschte über den Gang und schottete den Rückweg vollständig ab.

Staubteilchen erfüllten die Luft und tanzten im Licht ihrer Laternen. Sie husteten und starrten zurück durch die tanzende Wolke auf die neue Mauer, die jetzt den Gang hinter ihnen füllte.

»Nun, das wär's«, sagte Smythe und wandte sich an Guafe. »Prima geführt.«

»Finnbogg will, daß Clive-Freund führt«, sagte der Zwerg.

Der Cyborg erschien tatsächlich einmal verblüfft zu sein. »Ich hatte keine Ahnung...«, setzte er an.

Wenngleich er mit den übrigen übereinstimmte, sah Clive keinen Grund dafür, im Augenblick die Sache auf Guafes Rücken auszutragen. Was geschehen war, war geschehen und sie konnten nichts mehr daran ändern.

»Wir haben keine andere Wahl als weiterzugehen«, sagte er.

Finnbogg wandte sich an ihn. »Ja, aber...«

»Dagegen können wir nichts tun«, sagte Clive und deutete dabei auf die neue Mauer, die ihnen den Rückweg versperrte. »Weiter, Guafe!« rief er nach vorn.

Guafe nickte und führte sie wieder weiter, aber der Gang endete bald an einer weiteren glatten Mauer.

»Ich fürchte, meine Fehlkalkulation hat uns mehr geschadet als genutzt«, sagte er.

Das kam einer Entschuldigung näher als alles, was Clive je von ihm gehört hatte.

»Es war nicht deine Schuld«, sagte er zu dem Cyborg. »Wir alle tappen hier blind im Dunkeln umher und...«

»Psst!« machte Smythe plötzlich.

Sie alle konnten es hören — ein flüsterndes Geräusch, als würde eine große weiche Masse über den Steinboden geschleift.

»Sind das diese Kreaturen?« fragte Clive unterdrückt und griff nach dem Brecheisen im Gürtel.

Smythe schüttelte den Kopf. »Nein, hört sich nicht ganz richtig an.«

Er nahm Finnbogg die Laterne ab, der sie bislang getragen hatte, und hielt sie über den Kopf, um die Mauer über ihnen zu untersuchen. Er bewegte die Laterne langsam umher, bis er etwas hoch droben in einem Teil der Mauer erblickte, das wie ein Riß im Stein aussah. Es war eine Stelle, an der die Steine nicht ganz richtig zusammengesetzt waren, so daß eine Lücke zwischen den einzelnen Blöcken blieb.

»Kannst du mich so weit hochheben?« fragte er Guafe.

Der Cyborg nickte. »Was hast du vor?«

»Uns aus der Falle rausholen, in die du uns geführt hast. Wenn ich auf die Mauer raufkomme«, — er tippte auf das Segeltuch, das er die ganze Zeit über zusammengerollt zu einem Bündel bei sich getragen hatte —, »kann ich das zu euch herablassen und euch hochziehen.«

»Und wir folgen dem Labyrinth, indem wir einfach auf den Mauerkronen umhergehen«, beendete Clive. »Das ist eine hervorragende Idee, Horace.«

Clive hielt die Laterne, Finnbogg stützte Guafe, und Smythe kletterte auf die Schultern des Cyborgs. Guafe reckte sich zu voller Höhe, aber die falschgesetzten Blöcke, zu denen Smythe wollte, waren noch immer außer Reichweite. Guafe ließ die Hand unter Smythes Füße gleiten und streckte den Arm.

»Ich hab's«, sagte Smythe, während er nach einem Halt tastete. »Halt aber noch fest. Warte 'n Moment. Ah, ja ... jetzt.«

Guafe gab ihm einen letzten Stoß, und Smythe krabbelte den restlichen Weg hoch, wobei er wie ein Affe die Mauer erkletterte.

»Was siehst du?« rief Clive zu ihm hinauf.

»Nichts. Ich brauche eine Laterne. Reicht sie mir hoch!«

Er löste den Faden, den er um das Segeltuch gewunden hatte, und ließ es dann an der Wand herab. Es reichte gerade bis über den Kopf des Cyborg. Sie befestigten die Laterne mit dem Faden an dem Segeltuch, und Smythe zog sie hoch.

»Kannst du jetzt etwas sehen?« rief Clive.

»Mein Gott«, sagte Smythe.

»Was ist los, Mann?«

Smythe schüttelte den Kopf. »Keine Zeit zum Reden. Rasch. Alle hier hoch!«

Er ließ das Segeltuch herab und hielt es mit dem eigenen Körpergewicht auf der Mauer. Clive war der nächste, der sich Hand über Hand das Segeltuch hinaufzog. Dann folgte Finnbogg. Das Material ihrer improvisierten Leiter gab gefährliche Reißgeräusche unter dem Gewicht des Zwergs von sich. Sowohl Clive als auch Smythe hielten das Tuch oben auf der Mauer, bis sich Finnbogg in Reichweite von Clives Händen befand. Als der Zwerg das letzte Stück hochgeklettert war und Clives Stelle einnahm, um das Segeltuch zu halten, ergriff Clive die Laterne, um zu sehen, was seinen Kameraden so bestürzt hatte.

»Los jetzt, Guafe!« sagte Smythe gerade.

Das Licht der Laterne war nicht stark genug, um weit zu reichen. Es zeigte die Mauerkronen, die wie hohe Pfade in alle Richtungen liefen, aber der Raum um sie her verlor sich in allen Richtungen im Schatten, und die Wege verschwanden rasch in der Dunkelheit jenseits der Reichweite der Lampe. Er sah nichts Alarmierendes, bis er sich in die Richtung wandte, aus der sie gekommen waren.

Dort erblickte er einen riesigen weißen Schatten, der den Gang zu erfüllen schien.

Clive trat ein paar Schritte näher und hielt die Laterne dabei hoch. Als sich der massige Kopf aus dem Gang hob, hätte er fast die Lampe fallengelassen.

Dinge, hatte der Mann gesagt, der vorgegeben hatte, sein Bruder zu sein. Er hatte sich damit nicht auf das barbarische Pack von Kreaturen bezogen, die sie vor Tagen angegriffen hatten. Nein. Sondern auf *dies.*

Es war schauerlich — eine Kreuzung zwischen Schlange und Larve. Die Haut war bleich und glitschig, aber gleichzeitig schuppig. Daher also das schwere flüsternde Geräusch: die Schuppen rasselten über den Stein. Der Kopf war gut einen Meter breit, gedrungen und viereckig. Er hatte große milchige Augen, mit einem Paar Fühler über jedem Auge — jeweils ein größerer und ein kleinerer Fühler. Wann immer sich das Maul öffnete, zeigten sich darin drei Reihen barrakudagleicher Zähne.

Während es Clive beobachtete, bewegte es sich wellenförmig im Gang, und die enorme Masse des Köpers hob sich bis zur Höhe der Mauerkrone, dann streckte es einen großen Teil des bleichen Körpers über die Mauer. Der Kopf bewegte sich auf ihn zu, aber das Monster war zu groß, als daß es auf der Wand, die lediglich einen knappen halben Meter breit war, leicht das Gleichgewicht hätte halten können.

Als es das Gleichgewicht verlor, rollte es den Körper ein und füllte damit den Gang. Indem es den Körper als Hebel benutzte, streckte es sich jäh. Die Steine zu beiden Seiten ächzten unter dem Druck.

Clive sah trotz allem fasziniert zu, wie die Muskeln der Kreatur erschlafften und sich dann wieder streckten. Diesesmal brachen die Mauern zu beiden Seiten des Gangs unter dem Druck zusammen.

Die Steinblöcke, die auf das Monster fielen, schienen es in keiner Weise zu behelligen. Es schüttelte sie einfach ab. Ein weiterer Teil der Mauer brach zusammen, und die Kreatur rutschte hoch, während es die Trümmer als Rampe benutzte.

Während es sich ihm näherte, blieb Clive wie festgewurzelt stehen und starrte es an. In seiner Häßlichkeit, in der reinen körperlichen Kraft lag eine schreckliche Schönheit.

»Sör!«

Er setzte die Laterne ab, stieg darüber hinweg und ging auf die Kreatur zu. Das jähe Verlangen, diese glitschige Haut unter den Händen zu spüren, zu spüren, wie die Muskeln darunter spielten, war zu stark, um es zu verdrängen.

»Sör! Sind Sie von allen guten Geistern verlassen?«

Er war sich sicher, daß die großen milchigen Augen blind waren, aber sie beeindruckten ihn trotzdem mit ihrem hypnotischen Zauber. Er hörte, wie ihn Smythe rief, aber die Stimme seines Gefährten war seltsam fern, als hörte er sie unter Wasser oder in einem Traum.

In diesem Augenblick hielt die Kreatur seine gesamte Aufmerksamkeit gefangen.

Forderte sie.

Wollte nicht abgewiesen werden.

Er trat noch näher heran, war jetzt fast innerhalb der Reichweite der Kieferknochen, und dann packte ihn Smythe an der Schulter und zog ihn zurück. Clive protestierte, bis er das Gleichgewicht verlor. Da mußte er wegsehen, und er hatte die blinden Augen der Kreatur nicht mehr länger im Blickfeld. Dann war sein Wille der eigene.

Als ihm das Opfer verwehrt wurde, stieß das Monster vor, aber Smythe hatte Clive bereits aus seiner Reichweite gezogen. Die neue Wand, auf der die Kreatur jetzt lag, zerbröckelte unter ihrem Gewicht, und sie fiel erneut herab. Diesmal schüttelten sich die Wände unter dem Aufprall; Staubwolken erhoben sich wie dichter Londoner Nebel.

»Hüte dich vor dem Blick!« warnte Clive, als er Smythe zurück zu den übrigen folgte. »Das verdammte Ding sieht blind aus, aber es hat mich dennoch hypnotisiert.«

»Rasch!« sagte Smythe nur. »Übernehmen Sie die Führung, Sör, und bringen Sie uns hier raus!«

Hinter ihnen erhob sich die schreckliche Schlange erneut auf dem Trümmerhaufen — eine riesige bleiche Gestalt, die sich in der Staubwolke voranbewegte. Steine wurden unter ihrem Gewicht zermahlen, und die Mauer zitterte wieder, als die Kreatur erneut versuchte, sie zu erreichen.

»Sör!« rief Smythe nochmals, als Clive weiterhin stehenblieb.

»Laß mich die Lage peilen«, sagte Clive zu ihm.

Er durchsuchte das Gewölbe des dunklen Höhlendachs über ihnen, hielt nach dem reflektierenden ›Mond‹ Ausschau, der ihn zuvor geleitet hatte. Als er ihn schließlich fand, setzte er sich so rasch in Bewegung, wie er sich auf der schmalen Mauerkrone getraute.

Hinter sich hörten sie erneut einen donnernden Krach. Guafe, der die Nachhut bildete, wandte sich um. Die roten Strahlen seines Blicks fielen auf eine neue Staubwolke, die anzeigte, daß die monströse Schlange die Sackgasse durchgebrochen hatte und nun in einem Gang hinter ihnen herrutschte.

»Wir wollen ein paar Mauern zwischen uns und das Monster bringen«, sagte Clive.

Er ignorierte seine Führung an der Decke der Höhle einen Augenblick lang und führte sie in einem scharfen Winkel weg. So, wie das Labyrinth angelegt war, waren sie rasch in der Lage, eine Anzahl Mauern zwischen sich und die Kreatur zu bringen. Als sie innehielten, um Atem zu schöpfen, hörten sie, wie die große Schlange gegen eine dieser Mauern schlug.

»Das is teuflisch klug«, sagte Smythe, »die Anlage dieses Orts hier, mein ich. Offensichtlich sollten wir von dieser rutschenden Mauer gefangengehalten werden, bis diese Kreatur angekommen wäre. Dann, und da hab ich keinerlei Zweifel, wäre sie auf irgendeinen Mechanismus getreten, der die Wand zurück an ihren Ort geschoben und der Kreatur den Zugang dorthin erlaubt hätte, wo sein Opfer in der Falle saß.«

»Nur daß diesmal das Opfer entkommen ist«, sagte Guafe.

Smythe nickte. »Genau. Und das hat das verdammte Ding verrückt gemacht. Daß ihm das Opfer entwischt is, is was, was ihm noch nie zuvor passiert is, schätz ich mal. Haben Sie die Lagen wieder gepeilt, Sör?«

»Ich glaube — ja.«

Er hielt den ›Mond‹ über der linken Schulter, als er sie weiterführte. Sie schritten rasch aus, denn sie hörten noch immer, wie ihnen das Monster folgte, wobei es die Wände zerschlug, während es sich seinen Weg durch das Labyrinth bahnte.

Es würde nur wenig von dem Ort übrigbleiben, wenn das Monster einmal damit fertig wäre, dachte Clive. Nicht, daß das seine Sorge wäre. Es war nur so, daß die nächste Gesellschaft, die hier hindurchkam, etwas rauheren Zeiten entgegensähe als sie selbst.

»Wie steht's?« rief er zu Guafe zurück, der noch immer die Nachhut bildete.

»Ganz gut«, sagte der Cyborg. »Wir lassen es anscheinend weit zurück.«

»Zurück?« fragte Finnbogg. »Was hört Finnbogg denn dann da drüben?«

Er deutete nach rechts.

»Echos«, begann Smythe.

Aber Guafe schüttelte bereits den Kopf. Mit seinen schärferen Sinnesorganen hatte er bereits das ausgemacht, was die anderen noch nicht hatten ausmachen können.

»Nein«, sagte er, »es ist eine weitere dieser Kreaturen. Sie kommt auf uns zu.« Er deutete nach links und nach vorn. »Und da ist eine dritte, die sich uns aus dieser Richtung nähert.«

»Wundervoll«, stöhnte Clive.

Vierundzwanzig

Deine größte Furcht wird Wirklichkeit.
Das hatte ihr der Geist der Dunkelwelt durch das Medium der Fetisch-Frau der Rogha mitteilen lassen. Wie konnte er das *wissen*? Weil die Furcht hier war, in ihrer ganzen schwarzen Pracht.

Annabelle schwankte zum Rand. Der Abgrund, der zu beiden Seiten und vorn herabfiel, rief bereits ihre Höhenangst hervor, rief sie selbst hinab in seine schwarzen Tiefen.

Komm zu mir, rief er. *Füge dich deinem Schicksal! Werde eins mit mir! Du brauchst keine Furcht zu haben.*

Und sie wollte es. Sie wollte sich nur gehenlassen und in diese Schwärze hinabstürzen.

Komm zu mir! An einen besseren Ort.

Sie brauchte einen besseren Ort. Wo sie mit ihrer Tochter und ihren Freunden sein könnte, wo dies alles hier, das Dungeon und dessen unverständliche Verrücktheiten nur ein schlechter Traum wären.

Komm zu mir!

Sie wollte gehen. Verzweifelt. Aber so wenig sie zurückgehen konnte, so wenig konnte sie auch vorwärtsgehen. Sie war vor Furcht gelähmt.

Sie hörte benommen durch die geisterhaften Umrisse der Schleuse, wie die Rufe der Quanianer näher kamen. Die Stimmen ihrer Gefährten um sie herum waren nichts weiter als ein unverständliches Gebrabbel, als sie versuchten, sie dazu zu bringen, den Fuß auf den schmalen Pfad über den Abgrund zu setzen. Aber sie konnte's nicht tun. Und es war keine Zeit mehr, die Byrrtasche herauszuholen.

Keine Zeit, ein Blatt herauszuholen.

Keine Zeit, es zu kauen.

Keine Zeit.

Nur der Abgrund, der sie rief, während sie am Rand schwankte.

Komm zu mir!

»Annabelle, *bitte!*« sagte Sidi.

Sie versuchte, den Kopf zu wenden und ihm zu sagen, daß sie's einfach nicht könne, aber sie war nicht in der Lage, den Blick von dem Abgrund abzuwenden. Sie hörte nichts anderes als den Ruf dieser hypnotischen Stimme.

Die Kehle war ihr wie zugeschnürt, geschwollen vor Furcht. Die Brust war ein einziger Knoten vor Spannung, und die Lungen japsten verzweifelt nach Luft. Jeder Muskel ihres Körpers war angespannt.

»Annabelle«, sagte Sidi, »faß mich einfach bei der Hand!«

Ich kann mich nicht bewegen, wollte sie ihm sagen, aber sie formte die Worte kaum im Bewußtsein. Sie auszusprechen, war unmöglich.

Verschwindet von hier ... Sidi ... ihr alle ... Überlaßt mich dem Abgrund, seinem dunklen Versprechen ...

Sie fragte sich: Ist dies die Dunkelwelt? Werde ich dort ein Geist werden, wenn ich mich einfach gehenlasse?

Aber der Abgrund versprach mehr. Freiheit vom Dungeon. Mit Amanda wiedervereinigt zu sein. Frieden.

Komm zu mir, wisperte die dunkle Stimme.

Ich will, sagte Annabelle zu ihm. Aber ich muß mich erst bewegen. Gib mir Zeit zum Nachdenken.

Weil an dem Versprechen des Abgrunds etwas falsch war. Wie könnte er ihr die Welt zurückbringen, die sie verloren hatte? Sie zu ihrer Tochter und ihren Freunden zurückbringen? Wenn das so einfach wäre ...

Es konnte nicht so einfach sein. Nichts war je einfach.

Sie schwankte am Rand, und die Dunkelheit verschluckte ihre Seele. Sie wollte frei sein — nicht allein vom Dungeon, sondern auch vom dunklen Ruf des Abgrunds. Frei von der Furcht, die sie lähmte, so daß ihr Körper sie betrog.

Dann nahm Shriek die Dinge buchstäblich in die eigenen Hände. Sie faßte Annabelle mit den unteren Armen, drückte sie fest an die Brust und rannte den schmalen Pfad entlang, wobei sie die oberen Arme dazu benutzte, das Gleichgewicht zu halten.

Schließlich entrang sich Anabelles zugeschwollener Kehle ein Laut — ein tierischer, durchdringender Schrei —, und sie konnte sich endlich bewegen. Sie strampelte in Shrieks Griff. Dabei bestand die Gefahr, daß das Fremdwesen das Gleichgewicht verlöre und sie beide in den Abgrund stürzten. Ohne fehlzutreten, zog Shriek mit dem rechten Oberarm ein Stachelhaar heraus und hieb es Annabelle in den Arm.

Der dornengleiche Stachel durchdrang die Haut. Das mächtige chemische Mittel verteilte sich in Annabelles Körper und Kreislauf und brachte Erleichterung in Form von Bewußtlosigkeit mit sich; und sie erschlaffte in den Armen des Fremdwesens. Shriek schnippte den Stachel in den Abgrund und lief weiter.

Hinter ihr folgten Sidi und Tomàs. Sie hatten gut hundert Meter auf dem Pfad zurückgelegt, als der erste silberfarben gekleidete Quanianer die Schleuse betrat. Er hob die Waffe und feuerte. Der rote Laserstrahl knisterte in der Luft neben Sidis Kopf und kam dabei so nahe, daß er ein wenig von dem dunklen Haar wegschmorte.

Er wußte, und da war kein Zweifel, daß der nächste Schuß einen von ihnen träfe.

Die Haut zwischen den Schulterblättern prickelte vor Erwartung. Er brachte es fertig, einen Blick nach hinten zu werfen, sah, wie der Mann sorgfältiger zielte, und er spannte sich an in Erwartung des Schlags. Aber in diesem Augenblick trat ein zweiter Mann ein und legte die Hand auf den Arm des ersten Mannes. Der erste Mann senkte die Waffe.

Die beiden sahen der flüchtenden Gesellschaft mit verschränkten Armen nach.

Warum feuerten sie nicht? dachte Sidi.

Dann traf ihn die Antwort wie ein Schlag. Es mußte noch etwas Schlimmeres geben, das die Gesellschaft weiter vorn auf diesem schmalen Band von Weg erwartete. Etwas, das nach Meinung der Quanianer ihr Schicksal besiegelte, so daß sie es nicht für nötig hielten, hinter den Frevlern herzulaufen oder sie niederzuschießen. Sie würden einfach Wache stehen und darauf achten, daß keiner der Fremden Anstalten machte zurückzukehren.

Er warf ihnen einen letzten Blick zu und eilte hinter den anderen her. Der phosphoreszierende Glanz erhellte weiterhin ihre Umgebung. Soweit er sehen konnte, erstreckte sich der Pfad einfach weiter geradeaus, ohne ein Ziel in Sicht.

Schließlich mußten sie sich ausruhen. Sie setzten sich auf den Pfad und ließen die Beine links und rechts herabbaumeln, wobei die Dunkelheit des Abgrunds an ihren Sohlen leckte. Shriek hielt Annabelle weiterhin mit den Unterarmen fest an sich gedrückt und ließ das Gesicht der Frau auf den Knien ruhen. Das Fremdwesen hatte sich umgedreht, so daß sie jetzt den beiden anderen ins Gesicht sah.

Als er Annabelle so schlaff in ihren Armen sah, fühlte Sidi Panik in sich aufsteigen. War sie von einer der Waffen der Quanianer getroffen worden?

»Was ist mit ihr geschehen, Shriek?« fragte er.

Es hat sich als nötig erwiesen, dem Wesen Annabelle ein Beruhigungsmittel zu injizieren, entgegnete die Arachnida. *Sonst wären wir beide hinabgestürzt.*

»Aber ist sie ...?«

Ihr wird es gutgehen, versicherte Shriek. *Sie schläft nur. Die Wirkung des Beruhigungsmittels wird bald vorüber sein.*

Sidis Erleichterung war beinahe körperlich.

Sie ruhten sich für gut fünfzehn Minuten aus, ehe sich Shriek wieder erhob.

Zeit, weiterzugehen, sagte sie.

Sie hob Annabelle vorsichtig auf, wartete, bis Tomàs und Sidi gleichfalls aufgestanden waren, und dann trabten die drei weiter den schmalen Pfad entlang.

Es kostete sie Stunden, die Höhle zu durchqueren. Annabelle regte sich gerade wieder, als der Pfad sie zu einem weiteren Sims führte. Die Höhlenwand zeigte hier eine weitere Öffnung, aber diese hier stach nicht so wie die in Quan durch einen schimmernden Glanz hervor. Das phosphoreszierende Leuchten blieb, als sie den Tunnel betraten. Sobald sie weit genug drinnen waren, setzte sich Shriek hin. Sie stützte Annabelle, hielt sie dabei fest im Griff, bis sie wieder von allein sitzen konnte.

»Oh, mein Kopf!« ächzte Annabelle.

Sie blinzelte und versuchte herauszufinden, wo sie waren. Das letzte, woran sie sich erinnerte, war der Ruf des Abgrunds. Sie war dabeigewesen, über den Rand zu treten, hinein in die Dunkelheit, als ...

»Du hast mir das Leben gerettet«, sagte sie zu Shriek.

Es tut mir leid, daß ich dich nicht warnen konnte, entgegnete Shriek.

»Nun, du wirst keinerlei Klagen von mir hören. Du hast das einzig Richtige getan.«

Annabelle schaute sich um. Sie waren in einem Tunnel. Sie saß neben Shriek. Daneben saßen Tomàs und Sidi und hielten den Blick auf sie gerichtet. Aber es war der gerade erlebte Schrecken, der in ihr ein Schwindelgefühl hervorrief. Sie vermochte so eben das Ende des Tunnels und den Abgrund dahinter zu erkennen.

Es schauderte sie, und sie wandte den Kopf rasch ab. »Jetzt weiß ich, was unsterbliche Dankesworte sind«, sagte sie zu Shriek. »Alle, die ich habe — sie gehören dir.«

Das Fremdwesen warf Annabelle einen seiner merkwürdigen schiefen Blicke zu, die auf den seltsamen Zügen ein Grinsen bedeuten sollten. *Sie sind akzeptiert, Wesen Annabelle*, sagte Shriek.

Annabelle sah die beiden anderen an. »Irgend 'ne Vorstellung davon, wo wir sind?«

»Wir haben die Höhle durchquert«, sagte Sidi einfach. »Abgesehen davon weißt du genausoviel wie wir.«

»Aber die Quanianer ...?«

»Sie schienen sich glücklich zu schätzen, uns ziehen zu lassen.«

Annabelle runzelte die Stirn. »Als wäre hier drinnen etwas, das sich um uns kümmerte?« fragte sie laut denkend. »Oder waren die vielleicht nur glücklich, uns von hinten zu sehen?«

»Wenn man bedenkt, welche Art von Wesen wir bisher hier unten getroffen haben«, sagte Sidi, »bezweifle ich, daß ihre Gedanken sonderlich wohlwollend sind.«

»Mit anderen Worten: Erwarte das Schlimmste.«

Sidi nickte. »Wer weiß? Vielleicht erwartet uns eine angenehme Überraschung.«

»Richtig. So was wie 'ne Kugel mit unseren Namen drauf.«

Sie erhob sich, stützte sich dabei mit einer Hand an der Wand ab und konzentrierte sich auf ihren Körper. Der Kopfschmerz verschwand, aber der Schmerz im Bein stieg statt dessen auf und breitete sich aus. Abgesehen davon fühlte sie sich wieder ganz gut. Sie sah ihre Gefährten an. »Also schlage ich vor, daß wir weitergehen«, sagte sie.

Der Tunnel war nicht lang. Nach einigen Windungen, die — dankbarerweise, soweit es Annabelle betraf — die Höhle mit dem Abgrund hinter sich brachte, öffnete er sich in eine neue Höhle. Hier war das phosphoreszierende Leuchten schwächer, bis auf eine Ecke, wo aus einem Loch im Boden ein honiggoldener Glanz aufstieg. Abgesehen von dem Loch und dem Tunnel, durch den sie gerade gekommen waren, gab es keinen weiteren Weg in die Höhle hinein oder aus ihr heraus.

Sie suchten sorgfältig die Wände ab, ehe sie sich schließlich um das Loch scharten. Sie sahen hinein in den strahlenden gelben Glanz. Funken trieben darin, wie Rußteilchen in einem Feuer. Man konnte nicht sagen, was er war und wohin er führte, aber in dem Fels war eine Leiter verankert, die weiter hinabführte.

Annabelle trat vom Rand zurück.

»Kau eins von Chobbas Byrrblättern!« riet Sidi.

Es war seltsam, aber Annabelle erfaßte hier an diesem Loch kein Gefühl von echter Tiefe. Ihr Atem blieb normal, die Brust entspannt. Die Spur unbegründeter Furcht, die ihr durch den Hinterkopf blitzte, rührte lediglich von der Erinnerung an den Abgrund und dessen verführerischer Stimme her.

»Das ist es nicht«, sagte Annabelle. »Ich mag nur lieber die Wahl haben, wohin wir gehen. So wie es aussieht, können wir entweder nur hier hinunter oder zurück. Wenn die Quanianer die Schleuse dahinten bewachen, können wir nicht hinaus. So klettern wir also entweder diese Leiter hier hinab oder...«

Sie sah ihre Gefährten an. Hatte einer von ihnen die Stimme des Abgrunds vernommen? Die Versprechen, die er gemacht hatte? Was, wenn sie ihre einzige Chance verpaßt hätte, nach Hause zu kommen, indem sie nicht auf sie gehört hatte? Wenn Amanda für immer verschwunden wäre...

»Oder was?« fragte Tomàs.

Annabelle hob die Schultern. »Oder nichts. Wir bleiben einfach hier — und das ist kein guter Plan, oder?«

Tomàs nickte. Neben ihm betrachtete sie Sidi gedankenverloren.

»Die Tasche«, begann er.

»Ich glaub wirklich nicht, daß ich 'n Bissen von dem alten Byrr nehmen muß«, sagte sie zu ihm.

Just in diesem Augenblick wollte sie wachsam sein, nicht entspannt.

»Aber...«, begann Sidi.

Annabelle schüttelte den Kopf. »Nichts da. Los, Kinder. Der letzte is 'n Esel.«

Ohne auf Antwort zu warten, trat sie zum Loch hinüber und setzte den Fuß auf die erste Sprosse. Sie zögerte für einen Augenblick, wartete darauf, daß die Furcht nach ihr griff, aber alles blieb normal. Sie war ein wenig angespannt, aber nicht mehr als üblich, wenn man sich ins Unbekannte aufmachte. Sie holte ein paarmal tief Atem und kletterte hinab.

Sobald sich ihr Kopf einmal unterhalb des Rands befand, vermochte sie nichts mehr zu sehen und mußte nur nach Gefühl weitergehen. Tanzende Funken flackerten um sie herum, und der honiggoldene Glanz war so stark, daß sie schließlich die Augen schloß. Und selbst dann war der Glanz so etwas wie eine leuchtende Röte hinter den geschlossenen Lidern. Die Luft fühlte sich allmählich dicker an, wenngleich Annabelle nach wie vor atmen konnte. Sie war nur — wirklich wie Honig, dachte sie, und die Funken wie Teilchen in einer ansonsten klaren Flüssigkeit. Der Abstieg war wie ein Abstieg in Wasser, das man atmen konnte.

Sie befühlte vorsichtig die nächste Sprosse mit dem Fuß, ehe sie das Gewicht auf das schlimme Bein legte. Nachdem sie sich auf diese Sprosse gestellt hatte, ließ sie sich zur nächsten hinab.

Der Glanz wurde immer strahlender, aber es war nicht heiß, und die Luft wurde immer dicker. Sie wußte, daß die anderen ihr folgten, und zwar wegen der Schwingungen, die deren Bewegungen auf den Leitersprossen hervorriefen.

»Alle in Ordnung da oben?« rief sie. Sie erwartete fast, daß sich während des Sprechens Blasen bildeten.

»*Muito bem*«, entgegnete Tomàs. »Keine Schwierigkeiten.«

Sidi und Shriek riefen gleichfalls herab, wobei ihre Stimmen etwas entfernter klangen.

Während sie die Leiter hinabstieg, ertappte sich Annabelle dabei, wie sie über völlig unangemessene Dinge nachdachte. Wie zum Beispiel über einen kürzlichen Gig der Crackbelles, als sie hinter der Bühne von einem

Schreiber des *Rolling Stone* interviewt wurden, ehe sie der blaue Glanz davongetragen hatte. Statt sich von dem Journalisten interviewen zu lassen, feuerten sie eine Frage nach der anderen auf ihn ab und machten ihn damit fast verrückt. Sie hatten ihn gefragt, wie es denn wäre, für den *Stone* zu arbeiten. Hatte er jemals etwas von The Wailing Men gebracht — Jimmy Dancers neuester Band? War er jemals Hunter S. Thompson begegnet?

Hunter S. Thompson.

Ich hätte mir Notizen machen sollen, dachte sie. Wenn ich jemals hier herauskomme, könnte ich sie an den *Stone* verkaufen. ›Furcht und Ekel in Bizarroland.‹ Die Dinge sind nicht verrückt genug für dich, Hunter? Du solltest mal herkommen.

Der Fuß, der sich nach der nächsten Sprosse ausstreckte, trat ins Leere.

Einen Augenblick! dachte sie.

Sie ließ sich ein wenig weiter hinab, wobei sie mit dem Fuß vorsichtig umhertastete, um nachzusehen, ob da nur eine Sprosse fehlte, aber das war's. Endstation. Von jetzt an bist du auf dich selbst gestellt.

»Die Leiter hat gerade aufgehört!« rief sie nach oben.

»Bist du unten auf dem Boden?« fragte Sidi.

»Nichts da. Wenigstens, soweit ich sagen kann.«

Tomàs über ihr seufzte schwer. »Dann zurück marsch-marsch!« sagte er.

»Glaub ich nich«, sagte Annabelle.

»Annabelle, nicht!« schrie Sidi.

»Sieh mal, was haben wir zu verlieren? Wenn wir zurückgehen, haben wir die Auswahl zwischen dem Abgrund und den Quanianern. Das hier muß irgendwohin führen, nicht wahr?«

»Das ist *estúpido*«, sagte Tomàs.

Da hat er recht, dachte Annabelle.

Aber wenn man aufhörte, darüber nachzudenken, brachte einen das total in Schwierigkeiten. Das könnte Selbstmord sein, aber es gab da unten wenigstens keine

Dunkelheit, die mit schmeichelnder Stimme nach ihr rief. Sie konnte dem Abgrund einfach nicht mehr entgegentreten. Um keinen Preis. Abgesehen davon fühlte sich die Luft so dick an, daß sie sich vorstellen konnte, einfach hinunterzutreiben.

Oder?

»Annabelle!« schrie Sidi.

»Bin verschwunden«, rief Annabelle zurück.

Und dann ließ sie los.

Fünfundzwanzig

Da sich ihnen drei von den riesigen Schlangenwesen aus ebenso vielen Richtungen näherten, befand sich Clive in nicht geringer Verlegenheit, wohin er seine kleine Gruppe führen sollte. Egal, welche Richtung er wählte, sie würden unweigerlich auf eines dieser Wesen stoßen. Vor ihnen war man nirgendwo im Labyrinth in Sicherheit. Es gab überhaupt keine Sicherheit in diesem ganzen verdammten Dungeon, sobald man einmal hineingestolpert war, dachte er.

»Sör«, sagte Smythe, »wir müssen uns in Bewegung setzen.«

Clive nickte. »Denke ich auch — nur wohin sollen wir? Ich erwarte Vorschläge.«

»Weg«, sagte Finnbogg.

Clive betrachtete das hoffnungsvolle Gesicht des Zwergs und schenkte ihm ein kurzes unbestimmtes Lächeln. Weg. Ja. Sehr schön, Finn, dachte er. Aber weg — wohin? Welche Richtung sie auch wählten, eine der Kreaturen erwartete sie. Und wenn sie an einer Stelle lang genug verblieben, kämen alle drei Monster zugleich und fänden die Gesellschaft vor, wie sie hier herumtrödelte, während er versuchte, eine Entscheidung zu treffen.

Gebrauch mal deinen Kopf, Folliot! befahl er sich selbst.

Zu seinem Ärger ertappte er sich dann bei dem Versuch, sich vorzustellen, was Neville in einer Situation wie dieser hier täte. Sein Zwillingsbruder hätte sich zwar niemals in eine solche Situation gebracht. Oh, nein. Nicht Neville. Er war für so was bei weitem zu clever — hatte alles unter Kontrolle, immer eine Antwort auf jedes Problem parat.

Und wenn man in Betracht zog, wie die Dinge so standen, wäre Clive nicht überrascht gewesen, wenn Neville diese kleine Überraschung für sie vorbereitet hätte.

Dein Bruder sendet dir seine Grüße, hatte der Mann gesagt, der vorgegeben hatte, Neville zu sein.

Ja, es war alles Teil des komplizierten Spiels, das Neville spielte. Was Clive nicht zu entscheiden vermochte: Spielte Neville das Spiel mit dem eigenen Zwillingsbruder als Gegner, oder spielte er es mit jemand anderem und benutzte Clive und seine Leute lediglich als Bauern? Oder hatten sie höhere Ränge inne als nur Bauern? War einer von ihnen vielleicht sogar König? Geschützt von einem Läufer, einem Pferd und einem Turm?

Er versuchte, nicht an die Königin zu denken, denn das wäre Annabelle. Vom Schachbrett entfernt. Verloren oder tot ...

Ein ausgeklügeltes Schachspiel.

Clive wußte, daß er ein besserer Spieler war als Neville, aber es fiel schwer, einen Zug zu tun, wenn man nur wenige Quadrate des Schachbretts gleichzeitig überblicken konnte. Wenn man selbst nur vier Figuren übrig hatte, während der Gegner eine stattliche Reihe von Figuren besaß die er aufs Brett setzen konnte, Figuren, die sich in keiner sinnvollen Weise bewegten, deren Bewegungen bei weitem zu zufällig für eine logische Verteidigung waren.

So zum Beispiel, daß Schwarz eine Riesenschlange bewegte, die sich dem Turm auf d-5 näherte.

Ihr Zug, Weiß.

»Was du auch immer entscheidest«, sagte Guafe, »du solltest es bald tun.«

Clive blinzelte überrascht, als er aus seinen Träumereien herausgerissen wurde, und nickte. Triff eine Entscheidung. Aber jedesmal, wenn er nach einem Schlachtplan suchte, kehrte er mit leeren Händen zurück.

»Können Sie eine weitere dieser Sackgassen finden?« fragte Smythe.

»Vielleicht.«

»Dann los«, sagte Smythe, »und wir werden sie erwischen.«

Clive benötigte einen Augenblick, bis er seinen ›Mond‹ in der Wölbung der Höhle oben fand. Als er ihn endlich erspähte, hielt er dessen Flackern über der rechten Schulter und führte die Gruppe weiter. Ihr Weg führte sie direkt auf die zweite Kreatur zu, die Guafe ausgemacht hatte.

Als er eine Entscheidung getroffen hatte, spürte Clive, wie sich die Gedanken aufklärten. Er schob das Rätsel von Neville und dessen kompliziertem Schachbrett beiseite und konzentrierte sich auf die Aufgabe, die vor ihnen lag. Etwa zehn Minuten nach ihrem unplanmäßigen Aufenthalt fand er das, wonach Smythe suchte. Sie standen über der Sackgasse und schauten hinunter.

»Was nun?« fragte er.

Smythe antwortete nicht sofort. Er warf einen Blick in die Richtung, aus der sich das Monster näherte, und trat dann die Mauer zurück. Schließlich kniete er nieder, um die Steine an der Stelle zu untersuchen, an der er angehalten hatte.

»Kannst du einen von denen bewegen?« fragte er Guafe.

»Meinst du etwa anheben?« entgegnete der Cyborg.

Das, dachte Clive, läge sogar jenseits der Kräfte von Guafe.

Smythe schüttelte den Kopf. Er ließ Finnbogg die Laterne hinausstrecken, so daß der Lichtschein auf den Boden fiel.

»Ich will ihn nur auf diesen Stein dort hinunterstoßen«, sagte er. »Hoffentlich löst er dabei eine weitere der Fallen im Labyrinth aus.«

»Was soll das für einen Zweck haben?« fragte Clive.

»Die Kreaturen sind blind«, entgegnete Smythe, »und haben anscheinend keinen Gehörsinn. Unter dieser Voraussetzung glaube ich, daß sie uns entweder nach den Schwingungen unserer Fußtritte auf den Steinen verfolgen oder anhand dessen, was sie von unseren Gedanken ›hören‹.«

Clive erinnerte sich an den Druck des Bewußtseins der Kreatur auf das eigene Bewußtsein und nickte.

»Vielleicht ...«, sagte er.

»Ich bin mir sicher, Sör. Dieses Gedankenlesen will mir nicht so leicht in den Kopf, aber wir wissen, daß es möglich ist.«

Weil sie alle ihre Gedanken miteinander geteilt hatten, als sie in Shrieks neuronalem Gewebe gefangen waren.

»Also«, fuhr Smythe fort, »möchte ich die Falle auslösen und sie dazu bringen, hierher zu rennen — öh, zu rutschen. Wir werden warten, unser Bewußtsein mit Panikgedanken erfüllen, und wir werden uns die Schuhe ausziehen. Wenn die Kreatur hier ist, werden wir uns davonstehlen, barfuß und schweigend, dabei das Bewußtsein leer halten, bis wir genügend Distanz zwischen uns und sie gebracht haben.«

»Glaubst du wirklich, daß das funktionieren kann?« fragte Clive. Es fiel ihm schwer, den Zweifel aus der Stimme zu verbannen.

»Wir können nichts weiter tun als es versuchen.«

»Und die anderen?« fragte Clive.

»Lassen Sie uns zunächst einmal den Kreis durchbrechen, den sie um uns gezogen haben«, sagte Smythe, »dann können wir uns noch immer Gedanken darum machen.«

Ehe jemand anderer noch etwas hätte sagen können, beugte sich Guafe nieder und drückte mit aller Kraft gegen den Stein. Er verrutschte, ächzte ein wenig, wackelte und fiel krachend zu Boden. Alle vier sahen nach unten und warteten darauf, daß die Falle zuschnappte. Staub wirbelte durch die Luft, und die Mauer zitterte unter dem Aufprall, aber sonst geschah nichts.

Die Falle schnappte nicht zu.

Das erste Monster war jetzt sehr nahe, und die beiden anderen holten gleichfalls auf.

»Als Guafe uns in diese erste Sackgasse führte«, sagte Clive, »sind wir nicht in eine Falle geraten.«

»Vielleicht nicht alles Fallen«, meinte Finnbogg.

Smythe gab keine Antwort.

»Versuch, den nächsten Stein zu treffen«, bat er, sich an Guafe wendend.

Eines würde nicht schwerfallen, dachte Clive, während der Cyborg sich daran machte, den zweiten Stein zu bewegen, und das wäre, das Bewußtsein mit Panik zu füllen.

Der zweite Stein traf den Boden des Labyrinths. Für einen langen Augenblick geschah gleichfalls nichts; dann sahen sie, wie der Fußboden hinabfiel. Die Mauer unter ihnen bewegte sich, und sie flüchteten sich auf die nächste Abteilung.

»Schuhe und Stiefel aus!« befahl Smythe.

Während Clive die Stiefel auszog, sah er, wie sich die riesige Kreatur der zugeschnappten Falle näherte und die Fühler über den riesigen blinden Augen vor- und zurückbewegte. Eine der anderen Schlangen war lediglich ein paar Gänge entfernt.

»Mehr als eine von ihnen werden fast gleichzeitig eintreffen«, sagte Clive.

»Nicht sprechen, Sör!« warnte ihn Smythe. »Unten bleiben und nur an Panik denken. Sie sind gefangen, sehen Sie, und es gibt keinen anderen Ausweg.«

Alles nur zu wahr, dachte Clive, aber er tat, wie ihm geheißen worden war. Es fiel leicht, in die erforderliche Panik zu geraten.

Die Kreaturen näherten sich. Clive und die übrigen hielten das Schuhwerk in Händen, und die Steinblöcke der Mauer fühlten sich kalt unter den Sohlen an. Als er den schauerlichen Kopf der ersten Schlange direkt unter sich erblickte, erhob sich Smythe, legte den Finger auf die Lippen und deutete den anderen, ihm zu folgen.

Clive versuchte das Bewußtsein leerzuhalten, und er fand es einfacher, es mit Panik zu füllen als an nichts zu denken. Er versuchte vorzugeben, er wäre einer der Steine, aus denen die Mauer unter den Füßen bestand.

Er bezweifelte, daß er auch nur einen geringen Erfolg damit hätte.

Sie vernahmen das Schleifen von Stein, als sich die Mauern zurückschoben, um den Kreaturen dahin Zutritt zu verschaffen, wo deren Beute gefangen sein sollte. Clive, der letzte in der Reihe, warf einen Blick zurück und sah, daß die Schlange bereit war einzutreten, als das zweite Monster auf der Bildfläche erschien. Ohne einen Augenblick zu zögern, warf es den Kopf vor und verbiß sich in den Schwanz der ersten Kreatur.

Clive hielt in der Flucht inne. »Psst!« rief er nach vorn.

Die anderen blieben stehen und schauten sich zusammen mit ihm um.

Trotz der Enge des Korridors drehte sich die erste Kreatur mit weit geöffnetem Kiefer in einer geschmeidigen Bewegung des Körpers um und warf sich auf den Angreifer. Aber die zweite Schlange hatte bereits den Griff gelöst, und der Kopf hob sich wie der einer Kobra, bewegte sich langsam vor und zurück, bereit, zuzuschlagen.

Die Kieferknochen der ersten Schlange schlossen sich nur in der Luft. Ihr Angreifer schoß augenblicklich vorwärts, und der bleiche schleimige Körper schlang sich um sein Opfer, dessen Körper sich sofort seinerseits um den Körper des Angreifers schlang.

Sie schlugen um sich, als sie um die Vorherrschaft kämpften, und die Mauern beulten sich zu beiden Seiten des Gangs aus. Große Blöcke krachten auf sie herab, als die Mauern einstürzten, aber die Kreaturen achteten nicht auf das Geröll, waren nur aufeinander konzentriert. Staubwolken erhoben sich.

»Verdammte Teufel«, sagte Smythe. »Sie haben unsere Probleme für uns gelöst.«

Er beugte sich nieder und zog die Stiefel wieder an. Einen Augenblick später, nachdem ihm jeder darin gefolgt war, machte sich die Gesellschaft auf Trab, mit Clive wieder an der Spitze.

Indem er den ›Mond‹ als Führung benutzte, hatte er wenig Schwierigkeiten bei den notwendigen Entscheidungen, und sie kamen gut voran. Weit hinter sich hörten sie noch immer die kämpfenden Schlangen, die die Mauern bei ihrem Kampf einschlugen. Eine Reihe schriller wimmernder Laute ertönte von der Schlacht herüber — so durchdringend, daß es in den Ohren schmerzte. Als sie für eine Atempause anhielten, wandte sich Clive an den Cyborg.

»Gibt es ein Anzeichen von der dritten?« fragte er.

Guafe schüttelte den Kopf. »Ich denke, daß sie sich dem Kampf angeschlossen hat.«

Hinter ihnen war jäh Stille eingetreten.

»Keine Zeit zum Ausruhen«, sagte Smythe. »Weitergehen!«

Erschöpft machte sich die Gesellschaft wieder auf den Weg.

Hatte dieses verdammte Labyrinth denn überhaupt kein Ende? fragte sich Clive. Es ging einfach immer weiter, Mauer nach Mauer, ein Gang wand sich nach dem nächsten. Ihre Laterne warf eine Insel von Licht, aber was sie erleuchtete, änderte sich nicht wirklich. Es war fast immer das gleiche, das von Dunkelheit umgeben war. Und dann erblickte er, weit vor sich, einen schwachen Schimmer. Zur gleichen Zeit stieß Guafe hinter ihnen einen Ruf aus.

»Uns ist eine weitere Kreatur auf den Fersen.«

Smythe fluchte, aber Clive deutete auf den Schimmer.

»Wie weit ist das Monster zurück?« fragte er.

»Weit genug«, entgegnete Guafe. »Jetzt zumindest. Aber es folgt der gleichen Route wie wir, und es bewegt sich sehr schnell.«

Clive machte sich nicht die Mühe zurückzuschauen.

Statt dessen rannte er jetzt auf den fernen Schimmer zu. Die Mauern bildeten hier ein wirres Durcheinander von Gängen — der letzte Versuch des Labyrinths, denjenigen eine Falle zu stellen, die so nahe an seinen Ausgang gekommen waren —, aber indem er seinen Führer benutzte, hatte er keine Schwierigkeiten damit, den Weg durch das komplizierte Muster zu finden.

Der Schimmer war jetzt näher. Aber die Kreatur, so Guafes Bericht, holte gleichfalls auf. Clive führte die Gesellschaft durch eine letzte verwirrende Serie von Kurven und Windungen, und schließlich war der Schimmer nicht mehr als ein paar Mauern entfernt — so nahe, daß er ihn beinahe schmecken konnte.

»Es hat uns fast erwischt!« rief Guafe.

Nein, dachte Clive. Es wird uns nicht erwischen — nicht, wenn wir so nahe daran sind zu entkommen.

Denn jetzt konnte er den Ursprung des Lichts ausmachen — Licht, das sich aus einer offenen Türe ergoß. Das Ende des Labyrinths, endlich. Vielleicht war sie gleichfalls der Eingang zur sechsten Ebene des Dungeon? Und was wartete dort auf sie? Mach dir lieber nicht die Mühe, dir darum Sorgen zu machen, sagte er sich. Lieber zunächst versuchen, den Augenblick zu überleben.

Sie rannten die letzten paar Meter, und dann war da nur noch eine offene Fläche zwischen ihnen und der erleuchteten Tür. Die Tür befand sich am oberen Ende einer kurzen Treppenflucht. Sie war gerade hoch genug, daß sie selbst hindurchkommen konnten, und klein genug, daß die Kreatur drinnenbleiben mußte. Aber zwischen dem Boden, der hinüber zu der Treppe führte, und der Mauer lagen etwa vier Meter Höhe.

Clive hockte sich auf die Mauer. Er hielt sich an der Oberkante mit den Händen fest, ließ sich herabhängen und fiel dann die letzten Meter hinunter. Er landete auf den Fußsohlen. Guafe und Smythe landeten zu beiden Seiten. Nur Finnbogg blieb oben.

»Komm schon, Finn!« rief er zu Finnbogg hinauf.

»Zu hoch für Finnbogg zu springen«, entgegnete der Zwerg.

»Spring!« schrie Clive. »Wir werden dich auffangen!«

Als sich Finnbogg nervös über den Rand herabließ, stellten sich die drei unter ihn, um den Fall abzuschwächen. Und dann erschien der Kopf der monströsen Schlange um die Ecke.

»Um Gottes willen, spring!« rief Clive.

Smythe trat beiseite und nahm das aufgerollte Segeltuch von der Schulter. Er knotete rasch die Fäden an jedem Ende auf und schüttelte das Tuch auf. Der enorme Kopf der Schlange ging über ihm vor und zurück, aber Smythe hielt den Blick fest auf die Kieferknochen der Kreatur gerichtet und widerstand dem Versuch, dem blinden Blick zu begegnen.

Finnbogg hielt sich an der Mauerkrone fest, dann ließ er sich fallen.

Der Kopf der Schlange schoß vor. Als sich die Kieferknochen öffneten, um nach ihm zu schnappen, warf ihr Smythe die Segeltuchplane ins Maul.

Guafe und Clive fingen den Zwerg auf, wobei der Cyborg das meiste des Gewichts abfing.

Die Schlange schnappte nach dem Tuch und schüttelte es, wie ein Terrier eine Ratte schütteln würde. Das Segeltuch wurde von den Kieferknochen völlig zerfetzt.

»Lauft zur Tür!« schrie Smythe.

Als die übrigen drei zu den Treppen liefen, warf Smythe das Brecheisen direkt in eines der milchweißen Augen der Kreatur. Das Eisen grub sich in den riesigen Augapfel, und die Schlange stieß jenes schrille Wimmern aus, das sie zuvor schon vernommen hatten. Smythe schlug die Hände über die Ohren und rannte gleichfalls zur Tür, den anderen hart auf den Fersen.

Guafe war hindurch, dann Clive und Finnbogg. Der Kopf der Schlange peitschte vor, direkt nach Smythe, als dieser die Treppen hinauflief, wobei sie noch immer die hohen Schreie ausstieß. Im letzten Augenblick warf sich

Smythe zur Seite, und der Kopf der Schlange schlug gegen die Stufen und zerbrach etliche Steine. Smythe rollte sich auf die Füße und schoß auf die Tür zu, als sich der Kopf der Schlange zu einem zweiten Schlag hob.

Smythe warf sich im gleichen Augenblick durch den Eingang, als die Schlange nach ihm schlug. Diesmal krachte der massige Kopf gegen den Türrahmen. Felsen fielen herab, als sich der Eingang weitete. Die Schlange zog den Kopf zurück und stieß erneut zu, und der Eingang weitete sich etwas mehr, öffnete sich in einen anderen Tunnel.

Die übrigen hatten Smythe aufgefangen, als er sich vorwärtsgeworfen hatte. Sie rasten nun diesen neuen Tunnel hinab, und die grellen Lichter an der Decke schmerzten ihnen in den Augen. Hinter ihnen fuhr die Schlange damit fort, gegen den Eingang zu schlagen, wobei sie mit jedem Schlag Teile davon herausbrach.

Die Gesellschaft lief um eine Ecke, dann um eine weitere und erreichte schließlich eine massive Tür, die derjenigen, durch die sie die Dramaranier gestoßen hatten, so ähnlich war, daß sie deren Zwilling hätte sein können. Guafe klopfte an. Hinter sich hörten sie weiterhin Steine herabfallen.

Immer und immer wieder klopfte der Cyborg auf die Metallfläche, und die anderen fielen ein, und schließlich öffnete sie sich. Sie wären beinahe hingefallen in der Hast, mit der sie aus dem Tunnel wollten, und sie fanden sich in einem großen leeren Raum, einem merkwürdigen Individuum gegenüber.

Die Tür schloß sich hinter ihnen und schottete dabei das schrille Wimmern der Schlange sowie das Donnern, mit dem sie gegen den Eingang schlug, zum größten Teil ab. Sie erhoben sich langsam. Ihr Retter war ein kurzes tonnenartiges Individuum mit einem breiten fetten Gesicht, kahlem Schädel sowie Augen, die so metallisch glänzten wie die von Guafe.

Noch so ein mechanischer Mensch, dachte Clive.

Das seltsame Wesen sprach sie an, aber die Worte ergaben keinen Sinn.

»Es tut mir leid, aber wir verstehen nichts«, sagte Clive.

»Ihr seid Engländer?« sagte er dann in perfektem königlichen Englisch.

Clive nickte.

»Dann seid ihr die Meuchelmörder, die man uns angekündigt hat.« Das breite Gesicht grinste. »Die Herren des Donners werden gut mit euch gefüttert werden heut abend.«

Er zog ein Instrument aus dem Gürtel, zielte damit auf sie und zog einen Hebel. Über die Gesellschaft legte sich eine Betäubung, und während sie noch immer sehen und hören konnten, vermochten sie keinen Muskel mehr zu bewegen.

Sechsundzwanzig

Du warst zu deiner Zeit ganz schön neurotisch, Annie B., sagte sich Annabelle, als sie die Leiter losließ, aber das trifft vielleicht auf alle zu.
Loslassen.
Den Schacht hinabfallen wie Alice ins Kaninchenloch. Nur daß dies hier kein Traum war, aus dem sie erwachen würde, wie es Alice offensichtlich getan hatte.
Alle Muskeln verkrampften sich in Erwartung des Aufpralls, aber während sie in der dichten goldenen Luft hinabtrieb, hatte sie nicht das Gefühl zu fallen. Der Abstieg war so ruhig wie auf einer Rolltreppe von einem Stockwerk zum nächsten, so angenehm, wie auf einem Wasserbett zu liegen, während sich die Matratze sanft unter ihr wiegte.
Die Funken in dem honigfarbenen Glanz blitzten ihr in den Augen. Jeder Blitz brannte sich durch die Retina und trug seine Feuer in die Schlupfwinkel des Bewußtseins. Ein Feuerrad von Erinnerungen, es funkelte, sie hatte es gesehen, und dann war's verschwunden, um einem weiteren Platz zu machen. Alle waren sie da und gleich wieder verschwunden, alle zugleich.
Gute Erinnerungen.
Das freundliche Lächeln eines Fremden, der auf sie herabschaute, während ihre Mutter sie im Kinderwagen eine belebte Straße hinabschob.
Ihr erster Kuß, eine Gefälligkeit des sommersprossigen Bob Hughes, auf dem schuttübersäten Gelände gegenüber der Schule.
Ihre zweite Les Paul-Guitarre — die die erste ersetzte, die ihr auf dem Heimweg vom Geschäft gestohlen worden war —, bei der ihr Des geholfen hatte, die Saiten aufzuziehen und sie kanariengelb anzustreichen.

Als sie Amanda das erste Mal im Arm gehalten hatte, das rote kreischende Gesichtchen ihr zugewandt, und wie sie sich schließlich beruhigte.

Wie sie ›Gotcha in my Heart‹ abhörte, die dritte Single der Band, die *Billboards* Top One Hundred erreichte — vierunddreißigster Platz auf Anhieb.

Wie sie eine regennasse schlüpfrige Londoner Straße zusammen mit Chrissie Nunn und Tripper entlanggegangen war, auf dem Weg zum Sound Check für ihren ersten Gig auf der ersten Europatournee.

Viele erste Male.

Die ersten Male waren die besten. Diese ersten Augenblicke, die man niemals vergißt.

Gute Erinnerungen.

Als die Füße den Grund berührten und die Funken ihren Halt im Bewußtsein verloren und die Erinnerungen verschwanden, schnitt ihr das Gefühl eines plötzlichen Verlusts wie ein Messer durchs Herz.

Noch nicht, wollte sie ihnen sagen. Geht noch nicht...

Die Knie knickten unter ihr ein, ein sanfter Schmerz stieg in dem verletzten Bein auf, und dann blinzelte sie in dem goldenen Glanz, und dann drückte sie eine Hand gegen die glatte Wand des Schachtes, um das Gleichgewicht zu halten. Sie drehte sich langsam im Kreis und fand eine Türe, die führte...

Wohin?

In weitere Gefahren, in weiteren Schmerz? Sie wollte nichts mehr mit dem Dungeon zu tun haben. Sie wollte nur in dem goldenen Schacht treiben und sich an die guten Dinge des Lebens erinnern. Zeiten, vergangen und nun für immer verschwunden. Bessere Zeiten als diejenigen, die dort hinter der Tür auf sie warteten, dessen war sie sich sicher. Der Schacht lieferte das, was der Abgrund lediglich versprochen hatte.

Sie schaute hinauf, aber es gab keine Rückkehr. Keine Sprossen, die zurück in diesen reichen honigfarbenen Schimmer führten. Keine Handgriffe. Keinen Weg hinauf.

Aber da waren Stimmen. Sie benötigte einen langen Augenblick, um sich genügend darauf zu konzentrieren und herauszufinden, was sie sagten.

»Annabelle, Annabelle! Kannst du mich hören?«

Sie schüttelte sich langsam aus den Träumereien. Das war Sidi. Wenigstens etwas Gutes in ihrer augenblicklichen Lage. Sidi und Shriek. Gute Freunde. Vielleicht sogar Tomàs, der ein neues Leben begann.

»Annabelle!«

»Ich höre dich!« rief sie zurück.

»Wo bist du? Geht's dir gut?«

Gut? Wo sie sich gerade all dessen erinnert hatte, was sie verloren hatte?

»Ju«, rief sie zurück, »ich glaub, mir geht's gut!«

Weil das Leben weiterging, nicht wahr? Machte keinen Unterschied, ob du runterschalten oder aussteigen willst, das alte Ferrisrad* drehte sich einfach weiter. Hinauf und hinab. Man konnte 'n paarmal lachen, hatte manche gute Zeiten, und dann mußte man durch Zeiten durch, die nicht ganz so gut waren.

Wie jetzt.

»Wirklich eine glatte Fahrt«, sagte sie zu ihren Gefährten. »Also kommt runter!«

Sie trat aus dem Schacht, durch das Portal, wobei das Bedauern über das Verlorengegangene an ihr klebte wie ein Spinnennetz.

Du bist nie so down gewesen, Annie B., sagte sie sich, während sie sich in der neuen Umgebung umschaute.

Der Ort hatte die Atmosphäre eines Warteraums in einem Bahnhof oder einer Busstation. Nichts hier war von Dauer, alles nur vorübergehend. Auf der anderen Seite der schwach erleuchteten Kammer befand sich eine Tür in der Wand.

---

* Riesenrad, nach George W. Ferris (1859—96), U.S.-amerikanischer Ingenieur, erstmals errichtet für die Weltausstellung in Chicago im Jahr 1893. — *Anm. d. Übers.*

Ebene sechs, dachte Annabelle humorlos. Einen weiteren Aufenthalt, den wir eigentlich nicht brauchen. Vielleicht hätten wir lieber einen Schnellzug nehmen sollen.

Als sie hinter sich ein schlurfendes Geräusch vernahm, wandte sie sich um und sah Tomàs in dem goldenen Schimmer stehen, und Funken blitzten um den dunklen Kopf. Die Augen des Portugiesen glitzerten vor nichtgeweinten Tränen.

»Alles okay?« fragte sie.

Tomàs benötigte einen Augenblick, um sich auf sie zu konzentrieren, dann nickte er langsam und gesellte sich zu ihr. Er erzählte nichts davon, was er in dem Schacht erlebt hatte, aber das, was er verloren hatte, war ihm genauso offen ins Gesicht geschrieben, wie es bei Annabelle der Fall gewesen war.

Nun, was *konnte* man da sagen? dachte Annabelle.

Das gleiche traf auf die übrigen zu. Shriek und Sidi traten einer nach dem anderen durch das Portal und kamen zu der Stelle, an der Annabelle und Tomàs in dem großen leeren Raum auf sie warteten.

»Das war 'n Trip, hm?« fragte Annabelle nach ein paar Augenblicken.

Bedauern schwamm in Sidis Augen. »In gewisser Weise«, sagte er, »war dies das Schlimmste, was ich je hier erlebt habe.«

»Ju, ich weiß, was du meinst. Wir wollten nicht daran erinnert werden.«

Sie wandte sich an Shriek. Die vielfachen Facettenaugen des Fremdwesens zeigten den Kummer nicht auf die gleiche Weise, wie es die eines Menschen getan hätten, aber Annabelle wußte, daß Shriek die gleichen Dinge erlebt hatte wie sie alle.

»Es war hart«, sagte Annabelle zu der Arachnida, »die Vergangenheit zu besitzen, nur für einen Augenblick, und sie dann wieder zu verlieren.«

Shriek nickte. *Sehr hart*, stimmte sie zu.

Die Stimme, die in Annabelles Kopf hallte, war merkwürdig gedämpft.

Sie standen schweigend beieinander und versuchten damit zurechtzukommen, was sie im Schacht erlebt hatten. Dann regte sich Annabelle schließlich wieder.

»Schlage vor, wir sollten mal nachsehen, was sich hinter Tür Nummer Eins befindet«, sagte sie und warf ihren Gefährten einen Blick zu. »Oder sollen wir lieber herausfinden, was sich hinter dem Vorhang befindet?«

»Vorhang?« fragte Tomàs und sah sich in dem leeren Raum um.

Annabelle schüttelte den Kopf. »Achte nicht weiter darauf, was ich sage!«

Sie ging zur Tür und versuchte den Griff.

Verschlossen.

Klasse, dachte sie.

Sollen wir einbrechen? fragte Shriek.

»Wir wollen's zunächst auf die höfliche Weise probieren«, entgegnete Annabelle.

Sie hob die Hand und pochte an die Tür. Dann wartete sie einige Herzschläge lang und pochte erneut. Als es nach dem dritten Klopfen noch immer keine Antwort gab, wandte sie sich an Shriek und wollte ihr schon sagen, sie möge die Sache übernehmen, als sie hörte, wie sich ein Schlüssel im Schloß drehte. Sie wandte sich wieder zur Tür, die sich langsam öffnete.

Eine Miniaturausgabe von Chang Guafe stand im Eingang.

Nun, er sah nicht exakt wie Guafe aus, entschied Annabelle, aber er war verdammt ähnlich. Er hatte die Größe eines Zwölfjährigen, war jedoch offensichtlich wesentlich älter; männlich, schlank, die Hälfte der Körperteile aus glänzendem Metall, beide Augen Implantate. Der Kopf war rasiert, oder er war von Natur aus kahl — es fiel schwer zu entscheiden, was der Fall war. Er trug eine rote Hose und ein grünes Hemd. Die Füße waren bloß. Wenn die Ohren spitz gewesen wären, hätte sie ihn vielleicht für eine der Elfen vom Nikolaus gehalten, die sich den Kopf rasiert hatte.

Als er sprach, hatte seine Stimme den gleichen hohlen Klang wie die von Guafe, und sie verstand kein Wort davon, was er sagte.

»Was is?« fragte sie.

Sie hörte fast das Summen seiner Stromkreise, als er ihre Worte überprüfte und sie mit dem in Übereinstimmung zu bringen versuchte, was er in seinem Gedächtnis gespeichert hatte.

»Du sprichst Englisch?« fragte er schließlich.

»Du hast's erraten. Wie heißt du?«

»Binro.«

»Okay. Ich bin Annabelle.« Sie stelle die übrige Begleitung einen nach dem anderen vor. »Ist das hier die sechste Ebene?«

Binro nickte. »Willkommen in der Heiligen Stadt von Tawn, Pilger.«

»Pilger?«

»Ihr seid doch sicher gekommen, das Orakel der Herren des Donners zu schauen?«

Annabelle blinzelte und lächelte dann rasch. »Aber sicher«, sagte sie. »Was sonst?«

»Seid ihr Habende oder Habenichtse?«

»Öh ...«

Annabelle schoß Sidi und den übrigen einen Blick zu, aber die hatten genausoviel Schwierigkeiten damit wie sie, der Unterhaltung zu folgen.

Wunderbar.

Los, meine Lieben! wollte sie ihnen sagen. Zeit dafür, daß mir jemand mal den kleinen Finger reicht.

Aber sie ließen sie deutlich fühlen, daß sie das Sagen hatte.

Habende oder Habenichtse. Klang wie eine Fangfrage. Was, wenn sie die falsche Antwort gaben?

»Habenichtse«, sagte sie, nachdem sie entschieden hatte, daß sie weniger hätten, als sie haben sollten.

Binro strahlte. »Dann seid dreifach willkommen, Pilger.«

»Wir haben 'n bißchen ... öh ... wenig Ahnung vom Protokoll«, sagte Annabelle. »Was ist das mit diesem Orakel? Können wir alles fragen, was wir wollen?«

»Das hängt davon ab, ob eure Namen in der Liste ausgewählt werden oder nicht«, entgegnete Binro. »Aber ihr habt Glück. Heute abend gibt es eine Lotterie. Wenn die Herren es wollen, so könntet ihr eine Chance erhalten, zu ihnen zu sprechen durch die Stimme Ihres Lichts.«

Das wurde schon wieder zu verrückt, dachte Annabelle. Liste. Lotterie. Worüber sprach er, zum Teufel?

»Öh ... was machen wir bis dahin?« fragte sie. »Du weißt schon, bis die Lotterie stattfindet?«

»Für die Habenichts-Pilger werden stets Zimmer bereitgehalten«, versicherte sie Binro. »Kommt mit! Folgt mir.«

Er bat sie durch die Tür und verschloß diese dann sorgfältig hinter ihnen. Er steckte den Schlüssel in die Tasche und führte sie durch eine lange Halle und ein Treppenhaus hinauf. Vier Etagen später betraten sie einen weiteren Gang. Über dessen gesamte Länge befanden sich Türen in den Wänden.

Wie ein Hotel, dachte Annabelle. Sie fragte sich, was für eine Bezahlung die hier erwarteten.

»Wollt ihr getrennte Zimmer?« fragte Binro.

Annabelle war diesem Vorschlag zunächst nicht abgeneigt, aber dann entschied sie, daß es wohl besser wäre, sie blieben als Gruppe beisammen.

»Vielleicht nicht«, sagte sie. »Wir sind hier Fremde, du weißt, und wir bleiben lieber zusammen.«

»Wie du willst.«

Er führte sie bis zur Mitte des Gangs und öffnete eine Tür zu einem großen, mit Teppichen ausgelegten Raum. Helles Sonnenlicht kam durch die Fenster, bei dem sie alle blinzelten. Es gab zwei Doppelbetten, einen Ankleideschrank, einen Spiegel, ein Sofa und am Fenster einige einfache Stühle sowie zwei weitere Türen zu beiden Seiten des Raums.

WC und Waschraum, dachte Annabelle. Gott, das war hier wie bei Hilton! Sie fragte sich, ob es eine Dusche gäbe.

»Ist es euch hier recht?« fragte Binro.

»Oh, klar. Großartig.«

»Im Ankleideschrank befindet sich saubere Kleidung.« Er schürzte einen Augenblick lang die Lippen und faßte Shrieks vier Arme. »Ich habe ein geeignetes Kleidungsstück für Sie, Frau Shriek, das in einer halben Stunde geliefert werden wird.«

Das wird nicht nötig sein, Wesen Binro, sagte die Arachnida.

Binro zwitscherte eine Entgegnung — er sprach in Shrieks Muttersprache, wie Annabelle bemerkte.

Richtig. Die Heilige Stadt von Tawn. Mit einem Orakel, das Pilger erwartete. Alle Sprachen angenommen. Bleib in unserem wunderhübschen Hilton, während du auf das Ergebnis der Lotterie wartest.

»Macht es euch bitte bequem«, fügte Binro hinzu. Dann war er verschwunden.

Annabelle schloß langsam die Tür hinter ihm.

»Weiß jemand, was hier los ist?« fragte sie.

Sidi und Tomàs schüttelten den Kopf. Shriek, die den Raum durchquert hatte, um aus dem Fenster zu sehen, stieß einen Ruf aus und deutete damit an, daß sie draußen etwas gesehen hatte. Die anderen eilten hinüber.

Schaut mal, sagte die Arachnida und deutete auf eine Gestalt, die unten an einer Straßenecke stand.

Annabelle benötigte einen Augenblick, die Gestalt zu erfassen. Zunächst glitten verschwommen die Gebäude und Straßen vorüber — es war, als befände man sich mitten in New York. Große glitzernde Gebäude erhoben sich überall um sie her. Auf den Straßen herrschte Verkehr, sowohl Fußgänger- als auch Fahrzeugverkehr, wenngleich mit letzterem etwas nicht ganz stimmte. Wenigstens nicht, soweit es die Städte betraf, die Annabelle vertraut waren. Es gab sowohl öffentliche Verkehrsmittel, so etwas wie alte Straßenbahnwagen, als auch kleinere Ein- oder Zweipersonenwagen, die aussahen wie Golfkarren.

»Jesses«, murmelte sie.

Shriek zog sie am Arm und zeigte noch immer hinaus. Annabelle schwenkte den Blick auf die Gestalt, die die Aufmerksamkeit des Fremdwesens erregt hatte.

»Clive!« rief sie aus.

Aber Sidi schüttelte den Kopf. »Nein, das ist Neville Folliot.«

Annabelle wollte zur Tür. »Wir müssen ihn uns schnappen, ehe er wieder abhaut.«

»Zu spät«, sagte Sidi. »Er ist jetzt verschwunden — in der Menge untergetaucht. Wir werden ihn niemals finden.«

»Aber er ist hier...«

Und Clive nicht. Jesses. Müßten sie den Rest des Lebens damit verbringen, hier an diesem Ort herumzurollen wie eine Flipperkugel, immer nur kurze Blicke vom anderen erhaschend und sich niemals näher kommend? Der Gedanke deprimierte sie.

»Ich schau mal, ob die hier wirklich 'ne Dusche haben«, sagte sie.

Nachdem sie sich durch langes Duschen erfrischt und mit dem Essen gestärkt hatten, das Binro ihnen gebracht hatte, saßen sie in ihrem Zimmer und ließen es sich gutgehen. Außer Shriek hatten sie alle die Gewänder angezogen, die sie im Umkleidezimmer gefunden hatten.

Wir sehen aus wie ein Haufen Meßdiener in irgendeinem Kloster, dachte Annabelle, als sie sich auf eines der Betten legte, Hände hinter dem Kopf verschränkt. Gott, wie gut fühlte es sich an, wieder sauber zu sein.

Die anderen hatten auf Entdeckungsreise gehen wollen, aber sie hatte sich geweigert, sich von der Stelle zu rühren, ehe nicht die alten Kleider, die sie beim Duschen gewaschen hatte, trocken genug wären, daß man sie anziehen konnte. Sie hatte keinerlei Ehrgeiz, mit dem Outfit eines Hare-Krishna-Jüngers herumzulaufen. Außerdem mußte sie über eine Menge nachdenken.

Am Ende waren sie alle geblieben; keiner wollte vom anderen getrennt werden. Shriek und Sidi saßen am Fenster und waren fasziniert von der endlosen Parade von Leuten und Fahrzeugen unten. Tomàs schlief auf dem anderen Bett. Annabelle öffnete gelangweilt die Schublade des Nachtschränkchens neben dem Bett.

Sie war an Hotelzimmer gewöhnt — und obgleich es verrückt war, in diesen Kategorien zu denken, wenn man berücksichtigte, *wo* es sich befand: Dieses Zimmer unterschied sich nicht wesentlich von Hunderten von anderen, in denen sie während einer Tournee schon geschlafen hatte. Sie war sich nicht sicher, was sie in der Schublade erwartete zu finden. Keine Bibel. Nicht hier. Vielleicht die Tawnische Version einer Bibel?

Die Finger schlossen sich um ein Buch, und sie zog es heraus. Als sie sah, was es war, kroch es ihr kalt den Rücken hinab.

»Oh, Mist!«

Sidi wandte sich vom Fenster ab. »Was ist das, Annabelle?«

Annabelle hielt wie betäubt ihren Gewinn hoch. Es war Neville Folliots Tagebuch.

Siebenundzwanzig

Clive hatte sich niemals so hilflos gefühlt wie in diesem Augenblick. Was auch immer die kleine Box sein mochte, die ihr Fänger hielt, es war ihr irgendwie gelungen, alle Muskeln erstarren zu lassen, sie fest zu verknoten, so daß sich keiner von ihnen rühren konnte — noch nicht einmal Guafe, der wenigstens zu einem Drittel aus mechanischen Teilen bestand. Sie konnten noch nicht einmal blinzeln.

Während er vor sich hinpfiff, löste der Fänger eine weitere kleine Box vom Gürtel und sprach hinein. Was er auch immer sagte, es war völlig unverständlich.

»Wird jetzt nich lange dauern«, sagte er zu ihnen, wobei er wieder auf Englisch umschaltete. »Wir werden euch bald zu einer hübschen kleinen Zelle gebracht haben, wo ich euch aus eurem Zustand befreien werde.«

Warum? wollte Clive ihn fragen. Worum ging es eigentlich?

»Ihr glaubtet doch nicht etwa, daß euch die Ermordung der Herren des Donners gelingen würde, oder?« fragte ihr Fänger, als hätte er Clives Gedanken gelesen.

Da war's wieder, dachte Clive. Der mechanische Mann glaubte, sie seien Meuchelmörder. Aber alles, was sie von den Herren des Donners wußten, war deren Name, sonst nichts. Sie wollten doch nur seinen Bruder finden und das Dungeon verlassen. Wenn es ihm doch nur irgendwie gelänge, mit dem Mann zu reden!

»Natürlich seid ihr nicht die ersten, die's versucht haben«, fuhr ihr Fänger fort. »Auch werdet ihr nicht die letzten sein, schätze ich. Aber niemand hat je Erfolg gehabt, und niemand wird je Erfolg haben. Das ist einfach nicht möglich. Die Herren befinden sich jenseits der Hand des Todes. Dennoch sorgen Leute wie ihr immer für ein bißchen Unterhaltung. Ich frage mich, ob ihr freie Spione seid, die auf Gewinn hoffen, oder ob euch die Madonna geschickt hat?«

Was hatte denn die Muttergottes mit dem Ganzen zu tun? dachte Clive. Aber dann ging ihm auf, daß an einem Ort wie diesem hier ein solcher Name alles bedeuten konnte. Und jeden.

»Ah, hier ist euer Transportwagen«, sagte ihr Fänger, als eine Tür sich zischend in eine nackte Wand öffnete.

Ein kleiner pferdeloser Karren auf dicken Rädern rollte herein und hielt vor ihnen an. Das Geräusch des Motors war ein leises Summen. Vorn gab es zwei Sitze — auf dem einen saß der Fahrer, der andere war leer — und hinten eine Ladefläche, auf die vermutlich ihre steifen Körper gelegt würden.

Der Fahrer, wenngleich von der gleichen halbmenschlichen, halbmechanischen Rasse wie ihr Fänger, war auf eine andere Art von ihm verschieden wie der Tag von der Nacht. Er war dünn wie eine Bohnenstange, fast ein Gerippe, und die Knochen standen unter der Haut heraus, die Augen mit schwarzen Ringen darunter lagen tief in den Höhlen, die Haut war bleich. Während der erste Mann etwas Fröhliches an sich gehabt hatte, sah der Neuankömmling so mürrisch aus wie ein schottischer Geistlicher.

Weil sie beide Körper transportierten, wenngleich lebende, taufte Clive sie prompt Burke[*] und Hare. Burke war der Neuankömmling, Hare der rundliche Fänger, der sie geschnappt hatte.

»Vorsicht, Vorsicht!« sagte Hare, als sie Smythe hinten in die Karre luden. »Die Ladung soll nicht beschädigt werden, ehe die Herren ihren Spaß damit gehabt haben, sonst nimmst du am Ende ihren Platz ein.«

---

[*] William Burke, geb. 1792, hingerichtet 1829, erwürgte seine Opfer und ließ sie fertig zum Sezieren zurück. — *Anm. d. Übers.*

Burke grummelte etwas Unverständliches in seiner eigenen Sprache.

»War doch nur 'n Witz«, entgegnete Hare. »Natürlich werden wir niemals Futter für die Herren sein. *Wir* haben ihnen nie was Böses gewollt.«

Es war klar, dachte Clive, daß Hare weiter Englisch sprach, damit sie sich Sorgen machten. Er wollte, daß sie darüber nachdächten, was ihnen bevorstünde.

Clive wurde als letzter auf den Karren geladen. Er spürte einen Brechreiz, als er hochgehoben und neben die anderen gelegt wurde. Die Haut kribbelte ihm, als er ihre Hände spürte. Nicht imstande, sich zu bewegen, noch nicht einmal imstande zu sprechen. So hilflos zu sein... Wenn er eine Waffe in der Hand gehabt hätte, hätte Clive die beiden kaltblütig und mit Genuß umgebracht.

»Oh, du bist tatsächlich ein Hasser«, sagte Hare, als er ihm ins Gesicht sah. »Behalt das bei, Mörder. Die Herren ernähren sich davon.«

Er setzte sich lachend auf den Beifahrersitz. Burke setzte sich hinters Lenkrad, und die Karre bewegte sich sanft auf den vier Rädern zur Tür hinaus und einen langen Korridor entlang. Alles, was Clive von der Fahrt zu sehen bekam, waren die flackernden vorüberhuschenden Lichter an der Decke. Er versuchte sie zu zählen, um sich die Route zu merken, aber er verlor rasch den Überblick sowohl über die Zahl der Lichter als auch über die vielen Kurven, die sie nahmen.

Nach einer außergewöhnlich langen Fahrt durch Korridore, die genauso verwirrend angelegt waren wie das Labyrinth, dem sie vor kurzem entkommen waren, hielt die Karre endlich an, und Burke und Hare luden sie von der Ladefläche ab und trugen sie in eine Gefängniszelle. Das Paar stellte Clive und seine Gefährten an eine Wand, verließ die Zelle und schloß die Tür hinter sich zu. Erst dann zog Hare die kleine Box aus dem Gürtel und zielte auf die vier.

Als er den Kontrollknopf wieder losließ, konnten Clive und die übrigen drei die Muskeln wieder beherrschen. Aber die Beine knickten unter ihnen weg, und sie konnten lediglich verhindern, daß sie sich die Köpfe auf dem Fußboden einschlugen.

»Zunächst mal auf Wiedersehen!« rief Hare heiter.

»W-warte...«, rief Clive.

Aber Burke hatte die Karre bereits in Bewegung gesetzt, und die beiden verschwanden.

Clive setzte sich langsam auf. Die Muskeln fühlten sich völlig zerschlagen und wund an. Der Kopf schmerzte ihm. Er war hungrig und durstig, und das bißchen Geduld, das er hatte, war völlig entfleucht.

»Zur Hölle mit euch!« schrie er.

»Red mal 'n bißchen leise, ja?«

Die Stimme war vertraut, wenngleich sie nicht zu einem seiner Gefährten gehörte. Clive wandte sich langsam um, um nach der Quelle zu forschen, und sein Blick fiel auf die beiden Doppelbetten — eines zu jeder Seite der Rückwand —, den Wassereimer, einen weiteren für Körperausscheidungen und dann schließlich auf den Mann, der gesprochen hatte.

Das war zuviel.

»Du!« schrie er. »Es ist deine Schuld, daß wir hier sind.«

»Meine? Ich hab euch noch nie im Leben gesehen.«

Aber wenn der Mann nicht Vater Neville von Dramaran war — derjenige, der Lebenslauf und Namen von Clives Zwillingsbruder gestohlen und sie in der Höhle mit dem Labyrinth und den Monstern überlassen hatte —, dann war er sein identischer Zwilling.

Clive erhob sich und ging steifbeinig hinüber auf die andere Seite der Zelle, bis er an den Stäben stand.

»Ich bin deiner Lügen müde«, sagte Clive.

»Ich sag dir, ich bin dir noch nie über den Weg gelaufen.«

Clive stieß einen Arm durch die Stäbe, und der Mann

trat hastig zurück, obwohl Clive nicht weit genug in die Zelle langen konnte, um ihm überhaupt etwas anzutun.

»Einen Augenblick, Sör«, sagte Smythe. »Hören Sie ihm doch erst einmal zu.«

»Wozu? Um weitere Lügen zu hören?«

Smythe schüttelte den Kopf. »Schauen Sie sich ihn an. Er denkt, daß er die Wahrheit sagt. Ich wette, daß er uns niemals zuvor gesehen *hat*. Und ganz nebenbei: Wie hätte er vor uns hierherkommen können?«

Er zog Clive am Arm, zog ihn weg von den Stäben, während er sprach, und setzte ihn auf eine der unteren Kojen in der eigenen Zelle.

»Die Ähnlichkeit ist unheimlich«, bemerkte Guafe. »Bis hinab zu dem Muttermal am Handgelenk.«

Smythe nickte. »Wie heißt du?« fragte er den Mann in der anderen Zelle.

»Edgar Howlett«, entgegnete der. »Ich bin vor zwölf Jahren in das Dungeon gekommen, von einem Kontinent, der als Nordamerika bekannt ist, auf einem Planeten, genannt die Erde. Das Jahr, aus dem ich komme, war neunzehnhundertdreiundachtzig.«

Clive, der sich jetzt ein wenig ruhiger fühlte, nahm diese Information auf. Aber noch mehr wägte er die Redeweise ab. Horace hatte recht. Was es sonst auch mit ihm auf sich haben mochte, der Mann glaubte wirklich, daß er das war, was er sagte.

»Und hast du einen Bruder?« fragte Smythe.

Howlett schüttelte den Kopf. »Überhaupt keinen«, sagte er. »Jetzt bin ich mit dem Fragen an der Reihe. Wie heißt ihr? Woher kommt ihr?«

Genauso, wie es Howlett zuvor getan hatte, sagten sie ihm Namen, Herkunftsorte sowie das Jahr, in dem sie aus ihrer Heimat verschwunden waren. Finnbogg sprach als letzter.

»Zehntausend Jahre?« fragte Howlett ungläubig. »So lange bist du schon hier?«

Der Zwerg nickte.

»Dieser Ort muß die Hölle sein«, sagte Howlett.

Darin waren sie sich alle einig, außer natürlich Guafe.

»Aber es gibt hier soviel zu lernen«, sagte der Cyborg.

»Scheiß doch aufs Lernen«, sagte Howlett. »Ich hab die High School abgeschlossen. Ich bin Installateur, klar? Was muß ich denn sonst noch wissen? Ich will einfach nur wieder nach Hause — Frau und Kind sehen. Christus, Tommy wird jetzt — was? Achtzehn sein. Ich hab nicht erlebt, wie er groß geworden ist. Ich ... ach, was soll's! Ich stell mir vor, ich wär gestorben, wißt ihr das? Da in Milwaukee. Ich hätt nicht gedacht, daß ich so 'n schlechter Kerl wär, aber da das hier mit Sicherheit nich der Himmel is, muß es also die Hölle sein.«

»Wir sind nicht tot«, sagte Guafe. »Ich hätte es gewußt, wenn ich gestorben wäre.«

»Christus, schaut mal, wer da spricht! Der Bionic-Mann in Person.«

»Ich bin mir nicht sicher, ob mir dein Tonfall gefällt«, sagte Guafe.

Howlett hob die Schultern. »Was willst du dagegen unternehmen? Die Wache rufen?«

Guafe ging zu den Stäben hinüber, die ihre Zellen trennten. Er umfaßte fest zwei der Stäbe und begann sie auseinander zu drücken. Langsam verbogen sie sich.

Ehe die Sache jedoch zu ernst werden konnte, trat Smythe zu Guafe und legte ihm beruhigend die Hand auf die Schulter.

»Es gibt viel, was wir von Herrn Howlett lernen können«, sagte er.

Guafe wandte sich mit blitzenden Augen um, aber Howlett, dessen Augen groß geworden waren, als sich die Stäbe bei der Anstrengung des Cyborg verbogen hatten, stand auf und hielt die Hände beschwichtigend vor sich.

»He, beruhige dich!« sagte er. »Du hast mich falsch verstanden. Ich hab den Bionic-Mann immer gemocht. Es war meine Lieblingsserie — verstehst du, was ich sage?«

Guafe ließ die Hände von den Stäben fallen. Howlett stieß einen hörbaren Seufzer der Erleichterung aus. Dann, ehe sonst jemand sprechen konnte, wandte er sich an Clive.

»Du sagst, dein Nachname is Folliot?« fragte er.

Clive nickte.

»Irgendwie verwandt mit einem Burschen namens Neville Folliot?«

Clives Argwohn schnellte wieder in die Höhe. »Er ist mein Zwillingsbruder«, sagte er. »Woher kennst du seinen Namen?«

»Das ist gleichfalls der Name, den *dein* Zwillingsbruder benutzte, als wir ihn das letzte Mal gesehen haben«, warf Smythe ein.

»Ich hab's euch gesagt«, meinte Howlett. »Ich hab keine Brüder — oder Schwestern. Der Bursche, den ihr gesehen habt, muß ein Klon gewesen sein, aber ich kenne Neville Folliot. Er ist der Grund, weswegen ich hier in der Tinte sitze.«

»Ein Klon«, sagte Guafe. »Natürlich.«

»Was ist ein Klon?« fragte ihn Smythe.

»Klonen ist eine Art genetischer Manipulation, wobei ein völlig exaktes Ebenbild eines Wesens aus einer einzigen Zelle des Spenders gewonnen werden kann.«

»So etwas ist möglich?« fragte Howlett.

»Sehr möglich«, entgegnete Guafe.

Howlett schüttelte den Kopf. »Ich hab das immer nur im Film gesehen, weißt du? Ich hab nicht geglaubt, daß es Wirklichkeit ist.«

»Was hat mein Bruder mit deiner gegenwärtigen Lage zu tun?« fragte Clive.

»Nun, ich hab ihn, das muß jetzt so fünf oder sechs Jahre oder so her sein, auf einer der oberen Ebenen getroffen. Wir haben 'ne Weile zusammengehangen. Kamen von der dritten Ebene durch die vierte und die fünfte — habt ihr die Dinosaurier auf der fünften Ebene gesehen? —, bis wir schließlich hier gelandet sind. Wir wurden vom Grenzschutz geschnappt, oder wie die sich zum Teufel noch mal nennen, und da war's, daß der alte Neville das Messer gegen mich gerichtet hat.«

»Er hat dich angegriffen?« fragte Clive.

»Nee. Er hat mich beschissen. Hat denen da oben erzählt, daß ich ein Spion der Madonna wäre — habt ihr von der gehört?«

»Wenig«, sagte Smythe. »Zu unserer Zeit sprechen wir von der Madonna als der Mutter Christi.«

»Tatsächlich? In meiner ist sie 'ne Popsängerin, sexy bis zum gehtnichmehr. Aber hier ist sie so was wie, ich weiß nich — ich glaube, Demagoge ist das Wort, mit dem sie Neville gewöhnlich bezeichnete.«

»Ist sie von den Ren oder von den Chaffri?« fragte Clive.

»Keine Ahnung«, sagte Howlett. »Ich hab das nie so recht auseinanderhalten können. Ich glaube, niemand kann das. Jedenfalls kann das auch was völlig Lokales sein. Es gibt schrecklich viel im Dungeon, in das sich die Chaffri und die Ren nicht einmischen, selbst wenn sie die großen Bosse sind.«

»Was ist mit Green?« fragte Smythe.

»Green wer?«

»Ein Mann namens Green. Hat ihn Major Folliot — Neville — je erwähnt? Ist er Verbündeter oder Gegner? Ren oder Chaffri?«

»Hab nie von dem gehört.«

Clive schüttelte traurig den Kopf. Würden sie niemals zwei Informationsteile finden, die zueinander paßten?

Howlett fuhr mit seiner Erzählung fort. »Jedenfalls hat Neville denen da oben erzählt, daß ich ein Spion der Madonna wäre, und nicht nur das, sondern auch, daß sie mich mit einer Bande Meuchelmörder schickte, die die Herren umbringen sollten, und daß man sie daran erkennen könnte, daß sie Englisch sprächen.

Sie haben ihm nur halb geglaubt. Haben ihn in dieser Zelle da festgehalten, in der ihr jetzt seid, bis vor etwa einer halben Stunde — ich schätze, das war, als sie euch geschnappt und herausgefunden hatten, daß er die Wahrheit gesagt hatte. Oder was sie zumindest als Wahrheit betrachteten. Also haben sie ihn gehen lassen. Oder ihn jedenfalls weggebracht.«

»Er war hier?« rief Clive. »In dieser Zelle hier, vor nicht einmal einer halben Stunde?«

»Fürchte, es is so.«

»Er soll verdammt sein. Was spielt er da eigentlich?«

Howlett schüttelte den Kopf. »Verdammt soll ich sein, wenn ich das wüßte. Ich dachte, wir wären Kumpels.« Er machte eine Pause und dachte einen Augenblick lang nach. »Dieser andere Bursche hat genauso ausgesehen wie ich?«

»Inklusive dieses Mal da«, sagte Smythe.

»Christus, wenn man davon spricht, läuft's einem kalt den Rücken runter.«

»Was wir gleichfalls in Betracht ziehen sollten«, sagte Guafe, »ist die Möglichkeit, daß der Neville Folliot, den wir jagen, ein weiterer Klon ist. Wer weiß, wie viele es von ihnen geben mag?«

»Ein Klon?« fragte Clive. »So wie der Zwilling dieses Mannes? Das ist wirklich möglich?«

»In meiner Welt ist es möglich«, sagte Guafe. »Und in diesem Dungeon ...«

Er ließ den Satz unbeendet, als Clive sich auf die Liege zurücksetzte und vorbeugte, das Gesicht in die Handflächen gedrückt.

»Ich glaube, ich werde verrückt«, sagte er.

»Was zuerst kommen muß, muß zuerst kommen«, sagte Smythe. »Wir wollen von hier verschwinden, und *dann* können Sie verrückt werden.«

»Aber, Horace. Wenn du dir das vorstellst ... zwei, vielleicht Dutzende von Nevilles, die herumrennen ...«

»Ich weiß, Sör. Kein angenehmer Gedanke, wie man es auch dreht und wendet. Aber wir müssen noch immer entkommen.«

Er wandte sich langsam um und ließ den Blick auf den

Stäben ruhen, die Guafe zwischen ihrer Zelle und der von Howlett verbogen hatte.

»Dazu brauchen wir deine Kraft«, sagte er zum Cyborg. »Kannst du die Stäbe weit genug auseinanderziehen, daß Howlett zu uns kommen kann, und dann den Kniff bei denen wiederholen, die hinaus zum Korridor führen?«

Guafe nickte. Er kehrte zu der Stelle zurück, an der er das erste Mal die Stäbe auseinander gedrückt hatte. Er ergriff sie erneut und fing an, Druck auf den Stahl auszuüben. Der Spalt öffnete sich langsam, bis er breit genug war, daß sich Howlett hindurchquetschen konnte. Guafe wandte sich um und trat hinüber zu den Stäben, die in den Korridor führten, und wiederholte das Manöver.

Augenblicke später standen sie alle draußen im Korridor.

»Was jetzt?« sagte Clive.

»Wir werden Ihren Bruder finden, oder wir werden einen Weg hier heraus finden«, sagte Smythe. »Was auch immer als erstes gelingt.«

»Mit dem hab ich noch'n Hühnchen zu rupfen«, grummelte Howlett, aber dann ging ihm auf, zu wem er sprach. »Tut mir leid. Ich hab vergessen, daß es dein Bruder ist. Ist nur so, wie der mich reingelegt hat ...«

»Ich sympathisiere völlig mit dir«, sagte Clive. »Aber wenn du mit ihm ›ein Hühnchen rupfen willst‹, wie du es genannt hast, fürchte ich, daß du dich leider hinten anstellen mußt.«

Achtundzwanzig

»Ich raff's einfach nicht«, stöhnte Annabelle, während sie Neville Folliots Tagebuch durchblätterte. »Was hat das Ding hier zu suchen?«

Unausgesprochen, aber gleichermaßen offen hinter ihren Worten lag der Gedanke: Wenn das Tagebuch hier ist, was ist dann mit Clive und den übrigen geschehen? Als sie das letztemal die Augen auf das Buch gelegt hatten, war es in Clives Besitz gewesen.

Könnte es eine Kopie sein? fragte Shriek.

Annabelle schüttelte den Kopf. »Glaube ich nicht.« Sie warf den anderen einen Blick zu. »Habt ihr 'n paar Ideen, Sidi? Tomàs?«

»Irgend etwas ist den anderen zugestoßen«, sagte Tomàs. »*Sim?*«

»Ju, da hab ich gleichfalls 'n verdammt schlechtes Gefühl bei.« Sie schaute sich im Zimmer um. »Ich frag mich, wie man hier den Zimmerservice herbeipfeift.«

»Zimmerservice?« fragte Sidi.

»Um mit Binro zu reden, oder wer sonst gerade Dienst hat. Ich möchte wissen, was das hier soll.«

»Vielleicht wäre das keine so gute Idee, Annabelle. Wenn das Tagebuch hier ist und den anderen *ist* irgend etwas zugestoßen, dann liegt Grund zu der Annahme vor, daß unsere Gastgeber darin verstrickt sind.«

»Richtig. Also wollen wir mal raus hier.«

Sie schwang die Füße vom Bett und ging, das Tagebuch in der Hand, zur Tür. Sie faßte den Knauf, aber er wollte sich nicht im geringsten bewegen.

»Prima. Wir sind eingeschlossen. Gott, was für 'n paar Arschlöcher sind wir anscheinend. Pilger, richtig. Gäste. Versuchen wir's doch mal 'ne Weile als Gefangene.«

Sie wandte sich an Shriek, um zu sehen, ob das Fremdwesen die Tür aufbrechen könnte.

»Sagt das Tagebuch etwas über Tawn?« fragte Sidi.

Gute Idee, dachte Annabelle.

Sie kehrte zum Bett zurück, setzte sich und blätterte die Seiten durch. Sie überflog die Teile, wo Clives Skizzen die blanken Seiten füllten, auf denen einmal Nevilles Eintragungen gestanden hatten. Sie fand genug, das ihr sagte, daß Clive und seine Gesellschaft erfolgreich die Savanne auf der fünften Ebene durchquert und eine Stadt dort erreicht hatten. Sie wollte nicht darüber nachdenken, was das Porträt der Frau bedeuten sollte. Schließlich fand sie eine neue Botschaft.

»Also los«, sagte sie.

Soviel sie aus Nevilles ziemlich mysteriösen Worten herausbekommen konnte, war Tawn das Zentrum eines uralten und andauernden Krieges zwischen zwei Fraktionen, die von den Herren des Donners auf der einen sowie von jemandem, der die Madonna genannt wurde, auf der anderen Seite angeführt wurden.

»Jesses«, sagte Annabelle leise, als sie weiter las. Sie sah zu ihren Gefährten auf. »Was seht ihr da draußen aus dem Fenster?«

»Eine große Stadt, die Kalkutta sehr ähnelt«, sagte Sidi. »Direkt unter unserem Fenster ist ein Marktplatz.«

Tomàs schüttelte den Kopf. »Nein, es ist ein Hafen, erfüllt von Schiffen aus vielen Nationen.«

Als sie die Frage an Shriek weitergab, beschrieb diese eine fremde Stadtlandschaft.

Und ich sah eine Variante von New York, dachte Annabelle.

»Da draußen ist nichts«, sagte sie, »laut Neville.«

»Nichts?« fragte Sidi. Er kehrte zum Fenster zurück. »Aber es scheint so wirklich zu sein ...«

»Sie spielen mit unseren Köpfen«, sagte Annabelle. »Das Ganze is 'n Schwindel. Hört zu. ›Habt kein Vertrauen zu Tawn, selbst dazu nicht, was eure Augen euch sagen, denn sie füllen Leere damit, was euch vertraut ist. Stellt den Herren des Donners ein Rätsel wie die Sphinx, ansonsten werdet ihr als Brennstoff benutzt.‹«

»Das Rätsel der Sphinx ist eine Frage, die nicht beantwortbar ist«, erklärte sie. »Und ich glaub nicht, daß ich aus erster Hand herauskriegen will, was er mit ›als Brennstoff benutzt‹ meint.«

Annabelle schlug das Tagebuch zu.

»Dieser Scheiß kann uns gestohlen bleiben«, sagte sie. »Shriek, kannst du diese Tür aufkriegen?«

Die Arachnida spannte die vielfachen Arme. Sie ging zur Tür und drückte die Handflächen der Oberarme dagegen, um ein Gefühl für ihre Dichte zu bekommen.

Bringt mir einen Stuhl! verlangte sie.

Annabelle brachte einen Stuhl herbei, aber ehe Shriek ihn als improvisierten Rammbock benutzen konnte, öffnete sich die Tür, und Binro stand im Eingang, ein Lächeln auf den Zügen. Er hielt einen kleinen Apparat in der Hand, der Annabelle an eine Fernbedienung für ein Fernsehgerät erinnerte.

»Meine Glückwünsche«, sagte er. »Ich habe mir die Freiheit genommen, eure Namen als Gruppe in der Lotterie anzugeben, und ihr habt das Privileg gewonnen, mit dem Orakel zu sprechen.«

»Du hast genausoviel dagegen, Futter für die Götter zu werden, ohne den Versuch unternommen zu haben, das Orakel herauszufordern?«

Binro blinzelte. »Wie bitte?«

»Aus dem Weg, Freundchen! Wir haben uns entschlossen, 'ne neue Unterkunft zu finden.«

Der kleine Mann seufzte, als Annabelle sich ihm näherte. Ehe jedoch sie oder Shriek ihn zu fassen bekamen, drückte er einen Knopf auf dem Apparat in seiner Hand.

Es gab nichts zu sehen und wenig zu fühlen, außer einem elektrischen Kribbeln, das an den Nervenenden entlanglief. Aber als Annabelle versuchte, sich zu bewegen, merkte sie, daß jeder einzelne Muskel gelähmt war. Da sich keiner ihrer Gefährten rührte, schloß sie, daß sie alle von einem unsichtbaren Stasisfeld getroffen worden waren.

Oh, wunderhübsch! dachte sie. Der kleine Knilch war ein Science Fiction-Freak. Nur daß sie sich nicht in einem Film befanden. Es war real, und sie befanden sich auf dem sprichwörtlichen Schiff ohne Steuermann.

Sie kochte vor Wut, aber sie konnte lediglich dabei zusehen, wie Binro eine kleine Golfkarre herbeirief, um die vier zum Orakel zu bringen. Deren Fahrer war viel größer als Binro — ein klapperdürres Individuum, das Annabelle an einen Junkie erinnerte. Mit Hilfe des Fahrers lud Binro sie auf die flache Ladefläche an der Rückseite des Karrens, dann wurden sie durch eine Anzahl von Korridoren zu einem Aufzug gebracht.

Binro beugte sich zu Annabelles erstarrtem Gesicht herab. »Es gab wirklich keinen Grund für solche Unannehmlichkeiten«, sagte er ihr. »Das ist eine große Ehre für euch — mit dem Orakel zu sprechen und dann die Herren des Donners zu treffen.«

Verpiß dich! dachte Annabelle.

Binro mußte etwas von ihren Gefühlen in ihren Augen gelesen haben, denn er runzelte die Stirn, hob dann die Schultern, wandte sich ab und überließ sie wieder sich selbst.

Wenn ich hier rauskomme ... dachte Annabelle.

Die Aufzugtüren glitten auf, und die Karre fuhr in einen weiten Raum mit einem Kuppeldach. Binro und sein Gefährte luden sie ab. Als alle vier auf der Erde lagen und die riesige Decke anstarrten, fuhr die Karre in den Aufzug zurück. Wenngleich sie nicht den Kopf wenden konnte, um zu sehen, was sie taten, nahm Annabelle an, daß Binro erneut auf den Stasisapparat gedrückt hatte, denn sie spürte ein weiteres Kribbeln in den Nervenenden, und ihre Muskeln erschlafften. Sie wandte sich gerade rechtzeitig um, um mitzubekommen, wie sich die Tür des Aufzugs wieder schloß.

Ihr Körper fühlte sich taub an und prickelte wie ein Arm oder Bein, der oder das eingeschlafen war. Es dauerte einige Augenblicke, bis sie sich aufsetzen und Inventur machen konnte.

»Alle okay?« fragte sie.

Es schien so zu sein, daß der Stasisstrahl die schlimmste Wirkung auf Shriek gehabt hatte — vielleicht wegen ihrer fremdartigen Muskulatur —, denn sie war die letzte, die sich wieder erholte. Annabelle half ihr auf die Füße.

»Wo sind wir hier?« murmelte Sidi.

»In der Heimat der Götter«, sagte Annabelle. »Siehst du das nicht?«

Aber trotz der Leichtigkeit ihres Tonfalls verursachte ihr dieser Ort eine Gänsehaut. Der Raum war riesengroß — ein Gefühl, das von der extrem hohen Decke hervorgerufen wurde, die sich etwa drei Stockwerke über den Boden erhob. In die Wölbungen waren Glaskuppeln eingesetzt, durch die ein bleiches orangegelbes Licht fiel. Der Boden hatte die Größe eines halben Fußballfeldes.

In die Wände waren lange Reihen von Dingern eingelassen, die nur zu sehr wie gigantische Sarkophage aussahen. Sie waren mit Hieroglyphen und Mustern geschmückt; die Motive erinnerten Annabelle überraschenderweise weniger an Ägypten als an Heavy Metal-Punk. Auf den Deckeln der Sarkophage waren eine Menge reich verzierter und ausgearbeiteter Figuren eingeschnitzt, die Leder, Ketten und Nägel sowie viele scharfkantige Objekte trugen: Rasierklingen, Messer, Schwerter.

An der Wand gegenüber führten etliche Stufen zu einer erhöhten Plattform. Eine bewegungslose Gestalt lag dort auf einer Steinplatte — totenblaß und riesengroß. Annabelle dachte, es wäre ein weiteres Schnitzwerk, bis sie näher trat und erkannte, daß es der Körper eines toten Riesen war. Männlich.

Lebend und stehend wäre er zweimal so groß gewesen wie sie. Die Haut war glatt, das schwarze dünne Haar wie ein Fächer um den Kopf auf dem Granit ausgebreitet. Der Körper trug die gleiche Lederkleidung wie die geschnitzten Reliefs auf den Sarkophagen. Lederrock, die Riemen kreuz und quer über der Brust wie Patronengürtel. Eine Anzahl glänzender Silbernägel. Kleine scharfe Rasierklingen hingen wie Ohrringe an den Ohren — sechs an jedem Ohr, vom Ohrläppchen bis zur Spitze. Zwei weitere hingen von jedem Nasenflügel herab. Noch weitere baumelten von den Armen, und die Befestigungsdrähte durchstachen das alabasterfarbene Fleisch.

Sie standen um den Steintisch herum und konnten nichts anderes tun als den Körper anstarren.

»Was ist das?« fragte Sidi. Seine Stimme, wenngleich unterdrückt, tönte laut in der Stille.

»Das Orakel«, sagte Annabelle.

Ihre Hand hob sich, um Folliots Tagebuch zu berühren, das in der Innentasche ihrer Jacke steckte. Sie mußten dem Orakel eine Frage stellen, die es nicht beantworten konnte — das war der einzige Weg nach draußen. Denn sonst ... Ihr Blick schweifte hinüber zu den Sarkophagen, die an der Wand aufgereiht standen.

Waren weitere Körper darin? Und was war mit den Herren?

Tomàs zog jählings scharf die Luft ein. Annabelle schaute den Körper wieder an und trat einen Schritt zurück. Die Lider hatten sich geöffnet, und kalte blaue Augen starrten zur Decke. Annabelles Pulsschlag hatte sich verdoppelt.

»WAS WOLLT IHR VON MIR WISSEN?« fragte der Körper.

en, en en ...

Die Stimme dröhnte hohl, und Echos hallten durch

den riesigen Raum. Annabelle und ihre Gefährten zogen sich von der Steinplatte zurück. Annabelle faßte nach Sidis Hand und hielt sie fest.

»PILGER«, wiederholte der Körper, »WAS WOLLT IHR VON MIR WISSEN?«

en, en, en ...

O Jesus! dachte Annabelle. Wir haben nur die eine Frage.

»PILGER«, sagte der Körper erneut.

»Einen Augenblick!« brach es aus Annabelle hervor.

Der riesige Kopf wandte sich langsam um, und der stahlblaue Blick heftete sich auf sie. Annabelle wollte einen weiteren Schritt zurücktreten, aber dieser kalte Blick nagelte sie fest. Alles in ihr drehte sich. Der Magen verknotete sich, als hätte sie einen Stein verschluckt. In der Kehle stieg ein saurer Geschmack auf.

Ein schwaches Lächeln berührte die toten Lippen des Körpers. »ES GIBT KEINEN GRUND ZUR EILE.«

le, le, le ..., sangen die Echos im Chor.

»WIR HABEN ALLE ZEIT DER WELT.«

Die Stimme schien von allen Seiten zugleich zu kommen, und die Echos der Worte überlappten sich und wurden zu einem unverständlichen Brabbeln.

Annabelle schluckte schwer und nickte dem Körper zu. »Richtig«, sagte sie. »Alle Zeit.«

»MYSTERIEN ERWARTEN DICH.«

Dich, dich, dich ...

Mit weichen Knien trat Annabelle weiter zurück. Sie wäre an der obersten Stufe gestürzt, wenn da nicht Sidi gestanden und ihr geholfen hätte, das Gleichgewicht zu bewahren. Die kleine Gruppe stieg vorsichtig jede Stufe rückwärts hinab, nicht imstande, den Blick der monströsen toten Gestalt abzuwenden.

»FREUDEN, DIE DU DIR NICHT VORSTELLEN KANNST.«

nnst, nnst, nnst ...

Jetzt könnte ich einen Drink vertragen, dachte Annabelle und hätte fast bei der Unangemessenheit dieses Gedankens gekichert.

Einen Drink. Richtig. Sie hätte ihn jedoch verschüttet. Zitternd vor Furcht.

Reiß dich zusammen, Annie B.! befahl sie sich selbst.

Sie zogen sich quer durch den ganzen Raum zurück, bis sie wieder an den Aufzugtüren standen. Der Blick des Körpers folgte ihnen, bis sie stehenblieben, und dann wandte er langsam den Kopf und starrte erneut zur Decke.

Vom Gefängnis dieses Blicks befreit, sackte Annabelle an der Wand hinter ihr zusammen.

»Was, wenn er aufsteht?« fragte sie. »Was, wenn er aufsteht und uns verfolgt?«

»Wir können uns nirgendwo verstecken«, sagte Tomàs.

Sidi nickte. »Und es gibt keinen Fluchtweg. Wir müssen ihm eine Frage stellen.«

»Mein Gott!« Annabelle rieb sich das Gesicht. »Was für eine Frage?«

Aber sie kannte sie. Eine Erinnerung an die Schule hob sich ihr ins Bewußtsein. Frage- und Antwortzeit. Abschlußprüfung. Der Lehrer grinste, denn er wußte, daß sie nicht gelernt hatte.

Es mußte ein Rätsel sein. Dieses Orakel war wie die griechische Sphinx in Theben, nur daß es diesmal so war, daß nicht sie das Rätsel aufgab und dann diejenigen fraß, die nicht in der Lage waren, eine Lösung zu finden, sondern daß es an ihnen lag, eine Frage zu stellen. Und wenn sie eine Antwort gäbe, wären sie Futter für die Götter.

Ödipus, wo bist du, wenn man dich braucht?

»Was sollen wir fragen?« wiederholte sie.

Die Gefährten schüttelten den Kopf.

»Es muß was Kompliziertes sein — vielleicht was aus unseren eigenen Erlebnissen, etwas, das es möglicherweise nicht weiß. So was wie die Frage, wer die Leadguitarre bei den Wailing Men vor Lee Sands gespielt hat?«

Aber sie glaubte nicht, daß es das bringen würde.

»Das Tagebuch hat gesagt, nur eine Frage«, sagte Sidi. »Irgendeine Frage.«

»Ju, und wir alle haben doch verdammt viel Vertrauen dazu, was uns Neville Folliot zu sagen hat, stimmt's?«

»Dann frag es das, Annabelle. Wo wir Neville Folliot finden können.«

»Und wenn es uns das sagt? Dann sind wir einfach Futter für die Götter.«

Stell diese Frage, sagte Shriek. Sie warf dem Orakel einen langen abschätzenden Blick zu. *Ich werde das Orakel aufhalten.*

Annabelle deutete auf die Sarkophage. »Möchtest du etwa wetten, daß da nicht noch weitere tote Riesen drin sind? Tote Riesen, die sich bewegen können? Ich wette, daß das die Herren des Donners sind.«

Stell diese Frage, wiederholte Shriek fest.

Annabelle holte tief Atem. »Aber sicher«, sagte sie. »Wundervoll. Ich meine, was haben wir zu verlieren, hm?«

Eigentlich nur alles, dachte sie, während sie den Weg zu dem Podium zurücklegte, auf dem das Orakel lag.

Der riesige Kopf wandte sich ihnen zu, als sie sich näherten. »PILGER«, sagte es, »WAS WOLLT IHR VON MIR WISSEN?«

en, en, en ...

Unter dem Gewicht seines Blicks fühlten sich Annabelles Beine an wie Pudding. Sie räusperte sich.

»Öh, wir möchten wissen, wo wir Neville Folliot finden können«, sagte sie.

»WELCHEN NEVILLE FOLLIOT?« entgegnete das Orakel.

Ot, Ot, Ot ...

Annabelle tauschte verwirrte Blicke mit ihren Gefährten aus.

»Was meinst du mit welchen?« fragte Annabelle schließlich.

»ES GIBT MEHR ALS EINEN.«

nen, nen, nen ...

War das nicht gelungen? dachte Annabelle. War doch schon schlimm genug zu versuchen, dem einen von Clives Zwillingsbrüdern auf der Spur zu bleiben. Jetzt fanden sie also heraus, daß der Mistkerl losgegangen war und sich selbst geklont hatte.

»Den wirklichen«, sagte sie.

Neunundzwanzig

»Weißt du, wie wir hier herauskommen können?« fragte Clive Howlett.

»Nun ja.« Howlett zeigte nach links. »Das ist die Richtung, aus der sie mich gebracht haben. Und das«, — er deutete in die entgegengesetzte Richtung, — »ist die Richtung, die dein Bruder genommen hat.«

»Dann werden wir diesen Weg einschlagen«, sagte Clive. Er ging los, Smythe neben sich, und er ließ die anderen nachfolgen, wie sie wollten.

»Diesmal werden wir ihn bekommen«, sagte Clive. »Er ist uns nur etwa eine Stunde voraus. Ich kann seine Gegenwart fast fühlen.«

»Ich wäre glücklicher, wenn ich eine Waffe in der Hand hätte«, sagte Smythe, »falls wir unseren Fängern über den Weg laufen.«

»Ich wäre glücklicher, wenn ich Neville meine Hand um die Kehle legen könnte.«

Smythe nickte. »Dieser Schwindler hat uns an der Nase rumgeführt, das stimmt schon.«

»Und weißt du was?« sagte Clive und streifte dabei seinen Gefährten mit einem Blick. »Wir können wetten, daß er uns eine überzeugende Geschichte auftischt, die alle unsere Qualen angeblich rechtfertigt.«

»Wenn er es *war*«, sagte Smythe. »Sie haben gehört, was Guafe von diesen Klonen gesagt hat.«

»Oh, ich werde meinen Bruder schon erkennen — mach dir darüber keine Sorgen, Horace.«

Aber dann dachte er an den Heuchler in Dramaran und an Howlett, und wie schwer es ihm gefallen war zu glauben, daß sie nicht ein und dieselbe Person waren. Könnten die Kopien so genau sein, daß sie *tatsächlich* nicht voneinander zu unterscheiden waren?

»Diese Abbilder«, fragte er Guafe über die Schulter, »haben sie auch alle die gleichen Erinnerungen?«

»Kaum.«

»Da«, sagte Clive, »siehst du's, Horace? Wir müssen unserem Mann nur ein oder zwei Fragen stellen wenn wir ihn haben, und wir wissen, ob er ein Abbild ist oder nicht.«

Sie erreichten eine Stelle, an der sich der Korridor verzweigte, und hielten an. In dem Gang, der nach rechts führte, sahen sie weitere Gefängniszellen, die aus ihrem Blickwinkel leer zu sein schienen. Der andere Gang war leer, aber kurz bevor er endete, erspähten sie eine Anzahl Türen, die nach draußen führten.

»Was meinst du, Edgar?« fragte Clive.

Howlett hob die Schultern. »Deine Wahl ist so gut wie die meine.«

»Dann gehen wir nach links«, sagte Clive.

Sie waren eine grimmige Gesellschaft, als sie so durch die Korridore schritten. Seit sie das Dungeon betreten hatten, war ihnen nur Lug und Trug begegnet, und sie waren es nun alle leid, sich zum Narren halten zu lassen.

»Das ist wie bei diesen russischen Holzpuppen«, hatte Smythe die Beschreibung der verschiedenen Ebenen in Worte gefaßt. »Jedesmal, wenn wir glauben, ein Ende sei in Sicht, kommt eine weitere Figur zutage, und ein weiteres Rätsel liegt auf dem Weg.«

Nun, jetzt nicht mehr, dachte Clive. Ein Mann war irgendwann mit seiner Geduld am Ende. Es war an der Zeit, aufzustehen wie ein echter Engländer, auf den man zählen konnte und bei Gott, genau das wollte er jetzt tun.

Als sie die erste verschlossene Tür erreichten, machten sie erneut halt. Smythe ergriff den Türknauf. Clive nickte, und er probierte ihn vorsichtig aus, drehte ihn dann fest herum, und die Tür sprang auf. Clive stürzte hinein, Guafe und Finnbogg auf den Fersen. Howlett blieb im Gang zurück.

Hinter dem Schreibtisch saß ein weiterer mechanischer Mann. Er sah auf, überrascht von ihrem jähen Eindringen, dann langte er nach einer der schwarzen Schachteln, mit denen sie Hare zuvor außer Gefecht gesetzt hatte. Clive ließ ihm nicht die Zeit, sie zu benutzen.

Er durchquerte den Raum, und die eine Hand legte sich auf die Faust des Mannes, während die andere die Schachtel zu Boden fegte. Ehe sich der Mann befreien konnte, war Guafe da und half Clive. Als der Mann den Druck des Cyborg auf den Armen verspürte, wich alle Kampfeslust aus dem Gefangenen.

Er sprach schnell in einer unvertrauten Sprache.

»Rede das königliche Englisch«, herrschte ihn Clive an, »oder halt dein Maul!«

»Bitte«, sagte der Mann rasch und schaltete dabei auf Englisch um, »tut mir nicht weh!«

»Sind tapfere Leute, sobald sie sich nicht mehr bewegen können, nicht wahr?« fragte Clive rein rhetorisch.

Ihr Gefangener zitterte.

»Hältst du ihn bitte fest, Chang, während wir ihn nach Waffen durchsuchen?«

Wenngleich Clive im Augenblick keine Ahnung hatte, wie sie eine Waffe hier an diesem Ort erkennen sollten. Wenn sie Schachteln hatten, die unsichtbare Strahlen aussandten, um einem Mann alle Kraft zu rauben, was mochten sie da sonst noch haben?

Sie leerten die Taschen des Gefangenen vollständig und verstreuten das Gefundene auf dem Schreibtisch, dann fesselten sie ihn am Stuhl. Guafe holte die schwarze Box.

»Primitiv«, bemerkte er, während er sie untersuchte, »aber wirkungsvoll.«

»Ist sie beschädigt worden?« fragte Smythe.

Der Cyborg zeigte damit auf den Gefangenen und drückte den Kontrollknopf. Der Mann wurde unbeweglich. Als Guafe den Knopf erneut drückte, sackte der Mann in seinen Fesseln zusammen.

»Scheint nicht so«, sagte Guafe.

»Seht mal!« rief Finnbogg.

Er holte gerade aus einer Kammer verschiedene Ausrüstungsgegenstände heraus — Dinge, die offensichtlich von den Gefangenen der Tawnianer stammten, denn Smythe sah sein Messer fast zuoberst auf dem Haufen liegen. Clive lächelte, als der Zwerg einen Degen in einer glatten Lederscheide hochhielt. Er nahm ihn und gürtete ihn um.

»Das fühlt sich schon besser an«, sagte er.

Er zog die Waffe heraus und prüfte ihr Gewicht. Es war eine wunderschön gefertigte Waffe, mit makellosem Metall. Perfekt ausbalanciert.

Howlett war jetzt in den Raum getreten und hatte sich neben Finnbogg in der Kammer niedergekniet. Als er wieder aufstand, hielt er eine modernistisch aussehende Pistole in der Hand.

»Nun, ich bin mehr für das hier«, sagte er.

»Was ist das?« fragte Smythe.

»Dies hier, mein Freund, ist eine Smith & Wesson .44 Magnum, eine der prächtigsten Waffen, wie Dirty Harry zu sagen pflegte.«

»Und wer ist das?«

Howlett sah ihn merkwürdig an. »Ich vergaß. Ihr Burschen wißt nichts über meine Zeit. Harry ist nur 'n verdammt guter Schütze — von einem Schauspieler namens Eastwood gespielt.«

»A ... ha«, sagte Smythe.

Howlett hob die Schultern und öffnete das Magazin der Magnum. Er schüttelte die Kugeln in die Handfläche.

»Verdammt«, grummelte er und warf die leeren Hülsen weg. »Nur drei Schüsse. Siehst du noch was Muni da, Finn?«

»Finnbogg findet dies.«

Er trat von der Kammer zurück und hielt dabei einen tödlich aussehenden Streitkolben in Händen, dessen oberer Teil mit Stahlflanschen gespickt war, und er schwang ihn ein paarmal zur Übung hin und her. Als Guafe und Smythe den Haufen nach weiteren Waffen für sich selbst durchwühlten, richtete Clive seine Aufmerksamkeit wieder auf ihren Gefangenen.

»Wie heißt du?« fragte er.

»M — Merdor — wenn es Ihnen gefällt.«

»Nichts an diesem Ort gefällt mir. Was ist deine Aufgabe?«

»Ich bin für die Akten der — Gefangenen zuständig«, sagte Merdor. Die Brauen glänzten vor Schweiß.

»Und?«

»Und katalogisiere die Ausrüstung, die wir ihnen abnehmen. Das ist alles — ich schwör's! Ich habe nichts mit der Entscheidung zu tun, wer nun Brennstoff für die Herren wird und wer nicht.«

»Deine Akten«, fragte Clive, »sind sie auf dem neuesten Stand?«

»O ja, Sir. Absolut auf dem neuesten Stand.«

»Dann zeig mir diejenige, die Sir Neville Folliot betrifft.«

»Folliot? Er ist gerade entlassen worden, vor nicht einer Stunde. Die Akten sind bereits nach oben weitergegeben worden.«

»Und was ist aus ihm geworden?«

»Ich ... ich bin mir nicht ganz sicher«, entgegnete Merdor. »Ich nehme an, er ist auf freien Fuß gesetzt worden.«

»Verdammt noch mal!« rief Clive. »Sag mir, wo ich ihn finden kann.«

»Aber das weiß ich nicht — ich schwör's.«

Smythe tauchte neben Clive auf, wobei er einen weiteren Degen am eigenen Gürtel trug.

»Was ist mit der nächsten Ebene?« fragte er. »Wo ist die nächste Schleuse?«

Merdor blinzelte. »In der Halle der Herren des Donners — wo das Orakel schläft.«

»Was sind diese Herren des Donners genau?« fragte Guafe.

Jetzt schien Merdor erstaunt zu sein. »Sie beherrschen diese Ebene«, sagte er nach einigen Augenblicken. »Sie haben es schon immer getan, und sie werden es immer tun.«

»Bis diese Madonna ihnen die Klinge an die Kehle setzt«, sagte Smythe.

»Das müßt ihr besser als ich wissen«, entgegnete Merdor. Er richtete sich so weit im Stuhl auf, wie das die Fesseln zuließen. »Ihr seid hier die Meuchelmörder, nicht ich.«

»Wir sind keine Meuchelmörder«, begann Clive, dachte dann jedoch: Warum sich die Mühe geben und es erklären? »Wie kommt man am schnellsten zu dieser Halle, von der du gesprochen hast?«

Merdor sagte es ihm, ohne zu zögern.

»Er scheint sehr mit sich zufrieden zu sein«, sagte Smythe. »Vielleicht sollten wir ihn mitnehmen, um jede — Überraschung zu entschärfen, die uns vielleicht erwartet.«

»Bitte — nicht!«

Smythe grinste. »A-ha! Was habe ich Ihnen denn gesagt?«

»Nicht deswegen«, sagte Merdor. »Ich schwör's, Sie werden keine Schwierigkeiten dabei haben, die Halle zu erreichen. Nur, wenn Sie drinnen sind ...«

»Ja?« fragte Clive auffordernd.

»Nun, es sind die Herren. Sie werden nicht sehr erfreut sein. Und was ihnen mißfällt, benutzen sie als Brennstoff.«

»Du meinst, sie essen es, nicht wahr?« fragte Howlett.

Merdor zögerte.

»Nun red schon, Mann!« herrschte ihn Smythe an.

»Nun, in gewisser Weise«, sagte Merdor. »Ja, die Herrscher verwandeln das Lebendige in Brennstoff für ihre Körper.«

Smythe warf Clive einen Blick zu, und der nickte ihm zu. Smythe schnitt den Gefangenen rasch los und drehte ihm dann den Arm auf den Rücken.

»Los!« befahl er.

»Bitte«, sagte Merdor, »die Herren sehen keinen Unterschied zwischen den Gefangenen, die wir ihnen bringen, und uns selbst. Wenn Sie Ihr Leben wegwerfen wollen, werde ich Sie nicht daran hindern — ich *kann* Sie offensichtlich nicht daran hindern —, aber warum sollten Sie mich da mit hineinziehen?«

»Neugier«, sagte Clive. »Wir wollen genau sehen, wie die Herren einen Mann in Brennstoff ›verwandeln‹. Natürlich sind wir nicht so sehr an diesem Experiment interessiert, daß wir jemanden aus unserer eigenen Gesellschaft dazu bereitstellen wollen.«

Smythe spürte, wie der Mann unter seiner Hand zitterte, als er ihn zur Tür schob. Sie überließen ihm die Führung, während Clive und Smythe direkt hinter ihm gingen. Howlett kam als nächster, die Magnum im Gürtel. Er hatte keine weitere Munition dafür gefunden. Guafe und Finnbogg bildeten die Nachhut.

Clive achtete genau auf den Weg, den sie nahmen, wobei er ihn im Kopf damit verglich, was ihnen der Gefangene erzählt hatte. Bis jetzt hatten sich noch keine Widersprüche ergeben. Vielleicht hatte Merdor die Wahrheit gesagt. Aber was war mit dieser Halle, wo sein Bruder verschwunden war? Würde Neville die Begegnung mit den Herren überleben? War er schon wieder einmal verschwunden, in die nächste Ebene?

Der Begriff der Zeit war im Dungeon anscheinend ziemlich verdreht. Denn wenn Neville — oder sogar seine Kopie — fünf Jahre an einem Ort verbracht haben konnte, dann mußte die Zeit für jeden, der im Dungeon gefangen war, mit unterschiedlicher Geschwindigkeit ablaufen. Man konnte zur selben Zeit wie seine Gefährten ankommen, dann getrennt werden, und dann mochte ein Jahr für einen selbst vergangen sein, während für die anderen vielleicht nur ein Tag vergangen war, wenn man sich wieder traf.

Das ergab keinen logischen Sinn. Aber dann wiederum, wie sie einander ja mit wachsender Begeisterung versicherten, ergab hier nichts einen logischen Sinn.

Es mußte aber irgend etwas Verbindendes geben — irgendeinen Grund für alles —, egal, wie fremdartig es ihnen erschiene. Clive wurde das Gefühl nicht los, daß sie alle einzeln ausgewählt worden waren, um hierherzukommen — wenigstens alle außer Horace, Sidi und ihm selbst, die einfach auf der Suche nach Neville hier hereingestolpert waren. Was verband seinen Bruder mit Guafe und Shriek und einem portugiesischen Piraten? Mit Clives eigenem Nachkömmling Annabelle?

Beim Gedanken an sie erfüllte Clive erneut Kummer. Er hätte sie niemals ...

»Mein Gott!« rief Smythe plötzlich. »Er ist's!«

Sie waren zu einer weiteren Abzweigung des Korridors gelangt. An dessen anderem Ende stand eine kleine Gruppe Tawnianer, die unverkennbare Gestalt seines Zwillingsbruders mitten unter ihnen. Einer der Tawnianer hob die schwarze Schachtel, aber Howlett drängte sich zwischen Clive und Smythe hindurch.

»Aus dem Weg!« rief er.

Er hielt die Magnum in der Hand, die Waffe gehoben, die linke Hand umfaßte das Handgelenk der rechten, um den Rückschlag der Waffe abzudämpfen. Als er feuerte, glaubte Clive, ihm würde das Trommelfell platzen, so laut knallte der Schuß in der Enge des Korridors. Noch lange nach dem Schuß klingelten ihm die Ohren. Aber hinten im Gang sah er, wie der Tawnianer mit der schwarzen Schachtel von den Füßen gehoben wurde, als hätte ein Puppenspieler an Fäden gezogen. Der Tawnianer flog gegen eine Wand, von wo aus er auf den Fußboden rutschte und dabei einen roten Streifen auf der Wand zurückließ.

»Denkt euch nichts dabei!« rief Howlett, als ein weiterer Tawnianer nach der schwarzen Schachtel langte. »Christus, so was hab ich schon immer mal benutzen wollen!« knurrte er aus dem Mundwinkel.

Er ließ die Gruppe nicht aus den Augen. Neben Clives Bruder standen drei weitere Tawnianer, von denen jeder aussah wie ihr Fänger — zum Teil Mann, zum Teil Maschine. Sie standen wie erstarrt, die Blicke huschten zwischen der Waffe in Howletts Hand und ihrem Gefährten hin und her. Der Schock stand ihnen deutlich ins Gesicht geschrieben.

Unter Howletts Führung ging die Gruppe auf die Tawnianer zu. Clives Blick war auf die Züge seines Bruders geheftet und durchsuchten jede Linie nach etwas Vertrautem. Es konnte keinen Irrtum geben. Dies war keine Kopie. Er hatte die Körperhaltung von Neville, den hochaufgerichteten Kopf, den amüsierten Blick.

»Nun, kleiner Bruder«, sagte Neville, »einmal wenigstens bist du rechtzeitig gekommen, um *mich* zu retten.«

Clives Ohren klingelten noch immer von dem Schuß der Waffe, wenngleich nicht mehr so schlimm wie zuvor. Er konnte wieder hören — genügend, um festzustellen, daß der Mann, der vor ihm stand, sogar Nevilles sarkastische Sprechweise hatte.

»Vorsicht!« sagte Smythe leise an Clives Seite.

Clive nickte. Er würde vorsichtig sein.

»Was ist?« fragte Neville. »Hast du nichts zu sagen?«

Ruhig bleiben! sagte sich Clive. Reiz ihn jetzt nicht.

Seltsam genug war es ja, daß er sich merkwürdig niedergeschlagen fühlte, nachdem er jetzt endlich seinen Bruder getroffen hatte. Der Ärger, der wie ein heißes Feuer in ihm gebrannt hatte, war verschwunden. Er fühlte sich seltsam leer — ohne jedes Gefühl.

»Entwaffnet sie!« befahl er.

Seine Gefährten traten zu den Tawnianern, wobei sie sorgfältig darauf achteten, nicht zwischen Howlett und die Waffe zu treten, die dieser noch immer auf die drei Überlebenden richtete. Die Tawnianer unterwarfen sich der Durchsuchung, als jedoch Guafe an Neville herantrat, trat Clives Zwillingsbruder zurück und umfaßte mit der Hand den Knauf des Degens, der am Gürtel befestigt war.

»Lieber nicht«, sagte er.

Howletts Waffe bewegte sich, aber Clive trat dazwischen, um sich seinem Bruder zu stellen.

»Wie hieß das Schoßhündchen unseres Kindermädchens?« fragte er.

»Was?«

»Du hast es gehört.«

»Um Gottes willen, Clive! Wir haben keine Zeit für Spielchen.«

»Wenn du wirklich mein Bruder bist, weißt du die Antwort.«

»Clive, *worauf* willst du hinaus?«

Er weiß die Antwort nicht, dachte Clive. Gott möge uns helfen, er scheint so sehr Neville, daß er sein identischer Zwillingsbruder sein könnte — mehr als ich selbst.

»Das Spiel ist aus«, sagte Clive. »Wer auch immer du bist oder zu sein glaubst, du bist nicht Neville Folliot.«

Die Kopie trat einige rasche Schritte zurück und zog den Degen. Als er ihn aus der Scheide gezogen hatte, hielt Clive die eigene Waffe bereits in der Hand.

»Aus dem Weg!« befahl Howlett.

Er trat erneut vor und wollte zielen, aber Smythe zog ihn zurück.

»Ihr haltet euch hier raus — alle«, sagte Clive, wobei er den Blick nicht von den Augen der Kopie abwandte.

Dreißig

Das Orakel lächelte bei Annabelles Frage, ein dünnes humorloses Lächeln.
»DER WIRKLICHE NEVILLE FOLLIOT?« fragte es.
Ot, ot, ot ...
»DAS IST EIN KINDERSPIEL.«
Spiel, spiel, spiel ...
»ICH HÄTTE DIR MEHR ZUGETRAUT.«
Traut, traut, traut ...
Als sich das Orakel langsam aus der Rückenlage erhob, traten Annabelle und ihre Gefährten von der Steinplatte zurück. Das brabbelnde Echo, das der Stimme gefolgt war, tönte im Raum hin und her, und die Lautstärke schwoll eher an, als daß sie leiser wurde. Es klingelte ihnen in den Ohren, und der Fußboden schien zu beben.

Das Orakel hatte sich auf der Steinplatte aufgesetzt und thronte jetzt über ihnen. Es hob einen riesigen totenbleichen Arm und deutete auf den nächstgelegenen Sarkophag.
»DORT IST DER, DEN IHR SUCHT.«
Sucht, sucht, sucht ...
»FRISCHES FLEISCH FÜR DIE HERREN.«
Ren, ren, ren ...
Die Echos hallten, bis Annabelle die Hände über die Ohren legen mußte. Die Herren des Donners, dachte sie. Man nennt sie wegen ihres großen Mauls so. Aber der Augenblick schwarzen Humors verging.

Der Deckel des Sarkophags, auf den das Orakel gedeutet hatte, öffnete sich rumpelnd. Stein schleifte über den Boden. Im Innern stand ein Zwilling des gewaltigen Orakels — ebenso riesig, die Haut genauso alabasterfarben, die Kleidung vom gleichen Heavy-Metal-Punk-Zuschnitt. Aber das Monster war nicht allein in seiner

Krypta. Von der Brust braumelte eine menschliche Gestalt wie eine Marionette herab, deren Fäden man durchschnitten hatte. Aus dem Mund des Herrn ragten Röhren, die sich am Rücken und Bauch des Opfers festgesaugt hatten.

Der Herr ernährte sich davon.

»N-Neville ...?« fragte Annabelle mit brechender Stimme.

Sie wollte sich übergeben.

»EIN KLEINER BEWEGLICHER SCHMAUS«, sagte das Orakel.

Aus, aus, aus ...

»ABER MEIN BRUDER SCHMAUST NICHT ANNÄHERND SO GUT, WIE ICH ES TUN WERDE.«

Erde, erde, erde ...

»VIER AUSGESUCHTE LECKERBISSEN.«

Sen, sen, sen ...

Das Orakel hatte sich von der Steinplatte erhoben und kam auf sie zu. Als sie sich umwandte und die hoch aufragende Gestalt anstarrte, wurde Annabelle klar, was hier gespielt wurde. Die Herren spielten abwechselnd das Orakel, und sie ernährten sich dann von den unglücklichen Opfern, wenn diese keine geeignete Frage stellten.

Wie in Gottes Namen sollten sie mit einer solchen Größe fertigwerden?

Die Züge ihrer Tochter stiegen in ihren Gedanken auf — dieser erwartungsvolle Blick, Hoffnung und Furcht zugleich in den Augen.

Wirst du zurückkehren, Mami?

Ich hab's versprochen, nicht wahr? Ich werd's versuchen, aber bei Christus, Amanda ...

Du wirst mich nie vergessen, nicht wahr?

Keinesfalls. Sie würde es schaffen. Sie würden es alle schaffen. Zum Teufel noch mal, keiner von ihnen sollte als Götterfutter enden, bevor sie nicht zuvor im Kampf unterliegen mußten.

»Shriek!« rief sie und deutete dabei auf die Plattform.

Die Arachnida zog rasch eine Handvoll der Stachelhaare heraus und warf sie in rascher Folge auf das Orakel, aber sie verlangsamten die Bewegungen des Monsters nicht im geringsten. Also griff sie das Orakel an, Sidi an ihrer Seite, während Annabelle auf den offenen Sarkophag zulief. Mit Tomàs' Hilfe zog sie Nevilles schlaffe Gestalt von der Brust des Herrn herab. Die Röhren gaben schmatzende Laute von sich, als sie sie herauszogen, und hinterließen häßliche runde rote Flecken auf Nevilles bleicher Haut. Aber er fühlte sich noch immer warm an. Noch immer lebendig.

Sie zerrten ihn vom Sarkophag weg. Als sie das taten, öffneten sich die Augen des Herrn, und der kalte eiserne Blick heftete sich auf sie. Für einen langen Augenblick erstarrte Annabelle auf der Stelle, wo sie stand.

»DU WAGST ES?« brüllte das Monster.

Es, es, es ...

Vielleicht war sie ja verrückt, dachte Annabelle, aber ju, sie wagte es.

Sie schüttelte grimmig den Kopf und zerrte Neville weiter aus der Reichweite des Monsters, wobei sie neue Kräfte erfüllten. Tomàs an ihrer Seite zögerte, als der Herr die Röhren verschluckte und vortrat.

Oben auf der Plattform warf sich Shriek auf das Orakel, schlug ihm mit ihrem vollen Gewicht und der vollen Kraft gegen eines der Beine. Das Monster taumelte, gewann das Gleichgewicht fast wieder zurück, aber dann trat ihm Sidi in die Kniekehle des gleichen Beins. Das Bein gab nach, und sowohl Sidi als auch Shriek sprangen beiseite, als das Monster zu Boden stürzte.

Es streckte dabei einen Arm aus und traf Sidi mit einem solchen Schlag, daß er über den Boden der Halle rutschte. Shriek langte nach dem Kopf, die unteren Arme packten fest den Nacken, die oberen schlugen nach den Augen. Aber sobald sie das Monster gepackt hatte, griffen die riesigen Hände nach ihr, Versorgungsröhren schlängelten sich aus dem Mund und hefteten sich Shriek an den Körper.

Das Fremdwesen kreischte auf vor Schmerz.

Annabelle wandte sich bei dem Schrei um. Sie sah, wie Shrieks Schläge auf das Orakel herabprasselten, wenngleich ohne Erfolg. Es zog sie nur näher zu sich heran, und weitere Versorgungsröhren traten aus dem Mund, um sich an sie zu heften.

Oh, Jesses! Sie wußte nicht, was sie tun sollte — Neville helfen oder Shriek?

Es gab wirklich keine Wahl. Shriek war ihre Freundin. Von Neville wußte sie nur, daß er sie an der Nase herumgeführt hatte, seitdem sie sich zu seinem Zwillingsbruder gesellt hatte.

Aber als sie Nevilles Arm fallenlassen wollte, sah sie, wie sich Sidi wieder aufrappelte und das Orakel erneut angriff. Das Monster schwang den Arm, aber Sidi sprang geschickt darüber hinweg und schoß vorwärts. Er schlug dem Orakel die Faust direkt ins Auge.

Das Orakel brüllte, und der Boden bebte buchstäblich. Es griff nach Sidi, aber der kleine Inder schlüpfte unter den zupackenden Fingern weg. Er packte zwei der Versorgungsröhren und riß sie von Shriek weg, zog weiter daran, bis er sie aus dem Mund des Orakels gerissen hatte. Der Schmerzensschrei des Orakels ging jetzt in ein Gurgeln über, und Blut strömte über die Lippen.

Annabelle konzentrierte sich daraufhin auf die eigenen Schwierigkeiten. Sie und Tomàs zerrten Neville in die Mitte des Raums, aber der Herr war jetzt seinem Sarkophag entstiegen und näherte sich ihnen. Annabelle stellte sich zwischen Neville und den Herrn.

Was soll ich tun?

Dann hatte sie's. Sie mußten sich teilen, sie und Tomàs. Wem der Herr auch folgen würde, der andere müßte herantreten und versuchen, ihn so wie Sidi zu Fall zu bringen, indem er ihm in die Kniekehle trat.

Sie wollte sich Tomàs zuwenden und ihm das sagen,

aber der Portugiese stieß sie dem herannähernden Riesen direkt vor die Füße und flüchtete zu den Aufzugtüren. Während sie noch versuchte, das Gleichgewicht zu halten, fiel sie zu Boden und benutzte die Arme dazu, den Fall zu dämpfen.

»Du Bastard!« schrie Annabelle hinter Tomàs her.

Sie kam auf die Füße, das Monster ragte über ihr auf, und sie sprang zur Seite. Der Herr fiel auf die Knie und schwang eine massige Faust in ihre Richtung. Sie versuchte, Sidis Bewegung zu imitieren, aber sie sprang nicht hoch genug, so daß der Arm des Monsters ihr die Beine unter dem Körper wegfegte. Alles was sie davor bewahrte, sich den Kopf auf dem Boden einzuschlagen, war die Tatsache, daß sie rücklings gegen den Arm des Herrn fiel. Er griff mit der anderen Hand nach ihr.

Oben auf der Plattform zog Sidi zwei weitere Röhren heraus, und dann hatte sich Shriek genügend erholt, um ihm bei der Aufgabe zu helfen. Das Orakel schlug nach ihnen, aber diesmal ergriff Shriek den Arm mit allen vier Händen. Indem sie die Muskeln anstrengte, brach sie ihm den Knochen des Unterarms entzwei.

Am Aufzug hämmerte Tomàs an die Metalltür. Das Echo dieses Hämmerns vermischte sich mit dem kakophonischen Brüllen des Monsters zu einem Donnern, das von der Gewölbedecke widerhallte.

Annabelle duckte sich unter der Hand des Herrn hinweg. Sie benutzte den Arm, auf den sie gefallen war, wie einen Sattelknauf, schwang sich darüber hinweg und nahm die Beine in die Hand. Aber das verletzte Bein knickte unter ihr weg, und sie konnte sich nicht rasch genug wieder aufrichten.

Diesmal packte sie die fleischige Faust des Herrn. Sie zog sie zu sich heran, und die Versorgungsröhren schlängelten sich schon aus dem Mund. Annabelle kämpfte in dem Griff, aber er hielt sie so fest wie in einem Schraubstock, und die Finger preßten alle Kräfte aus ihr heraus.

Die erste Röhre schlug ihr in den Nacken, und das Ende heftete sich mit einem nassen schmatzenden Geräusch auf die Haut.

Oben auf der Plattform hielt Shriek den anderen Arm des Orakels im Griff. Als er versuchte, sie mit dem Kopf zu treffen, sprang Sidi vor und stieß mit einer solchen Kraft den Fuß direkt unter das unverletzte Auge, daß er ihm das Auge aus der Höhle trieb.

Das Orakel kreischte. Es versuchte, nach dem Auge zu fassen, aber Shriek hielt den Arm jetzt fest im Griff. Sie brach auch diesen. Als das Orakel zusammensackte, faßten sie und Sidi es bei den Ohren und schlugen den Kopf gegen die Kante der Steinplatte, auf der es zunächst gelegen hatte.

Einmal, zweimal schlugen sie den Herrn gegen die Kante, und der Schädel brach. Das Orakel zuckte, und dann sprangen beide bei dem wilden Zucken der Gliedmaßen zurück und rannten Annabelle zu Hilfe.

Sidi ergriff die Versorgungsröhre, die ihr am Nacken haftete, und riß sie los. Als sich weitere Röhren dem Inder näherten, faßte Shriek die Beine des Herrn mit allen vier Armen und warf ihn hintüber. Das Monster fiel auf den Rücken, Annabelles Gewicht auf der Brust. Ohne die Hände zur Verfügung zu haben, die den Sturz hätten abdämpfen können, schlug der Hinterkopf des Herrn mit einem scharfen krachenden Geräusch zu Boden. Und dann lag er still da.

Schweigen senkte sich über die riesige Halle.

Shriek zog Annabelle von der Brust des Monsters und half ihr beim Aufstehen.

»O Jesses, o Jesses!« murmelte Annabelle.

»Alles in Ordnung, Annabelle«, sagte Sidi.

Er streichelte ihr das Haar, als Shriek sie zu Boden legte.

»D-d-dieses Ding ... es hat an mir gesaugt ...«

»Es ist tot«, sagte Sidi. »Das ist alles, was zählt.«

Langsam richtete sich Annabelle auf.

Tot.

Sie schaute den Herrn an, der ausgestreckt auf dem Boden lag, dann hinauf zur Plattform, wo das Orakel jetzt ebenso still dalag.

Sie waren wirklich tot.

»Ju, wir haben's geschafft«, sagte sie.

Sidi nickte und schenkte ihr ein schwaches Lächeln. Annabelles Blick ging hinüber zur anderen Seite des Raums, wo Tomàs mit dem Rücken zu den Aufzugtüren sehr still dastand.

»Du Bastard«, sagte sie zu ihm. »Ich sollte dir die Rippen einzeln herausreißen und ...«

Aber sie sprach nicht zu Ende. Sie war nicht mit dem Herzen dabei. So verschreckt, wie sie gewesen war, fiel es ihr schwer, für die Panik des Portugiesen kein Verständnis aufzubringen. Also war er ein Feigling. Nun gut, sie auch. Sie hatte nur nicht das Glück gehabt, rechtzeitig freizukommen, das war alles. Und es war ja nicht so, als hätte sie nicht bereits gewußt, daß er eine Ratte war, diese Ratte.

Ich werde Tomàs umbringen, sagte Shriek nüchtern. Ihre vielfachen Augen blitzten gefährlich, als sie ihn anblickte.

Annabelle schüttelte den Kopf. Das war er nicht wert.

»Nein«, sagte sie, »laß ihn in Ruhe!«

Mit Sidis Unterstützung kam sie langsam auf die Beine.

»Was ist mit Neville?« fragte sie. »Lebt er noch?«

Sie stützte sich auf Sidis Schulter und humpelte hinüber zu Clives Zwillingsbruder. Als sie sich neben ihn kniete und sich über ihn beugte, zuckte sie zurück. Auf der ganzen Haut waren kleine runde Flecken verteilt.

»Jesses, was haben sie denn überhaupt aus ihm rausgeholt?«

»Seine Lebenskraft.«

Annabelle fühlte sich auf einmal durch und durch krank.

»Ich frage mich, wie lang sie ihn da drin hatten?«

Sie berührte Nevilles bleiche Wangen mit einer Hand, und sie war überrascht, als er sich regte. Die Lider zuckten, und plötzlich sah er sie an — direkt sie —, aber es war offensichtlich, daß er sie nicht erkannte.

Er versuchte schwach, sie beiseite zu stoßen.

»Schon gut«, sagte sie. »Wir haben den Saukerl getötet, der dich in den Klauen hatte.«

Langsam konzentrierte sich sein Blick auf sie.

»W-wer seid ihr ...?«

»Freunde deines Bruders.«

»Clive? Er ... er ist hier?«

Oh, Mist! dachte Annabelle. Was soll ich ihm erzählen? Wir haben uns geteilt, und dein Bruder ist möglicherweise tot?

»So ähnlich«, sagte sie. »Wir sind vor 'n paar Tagen so was wie unsere eigenen Wege gegangen. Hör zu, wir brauchen einige Informationen — wie zum Beispiel, was hier zum Teufel eigentlich vor sich geht. Was ist mit dem Tagebuch? Was ist mit den Bewußtseinsspielchen, die du mit unseren Köpfen gespielt hast?«

»Das Tagebuch? Ihr habt's gefunden?«

»Clive hat's«, sagte sie, »und es irgendwo verloren, und jetzt hab ich's. Was mir das dumme Gefühl verleiht, daß er tot ist.«

Neville schüttelte langsam den Kopf und wimmerte bei dem Schmerz, den die Bewegung verursachte.

»He, nimm's nicht so schwer!« tröstete Annabelle ihn.

»Clive ... kann nicht tot sein. Ich wüßte es, falls er ... es wäre.«

Richtig. Die Bande zwischen Zwillingen und der ganze Scheiß. Während er da an diesen menschlichen Staubsauger angeschlossen war, der ihm das Blut aussaugte, hatte er wirklich Zeit genug für so was.

»Paß auf«, sagte sie, »alles, was wir jetzt wissen wollen: Wie kommen wir von hier weg?«

Neville schloß die Augen und lag still da.

»Werd mir jetzt nicht schwach, Neville!« Sie schüttelte ihn leicht. »Neville? Verdammt! Er hat uns verlassen.«

Sidi beugte sich näher heran. »Ist er tot?« fragte er.

Annabelle schüttelte den Kopf. »Man könnte es wünschen, wegen der vielen guten Werke, die er uns getan hat, aber nein, er ist nur bewußtlos geworden.« Sie sah von Sidi zu Shriek. »Also, was wollen wir jetzt tun?«

Beim Geräusch von Fußtritten auf dem Boden hob sie den Blick und sah, wie sich Tomàs ihnen nervös näherte.

»Ich bin *muito estúpido* gewesen«, sagte er. Ein schwaches hoffnungsvolles Lächeln spielte um seine Lippen. »Ich bin ... ich war so voll von Furcht ...«

Annabelle nickte. »Du bist in Panik geraten«, sagte sie. »Schlicht und einfach. Das kommt vor.«

»Ich verstehe nicht, wie du so leicht vergeben kannst«, sagte Sidi.

Er funkelte den Portugiesen an. Der Ausdruck in seinen Augen war grimmig, wenngleich nicht so grimmig wie bei Shriek.

»Wir stecken hier alle zusammen drin«, sagte Annabelle. »Frag mich nicht, warum ich mich nicht verpißt habe. Ich meine, ich bin diejenige, die er im Stich gelassen hat, nicht wahr? Aber ich glaube nicht, daß er's absichtlich getan hat. Er ist nur durchgedreht, okay? Wie ich, als wir durch die letzte Schleuse gekommen sind und ich nicht über die Brücke gehen konnte. Also lassen wir die Angelegenheit auf sich beruhen.«

»*Madre de Dios*«, sagte Tomàs. »Ich werde dir auf ewig dankbar sein ...«

Annabelle winkte ihm, damit er schwieg. »Laß gut sein, ja? Ich hab schon gesagt, es ist in Ordnung. Wir müssen jetzt damit aufhören, hier herumzudröhnen und ...«

Ihre Stimme erstarb, als ein Rumpeln den weiten Raum erfüllte. Sie wußte, was sie zu sehen bekäme, und sie wollte nicht hinsehen, und sie war nicht in der Lage, sich zurückzuhalten, und dann wandte sie den Blick zu den Sarkophagen, die an den Wänden des Raums aufgereiht standen. Einer nach dem anderen rutschten die Deckel beiseite und enthüllten weitere Herren des Donners. Mindestens zwanzig. Die sich bewegten. Deren Augen geöffnet und deren Blicke sie kalt fixierten.

»Oh, Mist«, murmelte Annabelle.

Einunddreißig

Er würde seine Genugtuung bekommen, dachte Clive, als er der Nachbildung seines Zwillingsbruders gegenüberstand. Sie hatten genügend — weiß Gott, mehr als genügend — Zeit vertrödelt, als sie von einer Katastrophe in die nächste geführt worden waren, weil sie der nebulösen Spur von Bruder Neville folgten. Er hatte sowohl mit seinem Zwillingsbruder als auch mit denjenigen, die hinter diesem Dungeon standen, ein Hühnchen zu rupfen. Und wenn auch der Mann, der jetzt vor ihm stand, weder Neville noch überhaupt einer der verantwortlichen Herrscher dieses verdammten Ortes war, so war er dennoch hier gleich bei der Hand, und Clive wollte von ihm die Genugtuung bekommen.

Der Degen lag gut in der Hand, und er hatte keinen Zweifel an seiner Geschicklichkeit mit der Klinge — trotz der Tatsache, daß diese Waffe seiner Hand nicht vertraut war. Und die Nachbildung würde sich, wenn sie wie Neville handelte, mehr auf Kraft und Schnelligkeit denn auf Geschicklichkeit verlassen. Letzteres war stets Clives besondere Stärke gewesen.

Die Nachbildung sah über die Klinge hinweg Clive an. Ein sardonisches Lächeln umspielte ihre Lippen.

»Was?« fragte sie ruhig. »Du hebst die Waffe gegen deinen eigenen Bruder?«

»Du bist nicht mein Bruder«, sagte Clive. »So einfach ist das.«

»Ich sage dir, ich bin's! Du verschwendest unsere Zeit.«

»Ganz im Gegenteil, du bist's, der hier Zeit verschwendet.«

»Du weißt nichts von diesem Ort.«

»Genau«, pflichtete ihr Clive bei. »Dennoch weiß ich,

daß ich Genugtuung will, und ich werde sie aus dir herauskitzeln.«

»Der Gute Gott runzelt die Stirn über Brudermord«, sagte die Nachbildung.

Clive wußte, was sie zu tun versuchte. Wenn es der Nachbildung gelänge, auch nur ein wenig Argwohn in Clives Bewußtsein wachzuhalten, daß er sich mit dem eigenen Zwillingsbruder duellierte, würde diese verschwommene Unentschlossenheit gegen ihn arbeiten. Nicht viel, aber genügend, ihn durcheinanderzubringen. Und gegen die überlegene Kraft der Nachbildung konnte das fatale Folgen haben.

»Ich zweifle auch nicht daran, daß Er die Stirn runzelt über Nachbildungen, die Menschen von Seiner Schöpfung machen«, sagte Clive.

»Ich bin keine Nachbildung.«

»Dann beantworte meine Frage.«

»Deine Frage beleidigt mich.«

Clive hob die Schultern. »Dann habe ich dich erwischt.«

Er trat vor, die linke Hand auf die Hüfte gestützt, die Klinge voraus. Die beiden Degen trafen sich mit einem metallischen Klirren, das durch den Gang hallte. Funken sprühten bei der Berührung. Während er parierte und vorwärtsstieß, zwang Clive seinen Gegner die Halle zurück.

Die Nachbildung parierte jeden Schlag perfekt, aber die Heftigkeit von Clives Attacke war so groß, daß sie dem Klon keine Möglichkeit gab, eine eigene Offensive zu starten. Sie war gezwungen, zurückzuweichen und sich kontinuierlich in der Defensive zu halten.

Clives Gefährten und die gefangenen Tawnianer waren hinter ihm zurückgeblieben, so daß er, als er Aufruhr hinter sich vernahm, drauf und dran war, sich umzudrehen und nachzusehen, was los sei, aber er wußte, daß die Nachbildung nur auf eine solch törichte Bewegung wartete. So hielt er den Blick auf den Gegner gerichtet und trieb ihn zu einer breiteren Stelle, wo sich zwei Korridore trafen. Er fuhr zusammen, als er das Donnern von Howletts Handfeuerwaffe vernahm, das durch die Gänge hallte, aber er drehte sich nicht um.

Gott möge ihnen helfen, sorgte sich Clive. Was jetzt? Aber er hatte keine Zeit, darüber nachzudenken.

Diese Kreuzung von zwei Korridoren verschaffte ihnen etwas mehr Bewegungsfreiheit, und jetzt übernahm die Nachbildung das Kommando und baute ihre eigene Offensive auf. Sie machte eine Flinte, und die Klinge stieß in Richtung auf Clives linke Flanke. Als Clive die Klinge herumbrachte, um den Stoß abzuwehren, wechselte die Nachbildung abrupt die Angriffsrichtung.

Clive war bereits voll und ganz mit der Abwehr beschäftigt. Er brachte die eigene Klinge hoch, gerade genügend, um die Hauptkraft des Vorstoßes der Nachbildung in einem Funkenregen abzuwehren, jedoch zu spät, um den Degen seines Gegners davon abzuhalten, ihm die Schulter zu ritzen.

»Erstes Blut!« rief die Nachbildung.

Es folgte eine kurze Pause, während derer Clive seine Energien aufsparte und kein Wort sagte. Die Wunde war nichts weiter. Die Klinge hatte den Muskel verfehlt, wenngleich die Wunde blutete. Würde sie sich selbst überlassen, würde sie ihn allmählich schwächen. Das hier mußte zu einem raschen Ende gebracht werden.

Er horchte in den Korridor, den er und sein Gegner vor kurzem verlassen hatten, nach Geräuschen, aber der Aufruhr war abgeebbt. Seine Kameraden gaben keinen Laut von sich.

Waren sie von den Tawnianern mit einem weiteren ihrer futuristischen Ausrüstungsgegenstände überwältigt worden?

Es war keine Zeit, sich umzudrehen, keine Zeit, an etwas anderes zu denken als den gegenwärtigen Kampf, als die Nachbildung den zweiten Vorstoß unternahm und eine Serie von Hieben losließ. Jetzt war es Clive, der in die Defensive gedrängt und gezwungen wurde, zurückzuweichen, bis er mit dem Rücken an der Wand stand. Ihre Degen trafen sich klirrend, die beiden Klingen kreuzten einander, und plötzlich schlug ihm die Nachbildung das falsche Ende von Clives eigener Klinge ins Gesicht.

Die Nachbildung war an Stärke überlegen — wie es Neville stets gewesen war.

»Erschöpft, kleiner Bruder?« fragte die Nachbildung.

»Der Teufel soll dich holen«, grummelte Clive, als er sich reckte, um der tödlichen Umklammerung zu entrinnen.

Durch die schiere Kraft des Willens gelang es ihm, den Druck der Nachbildung zu lindern. Beider Stirn war schweißgebadet. Das Gesicht der Nachbildung war so nahe an Clives Gesicht, daß Clive jede Pore in der Haut der Nachbildung sehen konnte. Die Ähnlichkeit mit Neville war erschreckend, sie war so unheimlich. Es war, als kämpfte er tatsächlich mit Neville — Neville, der ihn unausweichlich besiegte, gleich, welches Spiel sie spielten, außer vielleicht im Schach.

Aber das hier war jetzt nicht Schach. Keine schwarzen und weißen Figuren, die auf dem Brett bewegt werden mußten. Es war kein Spiel — es ging auf Leben und Tod. Clive konnte das klar in den Augen ... der Nachbildung ... seines Bruders? — erkennen.

Plötzlich rammte die Nachbildung Clive das Knie in die Geschlechtsteile. Der sechste Sinn eines echten Degenfechters hatte Clive jedoch gewarnt, und er drehte sich genügend, daß er den Stoß mit dem Oberschenkel abfangen konnte. Clives Ärger über den Tiefschlag reichte jedoch aus, ihn mit der Kraft zu erfüllen, daß er sich aus dem tödlichen Klammergriff herauswinden konnte. Er blickte die Nachbildung mit rotübergossenem Gesicht an.

»Immer der feine Herr, nicht wahr?« fragte er und vergaß dabei in der Hitze des Augenblicks, daß es nicht sein eigener Bruder war, mit dem er hier kämpfte.

Er sah dort nur Neville stehen.

»An diesem Ort gibt es keine feinen Herren«, entgegnete die Nachbildung. »Hier gilt nur eines: Gewinnen oder verlieren — nichts sonst.«

Der Tonfall der Stimme, der Geist hinter den Worten ähnelte so sehr Neville, daß es Clive ernstlich verwirrte. Gott mochte ihm helfen: Was, wenn das wirklich Neville wäre? Neville, der so starrköpfig sein konnte, daß man ihn einfach nur erwürgen wollte, und er würde seine Meinung noch immer nicht ändern. Neville, der ...

Die Nachbildung grinste bei Clives momentaner Verwirrung. Sie erneuerte ihre Attacke mit einem verwirrenden Hagel von Schlägen. Clive konnte lediglich parieren. Aber dann sah er eine Lücke in der Deckung und stieß zu. Die Spitze seines Degens durchstach die Brust der Nachbildung direkt über dem Herzen.

Die Augen der Nachbildung öffneten sich weit, und sie stockte. Als sie gegen die Wand taumelte, zog sie den Körper von Clives Klinge weg. Die Lippen waren blutbefleckt. Das Blut strömte aus der Wunde und breitete sich über dem Hemd aus. Langsam senkte sie die Waffe und hob die linke Hand, um die Wunde zu berühren. Sie starrte das Blut an, dann hob sich ihr Blick und traf auf Clives entsetzten Gesichtsausdruck.

»Ich ... ich hätte niemals gedacht, daß du es in dir hättest ...«, brachte die Nachbildung heraus.

Der Degen fiel ihr aus der Hand und klirrte zu Boden. Der Kopf fiel vornüber, und der Klon glitt zu Boden. Und dann war er tot.

»Mein Gott!« schrie Clive und ließ die eigene Waffe fallen. »Neville!«

Er konnte nicht mehr länger Wahrheit von Lüge unterscheiden, Nachbildung vom Original. Nicht mehr. Alles, was er zu sehen vermochte, war sein Bruder, der dort lag — getötet von Clives eigener Hand.

»Neville«, sagte er mit brechender Stimme.

Er langte hinab, um die Wange des Toten zu berühren, aber dann stand plötzlich Smythe an seiner Seite.

»Sör!« schrie er. »Wir haben keine Zeit.«

Clive wandte sich langsam um und sah Smythe an. »Ich habe meinen Bruder getötet ...«

Smythe schüttelte den Kopf. »Sie haben eine Nachbildung von ihm getötet. Gott weiß das. Ich könnte selbst kaum einen Unterschied feststellen, aber Sie haben den Mann gesehen, Sör. Er konnte nicht die einfache Frage beantworten, die Sie ihm gestellt hatten.«

»Konnte nicht? Oder wollte nicht?«

Denn das hätte Neville sehr ähnlich gesehen, dachte Clive. Der Herr mochte ihm beistehen. Wie könnte er nun seinem Vater unter die Augen treten?

Smythe legte ihm eine Hand auf die Schulter. »Dafür haben wir jetzt keine Zeit, Sör.«

Clive sah ihn ausdruckslos an, der Schock über seine Tat setzte gerade erst ein.

Neville tot. Getötet durch die eigene Hand.

»Ein paar weitere von den Lumpenhunden haben uns angegriffen, während Sie kämpften«, fuhr Smythe fort. »Howlett hat einen erledigt, und Guafe hat ihren Stasisstrahl auf sie angewendet, aber einer von ihnen hatte Zeit, eine Schußwaffe zu gebrauchen und Howlett zu töten.«

»Mit dem Töten nimmt es kein Ende«, sagte Clive benommen.

»Nicht, wenn wir hierbleiben.«

Smythe zog Clive hoch. Er beugte sich hinab und hob Clives Degen auf, säuberte ihn am Hemd der Nachbildung und steckte ihn in Clives Scheide zurück. Er nahm gleichfalls den Degen der Nachbildung auf und lenkte Clive zu dem Fahrzeug, das sie sich angeeignet hatten.

»Es kommen noch weitere von den Kerlen«, sagte Smythe. »Wir müssen jetzt gehen.«

»Aber Neville ...«

Finnbogg half Smythe dabei, Clive auf die hintere Fläche der Karre zu zerren. Guafe saß am Steuer. Sobald der Cyborg sah, daß sie alle an Bord waren, startete er die Karre, und dann schossen sie den Korridor entlang.

»Das war nicht Neville«, sagte Smythe zu Clive.

»Aber wie können wir das *wissen*?«

»Wir werden den wirklichen Neville finden«, sagte Smythe. »Er befindet sich hier, irgendwo in diesem Dungeon, und wir werden nicht ruhen, bis wir ihn gefunden haben.«

Clive schüttelte nur den Kopf. Irgendwie zählte das nicht. Nachbildung oder nicht, es war noch immer so, als hätte er den eigenen Bruder getötet. Sie hatten ihre Differenzen, weiß Gott, aber er hatte Neville doch sicherlich nicht etwas so Übles gewünscht!

Es stimmte, daß Neville ihnen eine nette Jagd durch die verschiedenen Ebenen des Dungeon verschafft hatte, aber Clive hatte immer erwartet, daß es, wenn sie endlich seinen Bruder eingeholt hätten, für alles eine begründete Erklärung gäbe. Er wäre ärgerlich gewesen — wer wäre das nicht? —, aber das würde vorübergehen, weil sie am Ende noch immer Brüder waren. Zwillinge. So wahr ihm Gott helfen mochte, das bedeutete doch etwas!

Aber er hatte den Mann einfach getötet, der Nevilles Gesicht getragen hatte. Und was, wenn es Neville gewesen *war* ...

Gott, wie ihm der Kopf schmerzte, wenn er an all das dachte.

Smythe ließ ihn neben Finnbogg sitzen, und der Zwerg sah nach Clives verletzter Schulter, während der Sergeant in den Beifahrersitz neben Guafe kletterte.

»Wissen wir, wohin wir wollen?« fragte er.

»Ich setze voraus, daß wir zu dieser Orakelhalle weiterfahren sollten, wie wir's ursprünglich geplant hatten«, entgegnete der Cyborg.

Smythe nickte. »Das ist logisch. Was denkst du darüber, was gerade geschehen ist?«

Guafe schoß ihm einen kurzen Seitenblick zu, wobei der Ausdruck in den metallischen Augen unlesbar war. »Was gibt's da zu denken?«

»*War* das Sir Neville?«

»Ich weiß es wirklich nicht«, entgegnete Guafe.

»Wir biegen hier ab«, sagte Smythe, als sie eine bestimmte Wand erreichten, die ihnen Merdor in seinem Büro beschrieben hatte.

»Das weiß ich«, entgegnete Guafe. »Hier«, fügte er hinzu und reichte ihm den Stasisfeldapparat.

»Wozu das?«

Aber dann mußte der Cyborg nichts weiter erklären, als sie um eine Kurve fuhren, die der Karren auf zwei Rädern nahm, und direkt auf eine weitere Gruppe von Tawnianern zuhielten. Smythe drückte den Kontrollknopf des Apparats, und die Tawnianer erstarrten auf der Stelle. Guafe bremste das Tempo, damit sich Smythe hinauslehnen und die starren Körper aus dem Weg räumen konnte, so daß sie nicht mitten durch sie hindurchpflügen mußten.

»Nettes kleines Spielzeug«, merkte Smythe an, als sie in den letzten Korridor fuhren, ehe sie der Aufzug hinunter zur Halle des Orakels bringen konnte.

»Mehr als ein Spielzeug«, sagte Guafe, »aber nicht von großem Nutzen. Von seiner Größe her kann es nicht genügend Energie enthalten, eine wirklich große Kreatur bewegungsunfähig zu machen.«

»Wie die Brontosaurier?«

Guafe nickte. »Das stünde völlig außer Frage. Selbst etwas, das zweimal so groß wäre wie ein Mann — es würde allenfalls dessen Bewegungen verlangsamen, statt ihn völlig bewegungsunfähig zu machen.«

»Dann laß uns darum beten, daß wir nichts Größerem als einem Mann begegnen.«

»Beten ist nur Aberglaube«, sagte Guafe.

Smythe hob die Schultern. Sie hatten jetzt den Aufzug erreicht. Er stieg von der Karre ab und drückte den Knopf neben den geschlossenen Türen. Als die Türen aufglitten, sprang er in die Karre zurück und schaute sich nach Clive um, während Guafe die Karre hineinfuhr.

»Fühlen Sie sich ein wenig besser?« fragte Smythe.

Clive nickte, aber der gequälte Blick in den Augen strafte seine Antwort Lügen.

Als sie der Aufzug nach unten trug, setzte sich Clive etwas auf und bereitete sich auf das nächste Unheil vor, das das Dungeon für sie bereithielt.

Zweiunddreißig

Es gab zweiundzwanzig Sarkophage in der Halle. Einer gehörte dem getöteten Orakel, und er blieb verschlossen. Derjenige, aus dem sie Neville gerettet hatten, war gleichfalls leer. Das bedeutete, daß sich zwanzig steinerne Deckel hoben. Zwanzig Herren des Donners traten aus ihren Särgen, wie die wandelnden Toten in einem Romero-Schinken.

Diesen Scheiß brauchen wir jetzt wirklich nicht, dachte Annabelle.

»KETZER!« brüllte einer der Herren.

Er, er, er ...

Andere Herren nahmen den Schrei auf, bis die Halle von dem Donner der wilden Schreie dröhnte.

»DAFÜR WERDET IHR STERBEN!«

Ben, ben, ben ...

Oh? dachte Annabelle. Wie ihr uns zuvor schon habt sterben lassen wollen?

Shriek rannte zu dem getöteten Herrn und riß die Riemen von dessen Brust los. Sie schwang die Lederbänder versuchsweise, um ein Gefühl dafür zu bekommen. Mit den scharfen Klingen, die auf das Leder gesetzt waren, würden sie eine bessere Waffe abgeben als die Stachelhaare, die sich bereits als wirkungslos erwiesen hatten.

»Das wird nicht genug sein!« rief Annabelle und mußte dabei laut schreien, um über den donnernden Stimmen der Herren Gehör zu finden.

»Was können wir sonst tun?« fragte Sidi.

Er wollte zur Plattform, um die Riemen des Orakels loszureißen, aber es war zu spät. Zwei Herren hatten bereits den Weg versperrt. Bei der Bewegung flatterte ein Vorhang hinter der Plattform, und Annabelle erhaschte einen Blick auf etwas wie Holz, ehe der Vorhang wieder zurückfiel.

Ein Ausgang vielleicht? Ein Weg nach draußen? Unglücklicherweise wären sie nicht in der Lage gewesen, es auszuprobieren, denn fünf Herren befanden sich jetzt zwischen ihnen und der Plattform.

Die kleine Gesellschaft wich zurück, Sidi und Annabelle zogen Nevilles schlaffen Körper mit sich, bis sie mit dem Rücken fast an den Aufzugtüren standen. Es gab keinen Ausweg.

Als wollte er seine frühere Feigheit wieder gutmachen, stand Tomàs ein paar Meter vor Annabelle, so daß die Herren zunächst ihn angreifen mußten. Shriek schwang ihre Riemen, sie wartete, daß das vorderste Monster in ihre Reichweite käme. Sidi stand Annabelle zur Seite, und er hatte die Hände an beiden Oberschenkeln zu Fäusten geballt.

»Nun, Kinder«, sagte Annabelle und schluckte trokken, »es war schön, euch kennengelernt zu haben.«

»Vielleicht können wir zur Plattform durchbrechen«, sagte Sidi.

»Du hast es auch gesehen?« fragte sie. »Was wie 'ne Tür ausgesehen hat?«

Sidi nickte. »Einige von uns könnten's schaffen.«

Den Teufel noch mal, dachte Annabelle. Aber was hatten sie groß zu verlieren?

»Okay«, sagte sie. »Du und Shriek nach rechts — Tomàs und ich gehen links.«

Aber dann hörte sie, wie sich die Aufzugtüren hinter ihr öffneten.

»Packt sie!« schrie sie.

Sie wand sich um, um der neuen Gefahr entgegenzutreten, sprang dann zur Seite, als einer der Tawnischen Golfkarren aus dem Aufzug herausschnellte. Es brauchte sie einen langen entsetzten Augenblick, um die Passagiere der Karre zu erkennen, dann stieß sie einen Freudenschrei aus.

»Hoo-ha! Die Kavallerie ist da. Schnappt sie euch, Jungs!«

Smythe beugte sich vor und hielt einen der Tawnischen Stasisapparate hinaus. Er strich mit dem Strahl bogenförmig durch den Raum. Die Herren blieben stehen, taumelten dann jedoch wieder voran, wobei sie sich wie in einem Film bewegten, der zu langsam lief.

»Ich hab's dir gesagt«, sagte Chang Guafe zu Smythe.

Annabelle hätte den Cyborg küssen mögen, trotz seiner Ich-weiß-doch-schon-alles-Attitüde.

»Wo ist die Schleuse?« fragte Smythe.

»Hierdrin gibt's eine?« entgegnete sie. Als er nickte, zeigte sie auf die Plattform. »Dann muß sie hinter diesem Vorhang sein.«

Sie und Sidi hoben Nevilles Körper auf den Karren. Dort war ein sehr bleicher Clive mit Finnbogg, der ihnen half.

»He, Clive — wie geht's, wie steht's?«

»Wer ist das?« fragte er, als sie den schlaffen Körper an Bord zogen.

»Dein Bruder. Was denkst du denn? Errol Flynn?«

»Er ist keine Kopie?«

Annabelle nickte. »Alles klaro. Nee, das Orakel hat gesagt, das ist der echte.«

Clive berührte die bleiche Wange seines Zwillingsbruders. »Gott sei gedankt.«

»Kommt ihr anderen jetzt?« rief Smythe.

Annabelle, Tomàs und Sidi kletterten hinten hinauf. Shriek stand vor der Karre und wirbelte dabei die Riemen herum, als sich die langsam gehenden Riesen näherten. Während sie sich durch sie hindurchwanden und dank der jetzt verlangsamten Reflexe der Herren erreichten sie die unterste Stufe der Treppe, die hinauf zur Plattform führte, ohne daß jemand verwundet wurde.

»Übernimm das Steuer!« sagte Guafe zu Smythe. »Du hilfst mir«? fügte er hinzu, an Shriek gewandt.

Die Herren drehten sich um, langsam, ganz langsam,

näherten sich ihnen jedoch nichtsdestoweniger. Während Smythe die Karre in Bewegung hielt, halfen Shriek und Guafe dabei, daß sie die Stufen überwinden konnte, indem sie sie vorwärtsstießen und sie buchstäblich ein paarmal hochhoben. Annabelle sprang hinab, als sie oben angekommen waren, lief zum Vorhang und riß ihn beiseite.

Dort war eine Tür, groß genug, die Karre hindurchzulassen. Aber an der Tür hing ein Vorhängeschloß. Shriek und Guafe packten jeder ein Gelenkstück und rissen es auseinander. Sie stießen die Tür zu einem weiteren Korridor auf, dessen Decke leuchtete und der sich in der Ferne verlor.

»Okay, Kinder«, rief Annabelle, »dann wollen wir mal!«

Smythe lenkte die Karre hindurch. Shriek und Guafe zogen die große Tür hinter sich zu. Ein Querbalken lag auf einer Seite der Tür, und sie hoben ihn auf und legten ihn zurecht, so daß die Tür von dieser Seite aus verriegelt und verrammelt war. Sie hörten das langsame Hämmern der Fäuste der Herren auf dem Holz, aber die Tür hielt stand.

»Ich kann's kaum glauben«, sagte Annabelle und lehnte sich an die Wand der Ladefläche. »Es ist wie ein Wunder, daß wir alle überlebt haben und daß wir nun wieder beisammen sind.«

»Dies ist wirklich mein Bruder?« sagte Clive.

Annabelle nickte. Sie streifte Smythe mit einem fragenden Blick. Clive sah ziemlich daneben aus, soweit es sie betraf.

»Major Clive hat mit einer exakten Nachbildung von Sir Neville einen Kampf ausgefochten«, sagte Smythe. »Ausgefochten und getötet. Es war ein — erschütterndes Erlebnis.«

»Nehm ich an«, sagte Annabelle. »Ich fühl mich selbst auch nicht gerade unerschüttert.«

Sie wandte sich Sidi zu und legte die Arme fest um ihn.

»Ich glaub, wir haben's geschafft«, sagte sie.
Sidi streichelte ihr das Haar. »Zumindest bis jetzt, Annabelle.«
»Sicher. Regen auf dem Ausflug.«
Sie fühlte eine merkwürdige Spannung in der Luft, sah dann hinüber und erkannte Clive, wie er sie mit einem schmerzlichen Ausdruck ansah. Richtig, dachte sie. Verbrüdern mit dem angeheuerten Helfer und einem Eingeborenen obendrein.
»Verkneif dir jeden Kommentar!« befahl sie ihm und hielt Sidi fester.

Dreiunddreißig

Nach allem, was sie gerade durchgemacht hatten — ihre Flucht, der Tod von Nevilles Kopie, die schauerlichen Herren, das Auffinden von Neville —, befand sich Clives geistiger Zustand in einem Aufruhr. Daß er mitansehen mußte, wie Annabelle den Inder umarmte, war einfach zuviel.

»Annabelle ...«, begann er, aber Smythe faßte ihn an der Schulter und hielt ihn zurück.

Es war die verletzte Schulter. Der Schmerz schnitt durch ihn hindurch wie ein sengendes Feuer. Er wandte sich um, wie betäubt von diesem neuerlichen Verrat, aber Smythe ließ die Schulter bereits los.

»Guter Gott«, sagte Smythe, »ich habe Ihre Verwundung vergessen, Sör.«

»Verdammt noch mal, die Wunde. Ich ...«

Smythe schüttelte den Kopf, ehe Clive fortfahren konnte. »Seien Sie glücklich, daß Sie in Sicherheit sind«, sagte er, »und daß wir alle wieder beisammen sind. Gefährten in einer schlimmen Lage, das stimmt, aber zusammen.«

Finnbogg nickte. »Wir haben deinen Bruder gefunden, wenn auch nicht meinen«, sagte er. »Jetzt haben wir eine Chance zu entkommen. Zusammen.«

Clive runzelte die Stirn. »Aber ...«

»Sie wollen dir sagen, Cliveli«, erklärte ihm Annabelle, »daß es dich nichts angeht, was ich oder sonst jemand tut, solange es nicht der Gesellschaft als solcher schadet.«

»Gegeneinander kämpfen ist *estúpido*«, pflichtete Tomàs bei.

Langsam wich die Röte aus Clives Gesicht. »Du hast recht«, sagte er schließlich. »Es geht mich nichts an.«

»Obwohl du ganz etwas anderes denkst«, sagte Annabelle.

Clive berührte die Braue seines Bruders und streichelte die bleiche Haut. Trotz seines geschwächten Zustands hatte Neville niemals besser ausgesehen, fand Clive. Er sah sich unter seinen Gefährten um und ließ deren Gegenwart wie Balsam in sein verstörtes Herz sinken.

»Es tut mir leid«, sagte er, »wirklich.«

Annabelle löste einen Arm von Sidis Körper und beugte sich vor, um Clive einen Kuß zu geben. »Es ist schön, dich wiederzusehen, Vorfahr.«

»Es ist genauso schön, dich wiederzusehen... Euch alle.«

Annabelle kratzte Finnbogg über den Kopf. »Auch dich, Finn.«

»Annie nicht mehr böse auf Finnbogg?«

»Annie nicht mehr böse«, sagte sie seufzend. »Ich könnte einen Freund wie dich nicht aufgeben. Ich bin einfach so froh, dich wiederzusehen.«

Annabelle setzte sich zurecht. »Also gut, machen wir diese Straßenshow. Wir müssen wo hingehen, Leute treffen, Geschichten erzählen wie...« Sie zog Nevilles Tagebuch aus der Innentasche ihrer Jacke und reichte es Clive. »... zum Beispiel, was dieses Buch für uns in Tawn getan hat, wo es auf uns wartete.«

»Wie hast du das bekommen?«

»Noch besser, wie hast *du* es verloren?«

Als Guafe das Gefährt wieder in Bewegung setzte, begannen sie damit, ihre Geschichten auszutauschen. Es war eng hinten in der Karre, aber da Guafe, Smythe und Tomàs sich vorn zusammengequetscht hatten, blieb hinten genügend Platz für jeden.

Der Korridor führte sie weiter. Sie ließen das Donnern der Herren hinter sich zurück, die noch immer an der Tür hämmerten, sowie alle Gefahren, die sie bis jetzt überlebt hatten. Vor ihnen wartete die nächste Ebene des Dungeon und — wenn Neville wieder erwachen würde — schließlich auch einige Antworten. Weitere Prüfungen würden sie erwarten, aber sie könnten ihnen wenigstens gemeinsam entgegentreten.

Das war jetzt im Augenblick genug.

• AUSWAHL •

AUS DEM SKIZZENBUCH VON MAJOR CLIVE FOLLIOT

Die im folgenden abgebildeten Zeichnungen stammen aus Major Clive Folliots persönlichem Skizzenbuch, das auf mysteriöse Weise auf die Schwelle des *London Illustrated Recorder and Dispatch* gelangte, jener Zeitung, die erhebliche Mittel für die Expedition des Majors zur Verfügung gestellt hatte. In dem Paket befand sich keinerlei Erklärung, lediglich eine rätselhafte Eintragung von der Hand Major Folliots selbst.

Unsere Reise führte uns wiederum durch eine Ebene des geheimnisvollen Dungeon. Nachdem sich unsere Gesellschaft zeitweise getrennt hatte, zeichnete ich einige Bilder aus dem Gedächtnis und aus Annabelles Erinnerung auf. Wie seltsam müssen Ihnen diese Skizzen vorkommen, sollten sie Ihnen je in die Hände gelangen!

Nun sind Annabelles und meine Gruppe wieder vereint, und mein Bruder wurde gefunden. Mögen wir doch diesem Gefängnis mit einigem Glück entkommen und nach England zurückkehren können!

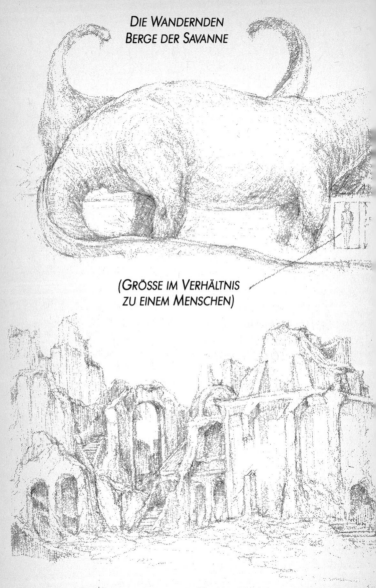

DIE WANDERNDEN BERGE DER SAVANNE

(GRÖSSE IM VERHÄLTNIS ZU EINEM MENSCHEN)

DIE RUINENSTADT VON DRAMARAN

(Nach Annabelles Beschreibungen)

Ein Priester der Haifischleute; trug die Schädel der Rogha, der Affenmenschen

Luke Drew aus Neufundland, dem Annabelles Gesellschaft in den Baumkronen der Rogha begegnete

Reena — Fetischfrau der Rogha, kündete Annabelles Schicksal im Dungeon

HÖHLENKREATUREN — WIR KÄMPFTEN MIT IHNEN UND SCHLACHTETEN SIE ZU TAUSENDEN IM LABYRINTH UNTERHALB VON DRAMARAN AB

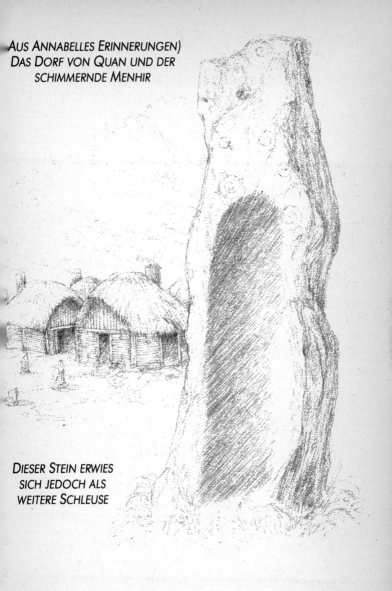

Einer der riesigen weissen Würmer der Höhle. Die hypnotische Wirkung der Augen war noch gefährlicher als die überwältigende Grösse

(Grösse im Vergleich zu einem Menschen)

BINRO —
DER CYBORG-JUNGE,
DER ANNABELLES
GRUPPE NACH TAWN
BRACHTE

(Laut Annabelle)
Das Orakel auf dem Sarkophag.
Beachte das durchbohrte
Fleisch!

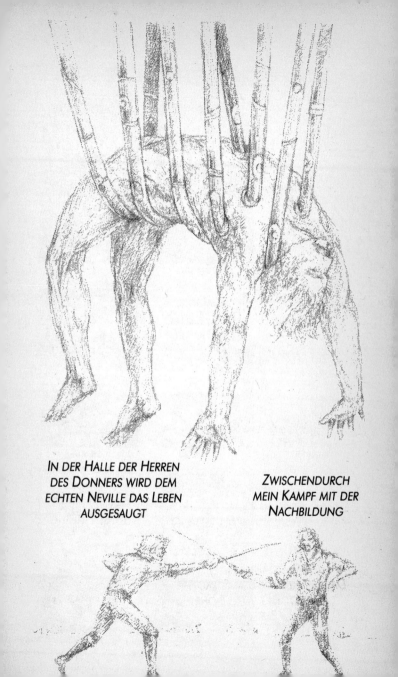

HEYNE FANTASY

Romane und Erzählungen internationaler Fantasy-Autoren im Heyne-Taschenbuch.

06/4508

06/4509

06/4519

06/4520

06/4655

06/4514

06/4526

06/4530

HEYNE SCIENCE FICTION

Als Kinder schon erlangten sie die Unsterblichkeit, doch es gab einige, die wiesen diese unschätzbare Gabe zurück, um als Künstler unsterblich zu werden.

Erdenkind
Deutsche
Erstausgabe
06/4606

Deutsche Erstausgabe
06/4608

Erdenlied
Deutsche
Erstausgabe
06/4607

Wilhelm Heyne Verlag
München

HEYNE FANTASY

Romane und Erzählungen internationaler Fantasy-Autoren im Heyne-Taschenbuch.

06/4706   06/4715

06/4478

06/4591

06/4699

06/4451

06/4671

06/4647

HEYNE
SCIENCE FICTION

ENDLICH ERSCHIENEN

Das lang erwartete Handbuch zu dem größten Multimedia-Science Fiction-Phänomen der Welt.

(RAUMSCHIFF ENTERPRISE)

Das STAR TREK-Universum

bietet erstmals in deutscher Sprache einen umfassenden Überblick über dieses einzigartige Phänomen der Fernseh- und SF-Geschichte. Mit zahlreichen Hintergrundinformationen versehen, enthält dieses Buch unter anderem:
- die Inhalte aller Episoden der alten und der neuen TV-Serie,
- alle fünf Kinofilme,
- eine Übersicht über alle in den USA erschienenen Bücher und deren deutsche Ausgaben,
- eine umfassende Filmographie aller fünf Kinofilme sowie sämtlicher TV-Episoden der alten Serien sowie von STAR-TREK – THE NEXT GENERATION.

**Originalausgabe
06/4670**

Wilhelm Heyne Verlag
München

MARION ZIMMER BRADLEY

im Heyne-Taschenbuch

Die großen Romane der Autorin, die mit „Die Nebel von Avalon" weltberühmt wurde.

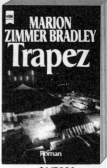

01/7630

01/6359

01/6602

01/6697

01/6815

01/7712

01/7870

Wilhelm Heyne Verlag München